# कवि की प्रेयसी

# कवि की प्रेयसी

इलाचन्द्र जोशी

लोकभारती प्रकाशन
पहली मंजिल, दरबारी बिल्डिंग, महात्मा गाँधी मार्ग, इलाहाबाद-1

**लोकभारती प्रकाशन**
पहली मंजिल, दरबारी बिल्डिंग, महात्मा गाँधी मार्ग
इलाहाबाद-211 001
वेबसाइट : www.lokbhartiprakashan.com
ईमेल : info@lokbhartiprakashan.com

**शाखाएँ** : 1-बी, नेताजी सुभाष मार्ग, दरियागंज
नयी दिल्ली-110 002
अशोक राजपथ, साइंस कॉलेज के सामने
पटना-800 006 (बिहार)
36-ए, शेक्सपियर सरणी
कोलकाता-700 017

**मूल्य** : ₹ 400

**संस्करण** : 2016

**इण्डियन प्रेस प्रा. लि.**
इलाहाबाद द्वारा मुद्रित

KAVI KI PREYASI
by Elachandra Joshi

ISBN : 978-93-5221-106-7

दूरे बहुदूरे–
स्वप्नलोके उज्जयिनीपुरे
खूँजिते गैछिन् आमि शिप्रा नदी पारे–
मोर पूर्व जनमेर प्रथमा प्रियारे।

–रवीन्द्रनाथ

# प्रस्तावना और बाल्य-संस्मरण

मैं अपनी किसी रचना की प्रस्तावना या भूमिका साधारणतः नहीं लिखता। पर वर्तमान रचना के सम्बन्ध में एक छोटी-सी प्रस्तावना लिखना मुझे कई दृष्टियों से आवश्यक लग रहा है। इसलिए अपने प्रिय पाठकों और विद्वान आलोचकों के विनोदार्थ एक छोटा-सा, विनोदमूलक बाल्य-संस्मरण और संक्षिप्त प्रस्तावना-भाग लिखने की धृष्टता कर रहा हूँ।

बात सम्भवतः सन् 1919 की है। कालिदास के सर्वप्रथम नाटक 'मालविकाग्निमित्रम्' की चर्चा मैंने किसी बंगला पत्र में पढ़ी थी। उस निबन्ध से मैं इस कदर प्रभावित हुआ कि तुरन्त ही उस नाटक को पढ़ने के लिए अधीर हो उठा। पर अल्मोड़े के छोटे-से कस्बानुमा शहर में कोई पुस्तकालय ऐसा नहीं था, जिसमें संस्कृत के महान् कवियों की रचनायें संगृहीत हों।

गरमी के दिन थे। मैं हाईस्कूल की अन्तिम परीक्षा देकर अपने माता-पिता की छत्रछाया में निश्चिन्त बैठा हुआ मटरगश्ती कर रहा था। अपने मन की तीव्र उत्सुकता को दबाकर रवीन्द्रनाथ की कविताओं के पाठ में निमग्न होकर कालिदास को भूलने का प्रयत्न करने लगा। कुछ ही दिनों बाद मेरे भाई साहब स्वर्गीय डॉ. हेमचन्द्र जोशी प्रयाग विश्वविद्यालय की वर्ष-भर की पढ़ाई समाप्त करके घर आ पहुँचे। उनके आते ही मैंने कालिदास के नाटक को पढ़ने की अपनी तीव्र इच्छा उनके आगे व्यक्त कर दी। भाई साहब मेरी साहित्यिक रुचि-सम्बन्धी किसी भी बात के प्रति कभी उपेक्षित मनोभाव व्यक्त नहीं करते थे, वरन् गम्भीर रूप से ही उसे ग्रहण करते हुए मेरा उत्साह बढ़ाते रहते थे। उन्होंने कहा, "चिन्ता की क्या बात है, मैं आज ही कलकत्ते के वसुमती साहित्य मन्दिर को लिखकर कालिदास की पूरी ग्रन्थावली ही मँगा देता हूँ।" सुनकर हर्ष से मेरा रोम-रोम पुलकित हो उठा। मैंने भाई साहब के हाथ में तुरन्त एक पोस्टकार्ड, जो पिता जी के पास रखा पड़ा था, लाकर थमा दिया और कहा, 'लीजिये, अभी लिख दीजिये, मैं तुरन्त लेटर-बाक्स में छोड़ आता हूँ।" मेरी उतावली देखकर भाई साहब स्नेह से मुस्करायें और उन्होंने पुस्तक वी.पी. से भेजने के लिए आर्डर दे दिया। प्रायः दो सप्ताह बाद एक दिन डाकिये ने एक बड़ा और भारी-सा बण्डल भाई साहब के हाथ थमाया। मैंने पार्सल के कवर को बड़े गौर से देखा। वह वसुमती साहित्य मन्दिर कलकत्ता से ही आया हुआ था। मैं अधीरता से इस बात की प्रतीक्षा करने लगा कि भाई साहब बण्डल खोलकर जल्दी ही पुस्तक मेरे हाथ में दें।

भाई साहब ने जब पार्सल खोला, तब उसमें से दो बड़ी-बड़ी और मोटी पुस्तकें निकृष्टतम अखबारी कागज़ पर छपी हुई निकली। एक के पेपरबैक कवर पर बंगला के बड़े-बड़े अक्षरों में लिखा था 'कालिदासेर ग्रन्थावली' और दूसरी पुस्तक के बाहर लिखा था 'शंकराचार्येर ग्रन्थावली'। भाई साहब ने 'शंकराचार्येर ग्रन्थावली' अपने पास रख ली और 'कालिदासेर ग्रन्थावली' मेरी ओर बढ़ा दी। कागज़ इस कदर चौपट था कि पन्ना उलटते ही फटने लगता था। न पुस्तक की छपाई अच्छी थी, न सफाई। पन्ने भी कटे नहीं थे और दो-दो पन्नों का एक पूरा शीट उलटाना पड़ता था। इस बेहूदगी से कोई पुस्तक छापी जाती है, तब तक इसकी कल्पना मैंने नहीं की थी। देखकर मुझे बाल-सुलभ रोना आ गया और मेरी आँखें नम हो आयी। मैं भाई साहब से छिपाकर अपने कोट के आस्तीन से आँखें पोंछता जाता, पर एक बार भाई साहब ने देख ही लिया। खिन्न स्वर में पूछा, "क्या हो गया? अभी-अभी क्या बात हुई?" क्षोभ और लज्जा से मेरी घिग्घी बन्ध गयी थी। मैंने कुछ क्षण सोचकर कहा, "हवा से उड़कर एक छोटा-सा तिनका मेरी बायीं आँख में घुस गया है, उसीसे आँसू निकल आये हैं।" भाई साहब ने अपने रूमाल से मेरी दोनों आँखें अच्छी तरह पोंछीं और गौर से आँखों के भीतर देखा, बोले, "कहीं कुछ भी तो नहीं है, तुम्हें वहम हो गया है।"

मैं किसी तरह भाग निकलना चाहता था। ग्रन्थावली को उठाकर एक एकान्त कोने में खिड़की के एकदम निकट जाकर बैठ गया। पुस्तक को उलटने पर मेरा क्षोभ और अधिक तीव्र हो उठा। मेरे क्षोभ की तीव्रता का प्रधान कारण यह था—

बचपन से ही अपने घर के वृद्धों, सयाने युवजनों के कालिदास का नाम सुनते-सुनते और विभिन्न साहित्यिक और सांस्कृतिक पुस्तकों में कालिदास की चर्चा पढ़ते-पढ़ते कालिदास का नाम मेरे मन पर इस तरह छा गया था कि वह नाम मुझे ईश्वर से भी बड़ा जान पड़ने लगा था।—प्रभुहू तें प्रबल प्रताप प्रभु नाम को। उस महा-महाकवि की रचनायें मुझे कब पढ़ने को मिलेंगी, यह स्वप्न मेरे बालपन में तरह-तरह के स्वप्न-जाल बुनता रहता था। बड़ी लम्बी प्रतीक्षा के बाद जब अन्त में मेरा वह मनोरथ एक दिन सफल होने को हुआ तब उसकी चरितार्थता में सबसे विकट बाधा यह उपस्थित हुई कि निकृष्टतम अखबारी कागज़ के उलटे-सीधे, अनकटे, फटे पन्नों में उन्हें पढ़ने की विवशता मुझपर लद गयी। यह कष्ट मेरी बालरुचि के लिए किस कदर विकट था, यह बात मै किसे और कैसे समझाऊँ! मुझे याद आ रहा था कि नोबेल-पुरस्कार प्राप्त कवि रवीन्द्रनाथ की रचनाएँ जब मैंने एक या डेढ़ साल आगे पढ़ने की उत्सुकता भाई साहब के ही आगे प्रकट की थी तब उन्होंने ही उस महाकवि की कविताओं का एक सुन्दर संकलन 'चयनिका' नाम से मुझे प्रदान किया था। वह सारा संकलन सुपरफाइन आर्ट पेपर में इण्डियन प्रेस इलाहाबाद की प्रख्यात छपाई और सुन्दर सफाई के साथ सचित्र रूप में प्रकाशित था और पुस्तक बाहर हरे चमड़े के बढ़िया बाइंडिंग द्वारा सुसज्जित थी जिसके ऊपर सोने की स्याही से पुस्तक का नाम कवि के स्वलिखित

हस्ताक्षर के साथ छपा हुआ था। वह छपाई-सफाई देख-देखकर ही मैं हर्ष-विभोर होकर पुलक से फूला न समाता था और पुस्तक छाती से चिपकाये रहता था। पुस्तक की एक-एक कविता का पाठ मैं अत्यन्त मनोयोग से और गहरी रुचि के साथ करता था। यह शायद पुस्तक के उस सुन्दर गेट-अप का ही फल था कि मैंने पुस्तक की अनेक कविताएँ कण्ठस्थ कर ली थीं और बार-बार रटने से उनका भाव-सौन्दर्य भी मेरे मन की मिट्टी में अपेक्षाकृत आसानी से भीगता चला गया और आज तक उसमें छपी लम्बी-लम्बी कविताएँ मुझे कण्ठस्थ हैं।

जब आधुनिक महाकवि रवीन्द्रनाथ की कविताओं का सँकलन ऐसी सुन्दरता से छापा जा सकता है तब प्राचीन महा-महाकवि कालिदास की रचनाओं के सँकलन के प्रकाशन में कलकत्ते की उक्त सुप्रसिद्ध प्रकाशन संस्था (वसुमती कार्यालय) ने वैसी लापरवाही क्यों दिखायी? मेरे क्षुब्ध मन में इसी प्रकार के तर्क और कुतर्क उठ रहे थे। तब मेरा अनुभवहीन मन जीवन की यथार्थता-सम्बन्धी प्रश्नों से उलझने में बुरी तरह कतरा रहा था और भाई साहब के आगे अपनी अबोध भावुकता भी मैं प्रकट होने देना नहीं चाहता था। फिर भी एक दिन मैंने उनके आगे मन की भड़ास निकाल ही दी। जब उन्होंने पूछा कि "तुमने 'कालिदास ग्रन्थावली' से कितनी रचनाएँ पढ़ डाली हैं?" तब मैंने उत्तर दिया, "उस ग्रन्थावली से कुछ भी पढ़ने को मेरा मन नहीं होता।" "क्यों?" आश्चर्य से भाई साहब ने पूछा। मैंने सुस्पष्ट शब्दों में उत्तर दिया, "ऐसे सड़े कागज में छपी पुस्तक पढ़ने को जी तनिक भी नहीं चाहता।" पहले तो उन्होंने मुझे डाँटा और कहा, "तुम्हें पुस्तक पढ़नी है या कागज चाटना है?" मैं चुप रहा। तब मेरी मौन व्यथा समझते हुए उन्होंने एक दिन बम्बई के सुप्रसिद्ध निर्णय सागर प्रेस की बढ़िया बम्बइया टाइप में और सुन्दर चिकने कागज़ में छपी और बढ़िया बाइंडिंग से सुसज्जित 'कालिदास ग्रन्थावली' मेरे हाथ में दी। मेरे हर्ष का पारवार न रहा। बात यह भी कि मैं सचमुच कालिदास की रचनाएँ पढ़ना चाहता था, न पढ़ने का कोई बहाना नहीं ढूढ़ रहा था। तब से मैं लगन से पढ़ने लगा। सबसे पहले मैंने 'मालविकाग्निमित्रम्' को ही चाटना आरम्भ किया। मूल नाटक अपेक्षाकृत बड़े अक्षरों में अत्यन्त शुद्ध छपा था और नीचे हिन्दी में जो अर्थ दिया गया था वह किसी दिन विद्वान अधिकारी का लिखा था, ऐसी याद मुझे आ रही है।

## 2

मेरा उक्त संस्मरण पढ़कर पाठक अवश्य खीझ उठे होंगे और यह स्वाभाविक प्रश्न उनके मन में उठेगा कि वर्तमान रचना की प्रस्तावना लिखने के सन्दर्भ में बेमतलब का संस्मरण लिखने का औचित्य कहाँ है? ठीक बात है। औचित्य तो कुछ भी नहीं है, तथापि यदि इस प्रस्तावना के बहाने अपने बचपन के एक हास्यास्पद और विनोदपूर्ण संस्मरण ने मेरे मन को बरबस दबा ही दिया तो उसे कह डालने में कौन-सा बड़ा अपराध मुझसे हो गया?

लेखकीय मनकी चपलता को पाठकीय मन जब तक धैर्य के साथ सहन न करे तब तक पुस्तक-पाठ का उद्देश्य सफल हो ही नहीं सकता। मेरी इस रचना के भीतर भी कुछ प्रसंग आपको सन्दर्भ-च्युत और जी उकताने वाले लग सकते हैं। उन्हें भी सहन करने के लिए आपको तैयार रहना चाहिए। फिर भी मेरा ऐसा विश्वास है कि उक्त संस्मरण आपके धैर्य की च्युति नहीं करेगा। वह आपको हँसायेगा और आपका विनोद ही करेगा।

पर इस प्रसंग को आप एकदम सन्दर्भ से कटा हुआ भी न समझें—हालांकि मेरे इस उपन्यास का नायक कालिदास नहीं है, फिर भी 'मालविकाग्निमित्रम्' से ही मुझे अपने इस उपन्यास की कथा का बीज प्राप्त हुआ था। वह कैसे, यह बताता हूँ।

उक्त नाटक के प्रस्तावना-भाग में सूत्रधार और मारिष (एक प्रमुख अभिनेता या प्रबन्धक) की जो बातचीत होती है, मेरा मन पहले ही पाठ में काफी देर तक वहीं पर ठहर गया था।

नान्दी-पाठ के बाद जब सूत्रधार मंच पर आता है तब आते ही वह मारिष को पुकारता है। मारिष नेपथ्य से बाहर आता है और कहता है, "महानुभाव, मैं उपस्थित हूँ। कहिये, क्या आज्ञा है?"

सूत्रधार—विद्वत्-परिषद् ने मुझे आज्ञा दी है कि इस वसन्तोत्सव में कालिदास-रचित वस्तु 'मालविकाग्निमित्रम्' को प्रस्तुत किया जाय। इसलिए तुम संगीत का आयोजन करो।

मारिष—नहीं महानुभाव, आप ऐसा न करें। भास, सौमिल्लक, कविपुत्र आदि विख्यात और यशस्वी कवियों द्वारा रचित प्रबन्धों का अनादर करके आप क्यों वर्तमान कवि का कालिदास की किसी क्रिया (रचना) को इतना सम्मान दे रहे हैं?

सूत्रधार—अरे, इस प्रकार अपने विवेक को विश्राम देकर क्यों इस तरह की बात बकते हो? सुनो—

पुराणमित्येव न साधु सर्वं<br>
न चापि काव्य नवमित्यवद्यम्।<br>
सन्तः परीक्ष्यान्यतरद् भजन्ते<br>
मूढः परप्रत्यनेयबुद्धिः।।

(पुरानी होने से ही सभी रचनाएँ उत्तम नहीं हो जातीं और न नया होने से ही कोई काव्य दूषित माना जाना चाहिए। विद्वान लोग पूरी परीक्षा करने के बाद ही किसी रचना को अच्छा या बुरा बताते हैं (फिर चाहे वह रचना पुरानी हो या नयी) और मूर्ख लोग अपनी राय बनाने के पहले दूसरे लोगों की कही हुई बात पर विश्वास करके तब अपनी धारणा बनाते हैं।)

कालिदास-लिखित अपने पहले नाटक की इस प्रस्तावना से स्पष्ट है कि उस युग के सौमिल्लक और कविपुत्र आदि कुछ ऐसे साधारण प्रतिभा वाले कवि तत्कालीन

नाट्य-मँचों पर अपनी धाक जमाये बैठे थे जिनकी रचनाएँ जनसाधारण में बहुत लोकप्रिय थीं और जो कालिदास जैसे विशिष्ट और नव-प्रतिभाशाली कवियों की प्रगति का मार्ग अवरुद्ध किये बैठे थे। कालिदास यह बात अच्छी तरह जानता था। इसलिए उसने जन-साधारण के मन का भ्रम दूर करने के उद्देश्य से अपने पहले ही नाटक की प्रस्तावना में यह विवादास्पद प्रश्न उठाकर अपनी निश्चित सम्मति स्थापित कर दी।

अब मज़ा देखिये कि उस युग के जिन तीन प्रख्यात कवियों के नाम कालिदास ने गिनाये हैं—भास, सौमिल्लक और कविपुत्र—आज उनमें से किसी भी कवि की रचनाएँ ही उपलब्ध नहीं हैं। भास की रचनाएँ तो किसी काल किसी-न-किसी रूप में जीवित रहीं, फिर भी कई शताब्दियों तक उसके मूल नाटक अनुपलब्ध ही रहे। हाँ, प्राचीन आलोचना-ग्रन्थों में उसके नाटकों की चर्चा और कुछ नाटकों से कुछ उद्धरण और अवतरण पाये जाते रहे हैं। पर सम्पूर्ण रूप में उसका कोई नाटक बीसवीं शताब्दी के प्रारम्भिक दशक तक खोजियों को प्राप्त नहीं हो पाया। इस शताब्दी के दूसरे दशक में दक्षिण के शाम (श्याम?) शास्त्री नामक एक विद्वान खोजी ने भास के कुछ लुप्त नाटकों को केरल के एक ग्राम पण्डित के घर के कूड़ेखाने से प्राप्त किया और उनका प्रचार भी बड़े ज़ोरों से हुआ। पर अनेक विद्वानों ने उन्हें पढ़कर इस बात पर सन्देह प्रकट किया कि वे नाटक जाली हैं। अभी तक इस आरोप का सन्तोषजनक निराकरण नहीं हो सका है।

यह तो हुई भास की बात। पर सौमिल्लक और कविपुत्र की कोई रचना बड़ी ज़ोरदार खोजों के बाद भी अभी तक कहीं उपलब्ध नहीं हो पायी है। और न ही किसी प्राचीन आलोचना-ग्रन्थ में उन दो कवियों के नाम तक किसी सन्दर्भ में मिलते हैं। उनकी रचनाओं की बात तो दूर रही, यदि कालिदास उन दोनों का उल्लेख न करता तो उनके नामों का भी आज पाठकों को कोई पता न चल पाता।

मैंने जब किशोरावस्था में पहली बार 'मालविकाग्निमित्रम्' पढ़ा तब उसकी प्रस्तावना के उक्त श्लोक (पुराणमित्येव आदि) ने मुझे बहुत अधिक प्रभावित किया। कालिदास द्वारा उल्लिखित उक्त तीन नामों में से मुझे सौमिल्लक बहुत ही अच्छा लगा। इस अज्ञात कवि के प्रति मेरे मन में केवल स्नेह का भाव ही उत्पन्न नहीं हुआ, वरन् एक परम आत्मीयता का भाव, न जाने क्यों उसके लिए मेरे मन में घर करता चला गया। फल यह हुआ कि सन् 1930 के बाद से मुझे रह-रहकर यह कल्पना गुदगुदाने लगी कि जल्दी ही सौमिल्लक को नायक बनाकर उसकी एक काल्पनिक जीवनी बड़े मज़े में लिखी जा सकती है। उसके लिए मैटर और कहाँ से इकट्ठा करूँ इसकी कोई चिन्ता मैंने नहीं की। अपनी कल्पना के ही सहारे तब से मैंने उस जीवनी के अनेक चित्र अपने कल्पना-विलास में ही खड़े किये। समय की शिला पर कई चित्र मिटते गये और उनका स्थान दूसरे-दूसरे मोहक चित्र उभर-उभरकर लेते गये पर यह कल्पना-विलास अनेकानेक वर्षों तक चलता रहा। जब मैं दूसरे-दूसरे उपन्यासों की कहानियाँ गढ़ने में रत था तब

भी सौमिल्लक की जीवनी के चित्र बीच में बिना किसी सन्दर्भ या कारण के उभर उठते थे, उन्हें देख-देखकर मैं मन ही मन मुस्करा देता और फिर उन्हें भूलने के प्रयत्नों में जुट जाता और फिर अनायास ही भूल भी जाता। पर मेरी अवचेतना में सौमिल्लक इस बुरी तरह घरकर चुका था कि न उसे कभी भुलाया ही जा सकता था, न उसके सम्बन्ध में कुछ लिख ही पाता था।

इस शती के पांचवें दशक के किसी विशेष वर्ष 'ज्ञानोदय' के संयोजकों ने 'महानगर अंक' निकालने का विचार किया। मुझे भी उस अंक के लिए कुछ लिखने का अनुरोध मिला (अर्थात् किसी विशेष महानगर का शब्द-चित्र उतार-कर 'ज्ञानोदय' में प्रकाशनार्थ भेज दूँ)।

मैं धर्म-संकट में पड़ गया। ''ज्ञानोदय' का मैं नियमित लेखक रहा हूँ। कभी मैंने उनके किसी आमन्त्रण का तिरस्कार नहीं किया था और अब उनकी माँग की अवज्ञा करूँ, यह कुछ अच्छा नहीं लग रहा था। पर मैं इस उलझन में पड़ गया कि लिखूँ तो किस महानगर पर लिखूँ। देश में कलकत्ता और बम्बई को छोड़कर मैंने विदेशों के किसी महानगर से कभी कोई सम्बन्ध नहीं रखा। और कलकत्ता और बम्बई पर मुझसे कई गुना अच्छा लिखने वाले अनेक लेखक ''ज्ञानोदय' के आयत्ताधीन थे। इसलिए मैं शशोपंज में पड़ गया। सोचते-सोचते अन्त में मेरे मन में यह कल्पना उठी कि किसी प्राचीन महानगर का एक काल्पनिक चित्र खड़ा किया जाय। प्राचीन महानगरों में उज्जयिनी ही मेरे मन के अनुकूल बैठ सकती थी। उसको केन्द्र बनाकर नाना प्रकार की कल्पनाएँ मन में उठीं और अन्त में एक फैण्टेसी के भीतर सभी कल्पनाएँ केन्द्रित हो गयी।

दो दर्ष पहले मुझे सौमिल्लक की याद फिर आयी और मैंने 'ज्ञानोदय' में प्रकाशित उस फैण्टेसी को एक पुस्तिका के रूप में छपाने का विचार किया। अपने एक प्रकाशक को मैंने उसकी पाण्डुलिपि दे भी दी। पर फिर एक दिन अचानक यह बात दिमाग में आयी कि सौमिल्लक की जीवन-कथा लिखने का जो विचार मैंने 1930 में किया था उसे लिख डालने का उचित अवसर अब आ गया है, जब कि साहित्य-सम्बन्धी सभी नयी और पुरानी धारणाओं से उबर चुका हूँ। इसलिए 'उज्जयिनी की दो रातें' शीर्षक अपनी फैण्टेसी का प्रकाशन मैंने रुकवा दिया। गर्मी का मौसम पहाड़ में बिताने के लिए पिछले वर्ष, अर्थात् जून, 1975 को, मैं चालीस वर्ष के बाद अल्मोड़े चला गया और वहाँ दो महीनों के भीतर ही 'कवि की प्रेयसी' को लिखकर पूरा भी कर डाला। साथ में मेरे साथ कोई भी सन्दर्भ-ग्रन्थ नहीं था पर सौमिल्लक और उसकी उज्जयिनी से तो मेरे पूर्व जन्म का सीधा परिचय था।

पाठकों को यह बताने की आवश्यकता है कि मैं नहीं समझता कि 'कवि की प्रेयसी' न तो ऐतिहासिक चित्र है न फैण्टेसी। यह मेरे पूर्वजन्म से परिचित एक कविमित्र के जीवन की सीधी-सादी कहानी है, जिसे सीधी-सादी भाषा में ही मैंने लिखना चाहा

है। इसमें वर्णित चित्रों की सटीकता प्रमाणित करने के लिए किसी पुरातत्त्ववेत्ता की खोजी दृष्टि को व्यर्थ प्रयत्न करने का कष्ट उठाना नहीं पड़ेगा। यह कल्पना-प्रधान उपन्यास है और इसकी परख शुद्ध कवि-कल्पना ही कर सकेगी। अस्तु।

अन्त में एक छोटा-सा आभार।

मेरी पाण्डुलिपि का टाइपीकरण होने पर स्क्रिप्ट को फिर से देखना पड़ा, पर मेरी आँखों में मोतियाबिन्द पड़ चुका था। इसलिए टाइप की हुई कापी को देखने में मेरी पुत्रवधू श्रीमती चन्द्रा जोशी ने मेरी बड़ी सहायता की। मुझे एक संस्कृत के जानकार की आवश्यकता थी, जो अशुद्धियाँ ठीक कर सके। चन्द्रा संस्कृत की विशेषज्ञा है। अतः मैं उसके प्रति अपना हार्दिक आभार जताता हूँ।

फाल्गुन कृष्ण 7
सम्वत् 2031

# कवि की प्रेयसी

# 1

# पितामहों की समुद्र-पार यात्रा

मेरे पितामह चार भाई थे। चारों उज्जयिनी के बड़े पराक्रमी, यशस्वी और प्रख्यात श्रेष्ठी थे। तब तक उज्जयिनी का कोई भी श्रेष्ठी व्यापार के लिए समुद्र-यात्रा करने और दक्षिण के सुदूर द्वीपों में जाकर अपना स्वर्ण-भण्डार भरने का साहस नहीं कर पाया था। मेरे अपने सगे पितामह चारों भाइयों से ज्येष्ठ थे और उन्होंने हनुमान जी की तरह का बल, साहस, बुद्धि, पराक्रम एवम् प्रतिभा का अपूर्व समन्वय पाया था। वह अपने भाइयों को समुद्र-यात्रा के लिए निरन्तर उकसाते रहे और एक दिन यात्रा की पूरी तैयारियाँ करके, मेरे पिता और अपने दूसरे पुत्रों, पुत्रियों एवम् मेरी मातामही के प्रबल विरोध की पूर्ण अवज्ञा करके, उन सबको रोते-बिलखते छोड़कर, एक नये ही उद्‌गम और उद्योग का श्रीगणेश करने के लिए अपनी चिर-परिचित और अपने जीवन की चिरसहचरी जन्मभूमि उज्जयिनी को प्रबल पौरुषोचित उदासीनता और उपेक्षा के साथ छोड़कर दो भाइयों के साथ निकल पड़े। शेष रह गये सबसे छोटे और सबके लाड़ले भाई, जो स्वभाव से विशेष उद्‌यामी नहीं थे। उन्हें घर की रखवाली के लिए छोड़ दिया गया। मेरे परवर्ती और मेरे समवयसी अत्यन्त सुहृद् बन्धु और सहृदय कवि कालिदास ने ठीक ही कहा है—

अपि स्वदेहात् किमुतेन्द्रियार्थात्
यशोधनानाँ हि यशो गरीयः।

उनकी भाषा को, भविष्य का पाठक सम्भवतः नहीं समझ पायेगा, इसलिए मैं सरल भाषा में इसका अनुवाद कर देता हूँ—राम द्वारा चिर-दुःखिनी सीता-त्याग का प्रसंग है। कालिदास उस संकटपूर्ण परिस्थिति का वर्णन करते हुए कहता है—"अपने यश को ही सर्वस्व समझने वाले महापराक्रमी यशोधन पुरुष अपने यश को स्वयं अपनी देह से भी महत्त्वपूर्ण समझते हैं, तब इन्द्रियार्थ-विषयों के सम्बन्ध में तो कहना ही क्या है?" सीता जैसी परम पूजनीया और तेजस्विनी नारी तक को कालिदास ने इन्द्रियार्थ (इन्द्रियों द्वारा भोग्य) विषय से अधिक महत्त्व नहीं दिया है। यह उसकी बहुत बड़ी कमी मैं बराबर मानता रहा हूँ और स्वयं उससे भी अनेक बार इस विषय पर बड़े तूफानी तर्क कर चुका हूँ। पर वह सभी प्रतिभावान कवियों की तरह बड़ा ही हठी था। मैं कभी उसे

अपनी भूल स्वीकार करने के लिए राज़ी न करा सका। पर मैं उसके इस हठ को भी उसकी प्रतिभा के भीतर निहित केवल यत्किंचित् कुण्ठित मनोवृत्ति ही मानता रहा हूँ। इस विषय में तर्क करते हुए हम दोनों के बीच कई बार विकट मनमुटाव हो चुका है। पर एक बड़ी बात इस सम्बन्ध में मेरी समझ में आयी है। वह यह कि सब-कुछ के बावजूद, कालिदास की सर्वदर्शिनी और दूरग्राही दृष्टि पर से मेरी आस्था कभी कुण्ठित नहीं हो पायी। उसके प्रति मेरे मन में कई बार भयंकर ईर्ष्या का तूफान उठा है। पर अन्ततः मेरे मन ने हर दृष्टिकोण से उसी की विजय स्वीकार की है। कारण यह है कि उसकी अलौकिक प्रतिभा के अनेक रूपों के अन्तिम विश्लेषण में मैं उसकी काव्यकला के अद्भुत चमत्कारों की अनिर्वचनीय मोहकता देख चुका हूँ, परख चुका हूँ और उनसे परास्त होकर पूर्णतः पराच्छन हो चुका हूँ। और उसके काव्यों में दोषों की खोज करते-करते, उन तथाकथित दोषों के भीतर निहित अपार और अपूर्व सौन्दर्य के चमत्कार के आविष्कार से स्वयं हतप्रभ और पूर्ण मुग्ध होकर किसी अलौकिक आनन्द की अनुभूति से रोमांचित हो चुका हूँ। इसलिए कालिदास चाहे मेरा कैसा ही प्रतिद्वन्द्वी क्यों न रहा हो, मैं उसकी जय बोलता हुआ अपनी राम कहानी को आगे बढ़ाता हूँ।

हाँ, तो मैं कह रहा था कि मेरे तीन पितामह अपने प्रबल पौरुष की अग्रगामी प्रेरणा के वशीभूत होकर दक्षिण समुद्र के अभियान के उद्देश्य से घर के सारे मोह-बन्धनों और विघ्नों को काटकर बाहर निकल पड़े। उज्जयिनी से वे लोग सीधे भृगुकच्छ की ओर बढ़े और वहाँ उन्होंने पहले देशी व्यापारियों से हजारों गाँठें रूई और उत्तरी तथा दक्षिणी भारत के सभी उत्तम वस्त्र, मलमल और रेशम की साड़ियाँ आदि, हाथी दाँत की काम की हुई और विदेशों में चलने वाली अनेक दुर्लभ और महत्त्वपूर्ण वस्तुयें बड़े परिश्रम से इकट्ठा की और एक पूरा जहाज़ किराये पर लेकर उसमें उन्हें भर दिया। उसके बाद भृगुकच्छ में लँगर डाले हुए अनेक विदेशी जहाज़ों के मालिकों से बहुत-सी ऐसी प्रलोभनीय और उपयोगी सामग्री खरीदकर इकट्ठा की जो दक्षिण-पूर्वी द्वीपों में दुष्प्राय थीं। उन्होंने रोमन व्यापारियों से शीशे के सुन्दर-सुन्दर बर्तन, खिलौने और आश्चर्यजनक सुदर्शन दीपक खरीदे, साथ ही चुन-चुनकर रोमन और यवन देशों से बिकने आये हुए अनेक अपूर्व सुन्दर दास और दासियाँ भी खरीदीं। वे अपने साथ उज्जयिनी के कुछ विशिष्ट और सर्वमान्य श्रेष्ठियों से कुछ परिचय-पत्र भृगुकच्छवासी देशी व्यापारियों और सुदूर पूर्व में बसे हुए प्रवासी भारतीय श्रेष्ठियों के नाम ले गये थे, इसलिए उन्हें उज्जयिनी के श्रेष्ठियों से प्राप्त बड़ी-बड़ी लम्बी रकमों की हुण्डियों को भृगुकच्छ में भुना लेने में किसी कठिनाई का सामना नहीं करना पड़ा, और दक्षिण-पूर्व के भारतीय व्यापारियों के नाम की भी कई हुण्डियों को वे अपने साथ ले गये थे।

मैंने अपने पितामहों की समुद्र-यात्रा का विस्तृत विवरण उन्हीं लोगों के मुँह से सुना था, जब वे लोग, लम्बे अर्से के बाद, उज्जयिनी वापस आकर अपने आत्मीय बन्धु-

बान्धवों और मित्रों को कई दिनों तक विस्तार से नित्य अपना यात्रा-विवरण सुनाया करते थे। उन लोगों ने बताया कि समुद्री यात्रा में उन लोगों को किसी विशेष संकट का सामना नहीं करना पड़ा। शारीरिक कष्टों से बचाव के लिए वे पहले ही तैयार हो गये थे और जहाज का जो मुख्य कर्णधार उन्हें मिला था, वह बड़ा ही सुयोग्य, अनुभवी और कुशल व्यक्ति था, इसलिए किसी विशेष संकट का सामना उन्हें नहीं करना पड़ा। जो भी संकट आये, उनसे कर्णधार बड़ी निपुणता से निबटते रहे। वे लोग सीधे सुवर्ण द्वीप की राजधानी में पहुँचे। वहाँ बड़ी-बड़ी आकाशभेदी अट्टालिकायें, सतखने और कलात्मक भवन, शिष्ट, सुसंस्कृत और सजे-धजे नागरिकों, देश-विदेशों से आयातित अद्भुत, मनमोहक वस्तुओं से सजी-धजी पण्य-वीथियों को देखकर वे लोग मुग्ध और परम प्रसन्न हो गये और स्वदेश-स्थित अपने घर के बिछोह की पीड़ा ने उन्हें तनिक भी नहीं सताया। वहाँ के नागरिकों और नागरिकाओं से वार्तालाप करने में उन्हें कोई कठिनाई नहीं हुई। वहाँ के सभी नागरिक—विशेष करके नागरक—भारतीय भाषा (संस्कृत) बड़े धड़ल्ले से बोल लेते थे और साहित्य, संगीत और विविध ललित कलाओं के सम्बन्ध में बिना किसी कुण्ठा या हिचक के बातचीत कर लेते थे। अन्तर्राष्ट्रीय व्यापार का एक प्रधान केन्द्र होने के कारण विभिन्न देशों के व्यापारियों के अतिरिक्त अनेक विदेशी कवि और कलाकार भी अपने यात्रा-प्रेम से प्रेरित होकर सुवर्ण द्वीप में आते रहते थे और धन, यश एवम् ज्ञान-वर्द्धन के उद्देश्य से राजधानी में भीड़ लगाये रहते थे। विशेषकर के पण्यवीथियों में उन सबकी भीड़ लगी रहती थी। उन सभी सभ्य और सुसंस्कृत कवियों और कलाकारों से वार्तालाप करके मेरे पितामह, जो सभी उस समय युवक थे, अत्यन्त प्रसन्न और पुलकित होते रहते थे। वे सभी तत्कालीन युवक अत्यन्त सुन्दर और सुरुचिपूर्ण युवक होने के नाते वहाँ की रूप-लावण्यवती सुशिक्षिता ललितांगनाओं के प्रति उदासीन नहीं रह सकते थे। इसलिए उन्होंने अपने समवयसी बन्धुओं को रस ले-लेकर बताया कि वे लोग किस प्रकार, किन परिस्थितियों में वहाँ के नागरकों और नागरिकाओं की गोष्ठियों में भाग लेकर किन-किन विषयों के वाद-विवादों में भाग लेते रहे हैं। मेरे सभी पितामह बड़े ही विद्वान और सभा-चतुर थे, इसीलिए उन गोष्ठियों में उन्हें बड़ा सम्मान प्राप्त होता था।

मैं तब उम्र में छोटा था और सुन्दरी युवतियों से सम्बन्धित चर्चा में मेरी विशेष रुचि न होने पर भी, मैं अपने विशाल भवन के सभाकक्ष में प्रतिदिन एक अलग कोने में बैठकर, बड़े ध्यान से अपने विलासी और सुचतुर वक्ता मंझले पिताहम की मनोहर और व्याकरण-शुद्ध एवम् अलंकार-शोधित वाणी में वर्णित बातों को मनोयोग से सुनता रहता था। मुझे निर्दोष बालक समझकर वे लोग मेरी उपस्थिति में कोई भी बात अपने बन्धुओं के आगे बताने में तनिक भी संकोच का अनुभव नहीं करते थे। पर मैं अपने वय के अन्यान्य बालकों की तुलना में बहुत अधिक अनुभूतिप्रवण और संवेदनशील

था और एक साधारण-सी बात सुनकर भी बहुत दूर की बातों का अनुमान, अपनी कल्पना से, लगा देता था। सबको नहीं, केवल अनुभवी पाठकों को ही इस बात पर विश्वास होगा कि उस छोटी उम्र में ही मैं युवकों के रूमानी जीवन की आनन्द-तरंगों की कल्पना भावात्मक रूप से काफी हद तक कर सकने में सक्षम था। सयाने व्यक्तियों की उन आनन्द-तरंगों के सम्बन्ध में ठीक-ठीक भावात्मक अनुमान लगा सकने के लिए यह तनिक भी आवश्यक नहीं है कि यौन-जीवन का अनुभव अनिवार्य हो। छोटे बच्चे—दस-बाहर साल के बच्चे भी सभी प्रकार के आनन्द-तरंगों के अभिघातों का अनुमान लगा सकते हैं, बशर्ते उनकी चेतना अधिक जाग्रत और उदात्त हो।

●

# 2

# विदेशी माता

हाँ, मैं अपने पितामहों की समुद्र-पार यात्रा और प्रवास के सम्बन्ध में एक अत्यन्त आवश्यक बात बताना तो भूल ही गया। मेरे पितामह जब प्रवास से लौटे थे तब उनके साथ एक अत्यन्त सुन्दरी तरुणी भी थी, जो पोशाक, पहनावे, बोलचाल और रहन-सहन से सुस्पष्ट ही विदेशी लगती थी, यद्यपि उसने विशुद्ध भारतीय रूप धारण करने में कोई बात उठा नहीं रखी थी। मुझे प्रारम्भ में ही आदेश दिया गया था कि मैं उसे कनिष्ठा जननी कहा करूँ। मैं उसे देखते ही उसके प्रति अत्यन्त प्रगाढ़ स्नेह के आकर्षण का अनुभव करने लगा और पहले ही वार्तालाप में मैंने उसे 'इज्जुए' (अम्माँ) कहकर सम्बोधित करना शुरू कर दिया। मैं जो पहला वाक्य उससे बोला वह यह था, ''अम्माँ, तुम मेरे लिए क्या चीज लायी हो?'' यह कहकर मैंने स्नेह-विकल होकर अपनी बाँहों को उसकी कमर में एक माला के रूप में डालने का पूरा प्रयास किया। तीन-चार व्यर्थ प्रयासों के बाद अन्त में उछलकर उसकी कमर पकड़ ही ली। वह स्वयं नीचे झुक गयी और मैंने दोनों हाथों से उसकी कमर छू ही ली और अपनी सफलता से अत्यन्त ही पुलकित होकर बड़े प्रेम से मुस्कराते हुए उसकी ओर मुँह करके स्नेह-विकल स्वर से किलकते हुए बोला, ''इज्जुए! मुझे कुछ खाने को दो।'' और मेरी प्यारी ''इज्जा'' ने तत्काल अपना बाक्स खोलकर उसमें से कुछ मिठाइयाँ और एक खिलौना निकालकर, दोनों चीज़ें मेरे दोनों हाथों में रख दीं। मैंने मिठाइयों के प्रति तनिक उदासीनता दिखायी और मिठाई को नीचे रखकर खिलौने को उलट-पलटकर देखने लगा। खिलौना मुझे अत्यन्त आकर्षक लग रहा था। वह रंग-विरंगा था और मुझे एक नाव की तरह लग रहा था। उसकी अगल-बगल तीन-तीन पगड़ी-धारी व्यक्ति एक-एक डाण्ड़ हाथ में लिए उसे खे रहे थे।

मैंने कुतूहलवश पूछा, ''इज्जुए! यह क्या चीज है और ये आदमी क्या कर रहे हैं?'' इज्जा पास ही पड़े एक भद्रपीठ (कुर्सी) पर बैठ गयी और उसने मेरे तनिक बड़े-से बालों को अपने कोमल हाथ के मधुरतम स्पर्श से मेरी आँखों और कपाल से धीरे से हटाकर ऊपर को समेटा और अपने सुन्दर, पतले और तनिक रंगे हुए-से ओठों से मेरे कपाल और गालों को प्रायः चटकारते हुए चूमा और मेरी पीठ हल्के-हल्के थपथपाते हुए बोली, ''बच्छ! यह एक नाव है और आदमी उसे खे रहे हैं।''

"नाव किसपर चल रही है, यहाँ पानी तो नहीं है?" मैंने तनिक उलाहने के-से स्वर में कहा।

"बच्छ, तुम तनिक चुपचाप बैठो, मैं अभी पानी मँगाती हूँ।" कहकर उसने पास ही, दरवाजे के बाहर छिपकर खड़े एक नौकर को पुकारा, "भद्रसेन!"

तत्काल भद्रसेन बड़ी विनम्रता से दोनों हाथ जोड़ता हुआ आ खड़ा हुआ। बोला, "क्या आज्ञा है, आर्ये!"

कनिष्ठा माता बोली, "एक बड़े-से और चौड़े भाण्ड में पानी ऊपर तक भरकर ले आओ, जिसपर सौम्य इस क्रीडनक (खिलौना) को चलाकर खेलेगा।"

"जो आज्ञा!" कहकर भद्रसेन गया और तुरन्त ही एक बड़े-से, ऊँचे-लम्बे और चौड़े बर्तन में पानी भरकर ले आया। कनिष्ठा माता ने खिलौने को जल-भाण्ड के ऊपर रखा और फिर खिलौने की बायीं ओर लगे एक पेंच को चार-पाँच बार घुमाया और पानी के ऊपर रख दिया। खिलौना दूसरे ही क्षण पानी पर तैरने लगा और केवटों के डाण्ड भी साथ-साथ चलने लगे। मैं प्रसन्नता से किलक उठा। यह सारा तमाशा मुझे अत्यन्त आश्चर्यजनक लगा और मैं कनिष्ठा माता की साड़ी का आंचल पकड़कर उछलने-कूदने लगा।

इस छोटी-सी घटना ने मेरे अन्तर को इस कदर उद्वेलित कर दिया कि मेरा नन्हा-सा हृदय-सागर अकस्मात् आये हुए ज्वार की तरह हिलोरें मारने लगा। उस क्षण से कनिष्ठा माता मेरे अन्तर में इस तरह समा गयी जैसे वही मेरे जन्म-जन्म की सगी माता हो। तब से मैं एक पल के लिए भी उसका साथ नहीं छोड़ता था। मुझे अपने घर में अपनी सभी माताओं के प्रति (अपनी सगी माता के प्रति भी) तब से विरक्ति-सी हो गयी।

पर कनिष्ठा माता के हमारे घर में प्रवेश करने के कारण एक विचित्र प्रकार के विक्षोभ की-सी स्थिति उत्पन्न हो गयी थी। विशेष करके घर का नारी-वर्ग बहुत ही विक्षुब्ध दिखायी देने लगा और अन्तःपुर के एक एकान्त सभाकक्ष में समय-समय पर उनकी जो निजी बैठकें होती रहती थीं, उनमें उनकी आपस में जो चर्चायें होती थीं उनमें कनिष्ठा माता के प्रति तीखे व्यंग-बाणों और अत्यन्त कटु आक्षेपों की बौछारें होती रहती थीं जिन्हें सुन-सुनकर मेरा नन्हा-सा कलेजा बुरी तरह बिंधता रहता और कुछ ही दिनों बाद मुझे कुछ ऐसा लगने लगा कि मेरा कलेजा छलनी-सा बनता जा रहा है। कलेजा क्या चीज है, यह मैं उस छोटी वय में भी अच्छी तरह जानता और समझता था।

●

# 3

# बलि और पूजा

मेरे पूर्वज पहले शैव थे और गाँव मातावलम्बी होने की अवस्था में वे बलि और पूजा द्वारा शिव और शक्ति दोनों की उपासना अत्यन्त आस्था के साथ किया करते थे। बाद में वे पूरे शाक्त धर्मावलंबी बन गये और महोग्रा देवी को प्रायः प्रत्येक सप्ताह बलि दिया करते और बलिदान का बड़ा महत्त्व मानते थे। पहले महाकाल मन्दिर में ही बकरों की बलि देते थे, बाद में महोग्रा देवी के मन्दिर के प्राँगण को अपनी पूजा के मिस पशु-रक्त से रंजित किया करते। जब मैं केवल छह या सात वर्ष का बच्चा था, तब मेरे मंझले दादा, जो मुझे बहुत प्यार करते थे, महाकाल या महोग्रा देवी के प्राँगण में मुझे पूजा के लिए ले जाते थे और अपनी गोद में मुझे लेकर मेरे दोनों नन्हें हाथों से 'महोग्रा देवी' को प्रणाम करने के लिए प्रेमपूर्वक आदेश देते। मैं भी स्वभाव से ही आस्थावान होने के कारण, अपने दादाओं और पिता एवं चाचाओं की ही तरह आँखें मूँदकर एकान्त भक्ति-भाव से सिर नवाकर प्रणाम करने का अभिनय-सा करता। यह देखकर मेरे वे सभी पितर बहुत ही प्रसन्न होते और मुझ नन्हे-से पुत्र का आस्था भाव देखकर बहुत पुलकित होते थे और पूजा तथा बलि की पूरी और लम्बी औपचारिकता मुझे दिखाने के लिए अत्यन्त उत्साहित हो उठते थे। मैं भी पूरे उत्साह से सम्पूर्ण प्रक्रिया देखने के लिए उत्सुक रहता था। पर बकरे के बलिदान का निर्माण दृश्य देख-देखकर प्रारम्भ में कुछ दिनों तक तो मेरी स्वाभाविक बचकानी निर्ममता नहीं अघाई किन्तु एक दिन ऐसा विकट, निष्ठुर और निदारूण दृश्य मैंने देखा कि मेरी जन्मजात निर्ममता भी आतंकित हो उठी।

जिस बकरे की बलि दी जाती थी उसका गला एक ऐसे यन्त्र से पहले फँसाया जाता था, जिसके सण्डासी के-से दो भाग दो तरफ से इस तरह गले को शिकंजे की तरह जकड़ लेते थे कि गला तनिक भी हिलने-डुलने नहीं पाता था और फिर पुजारी अपने खाण्ड़े से बड़ी आसानी के साथ बकरे की गर्दन और सिर को धड़ से अलग कर देता था। खाण्ड़े की एक ही चोट से सिर का भाग इस तरह अलग हो जाता जैसे दरान्ती से मूली के अग्र-भाग काटकर अलग कर दिया गया हो। सारी जमीन रक्त-रंजित हो जाती और गर्दन से रक्त की धारा बड़ी देर तक बहती रहती। वह रक्त बहुमूल्य समझा जाता और तान्त्रिक पुराणों के अनुसार देवी को पशु का रक्त-भाग ही विशेष प्रिय था।

रक्तबीज नामक राक्षस को मारने के लिए देवी ने अपनी लम्बी कराल जिह्वा के सहारे से उसके रक्त की एक-एक बूँद को बड़े आग्रह से चाट-चाटकर साफ किया था। उस दैत्य को यह वरदान प्राप्त था कि उसके रक्त की एक बूँद भी शेष रह जाने से उसीसे एक नया दैत्य मूल दैत्य की ही तरह जीवित होकर खड़ा हो जाता और फिर पहले की-सी प्रचण्डता से लड़ने लगता। देवी ने जब उसे काटकर गिराया था, तब उसके रक्त की हज़ारों-लाखों बूँदों से उतने ही दैत्य फिर-फिर खड़े हो जाते थे और देवी की विशाल और भीषण सेना में हाहाकार मचा देते थे। तब देवी ने अपने कोप की मात्रा को भी हजारों गुना बढ़ाया और वह अट्टहास करके मदिरा पान करने लगी। मदिरा-पान करने के बाद वह चारों ओर बिखरे हुए रक्तबीज के रुधिर की बूँदों को अपनी जीभ से एक-एक करके चाट-चाटकर साफ करने लगी। इस प्रकार जब सभी बूँदों को चाट चुकी तब जाकर रक्तबीज नामक अत्यन्त भीषण और अवध्यप्राय दैत्य का पूर्ण विनाश हो सका।

महादेवी की इसी रुधिर-प्रियता के कारण बलि-पशु का रक्त बहुमूल्य समझा जाता था, कि रक्तबीज के रक्त ही एक-एक बूँद को महादेवी ने अत्यन्त रसप्रियता के साथ चाटा था। रक्तबीज की अवतारणा बकरे के रूप में समझी गयी और उस रक्त को देवी का प्रसाद माना जाने लगा। इसलिए उसके बलिदान के बाद उसके रक्त की प्रत्येक बूँद को सुरक्षित रखने के प्रयास में कोई बात उठा नहीं रखी जाती थी। बकरे का सिर धड़ से अलग होते ही उस समूचे कटे सिर को एक बड़े-से बर्तन में रख दिया जाता, जिसमें रक्त की बूँदें चू-चूकर गिरती और संचित होती जातीं। कुछ ही समय बाद वह तरल रक्त जमकर गाढ़ा हो जाता और ठोस माँस में परिणत हो जाता। उस रक्तमय पिंड को पकाकर कलेजी की तरह मदिरा-पान के अवसर पर बड़े स्वाद से खाया जाता। जय हो महादेवी की और उसके उस महाप्रसाद की!

हाँ, तो मैं एक विशेष दिन की घटना बता रहा था। पितामहों के प्रवासयात्रा से सकुशल घर लौट आने के बाद ही एक दिन देवी को बलि चढ़ाने की बात तय हुई थी। उस विशेष पूजा के दिन ऐसा हुआ कि बलि-बकरे का गला उक्त सण्ड़ासी-नुमा यन्त्र में फँसा दिया गया और यह समझा जाने लगा कि अब बकरा अपने गले को हिला-डुला नहीं सकेगा। पर वह कोई साधारण बकरा नहीं था। वह अपनी अन्तःप्रज्ञा से जैसे समझ गया था कि इस तरह गला फँसाये जाने पर उसका क्या हाल होने वाला है। या यह भी सम्भव है कि उसका गला इस ढंग से फँस गया था कि वह बेहद कष्ट का अनुभव करने लगा हो। वह बुरी तरह अपने गले को बार-बार हिला-डुला रहा था और बेहद छटपटा रहा था। अन्त में किसी प्रकार उसने गले को शिकंजे से बाहर निकालने में सफलता पा ली। बलि के ठीक पहले इस घटना को शायद अपशकुन समझा गया इसलिए उसे गीले आटे के बने लड्डे खिलाये गये। वह स्पष्ट ही बहुत

भूखा था और उसने छककर खाया। उसके बाद उसे एक चौड़े और चपटे बर्तन में पानी की जगह मदिरा पिलायी गयी। बकरा स्वभावतः बहुत प्यासा था। इसलिए उसने पानी समझकर बहुत सारी मदिरा पी। मदिरा में पानी भी काफी मिलाया गया था। एक बार पी चुकने के बाद उसने 'बाँ-आँ...आँ...आँ' की आवाज़ निकालते हुए और पानी माँगा। उसे फिर वही पानी मिली हुई मदिरा पिलायी गयी। उसने फिर उस मिश्रण को छककर पिया। उसके बाद जब फिर बकरे का गला शिकंजे में फँसाया गया तब वह बुरी तरह छटपटाता हुआ अत्यन्त आर्त स्वर में 'बाँ...आँ...बाँ–आँ....आँ...आँ... पुकारने लगा। पर शायद मदिरा के प्रभाव से वह जल्दी ही थक गया और स्थिर होकर ध्यानावस्थित-सा हो गया। मुझे लगा, जैसे वह महादेवी की इच्छा समझ गया हो और सम्भवतः उसी का ध्यान करते हुए अपने को देवी के चरणों में समर्पित करके शान्त हो गया हो। पुजारी ने आव देखा न ताव, कसकर खाण्ड़े का एक हाथ उसकी गर्दन पर मारा। अब की तड़ाक से सिर धड़ से अलग हो गया। मैं बड़े गौर से सारी कारंरवायी देखता रहा। सिर अलग होते ही धड़ भूमि पर धराशायी हो गया। और मैंने आश्चर्य से देखा कि वह मस्तक-विहीन धड़ निर्जीव माँस-पिण्ड नहीं था। वह अपने सारे शेष-अंगों को, विशेष करके पाँवों और पूँछ को प्रबल चेष्टा से फड़फड़ाता हुआ बार-बार खड़े होने के प्रयास में बड़ी तीव्रता से छटपटाता जाता था। मैं डरा कि प्रेतात्मा अब फिर नया जीवन प्राप्त करने ही को है। इसलिए मैं पितरों की कृत्रिम औपचारिकतापूर्ण उपासना के नित्य दर्शन से या अपने जन्मजात संस्कारों की सहज प्रेरणा से मन ही मन देवी से प्रार्थना करने लगा कि या तो बकरे का धड़ सिर-सहित पुनर्जीवित हो जाए या फिर से वह खड़ा ही हो जाय और छटपटाना बन्द कर दे। देवी ने जैसे मेरी प्रार्थना सुन ली और धड़ ने छटपटाना बन्द कर दिया। वह पूर्णतः निर्जीव अवस्था में शान्त, स्थिर लेटा रहा। उस दिन मैंने बकरे के कटे हुए सिर पर अपना ध्यान पहली बार केन्द्रित किया। इसके पहले मैं कई बकरों की बलि देख चुका था पर कभी कटे हुए सिर और धड़ के प्रति किसी प्रकार की दिलचस्पी मुझे नहीं हुई थी। बलि हो जाने के बाद मैं उदासीन हो जाया करता था। पर उस दिन मृत बकरे के सिर और धड़ की अन्तिम अवस्था को देखने-परखने की मेरी उत्सुकता बेहद बढ़ गयी थी। मैंने देखा बलि के पूर्व उस निरीह पशु की पूजा करते समय रक्त-चन्दन का जो टीका उसके माथे पर लगा दिया गया था वह अभी तक धूमिल नहीं हुआ था और एकदम ताजा लग रहा था। रक्त करबीर की जो माला बलि के पूर्व उसे पहना दी गयी वह उसके गले पर अभी तक वैसी ही लग रही थी, तनिक भी नहीं मुरझायी थी।

●

# 4
# शंका और समाधान

वह सारा काण्ड मुझे पहली बार अत्यन्त निष्ठुर और भयावह लगा। गर्दन सहित सिर वाला भाग देवी को भोग लगा दिया गया। बकरे के धड़ को एक विशेष बर्तन में संचित उसके बहे हुए रक्त सहित उठाकर एक छोटी-सी गाड़ी पर रख दिया गया। मैं चूंकि अब बुरी तरह धाड़े मार-मारकर घर वापस जाने के लिए रोने लगा था, इसलिए मुझे भी उस गाड़ी पर निर्जीव पशु के शेष अवयवों के साथ घर ले जाया जाने लगा। दादा और चाचा लोग बाद में आने वाले थे। बलि-पशु के शरीर की वह अन्तिम गति देखकर मैं और भी ज़ोरों से रोने लगा और रास्ते-भर उसी तरह रोता रहा। घर पहुँचकर मैंने अपनी सगी अम्माँ की गोद में बैठकर उससे अपने रोने का सारा किस्सा बताया और दृढ़ स्वर में कहा कि आज से बलि-पशु का या अन्य किसी जीव का मांस नहीं खाऊँगा।

इज्जा ने मीठी डाण्ट बताते हुए कहा, ''ऐसी अशुभ बात मुँह से मत निकालो बच्छ। ऐसी बातों से महादेवी का अपमान होता है। महाप्रसाद की अवज्ञा और अपमान झूठे मुँह भी करने से अनिष्ट होता है। हमारे कुल में जो बात परम्परा से चली आयी है, उसका पालन बिना तनिक भी बहस के चुपचाप करते चले जाने में ही भलायी है। अपने प्रतिष्ठित कुल का अनिष्ट करने पर तू क्यों तुला है? तुम्हारे दादा, पिता और चाचा लोग परम्परा से जैसा करते चले आये हैं उसे आँख मूँदकर मानते हुए चलने में ही सबका कल्याण है।''

मैं अम्माँ से जब इस तरह बतिया रहा था तब हमारे तीन-चार दास बाहर उद्यान के एक किनारे पर कुछ सूखी हुई, पतली-पतली टहनियाँ और चैलियाँ जलाकर बकरे की खाल के बालों को जलाकर साफ करने का उद्योग करने लगे। मन के भीतर गुरुजनों के निष्ठुर व्यवहार से रुष्ट और निरीह पशु के प्रति अथाह करुण उमड़ने पर भी मैं खाल को जलाने के अत्यन्त अशोक और करुण दृश्य को देखने की अदम्य उत्सुकता को न दबा सका और ऊपर की एक खिड़की पर इतमीनान से खड़े होकर उदासीन भाव से वह दृश्य देखने लगा। एक दास एक तरफ से दो टाँगे पकड़कर आग की लपटों के ऊपर उन्हें फैलाकर खड़ा था और दूसरा दूसरी तरफ। बालों के जलने से चट-चट शब्द हो रहा था और एक बड़ी ही तीखी और कड़वी चिरायन्ध नीचे से ऊपर तक

फैलकर मेरी नाक के नथुनों को घृणित और असहनीय दुर्गन्ध से कुंचित कर रही थी। मैं फिर भी अपने स्थान पर खड़ा रहा। निर्मय दृश्यों को निरन्तर देखते रहने का अभ्यास बन जाने पर वह इस कदर दुर्दमनीय आकर्षण और कुतूहल का कारण बन जाती है। जब बकरे के सारे बाल ऊपर से लेकर नीचे पैरों तक जलकर, झुलसकर राख बन गये तब एक पतली-सी काँटेदार छड़ी से सारी राख झाड़ दी गयी और फिर उस निर्जीव मांस-पिण्ड को एक जल-यन्त्रधारा के नीचे रखकर देर तक धोया गया। धुल जाने के बाद उसे एक कपड़े से पोंछकर शल्य-गृह में ले जाया गया। मैं अपनी सारी करुणा के मोह-जाल को बरबस काटकर बालकोचित उत्सुकतावश दौड़कर नीचे चला गया और सीधे शल्य-कक्ष में जा पहुँचा। शल्य-क्रिया देखने की उत्सुकता अत्यन्त प्रबल रूप में मेरे शिशुमन पर छायी हुई थी। शल्य-कक्ष में जाकर मैंने देखा, एक धुले हुए चबूतरे पर धड़ को लिटा दिया गया था और दो तरफ से दो दास दो विचित्र प्रकार के सान पर चढ़ाये हुए अस्त्रों की मूठ पकड़े हुए, उन अस्त्रों को इस तरह नचा रहे थे जैसे युद्ध भूमि में अपने किसी परम शत्रु की शारीरिक विवशता का लाभ उठाकर उसे चीरने और फाड़ने का परम सुख प्राप्त करने की खुशी में नाचना चाहते हों। मुझे वे दोनों अस्त्र-धारी दास खूँखार जल्लादों की तरह लग रहे थे। दोनों जल्लाद तुरन्त ही अपने पतले, लम्बे और पैने छूरों से बकरे की खाल को चीरने और फिर किसी हिंसक पशु की तरह अपने बड़े-बड़े नाखून वाले हाथों से छुरे से चिरी हुई उस खाल को खींचकर फाड़ने के काम में जुट गये और मेरे देखते-देखते कुछ ही पलों के अन्दर सारी खाल उधेड़ डाली गयी और उसे चबूतरे के एक किनारे रख दिया गया। उसके बाद बकरे के निचले पेट को चीरकर उसके भीतर से आँतों का पूरा गट्ठर निकाला गया और उसे भी नीचे अलग एक किनारे पर रखा गया। उसे नीचे रखते-रखते कहीं से दो चाण्डाल आये और चील-झपट्टा मारकर आँतों की उस गठरी को उठा ले गये, जैसे कोई महानिधि उन्हें मिल गयी हो। उसके बाद पेट के ऊपर वाले भाग की शल्य-क्रिया की गयी और एक विशेष भाग से कलेजा, फेंफड़ा आदि अवश्य निकाले गये और उन्हें एक टोकरी में डाल दिया गया। वृक्क (गुर्दे) और हृदय भी इसी तरह काटकर निकाले गये और उन्हें उसी तरह बड़े बर्तन में रख दिया गया। जब ये सब शल्य-क्रियायें हो रही थीं तब पुजारी अलग-अलग तान्त्रिक मन्त्र पढ़ता जाता था।

मेरे मँझले दादा भी शल्य-कक्ष में खड़े थे और परम आनन्द से एक-एक क्रिया देख रहे थे। वह मुझे अपने पास बुलाकर एक-एक अवयव के काटे जाने पर बड़े प्रेम से अपने हाथ में लेकर दिखाते जाते थे। सबसे पहले हृदय वाले अवयव को अपने हाथ में लेकर उन्होंने मुझे दिखाया और किसी महाज्ञानी गुरु की मुद्रा में बोले, "देखो, यह बड़ी हृदय है, जो तुम्हारे, हमारे और सभी मनुष्यों और पशुओं के भीतर रहकर मन की सभी संवेदनाओं को—स्नेह, प्रेम, करुणा, घृणा, ईर्ष्या, क्रोध, हिंसा आदि की सभी संवेदनाओं को अपने भीतर समेटता जाता है और उन संवेदनाओं की प्रतिक्रियाओं को

अपने से बाहर सारे समाज में बिखेरता रहता है। संसार की समस्त संस्कृतियों और विकृतियों के मूल में इसी छोटे-से माँस-पिंड का अस्तित्व है। मैं न कुछ ठीक से समझ पाया और न कोई विशेष महत्व ही मैंने मँझले बाबा की बात को दिया। केवल एक अज्ञात विक्षोभ से अपने त्रस्तमन को झूठी सांत्वना देने का प्रयत्न करता रहा।

अपनी सगी माता की बातों से निराश होकर मैं अपनी नयी और कनिष्ठा माता के पास गया। मेरी आँखें नम थीं और चेहरे पर तीव्र उदासी छायी हुई थी। देखकर कनिष्ठा माता बोली, ''बच्छ! तुझे क्या हो गया है? ऐसी क्या बात हो गयी जिससे तू इस कदर उदास होकर रोने लगा है? ठीक-ठीक बता!'' कहकर उसने अपनी गोद में भरकर अपने आँचल से मुझे ढक दिया और मुझे दिलासा देती हुई मीठी-मीठी थपकियों से दुलराने लगी। उस दुलार से मेरी सिसकियाँ और अधिक उमड़ उठी। कनिष्ठा माता ने मेरा सिसकना सुनकर बड़े ही कोमल-करुण स्वर में मुझसे पूछा, ''वच्छ! बात क्या है, मुझे बताता क्यों नहीं?'' उसके बार-बार पूछने पर, कुछ समय बाद मेरा सिसकना बन्द हुआ और मैंने अपने चेहरे पर से आँचल हटाकर उसकी ओर देखा। वह स्वयं रो रही थी। आज सोचता हूँ कि उसके उस निःशब्द रुदन का कारण मेरा सिसकना नहीं था, बल्कि उसके मन में अपने विगत जीवन की कुछ अनजानी स्मृतियाँ उमड़ उठी थीं।

मुझे मुँह खोलते देखकर उसका चेहरा चमक उठा और वह पुलक-गद्गद भाव से एकटक काफी देर तक मेरी आँखों को देखती रही। उसका वह विह्वल भाव मुझसे देखा नहीं गया और मैंने साहस बटोरकर उनके आगे धीरे-धीरे अपने मन की विकलता का कारण उद्घाटित कर दिया। बोलते हुए मेरा स्वर काँप रहा था और रुक-रुककर हिचकियाँ लेता हुआ बोल रहा था।

मैं अपने यहाँ की बलि-प्रथा के विरोध में अपने शाक्त परिवार की कुप्रथा का तीव्र विरोध करने लगा। मैंने विस्तार से उस दिन के निष्ठुर बलिदान की निर्मम कहानी आदि से अन्त तक अपनी नयी माता को सुनायी। पूरा किस्सा सुन चुकने के बाद उसने प्यार से मुझे अपनी छाती से भींच लिया और फिर उत्कट स्नेह से मेरे दायें गाल का चुंबन पूरे चटखारे के साथ किया। फिर पीठ इस तरह थपथपाने लगी जैसे मुझ बच्चे को सुला रही हो। जब उसका स्नेहावेग कुछ शाँत हो गया तब अपनी सहज सुकोमल और बड़ी ही मीठी वाणी में धीरे-धीरे बोली, ''बस, केवल इतनी-सी बात से तुम इस कदर विकल हो उठे? यह तो कोई विशेष बात नहीं है और न मेरे लिए कुछ अपरिचित ही है। तुम तो हिन्दू हो और शाक्त कुल में पैदा हुए हो। यहाँ तो यह एक साधारण बात है। पर मैं यवनी हूँ। हमारे यहाँ भी कट्टर परम्परावादी लोग देवी-देवताओं को बलि देते रहते हैं—किसी अशुभ घटना के निवारण के लिए। बचपन में, मैं भी इस तरह की बलि-पूजा से बहुत दुःखी होकर एकांत में रोया करती थी पर धीरे-धीरे मैं आदी हो गयी और बलि-पशु का माँस बड़े स्वाद से खाने लगी। अब अभ्यासवश मैं भी इस कदर निष्ठुर और हिंसक हो गयी हूँ कि मुझे किसी पशु का बलिदान देखकर कुछ भी दुःख

नहीं होता। मांस तो तुम भी बड़े शौक से खाते हो, तब पशु-बलि से क्यों दुःखी होते हो? उठो, प्रसन्न होओ और प्रेमपूर्वक देवता का प्रसाद ग्रहण करते रहो।''

कनिष्ठा माता की बत सुनकर मुझे बड़ी निराशा हुई। फिर भी मैं बड़ी देर अपने मन के भीतर अटका हुआ एक प्रश्न पूछ ही बैठा, ''अच्छा, इज्जा! एक बात बताओ। देवता लोग इतने निष्ठुर और घृणित क्यों होते हैं? क्यों वे बेचारे पशुओं की बलि करवाते हैं?''

कनिष्ठा माँ मेरे स्नेह मुँह से इस तरह का गम्भीर प्रश्न सुनकर 'खिल्ल' करके हँस पड़ी और बोली, ''अरे भोले-से नन्हे मूर्ख, तुझे इतनी बातें जानने की आवश्यकता ही क्या है? घर के वयोज्येष्ठ लोग जिस परम्परा को मानकर चल रहे हैं और तुझे जिस तरह से पाल-पोस रहे हैं, उसी के अनुसार चुपचाप चला चल। तू घर के सभी व्यक्तियों का लाड़ला है, तुझे किसी बात का कष्ट नहीं। तू अपने मन की किसी झूठी कल्पना से दुखी न हुआ कर।'' कहकर उसने फिर एक बार दुलार से मुझे कसकर भींच लिया और मेरे कपाल पर, दायें और बायें गालों पर चुम्बनों की बौछार करने लगी।

●

# 5

# संकटपूर्ण स्थिति और गृह-कलह

मैं पहले ही बता चुका हूँ कि मेरी कनिष्ठा माता के हमारे घर में प्रवेश करते ही घर का सारा वातावरण अत्यन्त भाराक्राँत हो उठा था। विशेष करके घर की नारियों में इस बात की बड़ी ही तीव्र प्रतिक्रिया हुई थी। मँझले पितामह की पूर्व पत्नियों में एक विकट हाहाकार-सा मच गया। उस हाहाकार का स्वर हमारे विशाल भवन के एक एकान्त कोने—अँतःपुर के भी बहुत भीतरी भाग तक सीमित होने के कारण यद्यपि उसका तनिक भी आभास नहीं मिलने पाता था, तथापि वह दमित सामूहिक क्रँदन भवन के सारे पर्दों और दीवारों को फाड़कर शेष सारे भवन में निःशब्द भाव से घर के सभी भागों और व्यक्तियों (पुरुष-समाज के बहरे कानों के भीतर तक) प्रवेश पा गया। उन निःशब्द आर्तनाद के प्रभाव से मेरे सभी पूर्वज (सभी पितामह, पिता, चाचा और मामा) अत्यन्त विक्षुब्ध, विषाद-मग्न और उद्वेलित हो उठे थे। कोई किसी से उस विषय पर कोई बात नहीं करता था, पर भीतर ही भीतर सबके मन जैसे उद्विग्न और विच्छिन्न हो उठे थे। बाद में पता चला कि चारों भाई उस अनचाहे संकट की गम्भीरता के सम्बन्ध में दिन-भर (और रात में भी) बड़ी देर तक एकान्त में बैठकर आपस में गुप्त परामर्श करने लगे थे कि किस प्रकार उस अशोभन स्थिति से त्राण पाया जाय।

अन्त में मेरे सबसे छोटे और मेरे सगे पितामह ने, जो विद्रोही प्रकृति के थे और सभी पितामहियों के एकान्त भक्त और अनुगत थे, और घर की शांति भंग होने के कारण सबसे अधिक खिन्न थे, मेरे पिता के साथ अलग गुप्त परामर्श करना शुरू कर दिया। पिता तब प्रायः पैंतीस वर्ष के हो चुके थे और स्वभाव में बड़े ही संयत, शील में सबसे सयाने और जीवन के अनुभवों में परिपक्व हो चुके थे। पिता की एकमात्र सन्तान होने के कारण वे (मेरे पिता) मेरे अपने पितामह के बड़े ही स्नेह-पात्र बने हुए थे।

इस प्रकार उस विशाल भवन के दो छोरों में दो महत्वपूर्ण गुप्त गोष्ठियाँ चल रही थीं, जिनका अ।भास मुझे घर के सभी कर्मचारियों की अर्द्ध गुप्त गोष्ठियों में, जहाँ मैं नित्य उपस्थित रहता था, प्रतिदिन मिलता जाता था। मैं प्रतिदिन स्वभावतःवय में बढ़ता चला जाता था। और मेरी बुद्धि प्रतिदिन बड़ी तेजी के साथ निखरती चली जा रही थी। एक-एक दिन की प्रगति के साथ-साथ मैं इस शीघ्रता में अपने ज्ञान का कोष इस परिमाण में बढ़ा रहा था कि सोचकर आज मुझे अत्यन्त आश्चर्य होता है। इससे भी

आश्चर्य की बात मुझे यह लगती थी कि मेरे ज्ञान का कोष जिस परिणाम में संचित होता जा रहा था, मेरे चिन्तन का स्तर उससे कई गुना ऊँचा होता जा रहा था। अपनी नव किशोर अवस्था के कारण मुझसे कोई भी व्यक्ति किसी भेद की बात को बता नहीं सकता था। पर मैं साधारण किशोर नहीं था। मेरे कान, मन और मस्तिष्क सब समय बड़े ही चौकन्ने रहते थे और परोक्ष रूप से ही सही, तनिक-सा संकेत पाते ही कल्पना की ही सहायता से घर की यथार्थ परिस्थिति के मूलगत यथार्थ का परिचय पा जाते। इस बात का प्रमाण मुझे बाद में स्वयं अपने तटस्थ पर्यवेक्षण और विश्लेषण के फलस्वरूप परिणाम को सुस्पष्ट और सुप्रकट यथार्थता के अनुभव और ज्ञान से प्राप्त हो जाता था। मैं जो भी कल्पना करता, सोचता और समझता था, ठीक वही बात समय पर सत्य सिद्ध होकर रही। फलस्वरूप मेरा आत्मविश्वास निरन्तर बढ़ता ही चला गया।

अंतिम फल वही हुआ जिसकी आशँका मुझे प्रारम्भ से ही होने लगी थी। मेरे अपने सगे पितामह ने एक दिन अपने सभी भाइयों के विरुद्ध खुले तौर पर विद्रोह कर दिया। मेरे तीन अग्रज पितामहों की सम्मति के विरुद्ध उन्होंने अपना विरोध सुस्पष्ट शब्दों में करते हुए जोरदार शब्दों में दृढ़ता के साथ कहा, "इस घर में यवनी अधिक रह नहीं सकेगी। उसे या तो बलपूर्वक निकाल दिया जायेगा या उसे स्थिति की यथार्थता से परिचित कराके, समझा-बुझाकर, शान्ति के साथ स्वयं चले जाने को कहना होगा। पहला उपाय मेरे हाथ में है और दूसरा आप लोगों की नीति-निपुणता पर निर्भर करता है।" यह कहकर वह बिना कोई प्रत्युत्तर सुने गोष्ठी से बाहर निकल गये।

यह बात मैंने घर के विश्वासी कर्मचारियों की गोष्ठी में उनके पारस्परिक वार्तालाप के बीच सुनी थी। सुनकर मैं सीधे बुरी तरह रोता हुआ अपनी निजी माता के पास चला गया। कनिष्ठा माता के पास जाकर वह दारुण निष्ठुर समाचार सुनाने का साहस मुझे भला कैसे हो सकता था! और उन्हें वह निर्मम समाचार सुनाकर मुझे वह सांत्वना ही क्या दे सकती थी।

इसलिये मैं सीधा अपनी सगी जननी के पास गया और उन्हें घरेलू पंचायत का अंतिम फैसला सुनाया, जिसे सुनकर वह अत्यन्त हर्ष-विभोर हो उठीं। एक पक्ष का निदारुण अनिष्ट दूसरे पक्ष का मंगल-उत्सव कैसे बन जाता है, विधि-प्रपंच के इस रहस्य का औचित्य मुझे अभी समझना है। यह बात देखने-सुनने और सोचने-समझने में जितनी सीधी लगती है, वास्तव में वह उतनी सरल नहीं है, वरन् बहुत टेढ़ी और प्रपंच-भरी है। सृष्टिकर्ता की न्याय-व्यवस्था, समदर्शिता और कारुणिकता एवम् प्रकृति माता की उदारता, क्षमा-शीलता और सटीक सहज न्याय-बुद्धि का वैपरीत्य ही उक्त योजना में दिखता है। मुझ जैसे आस्थावान को यह विश्व-नियम बहुत ही संत्रस्त और विचलित कर देता है। पर हाय, इस नियम-वैपरीत्य के विश्व-व्यापक अस्तित्व की अतिचारिता सबके आगे सुस्पष्ट और प्रतिदिन के जीवन में सुप्रमाणित है।

●

# 6

# संकट की प्रगति

ज्यों-ज्यों दिन बीतते गये, अपनी कनिष्ठा माता के आसन्न बिछोह की आशंका मेरे अन्तर के भी अन्तर को शूल के तीखेपन के साथ मुझे अधिकाधिक प्रपीड़ित और उद्वेलित करती चली गयी। कनिष्ठा इज्जा के पास फटकने का साहस ही मुझे नहीं होता था। मुझे वह बलिदान की साक्षात् मूर्ति-सी लगती थी। बकरों के निर्मम बलिदान के कारुणिक प्रसंग को तो मैं जैसे एकदम भूल ही गया और एक निरपराध, निश्छल और निर्दोष मानवी के हृदय-द्रावक आसन्न बलिदान के मर्मभेदी दृश्य का साक्षी बनने की अनिवार्यता की कल्पना मुझे निरन्तर हृदय में त्रिशूलों के गड़ाये जाने की असहनीय आशंका की तरह व्यथित करने लगी। जी चाहता था कि उस अवश्यम्भावी दुर्घटना के घटित होने के पूर्व ही या तो शिप्रा नदी में डूब मरूँ या कोई उत्कट विष खाकर प्राण त्याग कर दूँ। एक ओर जीवन की अपार-आकाँक्षाओं और आशाओं की सुनहरी झालर से प्रतिक्षण झलकती हुई अन्तहीन मरीचिका मेरे किशोर-मन को अदमनीय आकर्षण से पूर्व दिशा की ओर खींच रही थी और दूसरी ओर सूर्योदय होते-न-होते सब कुछ लील लेने वाले नैश-अन्धकार-सी मेरी ओर द्रुतवेग से दौड़ती हुई सघन काली परतें मुझे चारों ओर से अपनी राक्षसी, सर्पमयी बाँहों में लपेटने के लिए और अधीर दिखायी देती थीं।

पन्द्रह-बीस दिनों तक मैं कनिष्ठा 'इज्जा' से कतराता रहा। जब उसके निकट सम्पर्क से वंचित होते हुए मुझे काफी दिन हो गये तब मैंने सोचा कि मेरा यह व्यवहार घर के सभी लोगों के व्यवहार से भी अधिक अन्यायोचित है। स्वयं मेरा मन भी उससे मिलने को विकल हो उठा और एक दिन मैंने निश्चय किया, चाहे जैसी भी पीड़क अनुभूति मुझे हो, मैं उसके पास जाकर ही रहूँगा। मैं भय, निराशा और बिछोह की आशंका की सारी अनुभूतियों को ठुकराकर भीतर के रास्ते से ही एक के बाद एक कक्ष पार करके उसके कमरे के निकट बढ़ता गया। जब केवल एक कमरा पार करना शेष रह गया, तब मुझे लगा, जैसे उस पार वाले कमरे के भीतर दो व्यक्ति बोल रहे हैं। गौर से सुनने पर मैंने स्पष्ट स्वर सुने। एक था स्वयं इज्जा का और दूसरा था मँझले पितामह का। स्पष्ट ही दोनों के बीच घनिष्ठ वार्तालाप हो रहा था। अम्माँ अत्यन्त करुण और शिकायत-भरे स्वर में अपनी दयनीय स्थिति का वर्णन कर रही थी और मँझले बाबा उसे जैसे सान्त्वना देने का प्रयत्न कर रहे थे। मैं और आगे बढ़कर गौर से दोनों की बातें सुनने लगा। कनिष्ठा इज्जा कह रही थीं, "मुझ जैसी जन्म की दुःखिनी, निपट असहाय, विश्व जन द्वारा ठुकरायी हुई अबला नारी को इस निपट विदेश

में पूर्ण अनाथावस्था में त्यागकर तुम किस मुँह से अपनी 'उदारता' और 'सहृदयता' का बखान करते हो? मेरी माता की मृत्यु तभी हो गयी थी जब मैं एकदम दुधमुँही बच्ची थी। एक लोभी, स्वार्थी और निष्ठुर दाई को मुझे पाल-पोसकर बड़ा करने का भार सौंपा गया। उसने कभी अपने अन्तर का स्नेह मुझे नहीं दिया और मेरी अबोधावस्था का लाभ उठाकर वह अपने निजी बच्चों का पेट भरने और मनोरंजन करने के उद्देश्य से मेरे पोषण के लिए दी जाने वाली सभी चीज़ें उठाकर अपने घर ले जाती। यहाँ तक कि मेरे लिए लाये गये खिलौनों तक को अपने बच्चों के लिए उठा ले जाती। मुझे दूध भी ठीक से नहीं पिलाती थी और मेरे लिए जो खाने की चीजें उसे दी जातीं, उन्हें वह मुझे केवल सुँघा देती थी। पर मैं स्वभाव से कुछ कड़ी प्रकृति की थी, इसलिए माँ का स्नेह, पिता द्वारा दिये गये गोदुग्ध और पोषक तत्त्वों से एकदम वंचित रहने पर भी न जाने कैसे दिन पर दिन हृष्ट-पुष्ट होती चली गयी और तेरह-चौदह बरस की आयु में ही वयस्क बन गयी। उस छोटी उम्र में ही मुझे, हमारा ही सहजातीय एक सुन्दर युवक बहलाकर एक पास वाले दूसरे नगर में ले गया। माता-पिता, घर और संसार से अलग होकर मैं विदेश में भी अपने आत्मीयों से बिछुड़कर, एक निपट विजातीय और बेगाने वातावरण में किसी तरह जीवित रही। वहीं आपसे मेरा परिचय हुआ। मेरा 'प्रेमी' विदेश में अपनी निपट निर्धनता से तंग आ गया था। बड़े ही कष्ट में मेरे दिन बीत रहे थे। उस निपट नपुंसक और अर्थ-पिशाच ने अर्थ के लोभ से मुझे आपके साथ सौंप दिया। मैंने आपके व्यक्तित्व में सहृदयता का परिचय पाकर स्वयं आपके हाथ बिक जाने की ठानी और अपने तथाकथित 'प्रेमी' को जल्दी ही मुझे बेच देने के लिए ज़ोर मारा। इस प्रकार मैं आपके हाथों आ गयी। मैं अपने भाग्य को धिक्कारती हुई रास्ते में रोने लगी, तब आपने कैसी मीठी-मीठी चिकनी-चुपड़ी बातों से मुझे शान्त कराया था! क्या-क्या सब्ज-बाग आपने दिखाये थे! और अब सब-कुछ भूलकर आपने कायरों की तरह मुझे अपने सम्पर्क और संसर्ग से बहिष्कृत करने का निश्चय कर लिया है। अब आप ही बताइये, मैं अनाथिनी इस निपट अपरिचित वातावरण से भी अलग होकर कहाँ किसकी शरण में जाऊँ?''

''नहीं केसिडा, ऐसी बात न कहो, धैर्य और साहस से काम लो। मैंने तुम्हारे लिये एक ऐसा आश्रय खोज लिया है, जहाँ तुम बड़े ही सुख से रहोगी और अपने जीवन के सारे पिछले दुखों को स्वप्न की तरह भूल जाओगी।'' बाबा ने उसे एक सन्त की तरह सान्त्वना देते हुए कहा।

कनिष्ठा इज्जा (केसिडा) बाबा की बात सुनकर बहुत उत्तेजित हो उठी। शायद वह खड़ी हुई और उत्तेजित स्वर में बोली, ''तुम उठ जाओ! मेरे सामने से एकदम हट जाओ! बड़े आये मेरे लिए आश्रय खोजने वाले! तुम अत्यन्त नीच पापात्मा हो! तुम्हारा मुँह देखना भी पाप है! मैं अपना आश्रय स्वयं खोज लूँगी। मैं सभी आश्रयों के परम आश्रय, सर्वेश्वर, सर्वक्षमाशील, सर्व कारुणिक भगवान बुद्ध की शरण में जाऊँगी, दूसरे किसी

भी आश्रय की मुझे कोई आवश्यकता नहीं। तुम महानाशी मार्ग के मार्गी हो। जाओ, जाओ, तुरन्त यहां से चले जाओ!"

मैंने दरवाजे के एक छिद्र से झाँककर देखा, बाबा भी खड़े हो गये। उनका मुख उसी कमरे की ओर था, जहाँ मैं छिपकर चोरवृत्ति (जासूसी) कर रहा था उनका चेहरा एकदम फक पड़ गया था और सूखकर सहम गया था। मेरी कनिष्ठा इज्जा के उस महाधिक्कार का सामना करने की तनिक भी समर्थता उनके मुख पर नहीं दिखती थी। मुझे उनपर दया आ गयी, पर सब कुछ त्यागकर महान् दुःख लेश भी मैंने नहीं देखा। मैं अपनी अबला इज्जा की तत्कालीन सबलता देखकर, अपने मन की उस घोर दुःख की अवस्था में भी सत्साहस प्रदर्शित कर सकने की समर्थता का क्षणिक परिचय पाकर पुलकित हो रहा था।

●

# 7

# सन्त की आत्मा का आवेश

बाबा कुछ देर स्तब्ध खड़े रहे, फिर चुपचाप बाहर की ओर लौट चले। बाबा के जाने पर मेरा खोया हुआ साहस लौट आया। मैंने पूरे आत्मविश्वास से इस पार से दरवाजा खटखटाया।

"कौन है?" उस पार से इज्जा ने अकुण्ठित स्वर में पूछा। उस स्वर में मै तनिक सहम गया, फिर भी दृढ़ और सुस्पष्ट स्वर में बोला, "मैं हूँ, इज्जा, सोमिल।" इज्जा मुझे प्यार से सोमिल कहकर पुकारती थी। उसने तुरन्त दरवाजा खोल दिया। मुझे इतने दिनों के बाद अपनी चरम सँकट की स्थिति में देखकर इज्जा के क्रुद्ध, त्रस्त शंकित और स्नेह-विकल मुखमण्डल के ऊपर एक विचित्र ही रूप का मिश्रित रंगाभास झलक उठा, जैसे ग्रहण से ग्रस्त पूर्णचन्द्र का एक बहुत ही पतला छोर खुल उठा हो और उसे खुले हुए छोर की हलकी प्रतिच्छाया चन्द्र के शेष भाग पर छाने का क्षीण प्रयास कर रही हो।

"आओ, आओ सौम्य, इतने दिनों तक कहाँ छिपे रहे?" अत्यन्त क्षीण स्वर में इज्जा बोली।

उसके स्वर में विषाद इस हद तक कूट-कूटकर भरा हुआ था कि मैं रह न सका। मेरा अनेक दिनों से रुद्ध अन्तःकन्दन पूरे प्रवेश से फूट पड़ा।

इज्जा काफी घबरायी हुई-सी पास वाले भद्रपीठ पर धम से बैठ गयी और बैठकर क्षीण सान्त्वना के स्वर में बोली, "इतना विह्वल न हो, बच्छ! मेरे जीवन के एकमात्र अन्तिम सहारे तुम ही.हो। मैं चाहे तुम्हारे निकट रहूँ या बिछुड़कर दूर किसी अज्ञात जनपद में या वन में या विदेश जली जाऊँ, तुम्हारे निश्छल स्नेह से मेरा तन, मन और आत्मा एक अकलुष आनन्द की अनुभूति से सदा गुदगुदाता रहेगा। तुम इस समय जीवन के कुटिल चक्रों के अनुभवों से एकदम रहित हो। इस घोर प्रपंच-भरे संसार के छल-छिद्रों से बहुत दूर हो। पर बड़े होने पर तुम मेरी स्थिति की भयावहता, मेरी भाग्यहीनता और मेरी निपट अनाथ अवस्था से जब तनिक भी परिचित होगे, तब हजारों शूलों से तुम्हारा सहज निष्पाप अन्तर विद्ध होकर तुम्हें बुरी तरह बेचैन कर डालेगा।"

मैं बीच ही में इज्जा की बात काटकर बोल उठा, "इज्जुए! मैं सब जानता हूँ। मैंने अभी छिपकर तुम्हारे और मँझले बाबा के बीच हुआ वार्तालाप पूरा सुना है। मुझे इसके

पहले ही तुम्हारे वर्तमान और भावी जीवन के सम्बन्ध में बहुत कुछ जानकारी हो चुकी थी। इसी कारण मैं इतने दिनों तक तुम्हारे एकान्त शोक की स्थिति में तुम्हें अधिक व्यति व्यस्त नहीं करना चाहता था। पर आज रह न सका और साहस बटोरकर संलग्न कक्ष तक आया। वहाँ पहुँचते ही तुम दोनों के बीच में वार्तालाप मैंने सुना उससे मेरा आकाश-पाताली अनुमान और अधिक प्रमाणित और पक्का हो गया। पर इज्जुए! मुझे मेरे एक प्रश्न का निश्चित उत्तर तुम्हें तनिक सोच-समझकर देना ही होगा।''

''क्या प्रश्न है तुम्हारा?'' इज्जा ने कृत्रिम धीर स्वर में पूछा।

''इज्जुए! मुझे अनाथ छोड़कर तुम भिक्षुणी बनने का साहस कैसे कर रही हो? तुम जब चली जाओगी तो मैं शिप्रा में डूबकर या गले में फाँसी लगाकर मर जाऊँगा, इतना जानते रहो।'' और मैं विह्वल होकर, फूट-फूटकर रोने लगा।

''अरे पगले, ऐसी बात भूलकर भी न सोचना। मैं तुम्हें छोड़कर कहीं न जाऊँगी और यदि परिस्थितियों की विवशता-वश मुझे यहाँ से कहीं अन्यत्र जाना ही पड़ा तो भी मैं समय-समय पर तुम्हारे पास चोरी-छिपे आती रहूँगी और तुम्हारी कुशल से अवगत होती रहूँगी।''

''इज्जुए! इस तरह की कृत्रिम बातों के भुलावे में मुझे मत रखो। भिक्खुणी बन जाने पर तुम्हारे मन का भाव ही बदल जायेगा, फिर तुम्हें मेरी माया-ममता कहाँ रह जायेगी? मैं भी बौद्ध-धर्म के सिद्धान्तों को कुछ-कुछ समझने लगा हूँ। तुम्हारी सारी मनोपीड़ा को मैं बखूबी समझ रहा हूँ। मुझे निरा नादान बच्चा न समझो। मैं इस उम्र में भी दुनिया की बातों को निजी ढंग से सोचने-समझने की समर्थता रखता हूँ। मुझे तुम साधारण बालक न समझो। मैं एक विरल-प्रकृति का बालक हूँ। जिसे संसार-चक्र-सम्बन्धी बातों को उनके मूल तक खोजते-परखते जाने की अस्वाभाविक बुद्धि विधाता ने दी है। इसलिए मैं जो कुछ कहता हूँ और कहूँगा, मेरी उन बातों को तुम महामन्त्र समझकर ध्यान से सुनो।''

''मैं जानती हूँ बच्छ सोमिल, कि तुम एक असाधारण बालक हो। भगवान को केवल इसी एक बात के लिए मैं निरन्तर धन्यवाद देती रहती हूँ कि उसने मेरी चरम संकट की स्थिति में कहाँ से कहाँ लाकर एक अपूर्व बुद्धिमान, सुन्दर और प्यारे बालक से मुझे निकटतम स्नेह-सम्पर्क में लाकर मेरा मातृ-जीवन सार्थक कर दिया। अभी-अभी मैं तुम्हारे बाबा को जो बातें बता रही थी, उनमें मैंने अपने जीवन के सबसे बड़े दुःख का उल्लेख ही नहीं किया। वह बात यह है कि जब वह यवन युवक मुझे बहकाकर अपने साथ ले गया, तब उसके साहचर्य में मैंने एक बच्चे को जन्म दिया। मैंने अपने अन्तर के मातृत्व का सहज स्नेह उसके प्राणों के भीतर ढाल दिया। उस प्यारे बच्चे को पाकर मैं अपने सभी पिछले दुःख भूल गयी और उसे अपना सर्वस्व मानकर प्रतिपल उसी की सेवा में रत रहने लगी। यह कोई बड़ी बात नहीं। प्रत्येक माता बिना किसी के सिखाये यही किया करती है। सृष्टि का यह आदिनियम है। पर उस नन्हे, सुन्दर

और अत्यन्त प्यारे बालक को पाकर मुझ चिर-अभागिनि ने अपने व्यर्थ जीवन को प्रकट में किस हद तक सार्थक पाया, यह मैं समझा नहीं पाऊँगी। पर निष्ठुर विधाता ने मेरे उस सुख को भी अत्यन्त निर्ममता से छीन लिया। मेरे उसी प्रेमी ने एक दिन मेरे पीछे उसका गला घोंटकर मार डाला। उसके और मेरे बीच किसी बात पर तकरार हो गयी थी। उसी से क्रुद्ध होकर उस राक्षस ने जो अमानुषिक बदला चुकाया उसका वर्णन करके मैं तुम्हें अधिक दुःखी नहीं करूँगी। उस मर्मान्तक पीड़ा को मैं कभी तनिक भी न भुला पायी। पर एक अप्रत्याशित घड़ी में नितान्त अप्रत्याशित रूप से तुम्हें यहाँ पाकर मैं उस कभी न मिट सकने वाली पीड़ा को भी भूल गयी और मैंने तुम्हें पाकर एक नया ही जीवन पा लिया, जिसकी कोई कल्पना मैं तब तक नहीं कर सकती थी। जिस भगवान को मैं जन्म से करुणानिधान के रूप में सुनती और जानती आती थी, उससे प्रति मेरे मन से आस्था हटती जा रही थी और मैं उसे सर्वरक्षक भगवान न मानकर एक प्रति-हिंसक निष्ठुर दैत्य मानने लगी थी। पर जब से तुम्हें पाया तब से आस्था की एक नयी लहर मेरे अभागे और अनाथ प्राणों में फिर हिलोरें मारने लगी। पर आज फिर वह निष्ठुरतम और चिर-प्रतिहिंसक देव मुझे कहाँ और किस घोर अन्धकारमयी अज्ञात दिशा की ओर घसीट रहा है, यह सोच-सोचकर मेरी दुर्भावना का अन्त नहीं है, सौम्य! क्या तुम सचमुच अपनी असाधारण बालप्रतिभा से प्रेरित होकर मुझे कोई दिशा सुझा सकते हो, बच्छ? मैंने सुना है कि निर्दोष और निष्कलुष बालकों के भीतर भी कभी-कभी किसी अज्ञात देवता का आवेश सहज ही हो जाता है, किसी असाधारण परिस्थिति के अवसर पर। तब बताओ, मुझे चारों ओर की निपट निराशा के बीच से कोई ऐसा उपाय, जो इस बार—केवल एक बार के लिए किसी ऐसे प्रकाशपूर्ण पथ पर आगे बढ़ा सके और किसी चिर-मंगलमय लक्ष्य तक पहुँचाकर ही विश्राम ले।''

अन्तिम वाक्य इज्जा बड़े ही आवेगपूर्ण नाटकीय स्वर में बोली। सुनकर मैंने अपनी दोनों आँखें मीच लीं और कुछ देर तक गहन ध्यानावस्था में मौन खड़ा रहा। उसके बाद सहसा किसी देववाणी के-से स्वर में बोल उठा, ''मैं बताता हूँ, इज्जा, तुमको वही उपाय। मेरे भीतर इस समय सचमुच में किसी देवता का आवेश हो रहा है। तो सुनो। तुम्हें तुम्हारी वर्तमान निराश्रित अवस्था में केवल एक ही बात की आवश्यकता है, और वह है मनुष्य का चिर-वंचक और चिर-मिथ्या मोह-प्रेरक तत्त्व, धन। इसी धन की घातक लालसा से प्रेरित होकर तुम्हारे पूर्वज यवन देश के अति-दूर सुवर्ण द्वीप में लम्बी समुद्री यात्रा के कष्टों को झेलकर बस गये। बाद में केवल यवन व्यापारी ही नहीं, साधारण वर्ग की प्रवासी यवन जनता भी बुरी तरह से अर्थ-लिप्सु हो गयी और सुन्दरी यवन कुमारियों को दासियों की तरह बेचकर धन कमाने का धन्धा अपना बैठी। इस धन्धे से चूँकि बिना विशेष कष्ट और परिश्रम के अच्छा सुवर्ण मिल जाता था, इसलिए यह धन्धा संस्कार-विहीन, साधारण वर्ग के अर्थ-पिशाचों में बड़ी तेज़ी से लोकप्रिय हो गया

और बुरी तरह फैल गया। तुम्हारा तथाकथित प्रेमी तुम्हें भगाकर ले गया था। वह भी इसी धन्धे से प्रेरित होकर तुम्हें ले उड़ा। बाद में तुम्हारे असाधारण सौन्दर्य और मोहक स्वभाव के प्रभाव के कारण उसने तुम्हें अपने पास रख लिया। किन्तु उसके पश्चात् जब वह उकता गया और धन-संग्रह का पिशाच उसपर प्रबलता से हावी हो गया तब उसने तुम्हें पूर्ण कुमारी सिद्ध करने के लिए तुम्हारे बच्चे का गला घोंटकर मार डाला। बच्चे वाली दासी मूल्य एकदम घट जाता है, ऐसा मैंने सुना है। वह अर्थ-पिशाच यह बात जानता था। जो भी हो, यह तुम्हारे पूर्वजन्म का बड़ा भारी पुण्य था कि तुम उस नराधम के चंगुल से बचकर निकल आयी और एक प्रतिष्ठित, सुसंस्कृत और कुलीन वंश के ब्राह्मण परिवार से तुम्हारा सम्बन्ध जुड़ गया। यह वंश इतना महान है कि अपनी परम्परा को कभी मिटने नहीं दे सकता। यदि किसी अनिवार्य संकट-जाल के फँसाव के कारण तुम्हें यहाँ से निकल जाने का षड्यन्त्र कोई रचे भी, तो भी इसी परिवार से तुम्हारा कोई ऐसा उद्धारक निकल आयेगा, जो पूरी श्रद्धा और सम्मान के साथ तुम्हारी रक्षा बराबर करता रहेगा और तुम्हें कभी पथ की भिखारिणी नहीं बनने देगा। इसलिए तुम निश्चिंत रहो, तुम्हारे लिए कोई संकट नहीं है।"

पता नहीं मैं किस प्रेरणा से इस तरह की रहस्यपूर्ण बात कह गया, जिसका तनिक भी भान मुझे आवेश आने के एक पल पूर्व तक नहीं था। जब मैं सहसा आवेश से मुक्त हुआ, तब ऐसी विकट श्रान्ति और थकान का अनुभव करने लगा जैसे किसी ने मेरे अन्तर और बाह्य शरीर से प्राणों का सारा रस ही निचोड़ लिया है। मैं पास ही रखे हुए एक तख्त पर बिछे गद्दे पर, जिसके ऊपर एक सुन्दर काम की हुई चादर बिछी थी और एक बहुमूल्य तकिया भी पड़ा हुआ था, चित लेट गया, बिना इस अनुभूति के कि मैं कहाँ हूँ और क्या कर रहा हूँ। पता नहीं कितनी देर तक मैं उसी तरह अचेत-सा पड़ा रहा। जब तनिक होश लौटा, तब लगा, जैसे युगों से मैं उस विशेष अचेतन अवस्था में सोये रहने के बाद जागा हूँ। इज्जा मेरे पास एकदम उद्भ्रान्त अवस्था में खड़ी थी। जब मेरी आँखें कुछ समय के लिए खुलीं तब इज्जा सन्त्रास की मूर्च्छा से उबरी। वह मेरे तकिये के एक छोर पर बरबस गिर पड़ी और विह्वल स्वर में बोली, "बच्छ सोमिल, तुम्हें क्या हो गया है? सौम्य, आँखें अच्छी तरह खोलो और उठ बैठो। मैं बहुत घबरा रही हूँ।"

"तुम तनिक भी चिन्ता न करो, मेरी भली और भोली इज्जा। मैं पूर्ण स्वस्थ हूँ और अभी कुछ ही पलों में उठ बैठूँगा," मैंने कहा। और सचमुच मैं जल्दी ही उठ बैठा और कुछ देर तक सहज दृष्टि से उसकी ओर एकटक ताकता रहा। फिर सहज स्वर में बोला, "इज्जुए! मैं यहाँ कब और कैसे आ गया और मुझे इस तख्त पर अचेत पड़े कितनी दूर हो गयी?" इज्जा की शुष्क आँखों से मेरे मुख पर टपाटप आँसू की बूँदें बरसने लगीं, जैसे युगों से सूखे पड़े रेगिस्तान की तप्त बलुई भूमि पर स्वर्ग के ईशान-कोण से सहसा अमृत की झड़ी बरस रही हो। मरुभूमि को तो अमृत के स्पर्श की सम्वेदना नहीं हो

सकती थी पर मेरे कपाल के शुष्क चमड़े की मरुभूमि असाधारण रूप से सम्वेदनशील थी। उस सुधा-स्पर्श से मेरा मृत अन्तर और बाह्य शरीर जी उठा और मैं पूर्णतः सामान्य और स्वाभाविक स्थिति में लौट आया और पुनर्जीवित हो उठा। मैं धीरे से और तनिक से प्रयास के बाद तखत से नीचे उतर आया। मेरे भीतर पूर्व स्मृति धीरे-धीरे जलने लगी। मैंने कहा, "इज्जुए, अब चिन्ता की कोई बात नहीं है। स्पष्टतः मुझपर किसी देवता का या सन्त का आवेश हो गया था। आवेश की उस मनोदशा में मैंने तुमसे जो कुछ भी कहा वह मुझे इस समय ठीक से याद नहीं आता। फिर भी इतना अब मैं निश्चित विश्वास के साथ कह सकता हूँ कि वह एकदम सत्य और सटीक सिद्ध होकर रहेगा। क्योंकि इतना निश्चित है कि मेरे भीतर का वह आवेश किसी दुरात्मा दैत्य का कदापि नहीं था, किसी तपःसिद्ध त्रिकालदर्शी महात्मा की ही वाणी मेरे मुख से निकली होगी। मैंने आवेश में क्या कहा था, उसका तात्त्विक भाव क्या था, यह मुझे तुम ठीक-ठीक बताओ। तब अपनी सचेतावस्था में, मैं उसपर टिप्पणी करूँगा।"

इज्जा के मुख पर एक सौम्य, स्निग्ध, शान्त मुसकान उषा के प्रथम प्रकाश की तरह खिल उठी थी। अत्यन्त मधुर शील से चुम्बित और मृदु-मृदु पुलकित स्वर में वह बोली, "मुझे पूरा विश्वास हो गया है, बच्छ सोमिल! कि तुम्हारे मुख से विशुद्ध देववाणी ही बोल उठी थी। तुमने जो कुछ कहा वह तत्त्व रूप में इतना ही है कि मुझपर चाहे कैसा ही संकट क्यों न आ पड़े, कोई भी शक्ति भविष्य में मेरा अनिष्ट नहीं कर सकेगी और मैं पथ की भिखारिणी किसी स्थिति में नहीं बनूँगी, वरन् सदा राजरानी बनी रहूँगी।"

"तुम अवश्य सदा राजरानी ही बनी रहोगी। केवल राजरानी ही नहीं, राज-राजेश्वरी बनोगी तुम। इज्जा, मेरा अन्तर्देवता इस समय भी यही कह रहा है। इज्जुए, मेरी इस बात पर विश्वास करो, और मुझे यह वरदान दो कि मैं सदा तुम्हारे इन चिर-वरदानी जावक-युत सुन्दर, कोमल चरणों की सेवा पूरी श्रद्धा के साथ करता रहूँ। तुम महामाता हो, तुम पथ की भिखारिणी कभी किसी भी दशा में कैसे हो सकती हो। विश्वास मानो, तुम जन्म-जन्म से, युग-युग से सभी देव-मातृकाओं की भी आदिमता रही हो। तुम सदा राजराजेश्वरी थीं, राजरानी होना तो एक अत्यन्त तुच्छ-सी बात है। तुम कभी किसी भी जन्म में किसी की दासी नहीं थीं। कोई दासी कैसे अपनी मंगलमयी मातृ-छाया से मुझ जैसे अदने व्यक्ति के जंग खाये हुए लोहे की कालिमा से कलंकित अन्तर को अपनी स्पर्शमणि (पारस-पत्थर) की दिव्य प्रकाश-शक्ति से विशुद्ध और उज्वल स्वर्णिमा के प्रकाश से उद्भासित करके खरे सोने में परिणत करने में समर्थ हो सकती है? माता, तुम्हारे अन्तर की महा-मांगलिक प्रकाश-छाया से सारा विश्व आलोकित है, मैं अकिंचन, और तुच्छ सेवक किस गिनती में हूँ। तुम महामाया हो। अब, अपने इस महागौरव के महामहिम महत्त्व को समझो। तुम अन्नपूर्णा हो, पथ की भिखारिणी कैसे बन सकती हो? हे अम्बिके! हे अन्नपूर्णेश्वरी! जन्म-जन्म की क्षुधा और तृषा से पीड़ित समग्र विश्व जनें को यह अमोघ वरदान दो कि वे अपने सभी अभावों से मुक्त होकर मातृ-स्नेह की

अटूट धारा से परिप्लावित होकर जीवन के अविरल आनन्द-रस के महा-रसायन से परिचित होकर सभी तुच्छ विषयों की अतृप्त लालसाओं की मृगतृष्णा में भटकने से विरत हों और जीवन के मूल उद्देश्य से—जीवन के आनन्द के असंख्य रूपों की उपलब्धि द्वारा महामोक्ष के अवारित द्वार तक, वरन् उससे भी आगे, पहुँचने में समर्थ हों। संसार के सभी दीन-हीन और आनन्द-रस से चिर-वंचित, चिर-पीड़ित और चिर-अन्धमोहग्रस्त जीवन के रसातलीय, सूचिभेद्य अन्धकार के भीतर दिव्य प्रकाश के परिस्फुटन के अपूर्व सुख का अनुभव करते रहें।"

अपने आचार्य की जो दिव्य और अलौकिक अन्तः वाणी मैं समय-समय पर सुनता रहता था वह उस समय धारा-प्रवाह रूप में मेरे भीतर की किस अन्तर्गुहा से जाने कैसे मेरे मुख से फूट पड़ी। मैं भाव-विभोर होकर अपनी माता के चरणों में गिर पड़ा। इज्जा के मुख पर शंका और विषाद की कालिमा फिर से छा गयी। अत्यन्त घबराये हुए कम्पित स्वर में उसने कहा, "बच्छ सोमिल, मुझे लग रहा है कि तुम अभी भी पूरे आवेश में बोल रहे हो। बच्छ, फिर से सचेत और स्वस्थ हो जाओ, तभी मैं आश्वस्त होऊँगी।" खैर, 'शिव! शिव!' कहकर किसी तरह मैंने अपना आवेश तोड़ा और फिर एक नयी मुसीबत का अनुभव किया और परम स्नेह भरी पुलकित वाणी में बोला, "इज्जुए, लो, मैं फिर स्वस्थ और सचेत हो गया हूँ। पर बड़ी थकावट का अनुभव कर रहा हूँ मुझे थोड़ा-सा दूध पिलाओ और कोई बलप्रद रसायन दूध में घोलकर दो। तुम्हारे वैद्य जो रसायन तुम्हें उस दिन दे गये थे, वही पिलाओ। तभी मैं पूर्ण स्वस्थ हो पाऊँगा।"

इज्जा ने अपने चिर-आज्ञाकारी सेवक भद्रसेन को करतल-ध्वनि द्वारा बुलाया। इस सभ्य, शिष्ट और सुशील सेवक को वह सुवर्ण द्वीप से ही अपने साथ लायी थी। मैंने जो चीज इज्जा में माँगी थी, उसने भद्रसेन से वही लाने का आदेश दिया, भद्रसेन बड़ी फुर्ती से गया और वैसी ही फुर्ती से लौट आया। उसके एक हाथ में पेय पदार्थ तथा दूसरे में छोटा-सा पात्र था, इज्जा ने पंच पदार्थ को पात्र में ढालकर मेरे हाथ में दिया। मैं एक साँस में पी गया।

पीते ही मैं सारे शरीर और मन में अपूर्व स्फूर्ति का अनुभव करने लगा। मेरे स्नायु-स्नायु के भीतर रक्त के प्रत्येक कण के संचार में एकदम नयी प्राण-शक्ति दौड़ गयी। एक बड़े ही सिद्ध वैद्य का दिया हुआ वह रसायन था। इज्जा को एक बार जब तीव्र ज्वर हो आया था तब उसी वैद्य को बुलाया गया था। उसने पहले कपाल का उत्ताप देखा और फिर हाथ की नाड़ी देखी। कुछ ही देर बाद उसने मुझे अलग एक कमरे में ले जाकर कहा, 'ज्वर बहुत तीव्र है। 'शैव ज्वर' लगता है। ज्वर के टूटने के लिए अलग पुड़िया दूँगा और ज्वर टूटने के बाद बड़ी भारी दुर्बलता का अनुभव सिर में और सारे शरीर में होगा। उस दुर्बलता के निवारण के लिए एक तरल रसायन दूँगा। तुम अभी मेरे साथ मेरे घर चलकर ले जाना।'

'मूल्य क्या देना होगा? मैंने पूछा।

'पाँच सुवर्ण से कम नहीं लूँगा। उस रसायन को सुवर्ण भस्म घोटकर ही बनाया गया

है।'

मैं वैद्यराज के साथ जाकर दोनों दवायें ले आया। पहले मैंने ज्वर-नाशक पुड़िया खोली। उसमें केवल एक मात्रा थी। उसे मैंने पानी के साथ खिला दिया। इज्जा ने बहुत मुँह बनाकर खाया। पता चला कि वह बहुत कड़वी थी।

दवा खाने के दूसरे ही दिन ज्वर टूट गया और सिर के दर्द का लेश भी न रहा। वैद्यराज को बुलाया तो उसने नाड़ी देखकर कहा, 'ज्वर का अभी लेश भी नहीं है, पर एक मात्रा इसी औषध की अभी और देनी होगी, जिससे जड़-सहित सारे विकार दूर हो जायेंगे।'

मैं उसके साथ फिर दवा लाने चला गया। रास्ते में उसने बताया, 'रुद्र भगवान ने बड़ी कृपा की कि ज्वर दो ही एक दिन के भीतर शान्त हो गया। वह साधारण 'वैष्णव ज्वर' नहीं था, जो साधारण औषध देने से या अपने-आप ही एक-आध दिन के भीतर अच्छा हो जाता है। वह शैव ज्वर था, जो बड़ा घातक होता है और तीसरे या चौथे दिन अत्यन्त उग्र रूप धारण कर लेता है। सन्निपात में ही उसकी परिणति होकर रहती है—और अन्त में मृत्यु निश्चित समझी जाती है। इसलिए भगवान शूलपाणि को मेरा बार-बार प्रणाम है कि उन्होंने मेरी एकान्त प्रार्थना सुन ली और रानी माँ को बचा लिया। अब चिन्ता की कोई बात नहीं है। अब मेरे दिये हुए तरल रसायन के सेवन से उनके सभी भीतरी विकार और दुर्बलता नष्ट हो जायेगी।" कहकर वैद्यराज ने क्षण-भर के लिए किसी अलक्ष्य देवता के ध्यान में आँखें मूँद लीं और महाकाल की दिशा की ओर दोनों हाथ जोड़ दिये।

यदि कोई दूसरा वैद्य होता तो मेरे मन में निश्चय ही यह धारणा जमती कि वह कुछ स्वर्ण और ठगने के लिए यह नाटक रच रहा है। पर जिस वैद्यराज को मैं अपने साथ लाया था वह उज्जयिनी के सबसे श्रेष्ठ और सर्वमान्य आचार्य माने जाते थे। अपने निजी आचार्य की सिफारिश पर मैं उनके पास गया था। इसलिए उनकी एक भी बात में किसी तरह का झूठ या बनावटीपन मुझे नहीं लगा और मैंने हृदय से उन्हें धन्यवाद दिया और उनकी बात समाप्त होने पर, उन्हें आन्तरिक श्रद्धा से 'प्रवहण' (गाड़ी) के भीतर ही झुककर प्रणाम किया।

ज्वर-नाशक अगद (दवा) की एक मात्रा और लेकर मैं वापस चला गया। इस बार पुड़िया बहुत छोटी थी। वैद्यराज से पूछने पर उन्होंने कहा, "अब ज्वर यों ही टूट रहा है, इसलिए मात्रा को अधिक बढ़ाने से हानि ही होगी।"

तरल रसायन नियमित रूप से लेने से एक या दो ही दिन के भीतर इज्जा की सारी दुर्बलता जाती रही थी और वह पहले से भी स्वस्थ दिखने लगी थीं। इसलिए इस बार जब मुझे मन के भीतर और अंग-अंग में दुर्बलता का अनुभव होने लगा था, तब मैंने वैद्यराज के दिये हुए उसी रसायन की माँग की थी। और मैं सचमुच थोड़ी ही देर में अपने को पहले से भी अधिक स्वस्थ और सबल अनुभव करने लगा—शरीर से, मन से और मस्तिष्क से भी।

●

# 8

# शिक्षा का आरम्भ

मैंने पिछले सन्दर्भ में अपने आचार्य से सुने हुए प्रवचनों की बात कही। इसलिए यह आवश्यक समझता हूँ कि अपने गुरुकुल, अपने आचार्य, उनकी अध्यापन-प्रक्रिया और अपने अध्ययन के क्रम का परिचय अपने पाठकों को दूँ।

मेरी शिक्षा का आरम्भ बहुत ही छोटी अवस्था से हो गया था, तब मेरी वय चार या पाँच वर्ष से अधिक नहीं थी। प्रारम्भ में पिता जी ने स्वयँ मुझे वर्णमाला का ज्ञान कराया। मेरी जन्मजात बुद्धिमत्ता का परिचय घरवालों को तीन-चार वर्ष में ही मिल गया था। मैं सुन्दर था, चंचल था, और बड़ी शुद्ध भाषा में मीठी वाणी बोलता था—घर के सभी स्त्री-पुरुषों के मुँह से प्रतिदिन इसी तरह की बातें सुनकर मुझे स्वयँ भी अपने रूप और अन्य गुणों के सम्बन्ध में विश्वास होने लगा था और मुझे बोलोचित अहंकार भी हो गया था। माँ-बाप का इकलौता बेटा होने के कारण लालन-पालन बड़े ही यत्न से होता था। मँझले पितामह तो मुझे हर समय गोद में लेने के लिए उत्सुक रहते थे और मेरे सगे पितामह और दूसरे सभी पितामह भी मुझे बहुत चाहते थे। अपनी पितामहियों का तौ मैं इस कदर दुलारा था कि मेरी माता को दूध पिलाने के अवसर के अतिरिक्त और किसी भी समय मुझे गोद में लेने का सुयोग ही नहीं मिल पाता था। इस प्रकार घर के सभी लोगों का लाड़ला बन जाने पर भी मैं अपने जन्मजात संस्कारों, के कारण, जो वंशगत संस्कारों के अतिरिक्त कुछ दूसरी भी विशेषतायें लिए हुए थे, मैं विशेष बिगड़ने नहीं पाया था और नौकर-चाकरों के बच्चों का सँग मुझे धनी और सम्पन्न कुलों के बच्चों से अधिक भाता था। माँ, दोनों पितामह मुझे उन दीन-हीन छोकरों के साथ खेलने से सब समय रोकते और टोकते रहते थे, पर मैं जन्म से ही स्वतन्त्र प्रकृति का बालक होने के कारण अपने मन की-सी करके ही रहता और उन्हीं निम्न कुलोत्पन्न बच्चों से खेलता और समय-असमय उनमें से किसी सुन्दर और चंचल बच्चे को अपने अंक में भरने के लिए अत्यन्त उतावला हो उठता। अन्त में पितामहियों को भी वह एक साधारण और स्वाभाविक-सी बात लगने लगी। अपने चचेरे भाइयों से मैं, न जाने क्यों, खेलना पसन्द नहीं करता था। और बीच-बीच में, अकारण ही उन्हें अपनी ज्येष्ठता के सहज अधिकार से तनिक-तनिक-सी बात पर डाँटता और पीटता था। जब घरवाले मेरे एक विशेष चचेरे भाई की बुद्धि की प्रशंसा करते तब मुझे बड़ी इर्ष्या होती और मैं, उसके प्रतिद्वन्द्वी के रूप में अपनी बुद्धि अधिकाधिक सान

पर चढ़ाने और समान पाठ्य-पुस्तकों को बड़ी तेजी से याद करके जल्दी समाप्त कर देने की होड़ में जुट जाता।

हम बच्चों को प्रतिदिन नये-नये श्लोक याद कराये जाते और पिछले दिनों याद कराये गये श्लोकों को दुहराकर सुनाने के लिए कहा जाता। हमारी प्रतिद्वन्द्विता की परीक्षा का यही सबसे प्रमुख माध्यम था। इस परीक्षा में अक्सर मैं ही प्रथम निकला। मेरे बाद मेरा समवयसी चचेरा भाई रुद्रट अग्रणी सिद्ध होता। वही मेरा सबसे प्रमुख प्रतिद्वन्द्वी था। हम दोनों अग्रणियों को पुरस्कार दिये जाते और पीठ थपथपाकर हम दोनों की प्रशंसा की जाती। पुरस्कार में अधिकतर महाकाल के बहिर्प्रांगण में बसे हुए देश-प्रसिद्ध शिल्पकारों द्वारा निर्मित बड़े ही सुन्दर और मूल्यवान खिलौने होते। मेरे एक चाचा प्रतिदिन चुन-चुनकर नयी से नयी चलन के आकर्षक खिलौने ले आते थे। प्रथम पुरस्कार पाने वाले को बहुत ही प्रलोभनीय और आकर्षक कीडनक प्राप्त होता, और वह प्रायः निश्चित रूप से मुझे ही मिलता, इसलिए रुद्रट को निराशा और खीझ होती। श्लोक हम दोनों ही शुद्ध और सटीक सुनाते थे पर मेरे सुनाने में एक अतिरिक्त विशेषता थी। वह यह कि मैं श्लोक सुनाते हुए केवल सरल पाठ-शैली को न अपनाकर उसपर एक ऐसी गीतात्मक लय का मुलम्मा चढ़ाता था जो मेरे चाचा को बहुत पसन्द था। संगीत की वह विशेष लय मैंने किसी से सीखी नहीं थी वरन् अपने ही भीतर की किसी अज्ञात प्रेरणा से आविष्कृत की थी। मैं पहले जानता नहीं था कि उस लय का मुलम्मा चढ़ जाने पर मेरे चाचा और पिता, सभी को वह लय इस कदर पसन्द आयेगी! एक दिन चाचा (अर्थात् रुद्रट के पिता) किसी एक संगीताचार्य को हमारे यहाँ बुला लाये और उनके आगे उन्होंने मुझे एक विशेष वैदिक ऋचा सुनाने का आदेश दिया। चाचा अपने पुत्र (रुद्रट) से भी मुझे अधिक प्यार करते थे और मेरी विशेषतायें देखकर वह गर्व से फूले नहीं समाते थे और दूसरे लोग भी उन विशेषताओं से परिचित हों यह उनकी आन्तरिक आकाँक्षा थी। वह ऋचा थी प्रसिद्ध 'पुरुष-सूक्त'। हमारे घर में होने वाले विशेष-विशेष मंगल-उत्सवों के अवसरों पर ऋत्विक गण उसे मंगलाचरण के रूप में, सम्मिलित स्वर में, परम्परागत वैदिक लय में पाठ किया करते थे। मैंने उन्हीं से सुन-सुनकर उसे याद कर लिया था। एक दिन मैं उसी सूक्त को एकान्त में अपने शुद्ध और पारम्परिक रूप में कंठाग्र करने के उद्देश्य से यों ही गुनगुना रहा था कि सहसा एक नयी ही सांगीतिक लय मेरे कण्ठ से अपने-आप निकल पड़ी। सांगीतिक चमत्कार की उस विशेषता को अपने कण्ठ से निकलते देखकर मैं स्वयं चकित रह गया। यह बात नहीं थी कि वेदज्ञ ब्राह्मणों की पारम्परिक लय मुझे पसन्द न थी। वह मुझे बहुत अधिक पसन्द थी और उनके मुख से वह वैदिक सूक्त सुनकर उनके अन्तर की उस सामूहिक झँकार का वह मंगल-मुखर ऊर्जित स्वर हिम-गिरी की किसी परम-पावन गुफा से अविराम निःसारित किसी पवित्र निर्झर के अन्तहीन मर्मर-ध्वनि की यंत्र-पूत स्वर-तरंग की तरह मेरे कानों में निरंतर पुलकाकुलित होता रहता था और मैं तब अपने को आदि-कालीन ऋषियों के किसी पुण्य-आश्रम में विहरता हुआ पाता। एक नये ही

लोक की आनन्द-अनुभूति मेरी चेतना को कुलबुलाने लगती, तब मैं आनन्द-विह्वल होकर अपने कल्पना-लोक की नयी अपरिचित भूमियों में विचरते हुए आनन्द-विभोर हो जाता।

पर उस वैदिक स्वर-तरंग के भीतर मेरे विचित्र शिशु-मन को कुछ निराली ही चमत्कारपूर्ण सम्भावनायें दिखने लगीं। एक दिन हमारे घर के अन्तःपुर में किसी महिला की प्रेरणा से नगर की एक प्रमुख प्रतिष्ठित गायिका को किसी विशेष उत्सव के अवसर पर आमन्त्रित किया गया था। घर के पुरुषों को उसकी कोई सूचना नहीं थी। उस महिला-संगीत-गोष्ठी में कोई पुरुष प्रवेश नहीं कर सकता था, बिना ज्येष्ठा पितामही की आज्ञा के। मेरी उस पितामही को संगीत से विशेष प्रेम था। उन्हीं की आज्ञा से उस विशेष गायिका को आमन्त्रित किया गया था। बाद में ज्येष्ठा पितामही ने मुझे मेरे पूछने पर स्वयं बताया था कि उस वृद्धा गायिका से वह अपने नव यौवन काल से ही परिचित थी। पितामही की ही विशेष इच्छा से उस दिन उस वृद्धा गायिका ने कुछ वैदिक ऋचाओं को उस युग की नव प्रचलित सांगीतिक लयों में बान्धकर सुनाया। वृद्धा गायिका का कण्ठ-स्वर उस वय में भी बहुत मोहक, रोचक और लोचक था। सुनकर मैं अत्यन्त मुग्ध हो गया। मैंने भी बार-बार गायिका से अनुरोध किया कि उस युग के लिए आधुनिक और नव प्रचलित गीतों को न सुनाकर केवल वैदिक गीत ही सुनाये। उसके मुख से निकले हुए उन वैदिक गीतों की लयें मेरे प्राणों के अणु-अणु में समा गयीं। सम्भवतः यही कारण था कि उस दिन एकान्त में पुरुष-सूक्त को गुनगुनाते हुए उस चमत्कारी गायिका ने जो लय मेरे अन्तर के भी अन्तर में गुदगुदा दी थी वह मेरे भीतर से किसी अज्ञात दैवी प्रेरणा से नहीं निकली थी, वरन् ज्येष्ठा पितामही की विशेष परिचिता वृद्धा गायिका के ही मुख से निकली हुई विशेष लय की जो स्वर-तरंगें मेरे अन्तर के वर्ण-कुहरों में कई दिनों तक बन्द पड़ी थीं, वे ही उस समय अकस्मात् फूट पड़ी होंगी। जो भी हो, वह नयी लय घर के सभी पुरुषों और नारियों को मुझ जैसे छोटे बच्चे के मुख से निकलने पर सबको बड़ी ही प्रिय और सुखद लगी। मैं उस लय की बहुमूल्य संगीत-तरंग की रत्न-माला को अपने भीतर संजोकर नित्य उसे अधिकाधिक सँवारने का सचेष्ट प्रयत्न करता चला गया और मुझे अच्छी सफलता मिलती चली गयी। उस लय ने हमारे संगीताचार्य को भी बहुत मुग्ध किया और उनके सुझाव के फलस्वरूप अन्त में यह तय हुआ कि हमें नियमित रूप से संगीत की शिक्षा दी जाय। पहले संगीत के मूल तत्त्वों का ज्ञान कराया गया और फिर विभिन्न राग-रागिनियों का सैद्धान्तिक और व्यावहारिक बोध कराया गया। मैं द्रुत गति से इस कला में निरन्तर आगे बढ़ता चला गया, जबकि रुद्रट का ज्ञान बहुत दिनों तक प्रारम्भिक स्वर-ज्ञान तक ही सीमित रहा। जब मैं उच्च संगीत की शिक्षा प्राप्त करने लगा तब तक रुद्रट का स्वर-ज्ञान ही विशेष आगे नहीं बढ़ पाया।

●

# 9

# गुरुकुल-जीवन और आचार्य प्रवर

एक दिन मेरे पिता और चाचा—अर्थात् रुद्रट के पिता—आपस में सलाह करके इस निश्चय पर पहुँचे कि हम बच्चों को उसी अत्यल्प वय से ही प्रायः सभी महत्वपूर्ण विद्याओं की प्रारंम्भिक शिक्षा दी जानी चाहिए। काव्य-कला और संगीत के अतिरिक्त ज्योतिष-विद्या, नक्षत्र-विद्या, वनस्पति-विद्या, पशु-पक्षियों से सम्बन्धित बाह्य और अन्तरीण विषयों का बोध कराने वाली विद्या, धातु-विद्या, अर्थशास्त्र से सम्बन्धित सारी विद्यायें आदि की शिक्षा हमें विभिन्न आचार्यों द्वारा दी जाने लगी। प्रारम्भिक कुछ वर्षों तक वे सभी आचार्य हमें पढ़ाने हमारे ही घर पर आते थे। हमारे उपनयन संस्कार के बाद जब हमने नियमित रूप से ब्रह्मचर्याश्रम में प्रवेश किया तब यह आवश्यक हो गया कि हम किसी ऐसे आचार्य के घर जाकर रहें जो वैदिक और लौकिक—दोनों विषयों के ज्ञान में पारंगत हों। बहुत खोजने पर तत्कालीन उज्जयिनी के सुप्रसिद्ध, सर्वमान्य और सभी विषयों के विशेषज्ञ आचार्य जीवदत्त की खोज चाचा ने की। आचार्य जीवदत्त कहीं छिपे नहीं थे, जो उनकी खोज करनी पड़ती। पर मेरे पिता और ज्येष्ठ चाचा ने हमारी शिक्षा-दीक्षा के सम्बन्ध में आवश्यकता से बहुत अधिक सावधानी बरती। उस काल में उज्जयिनी में विभिन्न देशों और प्रदेशों के अनेक आचार्य आकर बस गये थे। उनमें कोई एक व्यक्ति विद्धत्तापूर्ण पाण्डित्य, साधु आचरण, असाधारण मौलिक प्रतिभा और आचार-विचार की गौरव-गरिमा में किसी दूसरे से तनिक भी न्यून नहीं समझा या माना जा सकता था। ज्येष्ठ चाचा और पिता चाहते थे कि जो आचार्य उन सबमें हर दृष्टिकोण से श्रेष्ठतम सिद्ध हो उसी के आश्रम में हम बच्चों को भेजा जाय। इसलिए बहुत खोजने और परखने के बाद आचार्य जीवदत्त ही उन दोनों के मन के अनुकूल सिद्ध हुए और फलतः हमें उन्हीं के आश्रम में भेजा गया।

हम बच्चों को आचार्य जीवदत्त का व्यक्तित्व इस कदर भारी-भरकम लगा कि हम उनके पास फटकने का ही साहस नहीं कर पाते थे, उनके आगे अपनी किसी असुविधा की शिकायत करने की बात तो बहुत दूर थी। उनका घोर कृष्ण वर्ण, उनके गालों और ठोढ़ी के नीचे मुँह के निम्न भाग में निकले हुए बालों के गुच्छों की तरह की दाढ़ी देखकर और कालिख से भी काले और स्वस्थ मुख के भीतर कुछ-कुछ धंसी

हुई दो तीव्र प्रकाशपूर्ण आँखों के भीतर से तीर की तरह सब समय निकलती रहने वाली किरणों का तेज सहन न कर सकने के कारण मैं प्रारम्भ में कुछ दिनों तक बड़ा ही भयभीत और विक्षुब्ध रहा। पर धीरे-धीरे मैं उस महातेज का अभ्यस्त हो गया और सोचने लगा कि वही तेज तो हमारे आचार्य की विशिष्टता है। वह परम तेजस्वी ऋषि केवल हम जैसे दृष्ट बालकों के दमन और ताड़न के लिए ही नहीं हैं, वरन् वह हमारे लालन-पालन, पोषण और उन्नयन के लिए भी हैं। मैंने सोचा, ''अपने घर में माता-पिता आदि गुरुजनों के स्नेहातिरेक से हम लोगों का जो लालन-पालन हुआ है वह हमें निकम्मा और घर-घुसना बनाने के सिवा हमारी किसी विशेष उन्नति में सहायक सिद्ध नहीं हो सकता। आचार्य की देख-रेख में रहकर हमारा विकास समुचित रीति से होगा और हम जीवन-संग्राम की चुनौती का सामना करने के लिए निश्चय ही आचार्य के तत्त्वावधान में रहकर पूर्ण सक्षम बन सकेंगे, मेरे बाल-मन में यह बोध अपने-आप ही होने लगा। मुझे जीवन-संग्राम की चुनौती का सामना कर सकने की क्षमता प्राप्त करने की एकान्त और अनिवार्य आवश्यकता है, यह बोध मुझे बड़ी तीव्रता से स्वयं अपने ही भीतर से होने लगा था।

अपनी यावनी माता के संसर्ग के बाद ही मैंने गुरुकुल में प्रवेश किया था। मेरे दिन पर दिन विकसित होते हुए अन्तर्मन में अपने भावी जीवन के जो स्वप्न बायवीय कुहरे की तरह, अपनी पारदर्शिता और नितान्त हलकेपन के कारण मेरे मनोआकाश में निरन्तर बनते और बिगड़ते, उठते और गिरते जा रहे थे, वे मुझे साथ ही साथ यह बोध भी कराते जा रहे थे कि आचार्य जीवदत्त के कठोर और साथ ही अति कोमल और अन्ततः कल्याणमय तत्त्वावधान (या शासन) मुझे निरन्तर प्रगति की ओर ले चलने में ही सहायक सिद्ध नहीं होंगे, वरन् अपने लक्ष्य तक पहुँचाने और बराबर हर क्षेत्र में सफलता प्राप्त कराने में भी मेरा साथ देते रहेंगे—यह विश्वास आचार्य के संसर्ग में मेरे भीतर बढ़ता चला जा रहा था।

यह मैं पहले ही बता चुका हूँ कि मुझे गुरुकुल के प्रारम्भिक वर्षों में बड़ी ही कठिन और कठोर परिस्थितियों का सामना करना पड़ रहा था, पर इन सब कारणों से आचार्य के प्रति मेरे मन में कभी किसी बात की तनिक भी शिकायत उत्पन्न नहीं हुई वरन् हर कठिनाई का सामना करते समय उनके प्रति मेरी श्रद्धा निरन्तर अधिकाधिक बढ़ती चली जाती थी। असल बात यह थी, जिसे मैं बहुत अच्छी तरह समझ रहा था, कि गुरुकुल के नियम ही सोद्देश्य बड़े बनाये गये थे। उद्देश्य स्पष्ट ही यह था कि प्रत्येक छात्र के जीवन में छोटी से छोटी बात की तनिक भी परवशता न रहे और वह बाहरी एवम् भीतरी सभी विषयों में पूर्णतः आत्मवश और स्वाधीन रहे। भोजन बनाने से लेकर ऊँचे-ऊँचे स्तरों के विचारों के चिन्तन में वह स्वायत्त और पूर्ण मुक्त रहे और वह जीवन के संघर्षपूर्ण अभियान में हर परिस्थिति का सामना कर सके।

आश्रम में स्वभावतः किसी को कोई नौकर रखने की छूट नहीं थी। ऐसी स्थिति में मुझ जैसे घर के लाड़-प्यार और सुख-सुविधा में पले व्यक्ति को स्वभावतः पग-पग पर

असंख्य असुविधाओं का सामना करना पड़ता था, फिर भी मैं इस बात को ईश्वर और भाग्य की कृपा ही समझता हूँ कि मेरा दुर्जय मन कभी इन कठिनाइयों से एक पल के लिए भी विचचित नहीं हुआ। मैं निरन्तर किसी अस्पष्ट किन्तु अजेय महत्त्वाकाँक्षा की अटूट लगन की प्रेरणा से प्रत्येक विघ्न-बाधा का सामना अपनी अटूट इच्छा-शक्ति के सहारे करते बराबर आगे की ओर बढ़ते चले जाने, और गुरुकुल के अनुशासन की सहायता से अपने चरित्र का उन्नयन करते रहने की सुविधा से निरन्तर लाभ उठाता चला गया। अपने आचार्यप्रवर के अनुशासित चरित्र, विद्वत्ता और सर्वतोमुखी प्रतिभा की अनुपम शक्ति का बहुत बड़ा बल हम सभी छात्रों को मिलता रहता था और हम इस पूर्ण विश्वास से उनके प्रति सहज श्रद्धा से अनुप्राणित होते रहते थे कि वह जैसा भी आदेश हमें देंगे, वह निश्चित रूप से हमारे एकान्त कल्याण के लिए ही होगा न कि गुरुकुलीय शिक्षा-प्रथा की औपचारिकता की पूर्ति के लिए। व्यक्तिगत रूप से मेरे मन में जितना विद्वेष और विद्रोह और अरुचि जीवन के किसी भी क्षेत्र में दिखने वाली कोरी औपचारिकता के प्रति थी, उतनी दूसरे किसी भी आचार या विचार के प्रति नहीं। मैंने अच्छी तरह से देख लिया था कि आचार्य जीवदत्त अपने चरित्र या व्यक्तित्व में औपचारिकता को कभी लेश-मात्र भी प्रश्रय नहीं देते थे। उनके स्वभाव की यही विशेषता मुझे अनिवार्य रूप से अपनी ओर अत्यन्त प्रबलता से आकर्षित करती थी। इसी एक बात ने मुझे कभी गुरुकुल के कठोर परिश्रम-साध्य जीवन से बिदकने नहीं दिया। अन्यथा नगर के एकाकी कोने में स्थित होने पर भी नगर के भीतर ही स्थित उस गुरुकुल के जीवन की कठिनाइयों से मैं सहज ही भागकर अपने राजकीय सुख-सुविधापूर्ण और सम्पन्न जीवन की सुरक्षा में छिपा रह सकता था। घर में मेरे उस भगोड़ेपन का विरोध करने वाला कोई नहीं था। स्त्रियों के सहज मातृस्नेह के बन्धन की बात का तो क्या कहने पुरुष भी इस भगोड़ेपन में मेरे समर्थक ही सिद्ध होते, विरोधी नहीं। पर मैंने कभी घर में किसी के भी आगे अपनी कठिनाइयों का वर्णन नहीं किया, यद्यपि वे सब निश्चय ही अपनी पूर्व परम्परा से प्राप्त उन कठिनाइयों से अपरिचित न रहे होंगे।

गुरुकुल में कुल मिलाकर दो-ढाई सौ छात्र शिक्षा पाते थे, जो शिक्षा-क्रम से अलग-अलग श्रेणियों में विभक्त थे। हमारे आचार्यप्रवर उन सभी छात्रों का शिक्षा-सम्बन्धी भार अकेले अपने ऊपर स्वभावतः नहीं ले सकते थे, इसलिए अलग-अलग श्रेणियों को शिक्षा देने के लिए विभिन्न कोटियों के शिक्षण नियुक्त किये गये थे। आचार्य प्रवर केवल दो या तीन उच्च श्रेणियों के छात्रों की विविध विषयों की शिक्षा का दायित्व अपने ऊपर लिए हुए थे।

मैं जब निम्न श्रेणियों की पढ़ाई समाप्त करके उच्च श्रेणियों के आकाश तक पहुँचा तब प्रथम आकाश से ही आचार्य के निकट सम्पर्क का सौभाग्य प्राप्त करके मेरा भाग्य-आकाश भी विशिष्ट प्रकार की ऊँचाइयों को छूकर हर्षोल्लसित हो उठा। मैं यह देखकर चकित था कि एक व्यक्ति विविध विषयों का प्रायः सम्पूर्ण ज्ञान अपनी

मेधा के अलग-अलग बक्सों में पूरी सुरक्षा के साथ कैसे बन्द रखने में समर्थ हो सकता है! उनकी मेधा के इस चमत्कार पर मैं जितना ही सोचता, मेरा आश्चर्य उतना ही बढ़ता चला जाता।

हमारे आचार्यप्रवर चाहे कोई भी विषय पढ़ाते हों, उस एक विषय की शिक्षा देते समय वे किसी न किसी बहाने अनेक विषयों के ज्ञान को उस मूल विषय से संश्लिष्ट कर देते थे। उदाहरण के लिए, जब वह साहित्य पढ़ाते होते, तो काव्य में किसी सन्दर्भ में चर्चित किसी अन्य विषय की शिक्षा एक लम्बे-से भाषण द्वारा देना आरम्भ कर देते। जब कोई साहसी छात्र उनके आगे अपनी शंका रखते हुए यह आपत्ति किसी संकेत द्वारा उठाता कि काव्य के सौन्दर्य का उपभोग करने के प्रसंग से हम लोगों को विषयान्तर में ले जाया जा रहा है, जिससे मूल-रस के उपभोग में बाधा उत्पन्न हो रही है, तब आचार्यप्रवर तनिक रूखे किन्तु दृढ़ स्वर में बताते कि काव्य-रस के सम्पूर्ण उपभोग के सम्बन्ध में साधारणतः छात्र बड़ी भ्रान्ति के भंवर में भटकते हुए पाये जाते हैं। किसी श्रेष्ठ काव्य या अन्य साहित्यिकता के सम्बन्ध में यह भ्रम फैला हुआ पाया जाता है कि उससे एक विशिष्ट और संकीर्ण सौन्दर्य का रस प्राप्त करना ही काव्य-पाठ का उद्देश्य है। किन्तु बात ऐसी कदापि नहीं है। रस की सम्पूर्णता तभी प्राप्त हो सकती है, जब काव्य-शास्त्र द्वारा निर्देशित सीमित और संकीर्ण रसबोध की भ्रान्ति से मुक्त होकर उसका रसास्वादन किया जाय। उसके सभी अंगों के संश्लिष्ट, समन्वित और व्यापक रस-बोध की समग्रता का मनन कर सकने में जो पाठक असमर्थ हो, वह कभी उस विशिष्ट रचना से पूर्ण रसोपलब्धि नहीं कर सकता। वह केवल छिटफुट मधुकरी वृत्ति का ही अनुसरण कर सकता है, एक ज्ञानद्रष्टा की सर्वग्राही दृष्टि का परिपूर्ण आनन्द प्राप्त नहीं कर सकता। उदाहरण के लिए रामायण-पाठ के समय यदि पाठक केवल प्रत्येक श्लोक में वर्णन की मधुरता, अभिव्यक्ति की प्राँजलता और किसी विशेष रस के निर्बाध प्राचुर्य से मुग्ध होकर ही रह जायें और काव्य-कथा के इतर अंगों की अवज्ञा करके केवल काव्य-रसरीति की महत्ता का गुणगान करने लगें तो यह कितना हास्यपद सिद्ध होगा। हमें यह देखना चाहिए कि कवि ने किस चतुराई से अपनी लम्बी और रोचक कथा को, किस चातुर्य से धीरे-धीरे विविध रसों का उपभोग कराते हुए, जीवन के विविध सूक्ष्म और स्थूल रसों का दर्शन कराते हुए अपनी योजना को एक-एक पग आगे बढ़ाया है, राज-जीवन के सम्पूर्ण ऐश्वर्य, जन जीवन के दैन्य, हर्षोल्लास, विषाद और परिवर्तनशील परिवेश, वन-जीवन और वनचारियों के जीवन की यथार्थता के रस का, और वनचारियों एवम् नैशचारियों के हिंसक, उन्मत्त जीवन का चित्रण जिस सूक्ष्म दृष्टि से किया है वह अपने में अलग और पूरी विद्याएँ हैं। कवि की इन सभी विशेषताओं का रस ग्रहण करने में यदि हम असमर्थ और असफल रहे तो हमने पूरा काव्यास्वादन किया ही कहाँ? उस महाकाव्य के महारस का पूर्ण आस्वादन तभी किया जा सकता है जब देव-जीवन, राज-जीवन, ऋषि-जीवन, जन-जीवन, वन-जीवन और नैशचारियों के जीवन के भीतर निहित मूलगत तत्त्वों की जानकारी हमें हो। ये सब

अलग-अलग विद्यायें हैं। उन सभी विद्याओं की जानकारी के प्रति हमारे मन में रुचि और उत्सुकता होनी चाहिए। इसलिए मेरा तुम लोगों के प्रति यह उपदेश है कि साहित्य या अन्य किसी भी विषय के पूरे रसास्वादन के लिए तुम लोगों के मन में सभी विद्याओं के अध्ययन के प्रति तीव्र रुचि और उत्सुकता होनी चाहिए। याद रखो कि कोई भी विद्या या कोई भी विषय हेय नहीं है। साधारण से साधारण विषय से लेकर उच्च से उच्च कल्पनाओं के सम्बन्ध में गहन ज्ञान तक सभी तत्त्व एक-दूसरे से पूर्णतः संश्लिष्ट हैं, कोई भी विषय एक-दूसरे से पृथक् नहीं हैं। इसलिए सभी बातों को अपने विशिष्ट विषय के अध्ययन के लिए परम आवश्यक समझो, उनमें से किसी भी बात को कभी विषयान्तर मत समझो। मेरे इस उपदेश को सदा के लिए गाँठ बाँध लो, यदि तुम्हें अपने आचार्य जीवदत्त का सच्चा शिष्य कहलाने की सच्ची आकाँक्षा हो तो।

कथन के अनुसार ही करनी की वास्तविकता को प्रमाणित करने के उद्देश्य से आचार्यप्रवर हमें विभिन्न स्थानों में, जो उज्जयिनी से दूर नहीं थे, भ्रमण के लिए ले जाते और वहाँ जन-जीवन के विविध रूपों की जानकारी प्राप्त कराते, केवल वहाँ के जीवन के दर्शन द्वारा नहीं, वरन् जीवन के उन विविध रूपों पर अपनी टिप्पणियों और भाषणों द्वारा भी। उज्जयिनी के आस-पास के जंगलों में भी वह हमें ले जाते और वनचारियों के जीवन के घनिष्ठ सम्पर्क में हमें लाने के प्रयत्नों में भी वह तनिक भी कृपणता नहीं करते थे। उज्जयिनी के बदमाशों, गुण्डों, धूर्तों और लम्पटों की जीवन-चर्या की भी पूरी जानकारी कराने के लिए उनके अड्डों में हमें ले जाने में वे तनिक भी संकोच का अनुभव न करते। बहुत-से छात्रों के अभिभावकों के कानों तक जब यह बात पहुँची तब उन्होंने अपने-अपने संरक्षित छात्रों को अधूरी पढ़ाई के बीच से ही वापस बुला लिया। उज्जयिनी में उस युग में प्रचलित विविध धार्मिक मतों और सम्प्रदायों के प्रमुख गढ़ों में जिस प्रकार की शिक्षा उत्साही नवयुवक शिष्यों को दी जाती थी उसकी जानकारी कराने के उद्देश्य से आचार्यप्रवर बिना तनिक भी झिझक के उन गढ़ों में हमें बारी-बारी से ले जाते और आवश्यकता पड़ने पर दो-एक दिन के लिए वहाँ रहकर उनके आचार-विचारों का निरीक्षण करने के लिए हमें मुक्त छोड़ जाते।

उस युग में प्रमुख रूप से तान्त्रिक, कापालिक, चार्वाकपन्थी, क्षपणक, श्रमण सम्प्रदाय और प्रव्रजित बौद्धों के सम्प्रदाय ही प्रमुख थे। शैव और शाक्त सम्प्रदायों से तो हमसे से अधिसंख्य छात्र पहले ही से परिचित थे। आचार्यप्रवर हमें श्मशान में ले जाकर कापालिक सम्प्रदाय के मारण, मोहन, उच्चाटन आदि विनाशक, भ्रामक और हिंसक काण्डों का ज्ञान भी प्राप्त करने के लिए स्वयं अपने निजी भेदाभेद विवेक और बौद्धिक विश्लेषण का आश्रय लेकर उक्त सम्प्रदाय एवम् दूसरे इसी प्रकार के सम्प्रदायों की विडम्बना या उपयोगिता की परख स्वयं करने को हमें मुक्त छोड़ देते थे। यह नहीं कहते थे कि ऐसे मूढ़ताग्रस्त सम्प्रदायों के सम्पर्क में रहने से हममें भी कुटिल अथवा हीन मति घर कर सकती है। हम उच्च श्रेणियों के छात्रों की बुद्धि पर उन्हें पूरा विश्वास

था। वह जानते थे कि हम जो शिक्षा प्राप्त कर चुके हैं वह हमें कभी किसी भी मूढ़ताग्रस्त सम्प्रदाय की भ्रान्ति के चक्कर में नहीं फंसा सकती। उनकी यह निश्चित धारणा थी कि अन्धकार की गहराइयों के रहस्य की मूल प्रवृत्ति की पूरी छानबीन किये बिना प्रकाश की वास्तविकता को, उसके महत्त्व को नहीं समझा जा सकता। अज्ञान को समझे बिना ज्ञान का सम्यक् बोध नहीं हो सकता। एक दिन उन्होंने पूरे आवेश की मनःस्थिति में हम लोगों से कहा, "समस्त आर्यावर्त में, इस विशाल भारत-भूमि में जो अनेक मत-मतान्तर बुद्धि की हीनता के कारण फैले हुए हैं और साधारण जनता को अज्ञान के गहन गह्वरों के मार्ग से अतल अन्धकार की अतलता में चिरकाल के लिए गाड़ देने पर तुले हैं, उस महापतन को तभी रोका जा सकता है जब हमारे युवक-छात्र और स्नातक वर्ग उस निशाचरी बुद्धि की मूल प्रकृति के तत्त्वों को भली भांति समझकर सम्मिलित रूप से, संगठित प्रयत्नों द्वारा उनके मूल में निहित विनाशक तत्त्वों के रहस्य को जनता की ही भाषा में जनता को समझावें और साथ ही आर्य-धर्म की महत्ता के बीज उनके मानस में मुक्त रूप में बिखेरते चले जायें। उन्होंने बताया कि एक मात्र आर्य धर्म ही विश्व को महाकल्याण के पथ पर ले जा सकता है, उस मूल ऋषि-धर्म के अतिरिक्त और किसी भी धर्म-मत की कोई आवश्यकता नहीं है। और वह मूल धर्म न शैव है न शाक्त, न जैन है न बौद्ध, न तन्त्र है न श्रमण, न चार्वाक है न अर्वाक। वह है एकमात्र भागवत धर्म, जिसको कुछ लोग अब वैष्णव धर्म भी कहने लगे हैं। दुर्भाग्य यह है कि यह धर्म-मत भी अब सम्प्रदाय का रूप धारण करने के लक्षण दिखाने लगा है। पर यदि हमारा स्नातक वर्ग सम्यक् बोध, दीर्घ दृष्टि और उदार भावना का आश्रय लेकर एक विश्वव्यापी और विश्व-मानव द्वारा सहज-ग्राह्य और एकमात्र सर्व-कल्याणकारी धर्म-मत का प्रचार कर सकने में समर्थ हो सके तो कालान्तर में तक्षशिला से लेकर कन्याकुमारी तक एकमात्र इसी महाधर्म का बोलबाला हो जायेगा, जिसकी परम आवश्यकता भावी महामानव को है।

मैं कभी-कभी आचार्यप्रवर के इस तरह के गुरु-गम्भीर लम्बे भाषणों से उकता उठता था। यदि उनके बोलने का ढंग मोहक न होता, शुद्ध भाषा द्वारा प्रभावशाली शैली में अपने गहन विचारों को पूर्ण सहृदयता से व्यक्त करने की प्रतिभा न होती तो मैं कभी का उनके आश्रय को त्यागकर भाग खड़ा होता। पर क्या आश्चर्यजनक मोहकता थी उनकी वाणी में और क्या आकर्षण था उनकी अकुण्ठित और अनवरुद्ध वाग्धारा में, यह मैं किसे और कैसे समझाऊँ? पर यह सब होने पर भी तब मेरे उस कच्चे वय की चँचल मानसिकता और अपक्व बुद्धि में यह बात नहीं समा पाती थी कि आचार्यप्रवर की कालभेदिनी दृष्टि में एक महान् और सुदूर लक्ष्य की झाँकी झिलमिला रही है। महापुरुषों की वाणी के महत्त्व को ठीक से समझने, उनकी वाणी के महत्त्व का सम्यक् निरुपण कर सकने और उसके समुचित प्रसारण में बड़े ही बुद्धि-चातुर्य की आवश्यकता होती है। यही कारण है कि किसी भी युग का वर्तमान दूसरे युग के भविष्य को अज्ञान के

पर्दे से मुक्त करने में सफल नहीं हो पाता। फिर भी महापुरुष जानते हैं कि काल-व्यवधान की उपेक्षा सहज ही की जा सकती है और काल-अवरोधक शक्ति उनके विचारों को पूर्णतया नष्ट करने में कभी सफल नहीं हो सकती। उनका यह महाधैर्य और सुदृढ़ शक्ति सदा अटूट और सुस्थित रहती है।

आचार्य जीवदत्त इस तथ्य को भली भांति समझते थे। अपने छात्रों की बुद्धि, लगन और सुदृढ़ निष्ठा पर से उनका विश्वास तनिक भी नहीं डिगता था और उनकी बौद्धिक उन्नति में ही मानव-समाज की भावी उन्नति के स्वप्न को वह किसी भी बाधा से टूटने नहीं देते थे। वह उच्चतम श्रेणी के योग्य छात्रों को निम्न श्रेणियों के छात्रों के अध्यापन की भी शिक्षा बार-बार दुहराया करते थे।

हाँ, एक बात बताना तो मैं भूल ही गया। उनके भाषण तभी अपने पूरे प्रवेग को पहुँच पाते थे जब छात्रों का शिविर किसी सुरम्य वनखण्ड के बीच लगता। उस समय मुक्त भाव से अपने अन्तर में उथल-पुथल मचाने वाले दुरूह विचारों को वह पूर्ण मुक्ति दे पाते। और उस वातावरण में उनका भाषण चाहे कैसा ही दुरूह क्यों न हो, बड़ी सरलता से, अत्यन्त सहज रूप में छात्रों के अन्तर में प्रवेश कर पाता। वहाँ वह विभिन्न वनस्पतियों की विशेषता छात्रों को बताते और वैद्यक की दृष्टि से प्रत्येक वनस्पति के उपयोग और प्रयोग से भी छात्रों को परिचित कराते रहते थे। लौकिक जीवन की यथार्थता से सम्बन्धित विषयों को भी उसी वातावरण में बड़े प्रेम से समझाते और जीवन के शाश्वत महत्त्व का बोध भी वह वहाँ बड़ी·ही रुचि से कराते। विविध प्रकार के पक्षियों और विभिन्न वनचारी पशुओं और मनुष्यों के कठिन जीवन-संघर्ष की झांकियाँ हमारे आगे प्रस्तुत करते और ऐसा यथार्थ चित्र खड़ाकर देते जिसे सुनकर हमें ऐसा लगने लगता जैसे हम उस जीवन को प्रत्यक्ष देख रहे हों और घनिष्ठ रूप से उस जीवन की अन्तरीण विशेषताओं के अनुभव स्वयं देख और परख रहे हों। वह हमें वनचारियों और वनखण्डियों की बस्तियों के बीच ले जाकर कुछ दिन उन्हीं के बीच रहने और बिताने की सुविधा देते और दिलाते। वहाँ कोलों और किरातों से हम तीर चलाना, पेड़-पत्तियाँ काटकर मकान या झोंपड़ियाँ बनाना, विशेष-विशेष स्थान से विभिन्न प्रकार के फलों और मेवों को खाकर भूख मिटाना सीखने और बहेलियों का-सा जीवन बिताने की सुविधा भी प्राप्त करते।

# 10

# स्नातकोत्तर जीवन

सार्थों और सार्थवाहों के भ्रमणशील जीवन से सम्बन्धित रोचक कथायें भी आचार्य उसी वातावरण में हमें बताया करते थे। चूँकि मुझे स्वभाव से ही उस जीवन के प्रति विशेष रुचि थी, इसलिए मैं इस विषय से सम्बन्धित उनकी एक-एक बात को इस तरह अपनी स्मृति-माला में गून्थता रहता जैसे अपने जीवन के भावी लक्ष्य की पूर्ति के लिए आवश्यक तथ्यों को बटोर रहा होऊँ। आचार्य ने स्वयं भ्रमणशील जीवन बिताया था और आश्चर्य नहीं कि वह शायद स्वयं भी अपने जीवन के किसी युग में सार्थवाह रह चुके हों।

X

इस तरह गुरुकुल में पुस्तकगत विद्या के अतिरिक्त अनेक आवश्यक बातों के ज्ञान की गठरी को साथ लेकर जब मैं पूरी शिक्षा प्राप्त करके बरसों बाद स्नातक के रूप में घर लौटा तब अपने को एकदम बदला हुआ पाकर स्वयं आश्चर्य करने लगा। ऐसा लगने लगा जैसे मैं एक सम्पन्न कुल में अत्यन्त लाड़-प्यार से पला सौमिल्लक नहीं, सभी युगों और सभी कालों के वैचित्र्यपूर्ण जीवन-नाटकों में भाग लेकर लौटा हुआ कुशल अभिनेता हूँ, जैसे अभिनय करना और बहुरूपिया जीवन बिताना ही मेरे जीवन का उद्देश्य है, उसी के लिए मैं पदा हुआ हूँ।

पर धीरे-धीर मैं इस मनोधारा से उबरा। सोचने लगा, मनुष्य की चेतना भी क्या चीज है। एक विशेष मनोधारा में जीते हुए मनुष्य उसी एक धारा के प्रवाह में बरबस बहने लगता है। दूसरी किसी मनोधारा की कोई अवधारणा ही उस कालचक्र में नहीं कर पाता। जब अपने उस क्षणिक मोह से मैं उबरा तब याद आया कि मैं तो और कोई नहीं हूँ, केवल अपनी कनिष्ठा माता का—इज्जा का सेवक हूँ और मैंने उसे वचन दिया है कि बराबर उसकी सुख-सुविधा का ध्यान रखूँगा। मेरी इतने बरसों की अनुपस्थितियों में उसका क्या हाल हुआ, घर वालों ने उसे किस हद तक दुःख दिया और प्रताड़ित किया, इसका तो मैंने अभी तक पता ही नहीं लगाया!

मैं भागता हुआ-सा सीधे इज्जा के पास गया और उससे कुशल पूछी। उसने मेरा सिर सूँघकर, मिट्टी की गन्ध से महकते हुए बालों का चुम्बन लिया और मेरे सिर पर हाथ रखकर और पीठ थपथपाकर प्यार और दुलार से गद्गद स्वर में बोली, "मेरे जीवन

के अप्रत्याशित धन सोमिल, बच्छ, तुम्हारा मुखड़ा इस तरह सूख क्यों गया? क्या गुरु-गृह में भोजन ठीक से नहीं मिलता था? या तुम बीमार हो गये?''

मैंने कहा, ''इज्जुए! मैं न तो तनिक भी सूखा हूँ, न कभी एक दिन के लिए भी बीमार पड़ा। बल्कि जैसा स्वास्थ्य मेरा गुरुकुल में बन गया है वैसा घर में असम्भव था। मेरे पुट्ठे कैसे सशक्त हो गये हैं, लगता है जैसे पत्थर के बने हों। यह देखो!'' कहकर मैंने अपनी मुट्ठियाँ भींचकर इज्जा को अपनी सुदृढ़ और सबल मांस-पेशियाँ बड़े गर्व के साथ दिखायी। देखकर और मेरे कथन की भंगी देखकर कनिष्ठा माता सस्नेह मुस्कुराने लगी। उसके बाद उसने मेरे आश्रम-जीवन का हाल विस्तार से पूछा और मैंने दुगने विस्तार से बताया। मैंने बड़े ध्यान से इज्जा का मुख देगा। उसपर एक अर्द्धव्यक्त विषाद की जो म्लान छाया उसके व्यक्तित्व के मूल आधार के स्थायी भाव का-सा रूप धारण किये हुए थी, उस समय उसी स्थायी भाव के ऊपर मृदु-मृदु मुस्कान और विह्वल स्नेह की हल्की किन्तु सुस्पष्ट तरंगें गंगाजमुनी हिलारें ले रही थीं। उन दो तरंगों को देख-देखकर मेरा हृदय निःशब्द किलकारियाँ मार-मारकर पुलकित हो रहा था।

मैं घर छोड़कर आचार्यप्रवर के आश्रम को जाते समय मँझले बाबा और अपने काका (मेरे पिता) के कानों में जो एक मन्त्र भर आया था, बरसों बाद गुरुकुल से घर लौटने पर उसकी सफल परिणति या चरितार्थता देखकर मेरा रोआँ-रोआँ पुलक-विह्वल हो रहा था। मैंने जाते समय 'प्राप्ते तु षोडशे वर्षे पुत्रं मित्रवदाचरेत्' इस तत्कालीन प्रचलित उक्ति से साहस प्राप्त करके, अपने पिता और मंझले पितामह के कानों में यह मन्त्र भरा कि, ''घर का वातावरण चाहे कैसा ही विक्षुब्ध हो उठा हो, कनिष्ठा माता को त्याग देने का प्रस्ताव बहुत ही अनुचित एवम् अमानवीय है, और हमारे प्रतिष्ठित कुल के अनुरूप कदापि नहीं है। इसलिए आप लोग इस अज्ञ और अनुभवहीन किशोर का इतना-सा अनुरोध अवश्य मानें कि कनिष्ठा माता को त्यागने की योजना रद्द कर दें और इस समाधान के अनुसार चलने की कृपा करें कि हमारे विशाल भवन से लगा ही एक छोटा-सा भवन अलग तैयार करवा दें, जिसमें कनिष्ठा माता अपने विदेशी आचार-व्यवहार को लेकर अलग, स्वतन्त्र जीवन बिताने की छूट पा जाये। अन्यथा यदि आप लोग उस अनाथिनी को परित्यक्त करने की योजना पर अटल रहेंगे तो मैं आप लोगों से निश्चित रूप से कहे देता हूँ कि इस अन्याय का परिणाम बहुत ही घातक होगा, अनाथिनी कनिष्ठा माता की आह से सारे घर की प्रतिष्ठा तो मिट्टी में मिलेगी, वरन् हमारा सारा कुल हर दृष्टि से बुरी तरह ध्वस्त होकर नष्ट हो जायेगा। मैं पूरा ज़ोर देकर कहता हूँ कि मेरी इस बात को केवल एक नादान बालक का क्षणिक भावोच्छवास या अर्थहीन उद्गार मानकर उसकी अवज्ञा न करें, इसी में हम सबका कल्याण है।'' इतना कहकर मैं द्रुतगति से बाहर चला गया और उस प्रवहण पर बैठ गया जो मुझे गुरु-गृह तक पहुँचाने के लिए तैयार खड़ा था। इसके बाद इस सम्बन्ध में कोई चर्चा अपने पितरों से करने का न तो मुझे कोई अवसर ही मिला और न मेरे मन में ही कोई

इच्छा उस चर्चा को दुबारा चलाने की हुई। मैंने सोचा, यदि मेरे इस एकान्त भावोद्गार का कोई प्रभाव उन दो पूज्य गुरुजनों पर न पड़ा तो उसके बार फिर कोई बात कहना व्यर्थ है, तब उस अवस्था में, मैं अपनी निजी समर्थता द्वारा जो कुछ बन पड़ेगा वही करूँगा। इज्जा को तो मैं पहले ही समझा आया था कि वह किसी भी हालत में हमारा भवन न छोड़े और अपने नन्हे-से सोमिल को इस संसार में अनाथ, उपेक्षित और एकाकी न रहने दे।

अब जब मैं दीर्घकाल बाद घर वापस आया तब अपने गुप्त मन्त्र को चरितार्थ हुआ पाया। एक अलग, नया और सुन्दर खण्ड हमारे मूल भवन से जुड़ा हुआ बना था जिसमें इज्जा शान्तिपूर्वक स्वतन्त्र जीवन बिता रही थी। मेरे संकटपूर्ण जीवन की यह पहली विजय थी और मेरे सन्तोष का ठिकाना नहीं था।

# 11
# देशाटन की योजना

घर लौटने पर मेरा मन एक विशेष कारण से अत्यन्त चँचल हो उठा था। आचार्यप्रवर ने समय-समय पर जिन-जिन बातों की सैद्धान्तिक और व्यावहारिक शिक्षा हमें दी थी उनका कुछ ऐसा विचित्र सम्मिलित प्रभाव मेरे मन पर पड़ा था कि मैं देश-विदेश-पर्यटन को अपने जीवन-अभियान का दूसरा महत्त्वपूर्ण कदम मानकर देशान्तर में भ्रमण करने को अत्यन्त अधीर और उद्विग्न हो उठा।

एक दिन मैं अपने पितामहों की एकान्त गोष्ठी में, जिसमें मेरे पिता और चाचा आदि भी उपस्थित थे, अचानक जा पहुँचा, उन लोगों ने जब पूछा कि मैं नियम के विरुद्ध एकान्त गोष्ठी में क्यों घुस आया हूँ, मैंने उत्तर दिया, "मुझे आप लोगों के आगे एकान्त में अपने से सम्बन्धित एक महत्त्वपूर्ण बात पर आज्ञा एवम् परामर्श लेना है।"

"जी खोलकर बताओ, क्या पूछना चाहते हो?" सर्वज्येष्ठ पितामह ने कहा।

मैंने साहस बटोरकर कहा, "मैं...मैं अपने आचार्यप्रवर के उपदेश से प्रभावित होकर देशाटन करके जीवन का विस्तृत व्यावहारिक अनुभव प्राप्त करना चाहता हूँ। इस सम्बन्ध में आप लोगों के क्या विचार हैं?"

सर्वज्येष्ठ पितामह तत्काल बोल उठे, "तुम्हारा यह प्रस्ताव उत्तम है और उचित भी। अब तुम किशोरावस्था पार करके नव यौवन के प्रांगण में  पाँव रख चुके हो। अब तुम्हें विस्तृत जीवन का व्यावहारिक ज्ञान अवश्य प्राप्त करना चाहिए। तुम बड़ी प्रसन्नता से देश-विदेश में भ्रमण कर सकते हो। पर पहले इस बात का सैद्धान्तिक ज्ञान विस्तार से प्राप्त कर लेना होगा कि पर्यटन के लिए किन-किन बातों की जानकारी आवश्यक होती है और साथ ही किन-किन कठिनाइयों का सामना करना पड़ता है।"

मैंने कहा, "आचार्यप्रवर हमें पहले ही विस्तार से इस विषय की शिक्षा और आवश्यक उपदेश दे चुके हैं।"

"तब ठीक है, पर मेरी राय में तुम्हें एक बार और उनसे ठीक-ठीक जानकारी प्राप्त कर, विशद रूप से इस विषय से सम्बन्धित सभी बातों का ज्ञान प्राप्त करना होगा। तब उन्होंने सभी छात्रों को सामान्य रूप से सैद्धान्तिक शिक्षा दी होगी। अब तुम जब स्वयं पर्यटन करने का निश्चय कर रहे हो, तब वह तुम्हारे स्वभाव, बुद्धि और पारिवारिक स्थिति को ध्यान में रखते हुए विशेष ही उपदेश देंगे, पर्यटन-काल में आनेवाली

विशेष-विशेष कठिनाइयों से बच निकलने का उपाय बतायेंगे और उक्त बातों को ध्यान में रखकर ऐसे उपदेश देंगे जो सामान्य रूप से सब पर नहीं, वरन् विशेष रूप से तुम्हारे ही लिए उपयुक्त होंगे।''

बड़े बाबा की बातें मुझे सारगर्भित लगीं। मैंने उनकी आज्ञा का पालन करने में तनिक भी विलम्ब नहीं किया और उसी दिन आचार्यप्रवर के पास ऐसे समय जा पहुँचा जब वह एकदम अकेले चिन्तन करने में व्यस्त थे।

उनके एकाकी चिन्तन में विघ्न डालने के कारण उनसे क्षमा माँगते हुए मैंने बड़ी आकुलता से धीरे-धीरे अपने मतलब की बात छेड़ दी। मैंने कहा, ''गुरुदेव, मैं देशाटन के लिए जाना चाहता हूँ, इसलिए आपकी सहमति और आपके बहुमूल्य उपदेशों का प्रत्याशी हूँ।''

आचार्य बोले, ''बड़ी प्रसन्नता की बात है सौम्य, तुमने साहसपूर्वक अकेले देशाटन करने का विचार किया है। विशेष रूप से किस ओर जाने का तुम्हारा विचार है?''

मैंने उत्तर में कहा, ''इस समय मेरा कोई विशेष लक्ष्य नहीं है, मैं दिशाहीन होकर केवल मौज और मस्ती के लिए उज्जयिनी के बाहर आवारा भटकना चाहता हूँ। मेरी कुछ ऐसी सटीक या भ्रामक धारणा है कि लक्ष्यहीन मनोदशा में भ्रमण करने से ही कुछ उपयोगी अनुभव प्राप्त हो सकते हैं।''

''मैं तुम्हारी मानसिक स्थिति और तुम्हारे लक्ष्यहीन लक्ष्य की बात अच्छी तरह समझ रहा हूँ। तुम्हें निश्चय ही इस तरह के निरुद्देश्य भ्रमण से लाभ होगा। पर इसके लिए पहले तुम्हें सार्थों के जीवन से सम्बन्धित विविध बातों का घनिष्ठ और गहरा अनुभव प्राप्त करना होगा। इस विषय से सम्बन्धित बहुत-सी जानकारी मैं तुम्हें स्नातकावस्था में ही दे चुका हूँ। पर अभी और घनिष्ठता से तुम्हें सार्थ-जीवन के अधिक निकट सम्पर्क में आकर और अधिक घनिष्ठता से उस जीवन की जानकारी प्राप्त करनी होगी। अभी कुछ दिन और सार्थों के साथ रहो। उनके साथ रहकर कुछ छोटी-मोटी यात्रायें भी बीच-बीच में करते रहो। इससे तुम्हें बड़ा उपयोगी अनुभव होगा और धीरे-धीरे दूर की यात्रायें भी बीच-बीच में करते रहो। इससे तुम्हें बड़ा उपयोगी अनुभव होगा और धीरे-धीरे दूर की यात्रायें करने का तुम्हारा साहस और उत्साह भी बढ़ता चला जायेगा। उसके बाद तुम्हें फिर इस सम्बन्ध में किसी से कोई परामर्श लेने की आवश्यकता नहीं रहेगी। एक सार्थवाह से मेरा घनिष्ठ परिचय है। वह मुझे बहुत मानता है। आजकल वह उज्जयिनी आया हुआ है और यहाँ कुछ दिन ठहरेगा। मैं एक पत्र लिखकर तुम्हें देता हूँ। तुम उसे लेकर उससे मिलना। कुछ दिन उसी के साथ रहना।''

इतना कहकर तुरन्त कुछ ही देर बाद आचार्यप्रवर ने एक पत्र लिखना आरम्भ कर दिया। लिखकर, एक बार स्वयं उसे पढ़कर फिर मुझे उसे पढ़ने को दिया। मैंने जब पत्र पढ़ा तो वह मुझे पर्याप्त सन्तोषजनक लगा। मैंने अत्यन्त प्रसन्न होकर कहा, ''गुरुदेव, मैं आपकी आज्ञा शिरोधार्य करके घर जाकर अपने पिता और पितामहों को

सूचित करता हूँ और फिर तुरन्त सार्थवाह के यहाँ जाता हूँ।'' कहकर आचार्यप्रवर को प्रणाम करके मैं घर की ओर लौट आया।

मेरे ज्येष्ठ पितामह ने जब आचार्य से हुई मेरी पूरी बातें सुनीं और पत्र भी पढ़ा तो वह बहुत प्रसन्न हुए। बोले, ''आचार्य ने तुम्हें जो सलाह दी है उससे अच्छी राय दूसरी हो ही नहीं सकती।''

उसी दिन संध्या के समय मैं उस सार्थवाह के डेरे पर पहुँचा जिसके नाम आचार्यप्रवर ने पत्र लिखा था। वहाँ पहुँचने पर पता चला कि वह तीन-चार दिन बाद ही प्रयाण करने वाले अपने सार्थ के प्रबन्ध के सिलसिले में कहीं गया हुआ है, पाँच-दस घड़ी बाद उसके लौटने की आशा की जा सकती है। मैं वहीं बैठकर प्रतीक्षा करने लगा। तब तक उसके सभी सहायक कर्मचारी मेरी आवभगत करते रहे। मैं आचार्य जीवदत्त का संदेशवाहक हूँ, यह जानकर सभी मेरा बड़ा मान करने लगे। कुछ ही समय बाद जब सार्थवाह लौट आया तब मैं बड़े विनय के साथ उसके आगे खड़ा हो गया और उसके हाथ मैंने आचार्यप्रवर का पत्र दे दिया। सार्थवाह का नाम विष्णुस्वामी था। वह ब्राह्मण था और उसकी आकृति अत्यन्त भव्य थी। सभी सहायक कर्मचारी उसका ऐसा आदर कर रहे थे जैसे वह किसी सार्थ का स्वामी नहीं, वरन् किसी देशखण्ड का राजा हो। पत्र को अच्छी तरह पढ़ लेने के बाद विष्णुस्वामी का मुख इस सीमा तक खिल उठा जैसे उसका परम सौभाग्य जाग उठा हो।

''आचार्य ने मुझपर बड़ी ही कृपा की है, जो मुझे किसी सेवा के योग्य समझा। अब बताइये, मैं आपकी क्या सेवा कर सकता हूँ? क्या आप मेरे साथ रहना पसन्द करेंगे?''

''मैं इसे अपना बहुत बड़ा सौभाग्य समझूँगा।'' मैंने भी सार्थवाहों के योग्य विनय का अभिनय-सा करते हुए उत्तर दिया।

तब से मैं उसी के यहाँ रहने लगा और भरसक सब समय उसी के साथ चलने-फिरने और उसकी निजी गोष्ठियों में उसके पास बैठे रहने का क्रम मैंने बना लिया। मैंने देखा, उज्जयिनी के सभी एवम् बाहर से आये हुए सभी सार्थवाह उससे मिलकर परामर्श लेने आते थे। वे लोग आपस में जो बातें करते थे, उन्हें मैं एकान्त ध्यान में सुनता और गुनता रहता था। अक्सर विष्णुस्वामी के यहाँ सार्थवाहों की आवश्यक गोष्ठियाँ होती रहती थीं, जिनमें सभी सार्थवाह अपने यात्रा-पथ की कठिनाइयों, कष्टों और सुख-सुविधाओं का वर्णन बड़े विस्तार के साथ करते थे। उनकी बातें सुनकर मेरे ज्ञान में वृद्धि होती रहती। बीच-बीच में विष्णुस्वामी से भी मैं एकान्त में बातें करके अपनी शंकाओं का समाधान करवाता रहता। जब कभी किसी छोटी यात्रा का प्रसंग उठता तो विष्णुस्वामी मुझे अपने साथ यात्रा में चलने के लिए अनुग्रह करता। मैं सहर्ष स्वीकार कर लेता। आचार्य प्रवर के छोटे से छोटे उपदेश का पालन करना मैंने अपना परम धर्म मान लिया था।

●

# 12

# यात्रा-विवरण

एक बार हमें इन्द-उर (इन्दौर) नामक एक बड़े ग्राम तक की यात्रा तय करनी थी। मार्ग में हमें ब्रह्मक्षेत्र नामक तीर्थ में रात बितानी पड़ी। हमें ब्रह्मक्षेत्र पहुंचने के पहले एक जंगल से होकर जाना था। जब हमारा सार्थ दल-बल के साथ उक्त जंगल के भीतर से होकर चला तब कुछ लुटेरों ने, जो अस्त्र-शस्त्रों से लैस थे, हमें रोका और लूट-पाट मचाने लगे। विष्णुस्वामी इस प्रकार के आक्रमणों का सामना करने के लिए पहले ही से तैयार थे। उसके दल में अनेक वेतनभोगी सशस्त्र रक्षक भी आये थे। उन्होंने डटकर बड़े साहस के साथ डाकुओं का सामना किया। अन्त में लुटेरे बिना कुछ भी हानि पहुँचाये भाग खड़े हुए। जो लुटेरे मारे गये उन्हें जँगल के भीतर खाई खोदकर गाड़ दिया गया और हमारा सार्थ शीघ्र ही पूर्व निश्चित डेरे पर जा पहुँचा। मेरे साथ के सभी यात्री उक्त घटना के कारण अत्यन्त भयभीत, परास्त और बहुत थके हुए दिखायी दिये। मैंने डेरे के पर्याप्त लम्बे सभा-कक्ष में एक छोटा-सा सुविधाजनक स्थान अपने रात्रि-विश्राम के लिए घेर लिया। सभी यात्रियों ने उसी सभा-कक्ष में विश्राम के लिए भीड़ लगा ली और अपना-अपना स्थान घेरकर बैठ गये। डेरे में शायद और कोई दूसरा कक्ष नहीं था। यह मैं अनुमान से कह रहा हूँ क्योंकि मैंने देखा कि आधी घड़ी से भी कम समय के भीतर सभा-कक्ष इस कदर ठसाठस भर गया कि कहीं तिल रखने की भी स्थान शेष न रहा। मुझे इस बात की बड़ी प्रसन्नता हुई कि बिना पूर्व अनुभव के ही मैंने जान लिया था कि डेरे में स्थान का इतना टोटा होगा और इसी आशंका से केवल अपने विश्राम के लिए ही पर्याप्त स्थान नहीं घेर लिया था वरन् अगल-बगल का स्थान सामान से घेरकर अप्रत्याशित आवश्यकता के लिए अतिरिक्त स्थान पर भी कब्जा कर लिया था। अपने सैद्धान्तिक ज्ञान के बल पर ही मैंने अपनी इसी चतुराई का प्रमाण दिया था।

जब मैं एक स्थान पर बैठे-बैठे काफी सुस्ता हो चुका तब मैं अवकाश के साथ नवागन्तुक सहयात्रियों की कठिनाई देखने में रस लेने लगा। मैंने देखा, पश्चिमी द्वार से दो महिलायें डरते-डरते प्रवेश कर रही थीं। उनके लिए सभा-कक्ष में तनिक भी स्थान नहीं रह गया था। महिलायें हमारे ही सार्थ से सम्बन्धित थीं या किसी दूसरे सार्थ के साथ आयी हुई थीं, मैं कह नहीं सकता। जब वे अपने लिए स्थान ढूँढ़ती हुई और

इधर-उधर दृष्टि डालती हुई मेरे तनिक निकट पहुँची तब इस बात पर मेरा ध्यान गया कि उनमें से जो महिला ज्येष्ठ लगती थी उसका वेष साध्वियों का-सा आडम्बर-रहित और सादा था और कनिष्ठा का भीतरी पहनावा बहुत भड़कीला और बहुमूल्य लगा, जिसे वह साध्वियों के-से एक बहुत बारीक श्वेत और सादे चादर से ढके हुए थी।

दोनों मेरी ओर एकटक देख रही थीं। उनकी आँखों की सरल और करुण दृष्टि में मैंने कुछ ऐसा कातर भाव निहित देखा, जैसे वे मुझसे किसी बात की एकाँत प्रत्याशा कर रही हों। मैं भी कुतूहलवश उनकी ओर एकटक देख रहा था। मैं पूर्वी दीवार पर पीठ अड़ाकर कुछ अकड़कर बैठ गया। जब वे मेरे एकदम निकट आ पहुँची, तब सयानी नारी बड़े ही आर्त और कोमल स्वर में तनिक संकोच के साथ बोली, ''क्या आर्य हम दो साध्वियों को भी एक पार्श्व में तनिक सुस्ताने के लिये स्थान देने की कृपा करेंगे?''

मैंने भी तनिक घबराई हुई वाणी में उत्तर दिया, ''अवश्य! अवश्य!'' और मैंने अपने दोनों पार्श्वों के सामान समेटकर उनके लिये स्थान बनाकर कहा, ''विराजें।''

दोनों तनिक सिमटती और सिकुड़ती हुई-सी मेरे दोनों पार्श्वों में बैठ गयीं।

जब दोनो कुछ आश्वस्त हुईं तब मैंने बड़े विनय के साथ पूछा, ''आर्याओं का आगमन किस प्रदेश से हुआ और कहाँ जाने का लक्ष्य है?''

ज्येष्ठा ने कहा, ''हम दोनों तक्षशिला से होते हुए उज्जयिनी होती हुई यहाँ पहुँची हैं। हमारा विचार तो भृगुकच्छ जाने का है, पर देखिये, परिस्थितियाँ और सुविधायें हमें कहाँ तक ले जाती हैं।''

''आप क्या तक्षशिला की ही निवासिनी हैं?''

''नहीं। हम दोनों का जन्म तो सुदूर दक्षिण-पूर्व में पाटलिपुत्र के एक निकटस्थ ग्राम में हुआ था। पर परिस्थितियाँ कुछ वर्ष पूर्व हमें तक्षशिला ले गयीं। तब से हम वहीं शांतिमय जीवन बिता रही थीं। पर अब वह शान्ति वहाँ सम्भव नहीं रह गयी है। अब वहाँ विदेशी सैनिकों ने नगर पर धावा बोलकर आतंक फैला रखा है और सबको अपने प्राणों की पड़ी है। हम अनेक सुवर्ण खर्च करके किसी तरह प्राण बचाकर भाग निकले हैं। कुछ सुवर्णों का हमारा सामान अभी वहीं पड़ा है। इस विदेशी आक्रमण का लाभ उठाकर अपने देशी सैनिकों ने भी अब भयंकर लूट-पाट मचा रखी है। तक्षशिला के वर्तमान शासक के भ्रष्टाचरण ने सभी देशी भाइयों को क्रुद्ध करके विरोधी बना डाला है। सर्वकल्याणकारी भगवान बुद्ध और उनके संघ की कृपा से किसी तरह ऐसी विशाल विपत्ति से त्राण पाकर हम आज संयोग से अज्ज के निकट संपर्क में आ पहुँची हैं। अज्ज के दर्शन मात्र से मुझे यह विश्वास हो गया है कि अब हम दोनों की सारी यात्रा निष्कंटक व्यतीत हो जायेगी।''

''आप दोनों का घोर संकटपूर्ण आख्यान सुनकर मैं अत्यंत विक्षुब्ध हुआ हूँ। पर यह बताइये कि मेरे दर्शन-मात्र से आपके मन में यह विश्वास कैसे हुआ कि आप दोनों

की सारी यात्रा निष्कंटक व्यतीत हो जायेगी? मैं एक अनुभवहीन तरुण हूँ। जीवन में आज पहली बार घर से बाहर एक सार्थ के साहचर्य में भ्रमण के लिए निकला हूँ। अपना ही भार मेरे लिए दुर्लभ हो रहा है, तब दो-दो नारियों का दायित्व स्वीकार करके कैसे संसार के महारण्य के गहन कण्टकाकीर्ण पथ में विचर सकता हूँ?''

''अज्ज का गमन कहाँ होगा?'' मेरे दायें पार्श्व में बैठी कनिष्ठा नारी के मुख से पहली बार बोल फूटा। लगा, जैसे मनुष्य की भाषा में कोई रजत-किंकिणी बोल उठी हो। मैंने चकित भाव से उसकी ओर दृष्टि डाली। उसने इस बीच अपनी ऊपरी चादर के नीचे की साड़ी उलटकर ऊपर समेट ली थी। मुझे लगा, जैसे शरत्कालीन श्वेत मेघजाल को चीरकर पूर्ण चन्द्र निष्कलंक रजत-कान्ति के साथ बाहर निकल पड़ा हो। पर केवल शुद्ध और निष्कलंक शरदचन्द्र की उपमा उस परिपूर्ण प्राण-प्रदायिनी रत्न-ज्योति और चिरगगन-विहारी छवि के लिए पर्याप्त नहीं है। लगा कि उस विस्मयकारी मुख का केवल ऊपरी चर्मावरण ही मानवीय दृष्टि को विचलित और हतप्रभ करने वाला नहीं है, वरन् उस पर जड़ी गयी तरल तारालोक विच्छुरित करने वाली दो आँखों के देवलोकीय नभोमण्डल के इन्द्रधनुष से प्रस्फुटित अलौकिक विद्युत् के आश्चर्यमय तीखे प्रकाश से चमचमाते हुए बाणों का अनिर्वचनीय कटाक्ष मेरे अन्तर को आर-पार चीर गया और न जाने किस मृत-संजीवनी भाषा में मेरे प्राणों में क्या सन्देश प्रसारित कर गया। जब तक मेरी हतप्रभ चेतना फिर से तत्कालीन वातावरण से उबरकर तटस्थ स्थिति प्राप्त करे, उसके मुख की रजत-किंकिणियों-सी बजती हुई वाणी फिर मुखरित हुई और संकोच-रहित स्वर में बोली, ''मैं केवल इतना ही जानना चाहती हूँ कि अज्ज कितनी दूर तक हम लोगों का साथ दे सकेंगे।''

उसकी वय यद्यपि बीस वर्ष से अधिक नहीं लगती थी, तथापि उसके कण्ठस्वर में ऐसी दृढ़ता और आत्मविश्वास मैंने पाया जैसा उस वय की किसी भी युवती में एक परदेसी युवक से बोलते समय नहीं पाया जा सकता। मुझे लगा कि वह किसी साधारण कुल के संस्कारों में पली दुर्बल प्राण तरुणी कदापि नहीं हो सकती। तब वह कहाँ और किन संस्कारों में पली है? यह प्रश्न मेरे मन को कुरेदने लगा। वह पहली युवती थी जो जाने या अनजाने मुझे एक अच्छेद्य किंतु अपूर्व मधुर मोह-पाश में बाँध रही थी। वह क्या बाँध रही थी, उसकी मोह-माया को समेटने में जो अवर्णनीय सुख मुझे मिल रहा था उसका अनुभव जीवन में मुझे पहले कभी नहीं हुआ। क्या यही प्रथम यौवन की प्रमोन्मादिनी मनःस्थिति थी, जिसके बारे में मैंने बहुत कुछ पढ़ और सुन रखा था और जिससे बचे रहने के सम्बन्ध में आचार्यप्रवर अनेक बार मुझे अपने संकेतात्मक उपदेशों के द्वारा सचेत करते रहे?

मैंने मन ही मन आचार्यप्रवर का ध्यान किया और उनकी मानस-मूर्ति को अन्तर के पूरे उच्छ्वास से प्रणाम किया। धीरे-धीरे मेरा मनोबल गुरु-कृपा से बढ़ने लगा। मन ही मन गुरु की महामहिमा की जय बोलते हुए मैं कुछ ही समय पश्चात् पूर्णतः सचेत हो उठा और पूर्ण आत्मविश्वास के साथ बातें करने लगा।

जितना समय मुझे उस नयी स्थिति के प्रथम क्षण की विस्मयकारी विशेषता को समझने में लगा, उसका सहस्रांश भी उसकी यथार्थता को तत्काल समझने में नहीं लगा। उस असाधारण मोहिनी नारी के प्रश्न के उत्तर में मैंने सहज भाव से कहा, "मैं पहले ही बता चुका हूँ कि मैं पाटलिपुत्र तक की यात्रा करना चाहता हूँ। वैसे मैं अभी तक स्वयं यह निश्चय नहीं कर पाया हूँ कि मैं किस उद्देश्य से और क्या लक्ष्य लेकर घर से बाहर निकला हूँ। फिर भी जहाँ तक सम्भव हो सकेगा मैं वहाँ तक आप लोगों का साथ देने के लिए भरसक प्रयत्न करूँगा।"

उसने कहा, "मेरा भी कोई निश्चित लक्ष्य नहीं है। मैं भृगुकच्छ की यात्रा का निश्चय एक क्षण में बदल सकती हूँ, यदि अज्ज हम पर इसी तरह अपनी कृपा बनाये रहें।"

मैं कह चुका हूँ कि तब तक मैं अपने प्राथमिक मोह से मुक्त हो चुका था और मेरा मन पूर्णतःसचेत हो चुका था। उसकी बात सुनकर मैं तनिक व्यंग की-सी मुसकान मुख पर झलकाते हुए बोला, "मेरी किस कृपा की बात आप कह रही हैं, मैं समझा नहीं। अभी तक मैंने कोई भी कृपा आपपर नहीं की। यदि आप केवल इतनी-सी बात को मेरी कृपा मानती हैं कि मैंने अपने फैले हुए सामान को हटाकर आप दोनों के लिए तनिक बैठने का स्थान बना दिया तो यह मेरा नहीं आपका अपार सौजन्य है।"

"आपके छोटे से छोटे व्यवहार से मुझे आपकी अशेष कृपा का परिचय मिल रहा है। यह अपनी-अपनी दृष्टि ही तो है। आज के जीवन में इतनी-सी भी कृपा का विशेष मूल्य है। हम पीड़ित लोगों को तो किसी अपरिचित परदेशी के मुख के भाव से सहज ही टपक पड़ने वाली शिष्ट मुसकान का एक क्षण कण भी करुणा के सागर में उठने वाले ज्वार से अधिक मूल्यवान लगता है। भद्र, हम लोग बहुत सताये हुए हैं।"

उसका एक-एक शब्द उसके चातुर्य, बुद्धिमत्ता, अभिजात वंश की परम्परा से पायी हुई शिक्षा और संस्कृति की उच्च कोटि की विशेषता का परिचय दे रहा था। मैं सोचने लगा कि कहीं वह दुःख-पीड़िता तरुणी कहीं कोई राजकुमारी या किसी प्रतिष्ठित सामन्त-कुल की कोई ललना न हो, जो तक्षशिला की तत्कालीन आतँकप्रद परिस्थिति से घबराकर भागने को विवश हो गयी हो और छदमवेश बनाकर किसी दुष्टा साध्वी नायिका के फेर में पड़कर घर से भाग निकली हो। या यह हो सकता है कि वह सवैचारिणी हो और अर्से से घर से भाग निकलने का कोई बहाना खोजती रही हो और अब सैनिक आतँक और अपने नगर में शासकीय अव्यवस्था का बहाना पाकर घर छोड़कर, अपने किसी प्रेमिका से किसी नगर या ग्राम में मिलने चली आयी हो और अब घर से दूर परदेश की अनजानी परिस्थितियों में आने पर किसी भी प्रकार की लज्जा या संकोच से पूर्णतया मुक्त हो चुकी हो। अन्यथा मेरे तनिक संकेत से भी कोई प्रश्रय न पाने पर भी बड़ी चतुरायी से मेरे साथ बरबस घनिष्ठता बढ़ाने के लिए वह इस सीमा तक उत्सुक क्यों हो उठी है? अब तक मैं किसी भी प्रकार के प्रेम-प्रसंग के चक्र-जाल

और उससे सम्बन्धित प्रेम-प्रपंचों की बारीकियों से तनिक भी परिचित न था और न उनकी जानकारी प्राप्त करने की कोई उत्सुकता ही कभी मेरे मन में जगी। यह कल्पना भी कभी मेरे मन में नहीं उठी कि मैं भी एक सुन्दर तरुण हूँ और मेरे सरल और सहज व्यक्तित्व की जो छाप निश्चय ही मेरे मुख पर पड़ चुकी होगी वह किसी सुन्दरी तरुणी के लिए एक प्रबल आकर्षण का कारण बन सकती है। मैं काव्यों और नाटकों के जिन नायकाओं के व्यवहार और चरित्रों की बातें पढ़ता था वे कभी मेरे अपने जीवन में भी प्रतिफलित और घटित हो सकते हैं यह मैंने कभी नहीं सोचा था। मेरा सरल मन सदा उन काव्यगत कथा-प्रसंगों को अपने से दूर किसी निराले ही संसार की विलास-लीला समझता था, जिनका मेरे अपने जीवन से न तो कोई सम्बन्ध रहा है न कभी रहेगा।

पर आज मुझे लगता है कि मेरा वह अज्ञान और सरल बोध ही मेरे प्रबल आकर्षण का मूल कारण था। जो भी हो, मैं उस विशेष मोहिनी की गूढ़ संकेत-भरी किन्तु प्रकट में बड़ी ही सीधी-सादी बातों की रहस्यमयता को ठीक से समझ पाने में बड़ी कठिनाई का बोध कर रहा था। यद्यपि इतना समझ रहा था कि उस यात्रा के दौरान उस रहस्यमयता का भेद जानना मेरे लिए अयन्त आवश्यक है, अन्यथा किसी परदेशी पंछी की तरह एक धूर्त शिकारी द्वारा फैलाये गये अदृश्य जाल में अनजाने ही फँस जाने से बड़ी विपत्तियों का सामना करना पड़ सकता है।

रात हो गयी थी। बाहर सभी घरों के चारों कोने में अनेक बड़े-बड़े मृत्तिका-दीपक जला दिये गये थे। जहाँ हम बैठे थे वहाँ भी सारे विशद सभा-कक्ष में घर की-सी सुखद शान्ति छा गयी थी। वहाँ भी चारों कोनों में उज्जवल दीपक जला दिये गये थे। यात्रा-पथ में हुई दुर्भाग्यपूर्ण घटना का प्रभाव यात्रियों के मन पर से सम्भवतः काफी मिट चुका था। अभी तक यात्रियों के आपस में वार्तालाप का जो प्रभान्जित सम्मिलित स्वर झिल्लियों की जार की तरह निरन्तर, अविश्रान्त रूप से सभा-कक्ष को मुखरित किये था वह तीन-चौथाई मन्द पड़ गया था और अधिसंख्य यात्री या तो सो चुके थे या लेटने के प्रबन्ध में जुट हुए थे। मैंने अपने आसपास के यात्रियों से अनुनय-विनय करके उन्हें इस बात के लिए प्रेरित किया कि अपने को तनिक समेट लें। उसके बाद दोनों महिलाओं के पाँव पसारने योग्य पर्याप्त स्थान निकाल लिया दोनों के लिए बिस्तर बिछाकर और ओढ़ने का प्रबन्ध कर दिया। दोनों अपने साथ ओढ़ने-बिछाने का सामान नहीं ला पायी थीं। शीतकाल था, इसलिए बिछाने के लिए न सही, ओढ़ने के लिए कुछ ऊनी कम्बल, अलवान, शाल, दुशाला आदि चीज़ें बहुत आवश्यक थीं। मेरे पास ऐसी चीजें पर्याप्त थीं। जब वे दोनों उन बहुमूल्य चीज़ों को शरीर में लपेटकर, ओढ़कर लेटने को तैयार ही थीं, तब मुझे सहसा याद आया कि उन्होंने और स्वयं मैंने अभी तक कछ भी नहीं खाया है। मेरे पास दो-तीन भाण्ड विविध प्रकार के स्वादिष्ट पकवानों से भरे थे। मैंने उन्हें निकालकर कुछ तश्तरियों में सजाकर रखा। कुछ पकवान नमकीन और कुछ मीठे थे। इसलिए सब्जी, चटनी आदि साथ में न भी हो तो उनके बिना भी बड़े

मज़े में उन पकवानों का स्वाद लिया जा सकता था। महिलाओं ने बड़े प्रेम से उन्हें चखा और खाया। पानी पीकर, हाथ धोकर, दोनों मेरी ओर स्नेहपूर्ण कटाक्ष फेंकती हुई और मन्द-मन्द मुस्कराती हुई लेट गयीं।

मैंने भी थोड़ा-सा पकवान चखा। एक मृत भाण्ड में कुछ पानी मैंने सभा-कक्ष के एक परिचारक से अनुनय-विनय करके अपने पास पहले ही रखवा लिया था, उसी में से थोड़ा जल निकालकर पिया और उससे भी कम जल से हाथ धोकर पोंछ लिये।

काफी देर तक मैं दीवार पर पीठ अड़ाये आराम से अपनी जगह पर बैठा रहा और पहरा देता रहा। थका हुआ मैं अवश्य यात्रा के कारण था, पर नीन्द नहीं आ रही थी, इसलिए मैं लेटा भी नहीं, अधलेटी अवस्था में बैठा ही रहा। सभा-कक्ष में सोये हुए लोगों की नाकों से जो सर्व-परिचित विशेष ध्वनि निकल रही थी, वह आरम्भ में तो मुझे डरावनी-सी लगी, बाद में उज्जयिनी के विनोदानन्द स्वामी के प्रवचनों की तरह प्रिय और मनोरंजक लगने लगी। प्रायः आधी रात हो चुकी थी। कई प्रौढ़ वय के भद्र लोग अभी भी जगे हुए थे। कभी कोई खाँसते थे, कभी अपनी ही वय के दूसरे व्यक्तियों के आगे अपने रोगों का विस्तृत वर्णन करने में परम सुख का अनुभव करते हुए-से जान पड़ते थे। मैं परदेशी तरुणी की बातें के भीतर निहित रहस्यमूलक संकेतों से कुछ तात्त्विक अर्थ निकालने का प्रयास कर रहा था, पर प्रौढ़ों और वृद्धों की रसमयी वार्ता से मेरे सोचने की क्रिया में विकट व्याघात पहुँच रहा था। अन्त में मैं जब उन बातों से बहुत उकता गया तब लेटकर सो गया।

●

# 13

# नगरवधू के भवन में

दूसरे दिन कुछ देर से मेरी नींद टूटी। जब आँखें खुलीं तब मैंने अकचकाकर देखा, मेरे साथ की दोनों महिलायें स्नान-ध्यान करके श्रृँगार-प्रसाधनकर चुकी थीं और सुन्दर-से नये वस्त्र पहनकर जैसे चलने के लिए तैयार बैठी थीं। दोनों अपनी नयी वेशभूषा में एकदम बदली हुई दिख रही थीं। वे उस समय मेरी ही ओर एकटक देख रही थीं, जैसे बड़ी अधीरता से मेरे जगने की प्रतीक्षा कर रही हों।

मैं अकारण संकोच के साथ उठा और उठते ही प्रातः-क्रियाओं से निबटने के लिए बाहर चला गया। महिलाओं की एकटक दृष्टि मुझे जैसे बाहर की ओर बरबस ढकेल रही थी।

जब स्नान-ध्यान करके, बाहर ही उद्यान के एक एकान्त स्थान में सन्ध्या-वन्दना करके लौटा तो अनुभव कर रहा था कि मन की स्फूर्ति और शुद्धि मेरे मुख की अभिव्यक्ति मेंनिर्बाध रूप से झलक रही है और बिना दर्पण देखे ही ऐसा लग रहा था जैसे मेरे मुख का तेज उन महिलाओं के एकान्त आकर्षण का कारण बन जायेगा। जब अपने स्थान पर लौटा तब दोनों महिलाओं की दृष्टि बता रही थी कि मुझे देखकर दोनों परम प्रसन्न, और पुलकित होने के साथ ही दुश्चिन्ताओं से मुक्त होकर सुस्थिर और आत्मसन्तुष्ट भी हो गयी हैं।

मैंने भीतर जाकर एक छोटे-से पृथक् कक्ष में कपड़े बदले। उसके बाद इतमीनान से सभा-भवन के परिचायक को बुलाकर उससे एक दर्पण लाने को कहा। इस तरह बड़े इतमीनान से दर्पण में अपना मुख देखकर मैं पूर्ण सन्तुष्ट हुआ। उस दिन मैंने पहली बार दर्पण में अपने मुख के प्रतिबिम्ब को बड़े ध्यान से देखा। परिचारक ने मुझे सचेत किया कि सार्थ रवाना होने को तैयार है और मेरी ही प्रतीक्षा में रुका हुआ है। सुनकर मैं सचेत हुआ और मैंने महिलाओं के पास जाकर हड़बड़ी मचायी। महिलाओं ने उसी हंड़बड़ी से अपनी गठरियाँ सम्भालीं और मुझसे भी जल्दी करने का आग्रह करने लगीं। मैं भी कुछ ही पलों में अपना सामान बटोरकर तैयार हो गया। सार्थ का एक परिचायक आया और उसने सभी गठरियाँ अपने हाथ में ले लीं, और तब हम सब सार्थ के बीच में जाकर खड़े हो गये। प्रवहण तैयार थे। हम तीनों एक सुविधाजनक प्रवहण में साथ ही बैठ गये।

प्रवहण चल पड़ा और चलता रहा। रात फिर एक दूसरे डेरे पर बितानी पड़ी। लोगों ने बताया इन्द-उर अब अधिक दूर नहीं है, कल दोपहर के पहले ही हम सब वहाँ पहुँच जायेंगे।

बात ही बात में मैंने महिलाओं को बताया कि मेरी यात्रा की समाप्ति अभी कुछ दिनों के लिए इन्द-उर में ही हो जायेगी। वहाँ कुछ दिन ठहरने के बाद मैं अपने साथियों के साथ उज्जयिनी वापस चला जाऊँगा। सुनकर दोनों कुछ निराश-सी हुईं पर कनिष्ठा ने अत्यन्त विनयपूर्ण शब्दों में बड़ी ही मिठास के साथ कहा, ''यदि अज्ज को कुछ दिन इन्द-उर में ठहरना है तब अज्ज कृपापूर्वक हमारे ही साथ रहें। मेरी एक बहन इन्द-उरें में रहती है। इस समय हम लोग भी उसी से मिलने जा रहे हैं। अज्ज हमें वहाँ कुछ दिन अपनी सेवा का अवसर प्रदान करने की कृपा करें।''

सुनकर मैं कुछ सोच में पड़ गया। मैं आचार्यप्रवर के शिष्य (हमारे सार्थवाह) के तत्त्वावधान में यात्रा कर रहा था। परदेश में मेरी सारी देख-रेख का भार उसी पर था। उसे धोखा देकर मैं यदि महिलाओं के यहाँ जाकर रहने लगूँ तो यह सर्वथा अनुचित होगा, यह चिन्ता मेरे मन को बुरी तरह कुरेदने लगी। बहुत सोचने के बाद मैंने यह निश्चय किया कि सार्थवाह को सारा हाल बिना तनिक भी दुराव के बता दूँगा। मैं चोरी-छिपे किसी महिला से प्रेम-सम्बन्ध जोड़ना भी नहीं चाहता था। तक्षशिला की जो रहस्यमयी युवती मुझे किसी दैवी संयोग से अनायास ही मिल गयी थी, एक रात की कुछ ही घड़ियों के लिए निकट सम्पर्क में आकर उसने मुझे मेरे अन्तर को बुरी तरह झकझोर दिया था। अपने जीवन का प्रथम प्रेम मैं उसी के चरणों में अर्पित करने के लिए उतावला हो उठा था। इस अनिरुद्ध आकर्षण के विरुद्ध मेरे मन की कोई नियन्त्रक शक्ति कारगर नहीं हो पा रही थी। सोच रहा था, मैं एक सरल प्रकृति का अनुभवहीन तरुण उस सहज नैसर्गिक आकर्षण शक्ति का विरोध किस बूते पर कर सकता था, जिसके आगे बड़े-बड़े संयमी ऋषि-मुनी भी, पौराणिक कथाओं के अनुसार, एकदम विवश होकर पूर्ण परास्त हो चुके थे। इसलिए मैं उस दुर्दमनीय और दुर्निवार शक्ति का प्रतिरोध किस बूते पर कर सकता हूँ? और इसमें लज्जा और संकोच और नैतिक अनुशासन के उल्लन्घन का भी कोई भय मुझे नहीं करना चाहिए—मैं अपने शंकित मन को इस तरह समझा रहा था। पर रह-रहकर मेरे मन से इस बात का धड़का नहीं जाता था कि मैं अपने गुरुदेव की शिक्षा और वर्जना का उल्लन्घन कर रहा हूँ, जो कि हर दृष्टिकोण से अनुचित है। केवल गुरुदेव को ही नहीं, अपने घर के वयोज्येष्ठों को भी मैं धोखा दे रहा हूँ—इस बात की ग्लानि मेरे अन्तर से किसी भी प्रकार नहीं जाती थी पर इस सारी कटीली ग्लानि और विकट आशंका से ग्रस्त होने पर भी मैं उस मोहिनी से एकान्त मिलन के निमन्त्रण को किसी आशंका से या परिणाम के अनिवार्य संकट के भय से ठुकराना भी नहीं चाहता था। मैं कुछ समय के लिए ध्यानमग्न हो गया और फलस्वरूप मैंने अपना मनोबल इस हद तक बढ़ा लिया कि सभी प्रकार के कल्पित

और झूठे भयों को जैसे एक महामन्त्र से फटकार कर, झाड़कर साफ कर दिया और तब मेरे मन का यह निश्चय वज्र की तरह सुदृढ़ हो गया कि इन्द-उर पहुँचकर मैं अवश्य उक्त अपरिचित और परदेशी महिलाओं का आतिथ्य स्वीकार करूँगा।

दूसरे दिन हम लोग दोपहर को तो नहीं, पर तीसरे पहर के समय इन्द-उर पहुँचे। एक ठाठदार प्रवहण प्रतीक्षा में खड़ा था। ज्येष्ठा महिला सहसा जाने कहाँ गायब हो गयी थी, कनिष्ठा और मैं बड़े आराम से प्रवहण पर बैठ गये। प्रवहण एक आलीशान कोठी के बाहर जाकर खड़ा हो गया। हम लोग उतरे।

भवन के भीतर प्रवेश करके मैंने देखा, बाहर उद्यान में एक छोटी-सी तलैया के पानी में सारस, कारण्डव, बक आदि जल-पक्षी तैरते हुए बड़े मनोहर दीख रहे थे। उसके पास ही एक यन्त्रधारा से सैकड़ों धाराओं में जल की पतली-पतली फुहारें बरस रही थीं। रंग-बिरंगे फूलों के छोटे-छोटे पौधे और लताएँ चारों ओर वसन्त-विहार का आनन्द दे रही थीं, यद्यपि अभी पूस का महीना चल रहा था। कुछ देर मैं मग्न भाव से बाह्योद्यान का ही दृश्य देखता रहा। जब मैंने भवन के भीतर प्रवेश किया, मेरे साथ की कनिष्ठा महिला भीतर पहुँच चुकी थी। जैसे ही मैंने दहलीज पर पाँव रखा वैसे ही एक अनुपम सुन्दरी अप्सरा ने बड़े स्नेह-भाव से और स्वर्गिक हास से मेरा स्वागत किया, "अज्ज अब तक कहाँ बिलम रहे थे?"

मैंने कहा, "बाह्योद्यान की शोभा ने ही मेरा मन इस सीमा तक हर लिया कि भीतर अमरावती की कोई अप्सरा मेरी प्रतीक्षा कर रही होगी, इस बात की कोई सुध ही मुझे नहीं रही।"

वह ललना तनिक अविश्वास के साथ मन्द-मन्द मुस्कुराने लगा। फिर अपनी बहन शिरीषावली की ही तरह अपने कण्ठ से जादू-भरी रजत-किंकिणियों को बजाती हुई बोली, "अज्ज क्या कवि हैं? आकृति, प्रकृति और कण्ठ से वीणा-निनाद के-से झंकार से तो ऐसा ही लग रहा है।"

सुनकर मैं एक साथ ही लज्जित भी हुआ और पुलकित भी। लज्जित इसलिए कि मैं सोचने लगा कि उस वय में ही मैं एक अच्छा कवि हो सकता था, पर हो नहीं पाया। मेरा रुझान बचपन से ही काव्य और दूसरी ललित कलाओं की ओर था, पर मैं उस ओर अभी तक प्रयासशील नहीं हुआ था। अन्यथा उस अद्‌भुत तरुणी को तत्काल आशु कविता-रचना द्वारा चमत्कृत कर सकता था। अपने जीवन की पहली असफलता और प्रत्युत्पन्न-मति के अभाव के प्रति ध्यान जाने पर मुझे अपने ऊपर केवल निपट लज्जा का ही अनुभव नहीं हुआ, वरन् घोर ग्लानि की पीड़ा का भी तीखा बोध होने लगा। और पुलकित यह सोचकर हुआ कि वह पहले ही दर्शन से मेरी ओर आकृष्ट होकर सहज स्नेह और सौहार्द से गद्‌गद हुई-सी दिख रही थी। उत्तर में मैंने अत्यन्त नम्र निवेदन करते हुए, तनिक संकोच-जड़ित स्वर में कहा, "भद्रे, मुझे खेद है कि मैं कविता-रचना नहीं करता, पर सुन्दर काव्य की ओर मेरा रुझान अवश्य है। आपने पहली ही भेंट में

मेरे स्वभाव की इस विशेषता को समझ लिया, इस बात से आपकी तीव्र अन्तर्दृष्टि का परिचय मुझे मिल रहा है।"

तनिक म्लान स्वर में अप्सरा बोली, "तब अज्ज क्यों कविता-रचना की ओर उन्मुख नहीं होते? मेरा तो विश्वास है कि तनिक-से प्रयास से ही अज्ज श्रेष्ठ काव्य की रचना कर सकते हैं।"

मुझे सहसा याद आया कि मैंने अपने स्नातक जीवन के प्रारम्भ में छिट-पुट कवितायें लिखने का अभ्यास किया था। यही नहीं, वरन् कई अच्छी छोटी नाटिकायें भी मैं यदा-कदा लिखता रहता था। पर उस समय मैंने उस स्मृति को दबा दिया।

मुझे आश्चर्य हो रहा था कि प्रथम परिचय में ही अमरावती की वह अप्सरा ऐसी ढिठायी से मेरे साथ घनिष्ठ भाव से वार्तालाप क्यों कर रही है। मैंने इस बात पर विशेष ध्यान दिया कि उसके स्वभाव में और आचार-व्यवहार में शिरीषावली की-सी लज्जा या संकोच-जनित जड़िमा का लेश भी नहीं था।

इतना तो मेरे आगे स्पष्ट हो चुका था कि वह अद्भुत ललना शिरीषावली की वही बहन है जिसके सम्बन्ध में शिरीषावली की सहचरी ने मुझे बताया था कि इन्द-उर में उसकी (शिरीषा की) बहन रहती है।

यदि वह सचमुच शिरीषा की ही बहन थी, तो भी उन दोनों बहनों के रूप-रंग वेष-भूषा और आचार-व्यवहार में मुझे धरती और आसमान का सा अन्तर लग रहा था। शिरीषा एक लाजवन्ती नारी लगी थी मुझे, यद्यपि उसने अपनी स्वाभाविक लज्जा का बाँध तोड़कर मुझसे (एक अपूर्व-परिचित परदेशी से) खुल-कर बातें की थीं। पर वह तब खुली थी, जब वह मेरे शील-स्वभाव से और मेरे व्यवहार से पूर्णतया आश्वस्त हो चुकी थी। किन्तु यह अप्सरा तो पहली ही भेंट में संकोच की सारी जड़िमा को साँप की केंचुली की तरह उतारकर फेंक चुकी थी। केवल इसकी आँखों के कोयों में, नाक के सिरे में और पतले-से सुन्दर ओंठों की चँचल गतिविधि में कुछ थोड़ा-सा साम्य ऐसा था जो शिरिषा से मिलता था अन्यथा और सभी बातों में अपनी बहन से वह भिन्न थी।

हाँ, तो उसने अपने इस विश्वास की बात कही थी कि थोड़े-से प्रयास से मैं बहुत अच्छा कवि बन सकता हूँ। मैंने तनिक संकोच के साथ उसकी बात का उत्तर देते हुए कहा, "भद्रे, एवमस्तु!"

"आप 'एवमस्तु' कह तो रहे हैं, पर आपके स्वर से ही इस बात का निश्चित पता चल जाता है कि आपको मेरी बात तनिक भी विश्वसनीय नहीं लग रही है। फिर भी दृढ़ विश्वास के साथ दुहराती हूँ कि आप यदि कुछ दिन मेरे साहचर्य में रहें तो मैं आपको कवि बनाकर ही छोड़ूँगी।"

मैं चकित और स्तब्ध रह गया। क्या कहती है यह नारी! 'मैं आपको कवि बनाकर ही छोड़ूँगी, यदि आप कुछ दिन मेरे साहचर्य में रहें।' यह तो ढिठायी की सीमा है।

“पर कैसे? किस उपाय से?” मेरे मुँह से बरबस यह प्रश्न निकल पड़ा।

“कैसे?” उसने तनिक खीझ-भरे स्वर में कहा। “अपने प्यार से, बुद्धि के चमत्कार से और पूर्व अनुभव से।”

“पूर्व अनुभव? किस प्रकार का अनुभव?” मैंने पूछ ही लिया यद्यपि भीतर ही भीतर मैं आशंकित (या आतंकित) होकर यह सोच रहा था कि मेरा इस तरह का प्रश्न अत्यन्त अभद्र और अशोभनीय है।

“देखिये, मैं एक बात आपको बताती हूँ जो आपको अविश्वसनीय और हास्यास्प्रद लग सकती है।”

“क्या बात? निःसंकोच बताइये। मैं आपकी किसी भी बात को अविश्वसनीय नहीं मानता। मैं इतना तो आवश्यक ही जान गया हूँ कि आप एक चमत्कारी भद्र ललना हैं।”

“यहीं आप भ्रम में हैं। मैं किसी भी दृष्टि से ‘भद्र’ ललना नहीं हूँ। मैं इस नगर की नगरवधू हूँ।”

सुनकर मैं जैसे पछाड़ खाकर गिर पड़ा। जब कुछ सम्भला, तब आश्चर्य के तीखेपन के साथ बोला, “आप नगरवधू? यह बात सत्य हो ही नहीं सकती।...” मैंने बनावटी दृढ़ स्वर में कहा।

वह हँस पड़ी। पूर्ण मुक्त भाव से हँसी, खूब हँसी और खिलखिलाकर हँसी, जैसे किसी मंगल अवसर पर—विशेष करके किसी के शुभ विवाह के अवसर पर उपस्थित मण्डली के ऊपर शुभ्र खील बरसा रही हो। विशेष करके हँसते हुए उसकी दो श्वेत और अकलंक दन्तपंक्तियाँ स्वयं ही प्रत्यक्ष खील बनी हुई-सी लग रही थीं। वह बहुत देर तक इसी तरह खिलखिलाती रही। जब एक सांस टूट जाती या जब वह हँसते-हँसते थक जाती तब हँसी की नयी पंक्ति वह अपने अन्तर से निकालती और उस नयी पंक्ति की बौछार से मेरे हृदय के अन्तरतम केन्द्र-बिन्दु को झकझोर देती। उसकी शुद्ध स्वाभाविक और निष्कलुष हँसी का दौर तब टूटता जब वह थककर लोटपोट होने को होती और अपने को गिरने से बचाने के लिए द्वार के एक कपाट का सहारा लेकर खड़े-खड़े उच्छ्वास के वेग से सिहरने-सी लगती।

“तो आपका कहना है कि मैं एक भद्र महिला हूँ और मेरे नगरवधू होने की बात पर आपको तनिक भी विश्वास नहीं होता? यह अन्तिम रूप से जान लीजिये कि मैं एक नगरवधू के अतिरिक्त और कुछ नहीं हूँ। मैंने कई नागरिकों को अपने साहचर्य से कवि बनाकर ही छोड़ा है। इसी कारण मैं आपको भी विश्वास दिला रही हूँ कि यदि आप कुछ दिन मेरे सहचर्य में रहें तो आप भी कवि बनकर ही रहेंगे, इसमें सन्देह की कोई बात नहीं है। मेरी इस भविष्यवाणी पर तनिक भी विश्वास न करें और मेरी गम्भीर वाणी की सच्चायी को एक बार परख कर देख लें।”

बोलते-बोलते उसके मुख की अभिव्यक्ति में एक असाधारण गम्भीरता आ गयी थी।

हार मानकर मैंने अन्त में कहा, "मैं विश्वास करता हूँ, एकान्त और पूर्ण विश्वास करता हूँ। आप जैसा कहेंगी मैं वैसा ही करूँगा, राई-रत्ती आपका ही अनुशासन मानकर चलूँगा। आज से आप मेरी गुरु हैं। मेरे मन में आपके व्यक्तित्व का अपने आचार्य की अपेक्षा कई गुना अधिक श्रद्धा और विश्वास जम गया है।"

मेरी बात सुनकर उसकी हँसी उसके अन्तर की पूरी शक्ति से इस प्रकार फूट पड़ी कि वह गिरते-गिरते बची। यह उसका खिलखिलाना नहीं था, यह जैसे उसके अपने सारे जीवन के झूठेपन पर उसकी स्वयं अपनी ग्लानि अट्टहास कर रही थी। वह अट्टहास सुनकर या और किसी कारण से भीतर से शिरीषावली द्रुतगति से दौड़ती-सी चली आ रही थी।

शिरीषा ने आते ही पूछा, "दीदी, क्या बात है? अज्ज से पहली ही भेंट में इस कदर हर्ष-विभोर क्यों हो उठी हो? मैं तनिक विश्राम करने के लिए पलंग पर लेटी ही थी और आँखें भी झपकने लगी थीं कि तुम्हारा अट्टहास सुनकर घबरा उठी और हड़बड़ाती हुई आ रही हूँ। मेरे हृदय पर हाथ लगाकर देखो कैसा धड़क रहा है।"

"अरी, तू भी तो कायरों की सिरमौर है।" तनिक बिगड़ते हुए 'अप्सरा' बोली, "तनिक जी खोलकर अट्टहास कर भी न पायी थी कि तू जाने कहाँ से आ धमकी है! आज बहुत दिनों बाद खुलकर अट्टहास करने का अवसर मिला था। तुम्हें वही सहन न हुआ।"

"लो, तुमने अब अकारण मुझे उलटी-सीधी सुनाना आरम्भ कर दिया। मुझे क्या मालूम था कि तुम बहुत दिनों बाद अपने मन की भड़ास निकाल रही हो। मैं तो योगनिद्रा की-सी स्थिति में अचानक उचक उठी थी—भय से!"

"तो जाओ। किसी वन में जाकर अपना टूटा हुआ योग्य पूरा कर लो। मेरे घर में कोई आज से योग न कर सकेगा। वियोग के लिए ही यहाँ स्थान है, किसी के योग के लिए नहीं।" अप्सरा' की आवाज में और मुखश्री में गुप्त और रहस्यमय खीझ के विस्फुटन का आभास मिल रहा था। शिरीषा कुछ समय तक स्तब्ध खड़ी रही। वह भी शायद अपने मन की प्रतिक्रिया को वाणी देने के लिए अधीर हो रही थी। पर उसने अपने को नियन्त्रित करने का पूरा प्रयास किया। वह सम्भवतः अपने घरेलू झगड़े का कोई आभास एक अजनबी के आगे व्यक्त नहीं होने देने का पूरा प्रयास कर रही थी और अपनी अनिवार्य प्रतिक्रिया को किस रूप में व्यक्त करे, यही सोच रही थी। अन्त में वह अपने क्षोभ और क्रोध को ऐसे शान्त भाव से और सहजता से पी गयी, जैसे मन को चोट पहुँचाने वाली कोई भी बात हुई ही न हो और जैसे उसकी बहन ने कटुतम व्यंग की चोट केवल एक हलके परिहास की मनोदशा में की हो। उसके मन को दुखाने के लिए नहीं। वह बड़े भोलेपन से मुस्कुराते हुए बोली, "पर बात क्या हुई, दीदी? तुम्हारे अट्टहास का कोई कारण तो अवश्य ही रहा होगा?"

"तुम सच्ची बात सुनना चाहती हो? लो, तो सुनो, मेरी प्यारी बहन। हुआ यह कि अज्ज किसी साधारण-सी बात पर सहसा भावावेग के साथ मुझसे बोल उठे, 'मैं आज से आपका पट्टशिष्य हो गया। आज से मैं अपने गुरु से भी कई गुना अधिक श्रद्धा आपके चरणों में अर्पित करूँगा। आज से मैं आपको अपना वास्तविक गुरु मानकर पूजूँगा। पूर्णतः प्रत्येक विषय में, आपका अनुशासन मानकर चलूँगा। जैसा आप मुझसे करने को कहेंगी वैसा ही करूँगा।' मैं सहसा अपने को गुरु के उच्चतम पद पर आसीन जानकर आश्चर्यजनित विस्फोट के प्रबल धक्के से अट्टहास कर उठी। वह अट्टहास की मनोदशा एक भूत की तरह मेरे सिर पर सवार हो गया। मैंने अपने भविष्य के सम्बन्ध में बहुत-सी सम्भावनाओं की कल्पना की थी, पर मैं किसी का 'गुरु' बन सकने की भी योग्यता रखती हूँ और एक दिन वह बात मेरे जीवन में कभी किसी भी परिस्थिति में सम्भव होगी, इसका लेशतम भान भी मुझे कभी नहीं था। और आज एक अत्यन्त सुदर्शन और सुवक्ता तरुण परदेशी नागरिक की गुरु बनने की संभावना से मैं अपने को रोक न पायी और अशिष्ट व्यक्तियों की तरह अट्टहास कर उठी। बस, किस्सा केवल इतना ही है।"

शिरीषा के मुख पर एक अव्यक्त-सी ढिठायी झलक उठी। उसी ढिठायी के साथ वह मुझसे बोली, "क्यों अज्ज, क्या यह सच है? तब तो सचमुच अपने आपको अत्यन्त हास्यस्पद स्थिति में डाल दिया है। 'गुरु-तुल्य' का अर्थ हुआ 'पितृ-तुल्य'। पर जीजी को तो आप पितृ-तुल्य नहीं कह सकते। फिर भी उस दशा में आप दीदी को मातृ-तुल्य मानने लगेंगे।"

"नहीं भद्रे," मैंने तनिक उत्तेजित स्वर में कहा, "मैं आपकी बहन को कभी मातृ-तुल्य नहीं मानूँगा। मैं इन्हें केवल अप्सरातुल्य मानता हूँ। यह प्रत्येक दृष्टि से मेरे लिए विशुद्ध अप्सरा ही हैं। मैं सचमुच के इन्द-उर (इन्द्रपुर) में आ फँसा हूँ। आपकी दीदी से मिलकर और इस भवन में प्रवेश करने पर अपने को सचमुच की अमरावती में आया हुआ मानने लगा हूँ। इसलिए किसी अप्सरा को माता माना निश्चय ही मूर्खता की चरम सीमा होगी। अप्सरा सदा केवल अप्सरा ही रहेगी, और कुछ नहीं।"

मेरी इस सधी हुई बात से सारा माहौल अपने स्वाभाविक रूप में लौट आया। उसके बाद मैंने 'अप्सरा' को सम्बोधित करते हुए कहा, "भद्रे, क्षमा कीजियेगा, मैं अभी तक आपका शुभनाम नहीं जान पाया।"

"दासी को मदनसेना कहते हैं।" उसने 'म द-न-सेना' के एक-एक अक्षर को पल-पल-भर का विराम देते हुए अपना नाम बताया। नाम बताने की उसकी यह भंगिमा मुझे भा गयी।

मैने भी धैर्य की मुद्रा में कहा, 'म—मदनसेने, आप यह भूल रही हैं कि आपके इस स्वर्ग द्वार में भीतर प्रवेश करना कितना कठिन है। मैं दूर से थका हुआ आया हूँ—विश्राम करने। पर इस प्रवेश-द्वार से एक पग भी मैं आगे बढ़ सकने में असमर्थ

रहा हूँ। इसलिए अब तो मुझे भीतर प्रवेश करके तनिक विश्राम करने की आज्ञा दीजिये! बहुत देर हो गयी।''

वह हड़बड़ाती हुई बोली, ''न अज्ज, क्षमा करें। अब भीतर पधारने की कृपा करें। अज्ज का व्यक्तित्व ही इस सीमा तक प्रभावपूर्ण है कि वह सबको अपनी उद्दाम रूप-तरंगों से भरमाकर स्वयं अपनी प्रगति का पथ रोक देता है। आज से आप नहीं, मैं स्वयं अज्ज का शिष्यत्व स्वीकार करती हूँ।''

कुछ देर रुककर उसने फिर कहा, ''एक छोटी-सी बात किस सीमा तक बतंगड़ बन जाती है, यह देखकर कभी-कभी अत्यन्त आश्चर्य होने लगता है। न मेरा इरादा था अज्ज को द्वार पर ही रोकने का और न अज्ज ही यहाँ इतनी देर तक रुके रहना चाहते थे। पर बात पर बात चल पड़ी और मेरे गुरु ने मुझे सिखाया था कि किसी नागरक की कोई भी बात सुनकर चुप्पी साध लेना मूर्खता है, इसलिए किसी बात पर निरुत्तर होकर चुप न लगा लेना चाहिए। मैं आज उसी उपदेश से मारी गयी। अब पधारें, तनिक भी अधिक विलम्ब पूर्णतया रसभंग कर सकता है। मुझे एक अज्ञात कवि का यह कथन याद आ रहा है—'अतिविलम्बे लम्बोदरोऽपि निरालम्बो भवति।' तब आइये, पधारें और मुझे आतिथ्य का सुयोग प्रदान करें।'' और वह मुझे पथ दिखाती हुई आगे-आगे चलने लगी। मुझे उस मुखरा अप्सरा—अर्थात् मदनसेना के रंग-ढंग इतनी बातों के बाद भी अभी तक तनिक भी समझ में नहीं आ रहे थे।

●

# 14

# रंगमंच और नाट्य-प्रदर्शन

मदनसेना मुझे एक ऐसे निराले कक्ष में ले गयी जहाँ विशुद्ध शान्ति का राज व्याप्त था। कहीं से न तो एक मक्खी की भिनभिनाहट सुनायी दे रही थी न किसी एक भी मच्छर की झनकार। कमरे के बाहर भी वही हाल था। एक झिल्ली भी अपना अविराम स्वरजाल नहीं बुन रही थी और न बाहर छोटे-छोटे गमलों में लगे पौधों के रंग-बिरंगे फूलों पर कहीं एक भी भौंरा हताश या प्रसन्न भाव से गुनगुना रहा था। मैं एक खिड़की के रास्ते बाहर लगाये गये उन पौधों की ओर एकटक देख रहा था। तितलियाँ उन पर निःशब्द भाव से पर मार रही थीं। मैंने मदनसेना से आज्ञा ली और संकेत द्वारा यह इच्छा जतायी कि मैं तुरन्त ही एकदम शव की तरह लेट जाना चाहता हूँ। उसने अत्यन्त शिष्टता से आज्ञा दी और बाहर निकल गयी। मैं कढ़ाई का काम किये हुए शुभ्रफेन के समान चादर से ढके पलंग पर मूर्च्छित व्यक्ति की तरह लम्बा हो गया।

बहुत देर तक मैं उन्हीं बातों पर विचार करता रहा जो मदनसेना से बड़ी देर तक होती रहीं। यद्यपि मदनसेना की सभी बातें मुझे एकदम बचकाने परिहास से भरी लग रही थीं और एक भी बात से कोई महत्त्वपूर्ण तथ्य मुझे दिखा नहीं था, तथापि एक महत्त्वपूर्ण तथ्य का उद्‌घाटन खेल ही खेल में मेरे आगे संयोग से ही हो गया था। दोनों बहनों ने यद्यपि बड़ी चालाकी से असलियत को छिपाने का बड़ा प्रयत्न किया था, तथापि मेरे आगे उनकी चालाकी चल न सकी और मैंने यह जान लिया कि दोनों चाहे कैसे ही पारस्परिक स्नेह-सौहार्द के बीच बचपन से ही क्यों न पली हों, फिर भी यौवन-कालीन प्रतिद्वन्द्विता की भावना से दोनों में से एक भी मुक्त न थी। मदनसेना इस बात पर मुझसे मिलने के पहले ही केवल मेरे सम्बन्ध में शिरीषा की बातें सुनकर ही एक अर्द्धव्यक्त ईर्ष्या की भावना से प्रताड़ित हो चुकी थी और दोनों में इस बात की होड़-सी लग चुकी थी कि मैं दोनों में से किसे अधिक चाहने लगा हूँ या चाहूँगा।

यह बात मैं बहुत देर बाद समझ पाया। पर उस समय तो मेरा यह हाल था कि मैं दोनों में से एक को भी वास्तविक अर्थ में न तो चाहने लगा था, न उन दोनों के मन को ही ठीक तरह से समझ पा रहा था। प्रेम क्या चीज़ है, यह किस चिड़िया का नाम है, मेरे यौवन का देवता भी अभी तक इस सम्बन्ध में एकदम अज्ञान था। पर इस सारे चक्र में केवल इतनी-सी बात सही हो सकती है कि मैं यौवन के ज्वार और

अपने सहज पशु-संस्कार की प्रेरणा से दोनों को ही दो आश्चर्यजनक खिलौनों के रूप में पाने के लिए उत्सुक हो उठा। पर दोनों में एक भी मेरे हाथ आ सकेगी या नहीं, इस सम्बन्ध में मैं बहुत संशयान्वित था।

उसी दिन मदनसेना तीसरे पहर के समय कई बार मेरे पास धीरे से बाहर से मेरे शयन-कक्ष के द्वार की घुण्डी खोलकर आयी, और मुझे सोया जानकर फिर वापस चली गयी। मैं अधमुन्दी आँखों से सब-कुछ देख रहा था। अन्त में जब वह दो घड़ियों के बाद फिर आयी तब मैं अपने कुतूहल को अधिक दबा न सका और हड़बड़ाता हुआ उठ बैठा।

मैंने बड़े विनय के साथ कहा, ''क्षमा कीजियेगा, मैं अपनी अशिष्टता से लज्जित हूँ। कोई भी भला नागरक किसी नगरवधू के यहाँ इस तरह निःशंक होकर इतनी देर तक सोया नहीं रह सकता। मुझ निर्लज्ज को भी निद्रा ने कभी इस सीमा तक दबोचा नहीं था। सबेरे आपके भवन में पहुँचने के बाद ही मैं भोजन तुष्ट अजगर की तरह सो गया था। दोपहर होने के कुछ ही देर पहले शिरीषा मुझे भोजन के लिए जगा गयी। भोजन करने के बाद मैं फिर महा अजगर की तरह सो गया। तीसरे पहर तीन-चार बार आप आकर देख गयीं। मैं तब भी अर्द्धनिद्रा से बुरी तरह ग्रस्त था। अब आपने फिर मेरा हाल जानना चाहा है। मैं क्या बताऊँ कि मुझे क्या हो गया है। कोई विशेष कारण तो मेरे इस घोर आलस्य का मुझे नहीं लगता। केवल यही एक कारण हो सकता है कि यहाँ का सारा वातावरण मुझे एकदम अपरिचित, अजनबी-सा लग रहा है। लगता है जैसे कोई यात्री भटकते-भटकते सहसा किसी गन्धर्व नगर में आ पहुँचा हो जहाँ सब कुछ इन्द्रजाल-सा लगता है। मैं इन्द्रजाल के सारे रंगीन और मोहक दृश्यों को एक ही बार में देख लेना चाहता हूँ, पर अलग-अलग नहीं।''

सहसा मदनसेना ने मेरा मनोभाव शायद किसी सीमा तक समझकर कहा, ''जैसा अज्ज कहते हैं, मेरे यहाँ सचमुच सभी कुछ इन्द्रजाल की ही माया है। आज सन्ध्या को—वरन् रात्रि के समय अज्ज को सचमुच की इन्द्रजाली माया की एक झाँकी दिखाऊँगी। पर अज्ज यदि उस सारे दृश्य के बीच भी अजगर की तरह सो जायें या ध्यान में मग्न हो जायें तो अज्ज उस इन्द्रजाली माया का रस नहीं ले पायेंगे और हम भी अतिथि-सेवा के एक स्वर्ण-अवसर से वंचित रह जायेंगे।''

सुनकर मैं 'अजगरी ध्यान' की बात याद करके खुद हँसा। मैंने हँसते हुए कहा, ''क्या आप यह बताने की कृपा करेंगी कि आपकी उस इन्द्रजाली माया का विशिष्ट रूप क्या रहेगा? जो इन्द्रजाली माया मैं आज सबेरे से देखता आ रहा हूँ क्या उसी का पुनर्प्रदर्शन होगा या उससे भिन्न कुछ और?''

''अज्ज जब अपनी आँखों से स्वयँ देखेंगे तभी उसकी विशेषता प्रमाणित हो सकेगी। अभी से बताने से उस आनन्द का सारा रस ही लुप्त हो जायेगा। फिर भी इतनी बात तो मैं अभी बता देना चाहती हूँ कि आज मेरे यहाँ इस जनपद के कुछ प्रसिद्ध और

नामी नागरक उस माया-उत्सव में भाग लेंगे। उनमें से कुछ तो अपनी-अपनी काव्य-रचनाओं से पाठ करेंगे, कुछ संगीत-वाद्य के विशेषज्ञ अपनी संगीत-कला का परिचय देंगे और कुछ नाट्य-कला का। इसलिए अज्ज से मेरा एकान्त निवेदन है कि इन सभी गोष्ठियों में उपस्थित रहने की कृपा करें और अपनी सुन्दर से सुन्दर वेष-भूषा में सुसज्जित होकर उक्त उत्सव में सम्मिलित हों।''

सुनकर मैं कुछ सम्भला और बोला, ''मैं तो एक साधारण और निर्धन अनागरक हूँ। इसलिए उत्सव में सम्मिलित होने में मुझे बड़े संकोच का अनुभव होगा। यदि आप आज के लिए मुझे क्षमा कर दें तो बहुत आभारी रहूँगा।''

''वाह! अज्ज के ही आगमन के उपलक्ष्य में मैंने इन सब गोष्ठियों का आयोजन किया है। यदि अज्ज ही उपस्थित न रहे तो मेरा वह सब आयोजन एकदम व्यर्थ होगा।''

मुझसे कोई नकारात्मक उत्तर न पाकर मदनसेना प्रसन्न होकर कक्ष के बाहर चली गयी। मैं जो एक आख्यान-सम्बन्धी पुस्तक अपने साथ घर से लाया था, उसके पाठ में दत्तचित्त हो गया। जब अन्धेरा होने लगा तब मैंने पुस्तक-पठन बन्द कर दिया और किसी की प्रतीक्षा करने लगा। शिरीषा एक परिचारक के साथ धीरे से भीतर आयी। परिचारक के हाथ में एक दीपक था। उसे उसने एक ऊँचे आले पर एक दीवट पर रख दिया। सारा कक्ष इस तरह सहसा आलोकित हो उठा जैसे पूर्ण चन्द्र को आकाश से उतारकर नीचे रख दिया गया हो। शायद उस विशेष दीपक की बत्ती गाय के शुद्ध घी में जलायी गयी थी, अन्यथा उससे इतना प्रकाश सम्भव नहीं था। शिरीषा तनिक लजाती हुई-सी बोली, ''क्या अज्ज उत्सव में नहीं चलेंगे? समय हो गया है और अज्ज के न पहुँचने पर दीदी मुझसे बहुत रुष्ट होंगी। वह आपको ले आने का भार मुझपर छोड़ गयी थीं।''

''हाँ-हाँ, आपने अच्छी याद दिलायी। चलिये, मैं तो भूल ही गया था।'' मैंने हड़बड़ाते हुए कहा।

जब मैं शिरीषा के साथ चला तब मेरा वेश-भूषा एकदम बदली हुई थी। मैंने आज मन लगाकर श्रृंगार-प्रसाधन किया था और बहुमूल्य पाटम्बर के रंग बिरंगे कपड़े पहने थे। पगड़ी के छोर पर भी सोने की झालर, सोने की हो डोर से सिली हुई थी। मुँह पर उबटन करके मैंने धो-पोंछकर उसे खूब साफ कर लिया था और रक्त-चन्दन का एक सुडौल बिन्दु दर्पण की सहायता से माथे के बीचों-बीच आँक लिया था। शिरीषा देर तक मेरी सजधज बड़े ध्यान से देखती रही।

वह रास्ता दिखाती हुई चल रही थी। बीच में एक एकान्त गलियारे में कुछ डरती हुई-सी बहुत धीरे से बोली, ''आज तो अज्ज की जैसे काया ही पलट गयी है। सरस्वती मैया आज आपको भरपूर सफलता दें, मेरी यह हार्दिक शुभ-कामना है।''

सुनकर मैं पुलकित हो उठा। जिस बड़े से सभा-कक्ष में शिरीषा मुझे ले गयी उसे देखकर मैं चकित रह गया। बाईं ओर एक मंच अत्यन्त आकर्षक ढंग से सजा हुआ था। मंच के आगे की ओर एक भूरे रंग के पाटम्बर का पर्दा पड़ा हुआ था, जिसके चारों ओर भड़कीले लाल रंग की किनारी सिली हुई थी। वह किनारी सोने के डोरों की झालर से सजी हुई थी। परदे के आगे की तिरस्करिणियाँ भी पाटम्बर की ही थीं और रंग-बिरंगी किनारियों से सजी हुई थीं। मंच के आगे पर मंच पर ही जवनिका के बाहर जो स्थान खाली था वहाँ चाँदी के छोटे-छोटे दीवटों पर सोने के दीपक जल रहे थे, जिनके सम्मिलित प्रकाश से मंच और पूरा सभा-गृह जगमगा रहे थे। सभा-गृह के चारों ओर लोहे की दो समानान्तर पटरियों पर भी कई दीपक जला दिये गये थे। सारे मण्डप में जैसे अनेक चन्द्रमा अपने शरत् कालीन शुभ्र हास द्वारा निष्कलंक आलोक से पुलकित हो रहे थे।

नेपथ्य के पीछे से एक घण्टी के बजने का शब्द सुनायी दिया। सभी दर्शक स्थित होकर सावधान अवस्था में सम्भलकर बैठ गये। पारस्परिक वार्तालापों के जिस सम्मिलित गुंजन और स्फुट गुंजार से सारा सभा-भवन मुखरित हो रहा था वह सहसा एकदम बन्द हो गया। जवनिका ऊपर उठी। मदनसेना सूत्रधारिणी के वेश में मंच पर खड़ी दिखायी दी। उसने मृदु-मृदु करतल ध्वनि द्वारा नेपथ्य की ओर मुख करके मृदुतर वाणी में पुकारा, "मारिष! मारिष!"

पलक मारते न मारते एक प्रायः बाहर-तेरह वर्ष का बालक विचित्र-से विदूषकीय वेष में उपस्थित हो गया और हास्योत्पादक मुद्रा में, हास्य-विस्फोटक लहजे से शुद्ध संस्कृत में बोला, "क्या आज्ञा है,आर्ये? दास उपस्थित है।" कहते हुए उसने झुककर प्रणाम किया। वह इस सीमा तक नीचे झुका कि उसके सिर पर रंग-बिरंगे वस्त्रों की कतरनों से सिली नुकीली और ढीली टोपी नीचे गिर पड़ी। देखकर सभी किशोर-वयस्क, बालक-बालिकाएँ, युवक-युवतियाँ, वृद्ध और वृद्धाएँ अर्थात् सभी दर्शक और दर्शिकायें एक साथ ज़ोर से हँस पड़े। मैं सूत्रधारिणी—मदनसेना के मुख के भाव पर नहीं, मानवी मदनसेना के मुख पर पड़ती हुई खीझ-भरी प्रतिच्छाया की ओर बड़े ध्यान से देख रहा था। कुछ देर ठहरकर वह उस संकट की स्थिति से उबर उठी। संकट इस कारण कि नाट्याभिनय के प्रारम्भ में ही दर्शकों के हास्य-विस्फोट द्वारा जो स्थिति उत्पन्न हो गयी थी, वह किसी भी नाटक के लिए न तो शोभनीय थी न उत्साहवर्द्धक। फिर भी मदनसेना क्षणिक खीझ के बाद इस तरह सम्भल गयी थी जैसे कुछ हुआ ही न हो और वह सब नाटक का ही अंग हो।

मारिष ने तुरन्त ही, बड़ी फुरती के साथ अपनी टोपी उठाकर सिर पर डाली और फिर दोनों हाथ जोड़ता हुआ बड़े ही शिष्ट विनय से बोला, "आर्ये, कौन-सा नाटक खेलने का विचार है?"

मदनसेना—आज हमने नाट्य-परिषद की आज्ञा से एक हास्य-विस्फोटक प्रहसन खेलने का आयोजन किया है।

मारिष—प्रहसन का नाम क्या है और उसका रचयिता कौन है?

मदनसेना—प्रहसन का नाम है 'परिपिण्डसमाहारम्' और उसके रचयिता हैं आचार्य यज्ञसेन।

मारिष—'परपिण्डसमाहारम्' का अर्थ क्या हुआ?

मदनसेना—अरे मूर्ख, इतनी-सी बात भी नहीं समझता? इस नाम का अर्थ है 'दूसरे के पिण्ड पर जीवित रहनेवाले का आहार।'

मारिष—तब तो आर्ये, मैं इस नाटक में भाग नहीं लूँगा।

मदनसेना—क्यों?

मारिष—इसलिए कि इस नाटक में मेरी ही हँसी उड़ायी गयी होगी और मुझे ही आहार बनाया जायेगा, क्योंकि मैं भी तो परपिण्ड पर आश्रित हूँ।

मदनसेना—(तनिक ऊबकर और खीझकर) कै—से—ए—ए?

मारिष—क्या मैं आर्या द्वारा प्रदत्त पिण्ड पर जीवित नहीं हूँ? (दर्शकों द्वारा हास्य-विस्फोट की सम्मिलित ध्वनि गूँजती है।)

मदनसेना—मूढ़बुद्धि! यह तो एक नाटक है, और तू उसका एक पात्र।

मारिष—और यह आचार्य यज्ञसेन कौन है? नाटक खेलते-खेलते मैं बूढ़ा हो गया हूँ, पर कभी इस कवि का नाम मैंने नहीं सुना। इसे किस अन्धगुहा से पकड़कर ले आयी हैं आप?

मदनसेना—तुम्हारा वय इस समय क्या है?

मारिष—होगा यही बारह-तेरह वर्ष।

मदनसेना—तब तुम अभी से बूढ़े कैसे हो गये?

मारिष—आर्ये, आप क्या इतना भी नहीं जानतीं? अरे यह कलियुग है। इस युग में केवल दस ही वर्ष के वय में लोग बुड्ढे हो जाते हैं। मुझे तो दो-तीन वर्ष अधिक हो गये। (दर्शकों द्वारा सम्मिलित हास्य-विस्फोट)

मारिष—और दूसरे नाटक का क्या भला-सा नाम बताया आपने? मैं बहुत बूढ़ा हो गया हूँ न, इसलिए जल्दी ही भूल जाता हूँ।

मदनसेना—दूसरे नाटक का नाम है 'चौर-चारम्'। इसके रचयिता हैं भद्रसेन नामक एक वर्तमान कवि।

मारिष—(अत्यन्त भीत होने का भाव जताता है) इसका क्या मतलब हुआ?

मदनसेन—इसका अर्थ यह है—इसमें एक चोर और एक चार के बीच इस बात की होड़ दिखायी गयी है कि दोनों में कौन अधिक कुशल है। चोर बड़ा ढीठ है। वह बहुत-से श्रेष्ठियों के यहाँ चोरी करता है और राज-कोष से भी बहुत-सा धन चुराता है। नगराध्यक्ष के अधीन काम करनेवाले रक्षक उसे पकड़ पाने में असमर्थ सिद्ध होते हैं। वह चोरी करने के पहले खुलेआम यह घोषणा करता है कि जो उसे चोरी करते पकड़ लेगा उसे वह पंचलक्ष सुवण्ण पुरस्कारस्वरूप प्रदान करेगा। लोभ में पकड़कर कई चार

अपने प्राण गँवा बैठते हैं। अन्त में राजकोष से भी जब वह धन-रत्न चुराने में सफल होता है और पकड़ा नहीं जा सकता, तब राजा भी उसे पकड़नेवाले के लिए एक लम्बे पुरस्कार की घोषणा करता है कई चार बारी-बारी से प्रयत्न करने पर भी जब असफल होते हैं, तब किसी दूसरे राज्य से एक परदेशी चार अपनी चतुरायी की डींग हाँकता हुआ आता है। अन्त में चार उसे एक वेश्या के यहाँ पकड़ने की सुविधा पा जाता है। पर पकड़ नहीं पाता। क्योंकि चोर की चालाकी के आगे उसकी कुछ भी चल नहीं पाती। और अन्त में चोर की प्रेयसी वेश्या चोर को पकड़वा देती है।

मारिष—वाह! यह तो बड़ी ही रोचक कथा है। पर इस नाटक का रचयिता मुझे स्वयं चोरों का सरदार लगता है।

मदनसेना—क्यों? क्या चुराया है उसने?

मारिष—चुरायेगा और क्या। नाटक की पूरी कहानी ही उसे भण्डेश्वर महाराजा की लिखी हुई कथा-माला से चुरायी है।

मदनसेना—क्या नाम बताया, भण्डेश्वर?

मारिष—भण्डेश्वर—नहीं चण्डीश्वर—की लिखी कहानी। जो भी हो, मैं इस नाटक में भी भाग नहीं ले सकूँगा।

मदनसेना—क्यों—ों—ों—ों?

मारिष—क्योंकि मैं एक सीधा-सादा, रुग्ण और अशक्त बुड्ढा हूँ। मुझे या तो चोर ही मार डालेगा या चार।

मदनसेना—तुम इतने बड़े दुष्ट हो कि तुम्हें पहले मैं ही मारे डालती हूँ। (कहकर उसे पकड़ने के लिए आगे बढ़ती है। मारिष 'बाप रे बाप' कहता हुआ नेपथ्य की ओर भाग जाता है। जवनिका-पात होता है। दर्शकों की तीव्र करतल-ध्वनि से सभा-मण्डप गूँज उठता है।)

मैं बड़े ध्यान से देख और सुन रहा था। मुझे वह सारी नाटकीय योजना केवल शिशु-क्रीड़ा लग रही थी। मेरी समझ में भी नहीं आ रहा था कि यज्ञसेन नामधारी व्यक्ति कौन है। मैंने भी मारिष की ही तरह कभी उसका नाम नहीं सुना था। और यह विश्वास भी होने लगा था कि वह कथा-चोर भी हो सकता है। मारिष की बात में मुझे सच्चाई लग रही थी। पता नहीं, उसने अपनी निजी बुद्धि से वह बात कही थी या नाटकीय योजना ही कुछ ऐसी थी। जो भी हो, मारिष का हास्याभिनय अद्भुत और रोचक था। इससे अच्छा विनोद शायद किसी भी विदूषक की भूमिका का अभिनेता उत्पन्न नहीं कर सकता था। मेरी विरोधी कल्पना में यज्ञसेन एक लम्पट, चोर और मूर्ख होने पर भी निपट धूर्त लग रहा था। मैं अनुमान कर रहा था—यह यज्ञसेन किसी हास्य-रस प्रेमी कवि के निजी परिचायक के रूप में उसके यहाँ उसके निकट सम्पर्क में रहने का सौभाग्य प्राप्त कर चुका होगा और उस विशेष कवि के यहाँ बीच-बीच में दूसरे कविमित्रों की आपसी गोष्ठियाँ जमती होंगी उन्हें निकट से सुनकर और हास्य-रस के साथ-साथ नाट्य-रस की चर्चा सुनते-सुनते उस महत्त्वाकांक्षी मूर्ख को स्वयं भी अपने

कवि स्वामी की तरह कुछ लिखने-लिखाने और काव्य-रचना करने का शौक चर्रा गया हो। वह निश्चय ही साधारण परिचारकों से अधिक चतुर रहा होगा और अपनी उसी आवश्यकता से अधिक चतुराई के कारण अपने स्वामी से अधिक यश पाने की महत्त्वाकांक्षा का भूत उसपर बुरी तरह सवार हो गया होगा। या यह सम्भव हो सकता है कि अपने स्वामी की ही लिखी किसी प्रयोगात्मक प्रहसन-रचना की नष्ट की हुई किसी पूरी या अधूरी पाण्डुलिपि को किसी कूड़े के ढेर में कवि के किसी अव्यवहृत कक्ष में झाड़ू लगाते समय पा गया हो और उसे चुराकर, अपने घर ले जाकर उसमें अन्त के कुछ पृष्ठ निकालकर, कुछ नये पृष्ठ जोड़कर अपने स्वामी के नाम के स्थान पर उसने अपना या कोई कल्पित नाम जोड़कर वह उससे कुछ पण कमाने के उद्देश्य से पुरानी पाण्डुलिपियों का क्रय-विक्रय करने वाले या संग्रह करने वाले किसी व्यापारी के हाथ उसे एकआध सुवर्ण में उसने बेच दिया हो—उसे किसी पुराने कवि को अप्राप्य और दुर्लभ रचना बताकर। फिर उसीके समान किसी दूसरे धूर्त-मूर्ख द्वारा वह पाण्डुलिपि सस्ते दामों पर खरीद ली गयी हो और जनसाधारण में एक महत्वपूर्ण रचना के नाम से प्रचारित हो उठी हो। अन्त में मदनसेना के हाथ लग गयी हो। उस अर्थ-लोलुप युग में सभी-कुछ सम्भव हो सकता था। वास्तविक और उच्चकोटि की नाट्य-कला का लोभ ऐसे ही अर्थ-लोलुप और विलासिताप्रिय युगों में होता है।

अपनी ही कल्पना से प्रसूत वह सारा चित्र मेरे मन पर धीरे-धीरे इस सीमा तक हावी हो गया कि मुझे वह प्रत्यक्ष सत्य की तरह लगने लगा। मैं किसी भी प्रकार से यह जानने के लिए बच्चों की तरह उत्सुक हो उठा कि मेरी कल्पना में कुछ सच्चाई है कि नहीं। क्योंकि मेरा अन्तर्मन कह रहा था कि वह कल्पना मेरे मन में यों ही नहीं उठी होगी। किसी अदृश्य प्रेत या गन्धर्व ने ही मेरे अन्तर्मन में उस सत्य घटना की प्रतिच्छाया को मेरी कल्पना के रूप में प्रेषित किया होगा।

मैंने दोनों प्रहसनों को पूरे ध्यान से, और मन की पूर्ण चेतनावस्था में देखा। पहला नाटक (पर-पिण्ड-समाहारम्) तो मेरे मन पर कोई भी चिह्न न छोड़ पाया पर उसमें निहित हास्य ने मुझे गुदगुदाया भी बहुत। उसी लड़के ने उसमें हास्याभिनय किया था जो मारिष के रूप में अवतरित हुआ था। मुझे वह अत्यन्त साधारण और नगण्य लगा, पर दूसरा प्रहसन (चौर-चारम्) अपनी रोचकता के कारण ही सही, मुझे पर्याप्त रूप से आदि से अन्त तक प्रभावित करता रहा। उसे देखकर मैं मन ही मन अर्द्ध-परिहास और पूर्ण व्यंग के साथ बोल उठा, "जयतु-जयतु भद्रसेनः।"

मैं बहुत देर से शिरीषा के मुख के भावों और मुख-मुद्राओं पर बारीकी से गौर कर रहा था। वह दाईं ओर वाले दर्शक मंच पर अर्थात् पूर्वी दीवार की ऊँचाई पर बने एक बारजे पर, महिला-दर्शकों के बीच प्रथम पंक्ति में बैठी हुई थी। नाटक देखते हुए समय-समय पर उसकी भौंहों पर बल पड़ रहे थे और प्रशंसा के स्थान पर अवज्ञा का ही परिचय उसके भावों से मिल रहा था। जब खेल समाप्त हुआ तब मैंने उसे इंगित से अपने पास बुलाया। वह भी बीच-बीच में मेरी ओर देख लेती थी।

जब शिरीषा मेरे निकट आयी तब हम दोनों साथ ही अपने-अपने कक्षों की ओर धीरे-धीरे चले। रास्ते में हम दोनों मौन रहे, क्योंकि हमारे पीछे अन्य दर्शक भी आ रहे थे।

मैं एक बात बताना भूल ही गया। नाट्य-प्रदर्शन समाप्त होने के कुछ घड़ी पहले मदनसेना मंच की जवनिका के बाहर दीपकों की दीर्घिका के पास आकर खड़ी हो गयी थी और उसने यह घोषणा की, "हमारे जिन मान्य दर्शकों ने हमारा अभिनय देखकर हमें कृतार्थ किया है, मैं उन आदरणीय गुरुजनों की आभारी हूँ। इस दूसरे प्रहसन के साथ ही हमारा आज का उत्सव समाप्त होता है। हमें खेद है कि हम अपना पूर्व-निर्धारित कार्यक्रम कविकुल गुरु महेश्वर व्यास कृत 'किंकिणी-विलास' अपने श्रोताओं की सेवा में किसी कारण उपस्थित न कर सके। यह कार्यक्रम उत्सव-सप्ताह के अन्तिम दिन प्रदर्शित किया जायेगा। साथ ही इस बात क़ा भी विशेष खेद है कि अर्द्धरात्रि से भी अधिक समय नाट्य-प्रदर्शन में व्यतीत हो जाने के कारण हम अपने श्रोताओं को अपने मान्य कवियों के स्वकाव्य-पाठ का—विशेष करके हमारे सम्मान्य अतिथि और नये सुकवि श्रीमान् सौमिल्लक को अश्रुतपूर्व कविताओं का रसास्वादन नहीं करा सके। कवियों की गोष्ठी कल रात आज ही के समय जमेगी। सभी श्रोताओं से अनुरोध है कि हमारी इस योजना में आज की ही तहर सम्मिलित होकर हमें पुनः कृतार्थ करने की कृपा करेंगे।"

मैं यह घोषणा भी सुन रहा था और, साथ ही, मदनसेना के विचित्र और आकर्षक वेश-भूषा-मण्डित दर्शनीय सुन्दरता का रस-पान भी करता जाता था। मैं मन ही मन कह रहा था, "मदनसेना में और जो भी गुण या अवगुण क्यों न हो, सौन्दर्य और बुद्धिमता की प्रतियोगिता में कोई दूसरी नारी उसे नहीं पा सकती। उसके मुख पर उन दोनों विशेषताओं का समन्वय उसे एक अपूर्व शोभा प्रदान करता है।"

मैंने और शिरीषा ने साथ ही मेरे अपने कक्ष में प्रवेश किया। वहाँ अपने कपड़े बदलने के बाद हम दोनों एक लम्बे और चौड़े-से गद्देदार भद्रासन पर बैठ गये। कुछ देर तक दो प्रहसनों को देख चुकने के बाद की थकान को मिटाने के इरादे से दोनों मौन भाव से सुस्ताते रहे और शायद उन प्रहसनों के ही सम्बन्ध में सोचते रहे।

कुछ देर बाद मैंने शिरीषा से यह औपचारिक प्रश्न किया, "कैसा लगा तुम्हें नाट्योत्सव?"

वह मुँह बुरी तरह बिचकाती हुई बोली, "वह नाट्योत्सव था या भण्डाचार? दोनों खेल प्रहसन भी नहीं थे। फिर भी उन्हें प्रहसन ही कहना चाहिए। बचकानी, लोक-प्रसिद्ध कथाओं को तोड़-मरोड़कर नाट्योपयोगी बनाने की दीदी की चेष्टा अत्यन्त हास्यापद थी।"

दीदी की चेष्टा? श्रोताओं को तो बताया गया था कि एक प्रहसन के रचयिता हैं यज्ञसेन और दूसरे के भद्रसेन। तब?

"दोनों नाम नकली हैं।" शिरीषा अवज्ञा के साथ बोली—"दोनें नाम वनावटी हैं, यह बात इसीसे स्पष्ट है कि दोनों में 'सेन' शब्द समान है। दीदी को इतनी भी बुद्धि

नहीं आयी कि नाम यदि गढ़ने ही हैं तो कुछ अच्छे-से और एक दूसरे से बिलकुल भिन्न नाम रखे जायें।"

"तुम्हारा क्या यह कहना है कि मदनसेना ने दोनों प्रहसन स्वयं लिखे हैं और नाम दो कल्पित व्यक्तियों के दे दिये हैं?"

"स्वयं लिखे नहीं हैं, किन्तु दो पुरानी पाण्डुलिपियाँ खरीदकर उन्हें फिर से लिखकर अपना हाथ जगन्नाथ कर डाला है, पहले ही से भ्रष्ट प्रहसनों को और अधिक भ्रष्ट कर डाला है।" शिरोषा ने कहा।

मैं स्तब्ध रह गया, अपने पूर्व अनुमान से मिलती-जुलती बात सुनकर मैंने कहा, "पर मैं देख रहा हूँ कि मदनसेना की महत्त्वाकाँक्षा सीमा से बहुत आगे बढ़ रही है। अपनी महत्त्वाकांक्षा को स्वाभाविक समर्थता से बाहर खींचते चले जाने का जो फल होता है, उसे पाये बिना मदनसेना शान्त होती नहीं दिखती।"

"क्या फल होता है?" शिरीषा ने तनिक चिन्तित भाव से कहा।

"यही कि ऊँची से ऊँची प्रतिष्ठा प्राप्त करने के बाद कृत्रिमता का भाण्ड फूट जाने से व्यक्ति अपनी स्वाभाविक समर्थता से भी हाथ धो बैठती है।"

"अज्ज!" बड़े ही कम्पित, शंकित और विनीत स्वर में शिरीषा बोली, "मैं भी कुछ कम महत्त्वाकांक्षिणी नहीं हूँ। मैं भी एक कुशल अभिनेत्री बनने के लिए बहुत उत्सुक रहती हूँ। मुझे तो कभी-कभी ऐसा लगने लगता है कि मेरा जन्मजात मूल प्रवृत्ति इसी ओर है। मैं चाहती हूँ कि अपने भीतर की अभिनय कला के बीज को सुचारु रूप से विकसित करने का सुयोग मुझे प्राप्त हो जाय, पर दीदी नहीं चाहती कि मैं इस क्षेत्र में तनिक भी आगे बढ़ूँ—पता नहीं क्यों। मुझे तो इसका कारण सुस्पष्ट यही लगता है कि वह नहीं चाहती कि उसका कोई प्रतियोगी इस क्षेत्र में खड़ा हो जाय। शायद वह मुझमें नाट्याभिनय की जन्मजात प्रतिभा का परिचय पा चुकी है। और मुझे इस सम्बन्ध में पग-पग पर हतोत्साह करके मेरे भीतर के उक्त बीज को शीघ्र से शीघ्र मूल में ही कुचल देना चाहती हैं क्या अज्ज मुझे उचित परामर्श देकर यह बताने की कृपा करेंगे कि मेरे लिये ऐसी स्थिति में क्या उचित है? क्या मैं अभिनय कला में प्रवीण होने की अपनी सहज प्रवृत्ति को स्वयं ही कुचल डालूँ या उसे विकसित करने के सुयोग खोजते रहने में प्रयत्नशील रहूँ?"

मुझे शिरीषा का कातर प्रश्न सुनकर उसपर बहुत दया आने लगी। मैंने सोचा, भाग्य ने जिसे जन्म से ही ऐसा अच्छा सुयोग दिया है, कि उसे एक असाधारण सुन्दरी, अभिनय-कला-कुशल नगरवधू की सगी बहन बनने की सुविधा तो प्रदान कर दी, पर उसे अपनी सहजता और सुन्दर प्रवृत्ति को विकसित करने का अवसर ही प्रदान नहीं किया। मैंने मन ही मन तत्काल निश्चय किया कि मैं उस सरला के लिए एक श्रेष्ठ अभिनेत्री बनने की सारी सुविधाएँ जुटाने का व्रत लेता हूँ और मदनसेना की अपेक्षा उसे इस क्षेत्र में कई गुना अधिक यशस्विनी बनने की सुविधायें प्रदान करता और कराता रहूँगा।"

●

# 15

# शिरीषा के साथ पलायन

यह निश्चय करते ही मैं इस सम्बन्ध में अपनी भीतरी और बाहरी समर्थता का ठीक-ठीक लेखा-जोखा करने का प्रयत्न करने लगा। मैं न कोई जाना-माना कवि था, न नाट्यकार। पर मैं यह निश्चित रूप से जानता था कि इस ओर यश कमाने की प्रवृत्ति और समर्थता मुझमें थी। इसलिए मैंने तत्काल यह निश्चय किया कि अपनी प्रतिज्ञा को पूरा करने के लिए मैं शीघ्र ही काव्य या नाट्य-रचनाकार बनने की दिशा में पूरा प्रयत्न करना आरम्भ कर दूँगा। तभी मैं शिरीषा को आगे बढ़ने में उचित सहायता प्रदान कर सकूँगा। उज्जयिनी की एक प्रसिद्ध नाट्य-संस्था के स्वामी नगर के एक विख्यात श्रेष्ठी थे। उनका लड़का बचपन से ही मेरा घनिष्ठ मित्र था। मैंने सोचा उस लड़के की सहायता से मैं शिरीषा को कुछ प्रारम्भिक शिक्षा देने के बाद उसे उक्त नाट्य-संस्था में प्रवेश करा सकने में सहायक हो सकता हूँ। प्रारम्भ में इन्हीं दो योजनाओं को पूर्णतः सफल करके मैं अपनी प्रतिज्ञा को पूरा करने की ओर अग्रसर हो सकूँगा। मेरे मन की तात्कालिक सात्वना के लिए इतनी आशामूलक कल्पना पर्याप्त थी। इस अनुमान के साथ ही मुझे अपने जीवन की उत्तरोत्तर प्रगति के सम्बन्ध में भी आत्म-विश्वास एक एक बड़ा आधार मिल गया और जीवन-क्षितिज की दूर स्थिति पश्चिमी सीमा पर सोने का पानी चढ़ी हुई एक उज्ज्वल सुनहरी रेखा दिखायी दी जो मेरे उत्तर जीवन को अपूर्व आनन्दमयी कल्याण-धारा से ओत-प्रोत करने में निश्चित रूप से पूर्ण सफल होगी, ऐसी आशा से मेरे अन्तर के सभी पारदर्शी स्तर एक निराली ही आभा से विभासित हो उठे। मैंने परिपूर्ण आत्म-विश्वास के साथ उसकी पीठ हौले-हौले थपथपाते हुए कहा, "शिरीषा, मैंने अभी-अभी योगनिद्रा की-सी मानसिक स्थिति में एक विचित्र सपना देखा है जिसने मुझे यह आश्वासन भी दिलाया है कि वह स्वप्न एक दिन हम दोनों के जीवन में प्रत्यक्ष सत्य की तरह सफल होकर ही रहेगा। वह पूर्व क्षितिज में अरुणोदय की पहली आभा के समान रंगीन आशाओं से पूर्ण, मध्याह्न-गगन से सूर्य की तरह प्रतापी, विश्वव्यापी परिज्वल प्रकाश से परिपूर्ण, पृथ्वी की रूखी और फीकी मिट्टी को भीतर से निकलते हुए हरित जीवन के लिए सार-शोषक ही नहीं, वरन् प्राण-पोषक और सूर्यास्त के समय पश्चिम क्षितिज में फैली हुई स्वर्णिमा की तरह यौवनोत्तर जीवन की पारदर्शी झाँकी दिखाने वाला सिद्ध होगा। पर शर्त यह है कि तुम चिर-जीवन मुझपर अटूट विश्वास रखो और अस्पष्ट से अस्पष्ट और तनिक से तनिक संकेत की अवज्ञा

न करते हुए प्रत्येक आदेश और सुझाव को आँख मूँदकर मानती चलो। आज से केवल मुझे ही अपनी जीवन का कर्णधार समझो। बोलो, स्वीकार है तुम्हें यह शर्त?"

शिरीषा मेरे उस आकस्मिक भाव-विस्फोट का उत्तर क्या देती, वह मोहाच्छन्न-सी होकर चकित और स्तब्ध रह गयी और भाव-मुग्ध-सी मेरी ओर अपनी दो सुन्दर तारकोज्जल आँखों की तरल पुतलियों से स्थिर भाव से, अडिग दृष्टि से देखती रह गयी। मैंने जब उस भाव-विभोर नारी को अर्द्ध-मूर्च्छित अवस्था से तुरन्त जगाने के उद्देश्य से तनिक कड़ककर कहा, "बोलो! चुप क्यों हो? मेरा वर्तमान मनोभाव फिर दूसरी बार लौट नहीं सकेगा, इसलिए अभी, इसी क्षण मेरी बात का उत्तर दो।"

वह बोली, "मैं क्या कहूँ, अज्ज पर मेरा पूर्ण विश्वास पहले ही दर्शन के क्षण से जम चुका है और मुझे पूरा लगता है कि अन्त तक मेरे मन का यह भाव बना रहेगा। मैं अपने को अज्ज की मोल ली हुई दासी मानने लगी हूँ। दासी की अपनी इच्छा क्या हो सकती है। मैं अपनी इच्छा को पूर्णतः अज्ज के चरणों में अर्पित कर चुकी हूँ।"

उसकी बात कानों से सुनते रहने पर भी, मैं इस बीच अपने मन को तटस्थ भाव से टटोल रहा था। मैं यह अनुभव कर रहा था कि मेरे मन की जो अवस्था उस क्षण में चल रही थी, वह यदि एक क्षण के लिए भी कुछ भी ठण्डी पड़ जायेगी तो वह पूर्णतः बदल जायेगी और तब मैं अपने चिर-परिचित संसार की प्रतिदिन की तुच्छता के बीच खो जाऊँगा और तब शिरीषा केवल एक घड़ी के स्वप्न की तरह मेरे अन्तर से सदा के लिए विलीन हो जायेगी, और उस अवस्था में मैं पगपग पर असमंजस की स्थिति में जीवन-भर भटकता रह जाऊँगा। तब मैं अपने जीवन में शिरीषा के सम्बन्ध में कोई योजना ही नहीं बना पाऊँगा। शिरीषा के सम्बन्ध में तो दूर, तब स्वयं अपने जीवन के सम्बन्ध में तनिक भी प्रगति की बात सोच ही नहीं पाऊँगा। इसलिए, मैंने सोचा, इसी क्षण सारी बातें तय हो जानी चाहिए और अपनी योग-निद्रा की स्थिति में बनी हुई सारी योजना के पहले चरण को कल प्रातःकाल ही आगे बढ़ाना चाहिए। इसलिए अत्यन्त अधीर और उतावला होकर मैंने उससे कहा, "शिरीषे, यदि तुमने अपने मन का भाव मुझे ठीक-ठीक बताया है, तो कल तड़के ही हमें यह भवन, बल्कि यह जनपद ही त्याग देना होगा। तनिक देर न करो और न किंचित् असमंजस की ही स्थिति में रहो। कल पौ फटते ही हम दोनों बाहर निकल पड़ें। तुम्हें कोई सामान ले चलने की कोई आवश्यकता नहीं है। किसी दास या दासी को भी कानों-कान पता न लगने पावे। कल हम दोनों सीधे सार्थों के संगम-स्थल पर पहुँच जायेंगे। वहाँ से कोई न कोई सार्थ उज्जयिनी को भी अवश्य जायेगा। अभी हमें वहीं जाना है, बाद में देखी जायेगी।"

"ठीक है!" बिना किसी झिझक के शिरीषा बोली। उसके इस त्वरित स्वीकारात्मक उत्तर से मुझे आश्चर्य भी हुआ और आशातीत प्रसन्नता भी।

दूसरे दिन तड़के ही हम दोनों तैयार होकर बिना किसी को कुछ बताये बाहर निकल पड़े। एक मशाल रात-भर हमने तेल के एक बर्तन में डुबोकर रख दी थी। सबेरे उसका

सारा कपड़ा तह पर तह तेल से भीगा हुआ था। उसे जलाकर हम किसी तरह दास-दासियों और दरबान को भी चकमा देकर बाहर निकल ही पड़े। अभी तक अरुणोदय नहीं हुआ था और कृष्णपक्ष की षष्ठी या सप्तमी का चन्द्रमा अभी तक पश्चिमी क्षितिज के ठीक ऊपर खड़ा था। उसका प्रकाश अभी रास्ता बताने के लिए पर्याप्त था। पर मशाल की आवश्यकता अब भी थी। मदनसेना की अट्टालिका के बाहर अन्धेरी गलियाँ बहुत थीं, जहाँ मशाल के बिना काम नहीं चल सकता था। इसलिए मशाल को साथ लिए चलने का प्रस्ताव तनिक भी अनुचित नहीं था। पर दुर्भाग्य से पहले ही गली के भीतर प्रवेश करते ही हवा का एक हलका-सा झोंका आया और उसने मशाल बुझा दी, कुछ देर तक हम दोनों भ्रान्त अवस्था में जहाँ के तहाँ खड़े रहे। मेरी नाक में पास ही कहीं से पक्व मिष्टान्न पकने की सुगन्ध आकर टकरायी। मैं उसी गन्ध का अनुसरण करते हुए ठीक स्थान पर पहुँच गया। वहाँ एक अँगीठी पर रखी हुई कढ़ाई पर गरमा-गरम शष्कुलियाँ पक रही थीं। मैंने विपणि-स्वामी से बहुत अनुनय-विनय करने के बाद उसे इस बात के लिए राजी कर लिया कि वह हमारी मशाल में तनिक पिघला घी डालकर उसे जला दे। उसने वैसा ही किया। मशाल फिर से जल उठी और मैंने उसे घी के पैसे देकर और उसकी कृपा के लिए धन्यवाद देकर अपना रास्ता नापा। कुछ देर बाद हम राजपथ पर पहुँच गये और निर्विघ्न होकर चलते रहे। सार्थों का अड्डा ठीक कहाँ पर है, वह मैं नहीं जानता था। कुछ अस्पष्ट-सा आभास मुझे अवश्य था, क्योंकि पहले ही दिन जब मैं अड्डे से मदनसेना के यहाँ आया था तब मैं चौकन्ना होकर इस बात पर ध्यान देता रहा था कि मैं कहाँ से आया हूँ और कहाँ को जा रहा हूँ। शिरीषा को पता अवश्य होना चाहिए था, क्योंकि वही अपने साथ मुझे मदनसेना के यहाँ लायी थी। यह सोचकर मुझे निश्चिन्त हो जाना चाहिए था पर मैं निश्चिंत नहीं हो पाता था, क्योंकि मैं जानता था कि एक नव-परिचित विचित्र स्वभाव के अजनबी के साथ वह अपना चिर-परिचित निवास छोड़कर अपने घोंसले से पहली बार बाहर निकलने के कारण अवश्य ही मन ही मन तड़फड़ा रही होगी, यह सोचकर मुझे उसके पथ-प्रदर्शन की निर्भ्रान्ति पर भरोसा नहीं रह गया था। हम लोग राजपथ पर बहुत दूर तक निकल आये थे, जिसके कारण मेरे मन का संशय और आशंका बढ़ती चली जा रही थी। जब दोनों एक चौराहे पर पहुँचे तब मैंने शिरीषा से उंगलियों के संकेत से पूछा कि वहाँ से अब किस ओर को मुड़ना है—दाईं या बाईं ओर? शिरीषा ने भी अपने हाथ को दाईं ओर करके बता दिया कि दाईं ओर जाना है। उसका संकेत देखकर मैं तनिक निश्चिंत भाव से यन्त्र-चालित पुतले की तरह दाईं ओर मुड़ ही गया।

हम लोग कुछ ही दूर आगे बढ़े होंगे कि सामने की ओर से वीरसेन दौड़ता और हाँफता हुआ दिखा। वह मदनसेना का विश्वस्त दास था। पहले ही दिन से उससे मेरी खूब घुटने लगी थी। मेरी सेवा के लिए मदनसेना ने उसे विशेष रूप से नियुक्त किया था। उसे देखकर मैं तनिक शंकित और अकारण ही कुछ आतंकित भी हुआ।

जब वह ठीक हमारे पास आकर रुका तब हाँफने की-सी लम्बी-लम्बी साँसें खींचता हुआ अर्द्धस्पुट वाणी में बोला, "मैंने जब नीलकण्ठ रजक की तलैया तक दौड़ने पर भी आप दोनों को नहीं देखा, तब यह सोचकर कि आप लोग दूसरे रास्त से जाते होंगे, कपिंजल चत्वर की ओर मुड़ा और फिर दौड़ता हुआ रजक की तलैया की ओर जा रहा था—सीधा मार्ग (सार्थ के अड्डों की ओर) वहीं से बाईं ओर को जाता है। जो भी हो, यह भगवान की ही असीम कृपा से इतने उलटे-सीधे चक्करों के बाद अज्ज अन्त में मिल ही गये, अन्यथा मुझे अज्जा का विकट कोप भाजन बनना पड़ता।" यह कहकर उसने आँखें आधी मूँदकर ऊपर की ओर हाथ जोड़े।

मैंने जानकर भी अनजान बनकर पूछा, "क्यों? क्यों बनना पड़ता तुम्हें अज्जा का कोप-भाजन?"

उन्होंने मुझे विशेष रूप से आदेश दिया है कि आप दोनों को वापस बुला लाऊँ।"

मैंने शिरीषा की ओर देखा और वह ठीक उसी समय मेरी ओर देखने लगी। मैंने आँखों को मटकाते हुए संकेत से पूछा, "तुम्हारी क्या राय है?" वह वीरसेन की ओर मुँह करके बोली, "तुम जाओ और दीदी से कह दो कि हम अभी आते हैं, धीरे-धीरे और तुम दौड़े-दौड़े चले जाओ।"

"नहीं, यह बहाना नहीं सुनेंगी अज्जा। आप लोगों को मेरे ही साथ चलना होगा।" वीरसेन ने दृढ़तापूर्ण विनय के साथ कहा।

उसी समय एक ठाठदार अश्वयान हमारी तरफ सामने की ओर से आया। मैंने पहले ही से तैयार होकर उसे रोका। यान-वाहक तत्काल रुक गया।

"क्या बात है? मुझे क्यों रोक रहे हो?" उसने अपनी बड़ी-बड़ी मूँछों को बाएँ हाथ से पोंछते हुए बड़े ही भयानक स्वर में कहा।

उसकी आवाज से मेरा उत्साह ठण्डा पड़ने लगा। पर यात्रा में संकोच या हिचक से हानि ही उठानी पड़ती है, इतना मैं थोड़े ही अनुभव से जान चुका था। मैंने पहले से अधिक विनीत भाव से कहा, "हमें आज ही सन्ध्या तक अत्यन्त आवश्यक काम से उज्जयिनी पहुँचना है, यदि आर्य हमें अपने यान से सार्थवाह की विश्राम-वीथी तक पहुँचा दें तो बड़ी कृपा होगी।"

"हट रे, मैं कहीं नहीं पहुँचाऊँगा। मुझे अपने काम से देर हो रही है। हटो, रास्ता छोड़ो!" उसने गर्जन के साथ कहा।

मैं बड़े ध्यान से उसकी मुखमुद्रा का मुजरा ले रहा था। वह यान में अकेला बैठा था और स्वयं ही यान को हाँक रहा था। मेरे मन में यह संदेह हो रहा था कि वह यान का स्वामी नहीं, केवल वाहक है। शिरीषा ने संकट की घड़ी देखकर स्वयं अनुग्रह-भरे स्वर में उस दुष्ट को लक्ष्य करके बोली, "आर्य का यह पुण्य होगा यदि हम भटके हुए राहियों को हमारे गन्तव्य तक पहुँचा दें।"

शायद वह शिरीषा के कण्ठस्वर और उसके सरल और उसके सहज सौन्दर्य से प्रभावित हो उठा। बोला, "तब जल्दी भीतर बैठ जाओ!" मैंने आव देखा न ताव. शिरीषा

का हाथ पकड़कर यान के भीतर प्रविष्ट हो गया और पीछे के आसन पर चुपचाप बड़े आराम से बैठ गया। यानवाहक बड़ी ही द्रुत गति से यान को बढ़ाकर चे चला। मुझे भय होने लगा कि उस शीघ्रता में घोड़े का पाँव अवरोध पाकर फिसल न जाय।

शिरीषा ने मेरे कान में कहा, "यह हमें गलत रास्ते पर ले जा रहा है। पता नहीं यह कौन है और कहाँ जा रहा है।" मैंने संकेत से बताया कि चुप रहना अच्छा है। हो सकता है, वह हमें ठीक ही ले चल रहा हो। हमारी जल्दी का उसे ध्यान है, तभी तो वह घोड़े को इस तेजी से दौड़ा रहा है। आश्वस्त रहो।"

शिरीषा चुप हो गयी। यान का चालक ऊपर एक अलग आसन पर बैठा था। उसने कड़ककर पूछा, "कहाँ चलना है? सार्थवाह-चत्वर में या सार्थों के विश्राम-स्थल पर?"

"जहाँ भी आर्य पहुँचा दें। दोनों पास-पास ही तो हैं।" मैंने कहा।

"इन्द-उर के बड़े पुराने निवासी मालूम होते हो। दोनों पास ही हैं।" व्यंग्य के स्वर में चालक बोला।

उसके बोलने के ढंग से मुझे लगा कि वह एक सधा हुआ गुण्डा है। फिर मैंने यह अनुमान लगाया कि वह यान उसका अपना नहीं, उसके मालिक का है।

प्रायः एक-चौथाई कोस तक आगे बढ़ने पर वह बाईं ओर वाले एक तिरछे रास्ते से होकर तेजी से आगे बढ़ा। शिरीषा मेरे कान में फुसफुसाते हुए बोली, "यह गलत रास्ते पर ले जा रहा है।" अब तो मैं सचमुच ही बहुत घबरा गया। फिर भी मैंने अवज्ञा का-सा भाव जताते हुए उससे कहा, "हमें अभी से घबराने की कोई आवश्यकता नहीं है। जब तक वह नगर की सीमा को लाँघकर बाहर नहीं जाता तब तक उससे कुछ कहना भी उचित नहीं है। चुपचाप बैठी रहो।"

कुछ और आगे बढ़ने के बाद चालक ने एक स्थान पर घोड़े के रास खींची और प्रायः पैंतालीस अंश का कोण बनाते हुए वह त्रिकोण की भुजा की-सी एक सीधी रेखा में घोड़े को सरपट दौड़ाता हुआ ले गया।

'हाँ, अब ठीक रास्ते पर आया है," शिरीषा फुसफुसायी। मैं कोई भी उत्तर न देकर मौन साधे रहा। मेरा हृदय अब भी धड़-धड़ कर रहा था। त्रिकोण की वह कथित भुजरेखा जहाँ समाप्त हुई वहाँ दूर तक सार्थों का कोई चिह्न नहीं दिखा। उस अजनबी यान-चालक ने जहाँ यान को खड़ा किया वहाँ दूर-दूर तक दृष्टि डालने पर भी किसी सार्थ का कोई चिह्न नहीं दिखायी दिया। सामने कुछ ही दूर पर छोटी-सी शाला दिखती थी, जिसके बाहर की सफेद पुताई पर आपानक का चिह्न अंकित था।

यान-चालक नीचे उतरा और भरसक सान्त्वना के-से स्वर में हम दोनों का लक्ष्य करके बोला, "मैं तनिक सामने वाली शाखा में जाता हूँ। घबराना मत, अभी घड़ी भर के अन्दर लौटकर आता हूँ। मैं समय पर तुम्हें सार्थों के अड्डे पर पहुँचा दूँगा। तव तक चुपचाप बैठे रहना, तनिक भी घबराना मत।" कहकर वह सीधे अपने लक्ष्य की ओर चला गया। आपानक का मुख्य द्वार अभी तक खुला नहीं था। मैंने देखा, जब

हमारा वह कृपालु आपानक के मुख्य द्वार के पास पहुँचा तब उसने तार स्वर में हाँक लगाना आरम्भ किया, 'ए दासीपुत्र, जल्दी दरवाजा खोल। खोलता है कि नहीं, अन्यथा मैं लातों की चोट से दरवाजा तोड़कर खोलता हूँ। नीच, नटी का जार! रात-भर उस भुतनी-सी लगने वाली नटी के साथ मौज-मस्ती करता रहा, दोपहर हो गयी, अभी तक नहीं जगा। दासीपुत्र को अभी तक पता ही नहीं लग पाया कि उस भ्रष्ट नटी का असली जार है एक यम-किंकर, उस किंकर को जिस दिन पता चल जायेगा उसी दिन वह अपने लम्बे-लम्बे और टेढ़े-मेढ़े भयावने दाढ़ों को बाहर निकाले हुए अपने हाथों के भालू के-से लम्बे-लम्बे, सान पर चढ़े हुए नुकीले नखों से दासीपुत्र का गला दबोचकर रख देगा और तब भट्टी में बहुत देर से तपी हुई लौह-शलाकाओं के ऊपर उसके नंगे बदन को जीवित अवस्था में रखकर बड़ी देर तक भूनता रहेगा। और तब उसके उस भर्जित मांस को एक तेज छुरे से खरोंच-खरोंजकर उसपर ऊपर से घी छोड़ता जायेगा और तेज मिर्च की बुकनी, पलाण्डु, हींग और दूसरे मसाले भरता जायेगा। जब अच्छी तरह भुनकर वह तैयार हो जायेगा तब उस भर्जित मांस के छोटे-छोटे टुकड़े काट-काटकर वह तश्तरियों में रखता जायेगा और आपानक में बैठे हुए और कई चषक-पिये हुए ग्राहकों के आगे परोसकर रख देगा। यम-किंकर कैसे जीव होते हैं, इसका तनिक भी ज्ञान नहीं है और न यह अभी तक जान पाया है कि जिस जक्खिनी से उसने प्रेम-सम्बन्ध जोड़ रखा है, वह यमराज से भी कितनी भयंकर है। वह साक्षात् यमराज की भेजी हुई चारिणी है। वह उसके पास-कर्मों का भेद लेने आयी है। अबे दासीपुत्र! आपानक खोलता है या नहीं, या मैं अभी इसके जार यम-किंकर को बुला लाऊँ?'' कहकर यान-चालक के रूप में आये हुए यम-किंकर के साक्षात् भाई ने एक ऐसी लात दरवाजे पर जमायी कि बायाँ कपाट बुरी तरह चरमरा उठा।

मैं स्तब्ध था। उसने घोर बीभत्स और भयानक रसों के मिश्रण से जो वाणी इतनी देर तक सुनायी थी, उसे सुनकर मेरा रोआँ-रोआँ कलपता हुआ बिलख रहा था। किसी तरह साहस बटोरकर मैंने शिरीषा से कहा, "हमारी शुभ-यात्रा के प्रारम्भ में ही यह जो विकट संकट हमारे आगे खड़ा हो गया है उसने यद्यपि सारा उत्साह ही ठण्डा कर दिया है, फिर भी इस यमराज-सहोदर से किसी तरह अपना पिण्ड हमें शीघ्र से शीघ्र छुड़ाना ही होगा। पर यह काम बड़ी चालाकी से करना होगा—चुपके-चुपके, छिपे-छिपे।"

मैंने देखा, आपानक का दूसरा कपाट धीरे से खुला। और भीतर से एक लम्बा और दुबला-पतला व्यक्ति बड़ी सावधानी से झांककर बाहर देखने लगा। मेरी दृष्टि पर्याप्त तीक्ष्ण थी, मेरे सभी साथी यह जानते थे और उसकी सराहना करते थे। यह मेरा अपना कोई विशेष गुण नहीं वरन् यह ईश्वर का वरदान था। जहाँ पर हमारा यान खड़ा था वहाँ से आपानक तनिक से कुछ अधिक ही दूर था, फिर भी मैं स्पष्ट देख रहा था कि आपानक के दायें पट के भीतर से जो व्यक्ति बाहर झाँक रहा था, उसकी दृष्टि सहमी हुई थी और शंकित भी। उसकी आकृति भी कुछ विचित्र-सी लगी मुझे। उसे देखकर

यह बता पाना बहुत कठिन था कि वह व्यक्ति धूर्त है या दयनीय। उसके चीमड़ मुख की पतली-सी झिल्ली पर झुर्रियों ने जो एक जाल-सा बुन रखा था वह ऐसा लगता था जैसे किसी तान्त्रिक ने एक विचित्र ही मण्डल का चित्र उसके मुख पर बना दिया हो। और वह मण्डल किसके मारण या उच्चाटन के लिए बना हुआ था, इसकी ठीक कल्पना भी असम्भव थी। जो धूर्तराज (यान-संचालक) हमें उस स्थान तक ले आया था उसने आपानक के मालिक को एक यक्षिणी का जार बताया था। मैं सोचने लगा कि उसके मुखावरण पर पड़ी हुई वे तान्त्रिक मण्डल की तरह की झुर्रियाँ क्या उसी जक्खिनी की कारस्तानी तो नहीं हैं। हमारा यान-संचालक धूर्तराज, जो अभी कुछ ही देर पहले तक बीभत्स और नागरिकीय गालियाँ सावन की झड़ी की एक पल के लिए भी न थमने वाली बौछार की तरह बरसा रहा था, भीतर से अधखुले किवाड़ के लुक-छिपकर झाँकने वाले उस तान्त्रिक की रहस्यमयी चितवन से कुछ क्षणों तक जैसे कतराता रहा और मौन रहा। पर फिर उसने अविलम्ब अपना पहले वाला रूप धारण कर लिया। कुछ विचित्र व्यंग्य के-से स्वर में बोला, ‘‘कहिये जक्खिनी के जार जी, आप स्वस्थ तो हैं? दुकान बड़ी देर में खोल रहे हैं, वह भी केवल आधा किवाड़ ही खोलकर चोरों की तरह बाहर झाँक रहे हैं। क्या बात है, पूरा खोलिये। मैं आपको चोरी का माल छिपाने के अपराध में पकड़ने नहीं आया हूँ। डरिये मत, मुझे बेहद प्यास लगी है। एक घड़ी आपके आपानक में सुस्ता कर फिर चला जाऊँगा।’’

‘‘आइये, आइये, बैठिये, आपका स्वागत है। यह तो मेरा अहोभाग्य है।’’ धूर्तराज भी क्रोध की उसी मनोदशा में आगे बढ़ा और अधखुले किवाड़ पर लात मारकर उसने उसे पूरा खोल दिया। जब वह भीतर जमकर बैठ गया तब मैंने धीरे से शिरीषा से कहा, ‘‘जल्दी उतर पड़ो। यही समय है हम दोनों की मुक्ति का। देर करने से हम बुरी तरह फँस जायेंगे।’’

शिरीषा हड़बड़ाती हुई नीचे उतरी। मैं भी चुपके से उसके पीछे-पीछे उतर पड़ा। नीचे रास्ते पर लम्बी-लम्बी-सी कटीली घास उगी हुई थी। शिरीषा संभल-संभलकर पाँव रख रही थी। उसने अपने कोमल-कोमल पाँवों की रक्षा के लिए एक विशेष प्रकार के मोटे कपड़े और पतले-से चमड़े की बनी पादुका की तरह की कोई चीज सिलवा रखी थी। फिर भी घास साधारण नहीं थी। उज्जयिनी के आस-पास के इलाकों में इस तरह की कटखनी और चिपकू घास अक्सर उगी हुई दिखती थी। पाँव तो उसने किसी तरह बचा लिए, पर वह घास उसके पैरों के नीचे उलझी हुई साड़ी को किसी तरह नहीं छोड़ना चाहती और केंकड़े की तरह के अपने टेढ़े-मेढ़े पेंचदार शरीर से उसकी साड़ी को बुरी तरह झकझोर रही थी। मैं बार-बार उसे इस विपत्ति में उसकी सहायता करने का प्रयास करता था, पर वह मुझे छूने भी नहीं देती थी। बड़ी मुश्किल से हम दोनों उस संकट से किसी तरह उबर पाये और ईश्वर पर भरोसा करते हुए जिधर भी सुलझा हुआ पथ मिलता था उसी ओर द्रुत पगों से चल देते। सुभाग्य से कुछ ही दूर आगे एक राजपथ दिखा जिसपर यात्रियों से लदा हुआ छकड़ा जा रहा था। मैं जोर से पुकारकर और हाथ

के संकेत से उसे किसी तरह रोकने में सफल हुआ। हम दोनों दौड़ते हुए उसी ओर गये। जब छकड़े के एकदम निकट पहुँचे तब चालक ने पूछा, ''कहाँ जाओगे?''

मैंने कहा, ''जाना तो हमें है उज्जयिनी, पर अभी तुम जिधर चल रहे हो उधर ही चलेंगे।''

''ठीक है, मुझे भी उज्जयिनी ही जाना है, ये सब पथिक भी वहाँ जा रहे हैं।''

मुझे सन्देह हुआ। मैंने कहा, ''हमें सार्थों के अड्डे पर पहुँचा दोगे?''

इतने में मैंने देखा, जो धूर्त अपने अश्व-यान में हमें ले आया था वह उसी यान के शकट के पास पहुँच गया। मैंने आव देखा न ताव, उछलकर सीधे शकट पर कूछ पड़ा और शिरीषा का हाथ पकड़कर उसे भी ऊपर खींचने और घसीटने लगा। वह तनिक चीखी और चिल्लायी। मैं उसके कराहने की तनिक भी परवा किये बिना उसे बड़ी ही निर्दयता से घसीटता ही गया। शकट-चालक भी मेरी सहायता को आया। किसी तरह उसे शकट के ऊपर एक खाली स्थान पर बिठा दिया और स्वयं मैं भी उसकी बगल में सिकुड़कर और सिमटकर बैठ गया।

धूर्तराज अपने यान से उतरकर दो पाँव के अँगूठे के बल कुछ ऊँचे उठकर एक हाथ से शकट को थामे हमें यमदूत की तरह घूरने लगा। धमकी देता हुआ बोला, ''इस तरह के कुचक्रों से तुम मुझे धोखा नहीं दे सकते। तुम जानते नहीं मैं कौन हूँ। मैं हूँ नगराध्यक्ष का दक्षिण हस्त वीरभ्रद्र।''

''और मैं हूँ नगराध्यक्ष का वामहस्त।'' पीछे से एक यात्री बोल उठा। ''मैं तुम्हें अच्छी तरह जानता हूँ। तुमने उस दिन तड़के मेरा सारा माल लूट लिया और मेरी पत्नी को मुझसे छीनकर तुम अपने यान में बिठाकर भाग गये।'' वह पथिक इतना अधिक उत्तेजित हो उठा था कि बिना विशेष श्रम के ही हाँफने लगा था। इतने में शकट के पीछे की ओर से दो पथिक नीचे कूद पड़े और उन्होंने चुपके से जाकर वीरभ्रद को पीछे से पकड़ लिया और उनमें से एक बोला, ''हे नगराध्यक्ष के दक्षिण हस्त! नीच! यदि मैंने नगराध्यक्ष को तुम्हारे जघन्य अपराधों की सूचना दिये ही बिना स्वयं तुम्हारा दक्षिण हस्त न काट लिया तो मेरा नाम अग्निसेन नहीं। इतने दिनों बाद तुम मिले हो, अब जाओगे कहाँ बच्चू।

वध्य स्थान वाले कारागार की गुफा को छोड़कर तुम्हारे लिए न इस लोक में कोई स्थान शेष रह गया है, न परलोक में।'' यह कहकर वह व्यक्ति फिर शकट में जाकर उसके अग्रभाग में अडिग काल-स्तम्भ की तरह खड़ा हो गया।

पर यमराज सहोदर वीरभ्रद फिर भी विचलित न दिखा। शकट के बाहरी घेरे के ऊपर अपना दायाँ हाथ चिपकाकर वह पहले ही की तरह गर्जन-भरे स्वर में बोला, ''अरे दासीपुत्र, यह सियारों के-से निष्फल रुदन-भरे स्वर में किसे डरा रहा है! मैं वीरभ्रद्र हूँ जो अपने कराल दण्डधारी भाई से भी नहीं डरा, जो कभी महामन्त्री का पार्श्व-रक्षक था। मैंने अपने उसी भाई को एक दिन साधारण कलह में निर्मम होकर अपने खड्ग से मुण्डहीन कर दिया था, तू तो एक अत्यन्त अकिंचन और नगण्य जीव हैं।''

जिसे ललकारा गया था वह व्यक्ति उसी तरह स्थिर खड़ा था और एक भयावने भेड़िये की तरह अपने विकट रंग-ढंग दिखलाता हुआ, नथुने फुलाकर नाग की तरह फुफकारता हुआ बोला, ''तू यहाँ से हटता भी है या नहीं? यदि तू इसी क्षण अपना हाथ इस शकट पर से नहीं हटाता है तो अभी तेरे दक्षिण हस्त को नगराध्यक्ष के पास ही पहुँचाता हूँ।''

''दासीपुत्र! बस चुपकर! बहुत देखे हैं ऐसे रणवीर, जो अपने सूखे तिनकों से बने हुए अवयवों से बन्दरों के बच्चों को डराकर भगा देते हैं।'' वीरभ्रद तनिक दबे हुए स्वर में बोला। मैंने देखा, जो व्यक्ति शकट पर खड़ा था उसने धीरे से अपनी कमर के पीछे से पिधान-सहित एक खड्ग निकाला और फिर उसके बाद उसने धीरे से, बड़े ही धैर्य से, बड़े ही धैर्य के साथ पिधान के भीतर से नंगी तलवार निकाली और बिना क्षण-मात्र विलम्ब के वीरभ्रद की पाँचों उँगलियों सहित उलटी हथेली के ऊपर खड्ग का ऐसा हाथ मारा कि पाँचों उँगलियाँ एक हाथ से अलग होकर रक्त की अविराम धारा चुआती हुई शकट के भीतर छन्न करके गिर पड़ीं। ''हाय! हाय! यह क्या किया!'' पथिकों के मुखों से—विशेष करके महिलाओं के कण्ठ से एकस्वर में यह कराह निकल पड़ी। वीरभ्रद छटपटाता हुआ पीछे की ओर गिरने ही को था कि पीछे से तीनों व्यक्तियों ने उसे पकड़कर स्थिर किया। वीरभ्रद्र बुरी तरह छटपटा रहा था और चीखता-चिल्लाता जाता था, जैसे कोई दैत्यराज कराह रहा हो। तीनों व्यक्ति जिन्होंने उसे पकड़ रखा था उसे काली के मन्दिर के प्रांगण में कटे भैंसे की तरह घसीटते हुए दक्षिण दिशा की ओर ले गये। पर्याप्त देर बाद जब तीनों लौटे तो उन्होंने बताया कि वे उस अर्द्धजीवित महिषासुर को एक खाई की तरह चौड़े गन्दे नाले में—सम्भवतः गन्धवती नदी के एक चौड़े पाट में बहा आये हैं। उन दिनों गन्धवती उज्जयिनी से इन्द-उर की ओर बहा करती थी।

शिरीषा यह सब अप्रत्याशित काण्ड देखकर निरन्तर थर-थर करके सिहर रही थी। लाख चेष्टा करने पर भी वह अपना सिहरना रोक नहीं पा रही थी। सिहरते हुए उसका दायाँ घुटना मेरे घुटने से अविराम टकरा रहा था और स्वयं मेरा घुटना भी सिहर रहा था। दोनों की टकराहट एक अजीब-सी सनसनी मेरे शरीर में पैदा कर रही थी। पाँचों कटी हुई रक्त-रंजित उंगलियाँ शकट के एक किनारे पर अभी तक वैसी ही पड़ी हुई थी। वहाँ जो पथिक पहले से बैठे हुए थे वे सभी अचकचाते हुए उठ गये थे, उन्हें वे पाँच उंगलियाँ नहीं, पाँच सँपोलों की तरह लग रही थीं। उनके वहाँ से हटकर पीछे की ओर दबने से शकट के अन्य सभी पथिक अपने को अस्त-व्यस्त स्थिति में पा रहे थे और अपना-अपना सामान पीछे की ओर खिसकाते हुए अपने लिए नयी जगहें बना रहे थे। पीछे खिसकने की क्रिया से शिरीषा को और मुझे एक अपेक्षाकृत विस्तृत स्थान सौभाग्य से रिक्त मिल गया था, जहाँ हम उस दमघोटू आतंकित स्थिति से तनिक उबरकर मुक्त साँस ले पाने का सुयोग पा गये थे। शिरीषा ने एक लम्बी-सी साँस खींचते हुए कहा, ''शिव! शिव!'' सुनकर मैं आश्वस्त हुआ कि उसकी घबराहट उस

दीर्घश्वास के साथ ही समाप्त हो गयी। मैंने भी बरबस एक लम्बी सांस खींची, पर इस सावधानी के साथ कि उसकी फुसफुसाती हुई आवाज शिरीषा के कानों तक तनिक भी शायद नहीं पहुँची।

इतने में शकट-चालक पीछे से तनिक ऊँचे और स्पष्ट स्वर में सबको लक्ष्य करके बोल उठा, "है कोई वीर पथिकों के इस दल में जो शकट के किनारे गिरे हुए रक्त को पोंछकर पाँचों कटी हुई, साँप के छोटे-छोटे बच्चों की तरह घिनौनी उँगलियों को उठाकर कहीं दूर फेंक दे और सारा रक्त पोंछकर धोकर साफ कर सके ताकि यात्री आराम से टेक लगाकर बैठ सकें और सबके बैठने के लिए मुक्त स्थान बन सकें?"

कुछ क्षणों तक सभी स्तब्ध बैठे रहे और कोई भी अपने स्थान से हिला तक नहीं। पर कुछ ही क्षणों बाद एक व्यक्ति उठा, जो जवान था, तगड़ा था और माथे पर सिन्दूर का टीका चढ़ाये हुए था। वह स्पष्ट ही तान्त्रिक ब्राह्मण लगता था। उसने एक-दूसरे व्यक्ति के पास पड़े हुए पलाश के पत्तों का एक दोना उठाया और उँगलियों के पाँचों कटे हुए टुकड़ों को बड़े प्रेम से बटोरकर उस दोनें में रखा। फिर दोनों हाथों में दोना लेकर उससे सभी यात्रियों का परिछन-सा करता हुआ बड़ी गंम्भीर वाणी में कुछ मंत्र गुनगुनाने के बाद स्वर ऊँचा चढ़ाता हुआ बोला, "काल-काल! महाकाल! महाभैरव! महाकाली के सर्वस्व! यह बलि लो और सभी यात्रियों के पाप, कष्ट और क्लेश धोकर साफ कर दो।" यह कहकर उसने सिर नीचे झुकाकर जैसे महाकाल और महाकाली का ध्यान किया और शकट से बाहर कूदकर दोनो हाथों में लिए पश्चिम दिशा की ओर भागा। जब कुछ ही देर बाद वह लौटकर आया तब उसने सबको बताया कि उँगलियों के टुकड़ों को वह महाकाल के चरणों में चढ़ाकर गन्धवती में बहा आया है। सुनकर सभी ने परिश्चम की ओर हाथ जोड़े और सभी के मुखों की अभिव्यक्ति से लगा जैसे सभी अपने को पाप के बोझ से मुक्त समझने लगे हैं। चित्त की शुद्धि की उस सामूहिक अनुभूति की छूत मेरे मन को भी छू गयी और शिरीषा तो जैसे पहले ही से भीड़ का अनुकरण करती हुई किसी देवी या देवता की ओर हाथ जोड़कर सान्त्वना पा चुकी थी।

"क्या यहीं पास में पश्चिमोत्तर दिशा की ओर महाकाली या महाकाल का मन्दिर है?"

"हाँ पास ही, दण्डपाणि भैरव का मन्दिर है। दण्डपाणि को यहाँ के लोग बड़ा ही जाग्रत् देवता मानते हैं।" एक सहयात्री ने कहा।

"और गन्धवती क्या उसी मन्दिर की बगल से बहती है? वह तो उज्जयिनी में है।" यह किसी दूसरे ने पूछा।

"उज्जयिनी से आती हुई वह यहीं से आगे बढ़ती जाती है।"

उसकी बात सुनकर मैंने पूर्ण श्रद्धा से अपने दोनों हाथ जोड़े और उन जुड़े हुए हाथों को ऊपर उठाकर, सिर नीचे नवाकर तनिक ऊँचे स्वर में कहा, "जय महाकाल! महादेव! सभी जीवों का कल्याण करो। उस यम-किंकर से सभी की रक्षा करो।"

जैसा कि मेरा अनुमान था, मेरे सभी सहयात्री अब अपने को अपराध-मुक्त समझने लगे थे, यद्यपि आज की दुर्घटना में एक व्यक्ति को छोड़कर और किसी का कोई अपराध नहीं था, पर सभी के मन पर उक्त दुर्घटना का दृश्य प्रत्यक्ष दिखने के कारण कुछ ऐसी मनोभावना छाई हुई-सी लगती थी जैसे उस दुर्घटना में वे सभी साझेदार हों। जैसे कि मैं बता चुका हूँ, मैं भी इस भावना से मुक्त नहीं था। पर मेरे और दूसरे यात्रियों की भावना में यह अन्तर था कि दूसरे यात्री अब महाभैरव की सामूहिक आराधना के कारण, मेरी अपनी समझ के अनुसार पाप और अपराध की भावना से मुक्त हो चुके थे, पर मेरे मन में भी अभी तक एक जघन्य अपराध की भावना अनेक छोटे-छोटे काँटों से जड़ी एक लोह-शलाका को बार-बार मर्म स्थान में घुमाती जाती थी जिससे रह-रहकर मेरे पहले ही से घायल मन में एक प्रकार की असहनीय टीस अभी तक उठ रही थी। मैंने मन को कुरेद-कुरेद कर देखना आरम्भ किया कि उस टीस का मूल कहाँ है। कुछ क्षणों तक कुरेदने पर टीस का मर्मस्थान मेरी पकड़ में आया। एक निरपराध, निष्पाय और भोली-सी तरुणी को बिना किसी कारण के बहकाकर मैं अपने साथ भगाये लिए जा रहा था। उसका और उसके पास को बोझ अपने ऊपर लेकर मैं कैसे अपराध की भावना से मुक्त हो सकता था? इसलिए बार-बार मन ही मन महाकाल महादेव से मैं प्रार्थना कर रहा था कि "नाथ, जिस अपराध का मैं कोई तात्त्विक कारण नहीं समझ पा रहा हूँ और न मेरी क्षीण अन्तर्दृष्टि के आगे जिसका स्वरूप तक तनिक भी स्पष्ट हो पा रहा है, उसके अन्त तक मेरी रक्षा करना, उसी तरह जैसे एक छह मास या वर्ष-भर के नन्हें शिशु की रक्षा उसके माता-पिता निरन्तर सब दिन, सब समय, करते रहते हैं—जब वह अनजाने आग में अपने हाथ डालना चाहता है या किसी विषैले सर्प या बिच्छू से खेलने के लिए तीव्रता से उत्सुक हो उठता है। हे सर्व-रक्षक! मैं न जाने किस घोर अज्ञान से प्रेरित होकर एक ऐसे अपरिचित जीव को अपने साथ उठा लाया हूँ, जो देखने में तितली की तरह सुन्दर, निर्विष और अहिंसक है, पर परिणाम में बर्र से भी अधिक विष-भरी और घारक निकल सकती है। मैं उसे अभी तनिक भी नहीं जानता, पर अब केवल इतना जान रहा हूँ कि वह बर्र और बिच्छू की तरह विकट से विकट डंकिनी हो सकती है। अपनी घोर अहम्यन्यतापूर्ण मूर्खता के कारण मैं इतनी-सी सुस्पष्ट बात क्यों नहीं देख पाया कि जो नारी अपनी सगी बहन के प्रति इस सीमा तक ईर्ष्या-परायण हो सकती है कि मुझ जैसे अपरिचित व्यक्ति के आगे उसकी पोल खोलने में तनिक भी संकोच का अनुभव नहीं करती और जीवन में उसकी सफलता से दग्ध होकर बिना अपनी किसी भीतरी योग्यता के उसकी अभिनय-कला से होड़ लगाकर उससे अधिक यश पाने के उद्देश्य से एक परदेशी के साथ बिना तनिक भी हिचक के भाग सकती है, वह और चाहे कुछ भी हो, भोली और निष्पाप कभी नहीं हो सकती।

यह सोचते हुए मैंने एक नजर शिरीषा पर डाली। मैंने देखा कि उसकी आँखों की पुतलियों का ऊपरी भाग तितली की तरह की सरल, सुखद और अहिंसक लगता था, पर पुतलियों के नीचे वाला भाग? वह एक चालाक सियारिन की-सी धोखेबाजी,

अविश्वास और हिंसकता और पर-रक्त-पिपासा से चमक रहा था। देखकर मुझे सचमुच एक विचित्र-से भय का अनुभव होने लगा। मैं सोचने लगा, क्या प्रत्येक सुन्दरी नारी को विधाता ने उन्हीं तत्त्वों से निर्मित किया है जिनका वर्णन हमारे कवि, नीतिकार, मनस्तत्त्ववेत्ता अपने ग्रन्थों में अक्सर किया करते हैं। नहीं!–मैंने सोचा–सुन्दरी युवतियाँ भी नारियाँ हैं, एक सुन्दरी वेश्या का निर्माण भी मूलतः उन्हीं तत्त्वों से होना चाहिए, जो एक स्नेहशीला और मातृत्व–परायण नारी में पाये जाते हैं। नारी विधाता की अपूर्व सृष्टि है। उसे ठीक से समझने में प्रायः प्रत्येक पुरुष सदा भूल करता आया है। और किसी युवती या युवक का बाह्य शारीरिक सौन्दर्य उसकी आत्मा के अन्तः-सौन्दर्य का ही प्रतीक है। मुझे तत्काल अपनी यवनी माता–इज्जा की याद आ गयी। मेरी वह किसी विदेशी माता न जाने कहाँ और किन संस्कारों को लेकर पैदा हुई, न जाने किन लोगों के बीच पली और न जाने कौन अर्थ-पिशाच उसका सौदा करने के लिए घोर विदेश में, बीहड़ परिस्थितियों में छोड़कर किनारा कर गये। उसे उसी तरह अपरिचित वनों में विचरने के लिए छोड़ दिया गया, जिस प्रकार किसी मूल्यवान हिरनी को मोटा करने और उससे अधिक से अधिक पण या सुवर्ण कमाने के लिए कोई व्याध या वधिक किसी खेत या जंगल में चरने के लिए छोड़ देता है। व्याध भी हिरनी की रक्षा का किसी न किसी प्रकार का प्रबन्ध तो करता ही है पर इज्जा की रक्षा की तनिक भी चिन्ता उसके व्याधों ने नहीं की।

फिर भी, जब दैवयोग से मेरे किसी पितामह की दृष्टि उस सुन्दरी अनाथा हिरनी पर पड़ी तो वह उसका पूरा 'मूल्य' चुकाकर अपने घर, सुसंस्कृत और सुसभ्य समाज के बीच ले आये और करील के काँटेदार वन में विचरण करने वाली वह हिरनी जैसे चिर-जीवन अजनबी परिस्थितियों में भटककर जब नागरक समाज में आयी तब मुझ जैसे परदेशी और गुणहीन शिशु को उसने सगी माता से भी अधिक ममता देकर अपने अन्तर का सारा तरल स्नेह रसयुक्त भाव से इस तरह मेरे ऊपर निचोड़ दिया, जैसे कोई अमरावती में उत्पन्न अपूर्व मिठास वाले रस-भरे दुर्लभ द्राक्षाओं को चुराकर किसी पूर्णतः अनजाने तथापि चिर-अपरिचित प्यासे प्राणी को हृदय के परिपूर्ण आनन्द से वह सारा रस अर्पित कर दे और अपने लिए कुछ भी बचा नहीं रखे। उस अनाथिनी को भी दूसरों के भोग के लिए ही समुद्री लुटेरों ने पकड़कर पाला था। दैवयोग से ही वह कुछ भले आदमियों के हाथ पड़ गयी थी। पर वे भले आदमी भी समुद्री लुटेरों से कई गुना अधिक विकट अर्थ-पिशाच स्थलवासी डाकू थे। उन्होंने उसे नृत्य, संगीत की शिक्षा दी, संस्कृत भाषा के काव्य-साहित्य और स्वभावतः यावनी भाषा के साहित्य की शिक्षा दिलवाई, उसे पोष्य पशु बनाकर इसलिए ज्ञान-विज्ञान से मोटा किया कि उस विचित्र जीव का कोई अच्छा खरीदार मिल जायेगा तो उससे मोटी रकम प्राप्त की जा सकेगी। मूल बात यह कि उसे बाजारू नटी या वेश्या से कुछ अधिक बनाने की तनिक भी चिन्ता उन्हें नहीं थी। और मेरे पितामह के हाथ उन्होंने इसी उद्‌देश्य की पूर्ति के लिए

ही उसे बेचा। तब क्या इन सारे चक्करों के बावजूद वह केवल एक दासी और वेश्या ही रह गयी, उसे प्रकृति ने नारी के सर्वश्रेष्ठ गुण—मातृत्व की अविरल अन्तर स्नेह धारा के अमृत रस से विभूषित नहीं किया? यह दूसरी बात है कि मेरे पितृ-पितामह भले ही उसे केवल एक सुन्दरी दासी समझकर और स्त्रियों के घरेलू कलह से उकताकर उसे एक ऐसी सुन्दर प्रदर्शनीय, उत्तम कलाकृति की तरह सोने के पिंजड़े में बन्द रखना चाहें, जहाँ से वह कहीं भाग भी न सके, उड़ान भी न भर सके, केवल अपने कला-भवन की अन्यान्य मूल्यवान कलाकृतियों की तरह अपने द्वारा घर की शोभा बनाये रहे। ये लोग श्रेष्ठी हैं इसलिए दूसरे श्रेष्ठियों के अनुकरण में अमूल्य सामग्री घर पर इकट्ठा करके, प्रशंसा और प्रतिष्ठा पाने के लिए दूसरों से अधिक दुर्लभ कला-कृतियाँ इकट्ठा करने की होड़ में सबसे आगे बढ़े रहना उनका उद्‌देश्य है। पर वह अनमोल कला-कृति दिन पर दिन काल की अनिवार्य गति से सिमटती-सिकुड़ती चली जा रही है और वृद्धत्व की ओर निरन्तर बढ़ी चली जा रही है। और किसी दिन सूख- कर-मुरझाकर स्वभावतः नष्ट हो जायेगी। इस भव-चक्र में सभी का यही हाल अनिवार्य है इसीलिए तथागत ने वाह्य सौन्दर्य को नश्वर और क्षरणशील बताया है। नश्वर ही सही, इसकी मुझे कोई चिन्ता नहीं है, पर यह वृद्धावस्था इस अवस्था में जब इज्जा बात, पित्त, कफ की विकृति की ताड़ना से रोग-ग्रस्त हो जायेगी, तब कैसे उसके शरीर की रक्षा होगी? उसे तो लोग दूध की मक्खी की तरह निकालकर बाहर फेंक देंगे। तब वह उस अभाव और अनाश्रित अवस्था में क्या करेगी? कैसे विकट शारीरिक और मानसिक कष्टों से अपनी रक्षा करेगी? मरने के बाद चाहे किसी की कैसी ही गति क्यों न हो पर जब तक प्राण हैं तब तक यह शरीर सर्वथा सुरक्षित रहना चाहिए। माना कि अभी वह युवा है, पर यह युवावस्था एक दिन स्वप्न की तरह विलीन हो जाती है। युवावस्था में तो मनुष्य न मृत्यु-भय से भीत होता है, न शारीरिक पीड़नों से। जब तक मन की शक्ति अपार होती है और साहस असीम तभी तक इस जीवन का महत्त्व भी है, पर युवावस्था के बाद वृद्धावस्था का आना जब अनिवार्य है तब एक अनाथ और असहाय नारी कैसे अपनी दयनीय स्थिति और लोक-हसित परिस्थिति का सामना कर सकती है? तब क्या मेरी प्यारी इज्जा को भी इसी स्थिति से होकर मृत्यु की प्रतीक्षा करनी होगी? सोचकर मैं आतंकित हो उठी। "नहीं!"—मैंने अपने भटके हुए मन को डांटते हुए दृढ़ स्वर से मन ही मन कहा—"मैं ऐसा कभी नहीं होने दूँगा और अभी से वृद्धावस्था में उसे दुर्गति से बचाने के उद्देश्य से पूरे प्रयत्न करूँगा। इज्जा! मेरी भोली और प्यारी इज्जा, मैं शीघ्र ही ऐसे प्रत्यनों में जुट जाऊँगा, जिनसे तुम अन्तकाल तक सुख से, प्रतिष्ठा से और पूर्ण शान्ति से जी सको। तुम अजर-अमर हो, माता, तुम युगों से पुरुष-समाज के अज्ञान और निर्दय अत्याचारों से पीड़ित नारी-समाज की मुकुट-मणि और चरम आदर्श हो। तुम नारी की तेजस्विनी प्रतिमूर्ति बनकर सदा जीवित रहोगी। तुम्हारी सदा जय हो! तुम जीवन-संग्राम में सदा विजयी रही हो और रहोगी। जीवन के सहनातीत संग्रामों और सन्घर्षों में द्राक्षा के असंख्य गुच्छों की तरह पैरों-तले रौंदे जाने पर भी तुमने अपने

अन्तर की कोमलतम और उदात्ततम भावनाओं और सम्वेदनाओं को कभी मरने नहीं दिया। तुम्हारी महान् आत्मा सदा अमर रही है और रहेगी। मा भैः! मा भैः! डरो मत, निर्भय रहो। तुम्हारा यह अकिंचन और अयोग्य बच्छ सदा तुम्हारी ही सेवा में अपना तुच्छ जीवन अर्पित किये रहेगा।" अपने भटके हुए मन को इस तरह की सच्ची या झूठी सान्त्वना देकर जब मैं तटस्थ हुआ तब मैंने देखा कि हमारा शकट एक विशाल और रमणीय उद्यान से होकर अपनी उसी परिचित गति से आगे बढ़ा चला जा रहा है। पथ के किनारे एक तलैया में तीन-चार भैंस और भैसें पानी में डूबे हुए अपने शरीर को ठण्डक पहुँचा रहे हैं। पता नहीं क्यों, उस समय वे भैंस-भैंसे भी मुझे अपने सगे-स्वजन-से लग रहे थे। केवल वे महिष ही नहीं, सारी प्रकृति, सारी सृष्टि मुझे शकट में बैठी सवारियों से भी अधिक आत्मीय लग रही थी, मैंने अपने मन की कल्पना के दुःस्वप्न जालों को पूरी शक्ति से झटकारा और पल में स्वस्थ और तटस्थ होकर अपने अन्तर-जगत् से बाहर निकलकर बाह्य संसार का आलिंगन पूरी इच्छा से करने लगा। और बगल में अभी तक मौन बैठी शिरीषा से मैंने सस्नेह पूछा, "शिरीषे, यात्रा कैसी लग रही है?" वह दोनों हाथों को अपने घुटनों पर पद्मासन के चक्र की आकृति की मुद्रा में रखकर उनपर अपना सिर रखे शायद ऊँघ रही थी। मेरा प्रश्न सुनकर सजग होकर सिर उठाकर बोली, "यात्रा तो मुझे वैसी ही लग रही है जैसी तुम्हें लग रही होगी। इस विषय में पूछना ही व्यर्थ है, पर आज की रात कहाँ और कैसी कटेगी, इस बात की चिन्ता करो।"

"ठीक कहती हो," कहकर मैं भी रात के ही विषय में सोचने लगा। मैं स्वयं नहीं जानता था कि जिस मार्ग से होकर हम उज्जयिनी की दिशा में जा रहे हैं, उसमें आज की रात का पड़ाव कहाँ पड़ेगा। पर उसके सम्बन्ध में मेरा कल्पनाशील मन विचित्र प्रकार की कल्पनायें तो कर ही सकता था। मैं वही करने लगा और शिरीषा को भी मैंने यही बताया। अपनी बेसिर पैर की कल्पनाओं में खोता हुआ मैं ऊँघते-ऊँघते कुछ ही देर बाद सचमुच सो गया और शायद बहुत देर तक सोता ही रह गया।

जब आँख खुली तो देखा, सूरज पश्चिम में अस्त होते-होते जैसे स्थित हो गया है, दो-चार क्षणों के ही बाद पश्चिम की ही ओर एक विशाल मन्दिर का चूड़ा दिखा जिसके ऊपर सोने का त्रिशूल अस्तगामी सूर्य की सुनहरी किरणों से चमाचम चमक रहा था। देखते ही शिरीषा उल्लास-भरे स्वर में बोल उठी।

●

# 16

# उत्कर्षिणी देवी का मन्दिर

"उद्घस्सिनी देवी का मन्दिर आ गया है। यहाँ उतरकर मैया के दर्शन करूँगी।

"कौन देवी कहा?" मैंने तनिक विनोद की मनःस्थिति में परीक्षा के-से स्वर में पूछा।

उसने फिर कहा, "उद्घस्सिनी देवी।"

"देखो शिरीषे," मैंने एक भाषण देने की-सी मनःस्थिति में आकर कहा, "तुम अब अभिनेत्री बनने की राह पर हो, इसलिए तुम्हें एक छोटे से छोटे और साधारण से साधारण शब्द का भी सही उच्चारण मालूम करना होगा, आधा शब्द भी यदि तुम मंच पर अशुद्ध बोल गयीं तो बड़ी हँसायी होगी और तुम्हारी ख्याति में स्थायी बट्टा लगा देगी।"

"तब क्या है, उक्त शब्द का ही उच्चारण?" तनिक चिन्तित स्वर में शिरीषा ने पूछा।

'उद्घस्सिनी' कोई शब्द ही नहीं है। होना चाहिए 'उत्कस्सिनी'। यदि तुम उत्कर्षिणी देवी के दर्शन करने के लिए उत्सुक हो तो चलो, यहीं उतर पड़ें। आज की रात यहीं कटेगी।"

दो-तीन यात्री भी वहाँ उतर पड़े।। मैंने कहा, "जल्दी करो, अन्यथा हम कोई अच्छा स्थान प्राप्त नहीं कर सकेंगे। सभी के उतरने का समय हो गया है। सभी उतर पड़े तो हम टापते रह जायेंगे।"

"नहीं, सभी यहाँ नहीं उतरेंगे। असली पड़ाव अभी दूर है–बिस्नुखेत्र में।"

"कितनी दूर है यहाँ यहाँ से विष्णुक्षेत्र?" मैंने पूछा।

"वह कोई सात कोस और दूर होगा।" शिरीषा बोली।

"तब ठीक है"–मैंने आराम की साँस लेते हुए कहा। "तब हम यहाँ आराम करेंगे और सुविधा का स्थान मिल जायेगा।" कहकर मैं उसका हाथ प्रायः घसीटता हुआ नीचे उतर पड़ा। हमारे उतरने के बाद भी शकट कुछ देर तक ठहरा रहा। हम दोनों सीधे मन्दिर की ओर चल पड़े। देवी की भव्य मूर्ति को श्रद्धा से प्रणाम करके तुरन्त हम पास ही दिखने वाले धर्मावसथ की ओर चल पड़े। वहाँ जाकर प्रबन्धक से तनिक मीठी-मीठी बातें करके और मुख्य द्वारी को अलग बुलाकर उसके हाथ में एक सुवण्ण थमाकर मैंने उससे कहा, "हमें एक अच्छा-सा कमरा दिखाओं जो एक शान्त और एकान्त स्थान में स्थित हो और जहाँ हर बात की सुविधा हो।"

कुछ तीर्थ-यात्री धर्मावसथ में पहले ही से आकर जमे हुए थे, पर इधर-उधर के कमरे में बिखरे हुए थे। कुल मिलाकर भीड़ अधिक नहीं थी। मुख्य द्वारी ने हमें पश्चिम की तरफ एक कोने में एक एकान्त कमरे का ताला खोलकर दिखाया। द्वारी कमर के नीचे एक लाल कपड़े का पटका पहने था जिसके किनारों पर नकली–या असली–सोने का सुन्दर काम किया हुआ था। उसकी पगड़ी भी बड़ी रोबदार थी, जिसकी सुनहरी कलगी अस्तगामी सूर्य की मनमोहक किरणों से बड़ी उदारता के साथ चमक और दमक रही थी। पगड़ी की किनारी पर नीचे की ओर लटकी हुई झालर भी बड़े ठाठ से झमक रही थी। साधारण देहाती आदमी उसे आसानी से कोई राजा या राजकर्मचारी समझने की भूलकर सकता था। वह बहुत ही भद्र दिख रहा था और उसका शील भी बहुत आकर्षक था। कुल मिलाकर वह शालीनता की मूर्ति लगता था। ताजा रंगे हुए पीले रंग का अँगरखा भी उसके शरीर पर अच्छा फब रहा था। वह एक हरे रंग का चमचमाता उपरना जनेऊ की तरह ओढ़े था। उसे सिर से पैर तक जमी हुई दृष्टि से देख लेने पर मुझे उससे कोई साधारण काम कराने का साहस नहीं हुआ। फिर भी मैंने तनिक विनम्र भाव से पूछा, ''यहाँ हमें कोई दास या दासी नहीं मिलेगी जो हमारे छोटे-मोटे काम निबटा सके?''

''क्यों नहीं, अज्ज। आप निश्चिंत रहें। यहाँ आपको किसी बात की कोई कमी नहीं महसूस होगी।''

सामने से एक कर्मचारी बुरी तरह झूमता हुआ-सा हमारी ओर आता हुआ दिखा। मैं कुछ चौकन्न हो गया।

''कहाँ से आ रहे हैं, अज्ज?'' उस झूमते हुए व्यक्ति ने पूछा, ''यहाँ किसी बात का कष्ट तो आपको नहीं है?''

''नहीं, हमें अभी तो किसी तरह का कष्ट नहीं। वैसे हम अभी पहुँच ही रहे हैं।''

''किसी दास की आवश्यकता है अज्ज को?''

''अवश्य है। कोई है तुम्हारे अधीन?''

''है क्यों नहीं? यह दास स्वयं अज्ज की सेवा के लिए उपस्थित है।''

वह व्यक्ति भी द्वारी की ही तरह बड़े ठाठदार वस्त्र पहने था और असली रजत का काम किये हुए जो दो सुन्दर नुकीली और सिरे पर घूँघरदार पादुका पहने था वे और भी अधिक रोबदार थी। उसे द्वारी से बहुत ऊँचे तबके का कोई राजकर्मचारी समझकर मैं कुछ न बोला। इतने में द्वारी, जो इस बीच नीचे चला गया था, दो दास और दो दासियों को लेकर लौट आया और मेरे एकदम पास आकर बड़े विनय से बोला, ''अज्ज, यह लीजिये दो दास और दो दासियाँ ले आया हूँ। यदि अज्ज चारों को रखना चाहें तो रख लें, अन्यथा एक-दो या तीन जितने को भी रखना पसन्द करें।''

दासों और दासियों की आकृति और पहनावा देखकर लगा कि वे सभी जन्मजात दास नहीं हैं। दासियाँ तो स्पष्ट ही भले घरों की-सी विपत्तिग्रस्त नारियाँ लगती थीं।

मैंने कहा, "मैं चारों को रख लूँगा। यदि ये ईमानदारी से काम करें तो मैं सदा के लिए इन्हें रख सकता हूँ।"

सुनकर चारों के मुख पर म्लान मुसकान छा गयी। मैंने देखा, वे काम पा जाने पर बहुत ही प्रसन्न थे। प्रारम्भ से ही काम पा जाने के लिए उत्सुकता के जो चिह्न स्पष्ट ही उनके चेहरों पर अंकित थे, वे अत्यन्त दयनीय थे। मुझे उस समय केवल एक दासी की आवश्यकता थी—शिरीषा की सेवा के लिए। पर चारों के मुखों पर करुण आग्रह मैंने देखा, और यह भी देखा कि चारों घोर विपत्ति में पड़े हुए कमर्दकहीन स्थिति में कहीं अच्छी जगह काम पा जाने के लिए भटक रहे हैं और उस तीर्थ-स्थान में सुयोग देखकर कहीं दूर से आये हुए हैं—यह मेरा अनुमान था, जो बाद में ठीक ही निकला।

द्वारी मेरे आगे दोनों हाथ जोड़ता हुआ, सेवा से निवृत्त होने की आज्ञा माँगने लगा। मैंने उसके हाथ में चार पण थमा दिये और फिर कुछ सोचकर उसके साथ ही कुछ दूर तक हो लिया। एकान्त में जाकर बोला, "देखो हम लोग यात्रा से बहुत थके हुए हैं। यहाँ पास में किसी अच्छे वैद्य की दुकान होगी?" उसका सकारात्मक उत्तर सुनकर मैंने धीरे से उसके कान मे पास कहा, "तब ठीक है। तुम उससे कहो, कोई आसव या उसीसे मिलता-जुलता कोई पेय हमें दे दे। या फिर कोई अच्छी औषध ही दे दे।"

"यहीं एक बहुत ही प्रसिद्ध और चमत्कारी वैद्य रहता है अज्ज। मुझे पूरा विश्वास है कि वह ऐसा रसायन आपको देगा कि जिसे पीकर अज्ज कुछ ही क्षणों में अपने भीतर आश्चर्यजनक स्फूर्ति का अनुभव करने लगेंगे।" द्वारी ने उत्साहित होकर कहा।

"तब ठीक है, तुम जाओ और अगद ले आओ।" मैंने अपनी कमर में खुसा हुआ एक वस्त्र का टूकड़ा निकाला। उसे खोलकर, उसके भीतर जितने भीषण बचे हुए थे वे सब मैंने द्वारी के हाथ में थमा दिये। गिनने पर प्रायः बाहर पण उसमें निकले।

मैंने कहा, "अगद में प्रायः आठ-दस पण लग जायेंगे। जितनेपण बचेंगे उनसे कुछ नमकीन शष्कुली और पूप खरीद लेना और थोड़ा-सा पलाण्डु का शाक भी। हाँ, और मांस तो तुम्हारे इस तीर्थ-स्थान में शायद ही मिले?"

"अज्ज निश्चिन्त रहें। इस अँचल में प्रायः सभी लोग कट्टर शाक्त हैं और माँस यहाँ जितना और जैसा चाहें, मिलेगा। पक्व माँस भी यहाँ मिलेगा और शूल-पक्व भर्जित माँस भी।"

"तो ले आना दो व्यक्तियों के लिए, शूल-पक्व और भर्जित माँस। तीन घड़ियों से अधिक विलम्ब न होने पावे। हम थके हैं, जल्दी ही सो जावेंगे।"

"अज्ज निश्चिन्त रहें, मैं अभी आया।" कहकर वह तनिक रुक गया।

"कहो, कहो, जो तुम्हें कहना है, स्पष्ट कह डालो।" मैंने उसे उत्साहित करते हुए कहा।

"अज्ज क्या कुछ पण और देने की कृपा करेंगे?"

मैंने देखा, आदमी लोभी होने पर भी बड़ा चतुर और विभिन्न प्रकार के यात्रियों के सम्पर्क में प्रतिदिन आते रहने से पर्याप्त अनुभवी और कार्य-कुशल है। इसलिए मैंने कहा, "ये सभी पण तुम अपने लिये रख लो और यह लो।" कहकर मैंने कमर की दूसरी ओर खुँमा हुआ एक दूसरा वस्त्र-खण्ड निकाला जो रंगीन और टिकाऊ पट्टाम्बर था। उसे खोलकर एक सुवर्ण निकालकर मैंने उसके हाथ में थमा दिया। कहा, "जाओ, इसे तुड़ाकर बढ़िया माल ले आना।" उसने परम प्रसन्न होकर झुककर प्रणाम किया और चला गया।

# 17

# धर्मावसथ में

लौटकर जब मैं अपने कमरे में आया तब देखा, शिरीषा ने दासों से सामान खुलवाकर सजाना आरम्भ कर दिया था। कुछ ही देर में कमरे की शक्ल ही बदल गयी थी। मैंने देखा कि मैं किसी धर्मावसथ में नहीं ठहरा हूँ, वरन् किसी आत्मीय का अतिथि बना हुआ हूँ। एक गवाक्ष से झाँककर देखा। पश्चिम क्षितिज पर सद्यःअस्तंगमित सूर्य अपनी लम्बी सुनहरी प्रतिच्छाया-रेखा एक छोर से दूसरे छोर तक फैला चुका था। बड़ी ही सुखद लग रही थी वह स्वर्णिम रेखा। देखकर लग रहा था जैसे युगों से घर से बाहर भटके हुए पथिक को अन्तर की चिरधूमिल अशान्ति के स्थान पर एक चिर-इच्छित शान्ति से पूर्ण विश्राम का द्वार खुला हुआ मिल गया है। उसके बाद न तो किसी दुराशा की अशान्त महत्त्वाकांक्षा का तनिक भी चिह्न कहीं शेष रह सकता है न किसी विफल स्वप्न की लेशमात्र चिन्ता। उस सहज, शान्त और सुखमय अनुभूति को अन्तर के किस कोने में सदा के लिए बान्धकर रखा जाय और किस उपाय से? इस प्रश्न के मन पर उठते ही हलकी चिन्ता की-सी एक मीठी गुदगुदी से प्राण और मन किंचित् आकुल-से हो उठे। क्षण-भर बाद ही मैं आनन्द से पूर्ण अपने रहस्यात्मक स्वप्न से उबरकर गवाक्ष से हटकर यथार्थ की ठोस ज़मीन पर आ गया और कमरे की सजावट में शिरीषा का हाथ बंटाने लगा।

"नहीं!" शिरीषा ने तनिक झिड़ककर कहा। "मुझे अपनी इच्छानुसार काम करने दीजिये। उसका भी श्रेय मैं आप ही को दूँगी।" उसके कहने के ढंग में कुछ ऐसा तीखापन था कि मैं तुरन्त विरत हो गया और पूरब के बरामदे से यात्रियों के आने-जाने का दृश्य देखने लगा।

सहसा शिरीषा ने प्रश्न किया, "ये दास रात में कहाँ रहेंगे?"

प्रश्न बड़ा ही उचित, आवश्यक और महत्त्वपूर्ण था—यह मैंने मन ही मन स्वीकार किया।

मैंने अपने स्वभाव और योग्यता के अनुसार उत्तर दिया, "क्यों? कमरे में पर्याप्त स्थान है, यहीं कहीं कोने में पड़े रहेंगे।"

"नहीं!" झटके के साथ शिरीषा बोली। "मैं अभी करती हूँ इनके सोने का प्रबन्ध। आप चुर रहें।"

यह कहकर उसने एक दास से कहा, ''जाओ, द्वारी को तुरन्त बुला लाओ।''

दास थोड़ी ही देर में एक आदमी को साथ लेकर आया, जो सम्भवतः द्वारी का सहायक था। शिरीषा ने कहा, ''द्वारी कहाँ है? वह क्यों नहीं आया?''

सहायक बड़ी विनम्रता से बोला, ''जो आज्ञा हो, मुझसे कहिये, मैं करूँगा। द्वारी कहीं आवश्यक काम से गया है।''

''देखो!'' शिरीषा बोली, ''हमें इस कक्ष के अतिरिक्त एक और छोटा-सा कक्ष चाहिए, जहाँ ये दास रात में सो सकें।''

''दासों के सोने के लिए तो किसी कक्ष का प्रबन्ध हो जायेगा, पर दासियों के लिए कोई प्रबन्ध नहीं हो सकता।'' सहायक ने विनम्र किन्तु दृढ़ स्वर में कहा।

''कोई बात नहीं। दासों को तो कोई कक्ष दो। कक्ष तो तुम्हारे इस धर्मावसथ में अनेक ऐसे दिख रहे हैं, जिनके बाहर ताले लगे हैं। सम्भवतः वे सभी खाली ही होंगे?''

''ठीक है, मैं अज्जा से पहले ही निवेदन कर चुका हूँ कि दासों के लिए तो मैं कक्ष का प्रबन्ध कर दूँगा, पर दासियाँ तो आप ही के साथ रहेंगी।'' सहायक का संक्षिप्त किन्तु सुदृढ़ उत्तर था।

''अच्छा दासों को ले जाओ, और पास ही कोई अलग कक्ष उन्हें दे दो। दासियों के लिए प्रबन्ध हो जायेगा।''

लाचार, दासियों का प्रबन्ध करना पड़ा। हमारे कक्ष के दरवाजे के पास की भूमि के ऊपर दो बिस्तर पास-पास बिछवा दिये गये। दासियाँ प्रसन्न भाव से वहीं पर आराम से लेट गयीं। शिरीषा बड़ी देर तक उनसे बतियाती रही और उनका हाल पूछती रही। कहाँ उनका मायका है, कितने भाई हैं कितनी बहनें, कौन-कौन इस समय जीवित हैं और कहाँ हैं, कौन किसके यहाँ काम करता है, भाई उनकी परवरिश की कुछ चिन्ता करते हैं या नहीं, इससे पहले वे दोनों कहाँ काम करती थीं, क्यों काम छोड़ देना पड़ा—इसी तरह के बहुत-से प्रश्न उसने दोनों दासियों से अलग-अलग किये। खाना हमने खा लिया था। द्वारी जो खाना लाया था उसके दो भाग करके मैंने एक हिस्सा शिरीषा को दे दिया था। उसके पहले थकावट दूर करने की जो औषधि द्वारा लाया था उससे थोड़ा-सा पेय भी मैंने उसे दे दिया था, जिसे पीकर सचमुच उसकी थकावट दूर हो गयी थी—ऐसा लगता था। इसीलिए दोनों दासियों से बतियाने में उसे मजा मिल रहा था और थकान का कोई चिह्न उसके कण्ठस्वर में नहीं मिल रहा था, वरन् वह बड़े उत्साह से दोनों से बातें करने में रस ले रही थी। इधर मेरा यह हाल था कि मेरी थकान कुछ विशेष दूर नहीं हुई थी। मैं चुपचाप एकान्त में लेटकर, भविष्य के बारे में बहुत-सी बातें सोचता हुआ सो जाना चाहता था। पर शिरीषा की बातों से मेरा ध्यान बँट जाता था और मैं मन ही मन बुरी तरह खीझने पर भी उससे कुछ कह नहीं पाता था।

दासियों से और शिरीषा की बातों से इतनी बात तो मेरे आगे स्पष्ट हो गयी कि दोनों भले घरानों की लड़कियाँ हैं और समय के फेर से दासी-वृत्ति अपनाने को

बाध्य हुई हैं। अपने माता-पिता की निपट निर्धनता, वरन् निःस्व अवस्था के कारण उन्हें जिस दुर्गति का शिकार होना पड़ा है उसमें वे प्रसन्न रह सकती हैं—यदि उन्हें वेतन के रूप में दो-चार पण साधारण दासियों की अपेक्षा अधिक मिल जायँ और उनके साथ प्रभुओं का व्यवहार भद्र पुरुषों का-सा और न्यायोचित एवम् दयापूर्ण हो। अन्त में एक दासी ने बड़े ही मृदुल, करुणापूर्ण और सुस्पष्ट शब्दों में शिरीषा से अत्यन्त अनुनय-विनय के स्वर में कहा, "मालिकिन, आप दोनों बड़े ही उच्च और प्रतिष्ठित वंश के लगे हमें। इसलिए आपकी सेवा करके हम दोनों धन्य हो जायेंगी, ऐसा मेरा विश्वास है। बस हमारी दयनीय स्थिति का ध्यान रखते हुए आप जैसा भी काम हमसे लेंगे, हम अवश्य आप लोगों को पूर्ण सन्तुष्ट रख सकेंगे, यह विश्वास मैं आपको दिलाती हूँ। हमें एक से एक बढ़कर ऊँचे घराने के प्रसिद्ध और प्रतिष्ठित परिवारों में काम करने का सुयोग प्राप्त हो चुका है और हम जानती हैं कि भद्र परिवारों में किस तरह के काम किस ढंग से करने होते हैं। श्रेष्ठी लक्ष्मीदत्त तो हमें अपने यहाँ से कहीं आने ही नहीं देना चाहता था। वह हममें से प्रत्येक को बीस-बीस पण प्रतिमास वेतन देता था और समय-समय पर पुरस्कार और एक-एक बढ़िया वस्त्र अलग। मेरे पिता ने एक बार अपनी एक छोटी-सी भानजी के विवाह के सिलसिले में मुझसे सौ पण उधार देने कहा। मैंने श्रेष्ठी लक्ष्मीदत्त से पिता की कठिनायी बतायी। श्रेष्ठी ने बिना एक क्षण के विलम्ब के उसी समय मुझे डेढ़ सौ पण दे दिया और कहा, "यह सारी रकम मैं तुम्हें और तुम्हारे पिता को उपहार के रूप में देता हूँ। यह ऋण नहीं है, पारितोषिक है।"

शिरीषा ने पूछा, "तब ऐसे उदार दानी के यहाँ तुमने काम क्यों छोड़ा?"

"सेठ का लड़का बड़ा ही आवारा है। एक दिन उसने अकेले में मुझे छेड़ना शुरू किया। मैं मारे डर के चिल्ला उठी और सेठ ने मेरी आवाज सुन ली। वह दौड़ा-दौड़ा नीचे वाले कक्ष में आ पहुँचा और लड़के को बुरी तरह डाँटता हुआ उसका हाथ खींचता हुआ उसे ले गया। उसके बाद सेठ के बहुत अनुरोध करने पर भी मैं नहीं रुकी और काम छोड़कर चली आयी।"

मैं चुपचाप सुन रहा था, पर उसके बात कहने के लहजे में एक ऐसा पेंच मुझे लगा कि मैं बहुत रोकने पर भी बरबस फिक्क करके हँस ही तो पड़ा। मैंने कई दासियों को किसी के यहाँ काम छोड़ने का ठीक यही कारण बताते हुए स्वयं अपने यहाँ कई बार सुन रखा था। सम्भवतः यह कारण बताते हुए वे अपनी चारित्रिक श्रेष्ठता का परिचय तो देना ही चाहती थीं और इस तरह के सत्य या मिथ्या विवरण द्वारा वे अनजाने ही परोक्ष रूप से यह बात भी प्रकट कर डालती थीं कि उनका रूपाकर्षण कितना प्रबल है और वे रूपाजीवा की वृत्ति भी दासीत्व की आड़ में अपनाती रही हैं।

मेरा आकस्मिक हास्य-विस्फोट सुनकर वह चालाक और अपने पेशे में चतुर दासी बोल उठी, शिरीषा से प्रश्न करने के बहाने, "अज्ज मेरी बात सुनकर अकस्मात् अट्टहसित क्यों हो उठे? अभी तक तो चुप थे और मैं सोचती थी कि वह सो गये हैं? सम्भवतः मेरी बात पर अविश्वास करके वह हँस उठे हैं।"

शिरीषा ने इस बात का कोई उत्तर नहीं दिया और एकदम मौन बनी रही। मैंने देखा, यह दासी भाषा पर भी कितना अधिकार रखती है। अपनी बात के रस को और अधिक रस-सिक्त करने के लिए उसने 'अट्टहसित' शब्द को एक नया प्रयोग दे दिया। मैंने देखा कि उस ढीठ नारी की बात से निरुत्तर रह जाना अपनी अभद्रता को और भी अधिक तीखा रूप देने के बराबर होगा, इसलिए तत्काल के लिए सब संकोच त्यागकर अपने पलंग पर लेटे-लेटे मैंने कहा, ''तुम्हारी बात पर विश्वास करके मैं नहीं हंसा, परन्तु सेठ के आवारा लड़के की ढिठायी की बात सोचकर मैं रह न सका और अट्टहास करने की इच्छा होने पर भी रह गया।'' कहकर मैं चुप होने ही जा रहा था कि उसे एक हलकी-सी कृत्रिम और क्षणिक खाँसी आते देखकर मैं समझ गया कि वह शिरीषा से नहीं, मुझसे लम्बी वार्ता करने की ढिठायी करने की मनःस्थिति में आ गयी है।

मैं तुरन्त बोल उठा, ''बस, अब चुप करो और सोने की चेष्टा करो। मुझे भी बड़ी नीन्द आ रही है।'' मैंने तुरन्त करवट बदलकर मुँह फेर लिया। कक्ष में एक ओर बढ़ा-सा मिट्टी का दीपक अभी तक जल रहा था। मैंने उसी दासी से कहा, ''तनिक उठकर यह दीप बुझा दो।'' वह चुपचाप उठी और दीप बुझाकर सावधानी से लेट गयी। मेरी आँखें झपकने लगी थीं और दूसरे ही क्षण मैं नींद से अचेत हो गया।

सबेरे जब मेरी आँखें खुलीं तो मैंने उस दासी को सामने खड़े पाया। वह भले ही विशेष सुन्दरी न हो पर उसकी आँखों के नीचे के मृदुमन्द कटाक्ष में एक ऐसी अव्यक्त-सी छलना मैंने देखी कि वह मुझे सचमुच आकर्षक लगने लगी। मेरी संकोच-भरी आँखों से आँख मिलाते हुए उसने बड़े ही नाटकीय ढंग से कहा, ''देर हो गयी। मन्दिर का घण्टा बहुत देर से बज रहा है। मैं अज्ज की क्या सेवा कर सकती हूँ?''

''एक पात्र में कहीं बासी पेय जल ले लाओ। बड़ी प्यास लगी है।''

''बासी क्यों? मैंने नीचे कुएँ से अभी ताजा पानी भरकर कलश में रख दिया है।'' उसने कहा।

मैं बोला, ''नहीं, मुझे बासी जल ही चाहिए। मेरे वैद्य ने मुझे सबेरे उठते ही बासी जल पीने को कहा है।''

''जो आज्ञा,'' कहकर वह चली गयी और थोड़ी ही देर में एक रजत-पात्र में पानी ले आयी।

''यह रजत-पात्र तुम्हें कहाँ से मिल गया?'' मैंने आश्चर्य से पूछा।

''द्वारी के पास पात्र सुरक्षित रखा था। आप ही के समान महानुभावों के लिए वह इसे सुरक्षित रखता है। द्वारी की मुझपर विशेष कृपा रहती है।''

''हूँ। यह बात है? अच्छा, तो लाओ।'' अपनी खीझ को सहज रूप देने का प्रयास करते हुए मैंने कहा।

हमारी बातें सुनकर शिरीषा भी अपने पलंग पर उठ बैठी। बोली, ''अरे, लगता है, जैसे द्विप्रहर हो गया। गवाक्ष से आती हुई सूर्य की प्रखर किरणें सीधे मेरी आँखों को कोंच रही हैं। मैं तो समझ रही थी कि अभी विभावरी नहीं बीती।''

''आज तो शुद्ध वक्रोक्तिपूर्ण भाषा का प्रयोग कर रहे हो।'' मैंने व्यंग्य के लहजे में कहा।

●

# 18

# नया संकट

"हटो, बड़े आये वक्रोक्ति के सिद्ध अधिकारी बनकर बोलने वाले। अभी तक दासी से जिस प्रकार की बातें कर रहे थे वे सब मैंने सुन ली हैं। वक्रोक्ति-विशेषज्ञ तुम बन रहे हो या मैं?"

सुनकर मैं 'होः होः' करके विकृत अट्टहास कर उठा। वैसे तो मुझे उसके व्यंग-वचन सुनकर बड़ा क्रोध आ रहा था और जी चाहता था कि दासी के आगे ही उसका अपमान करते हुए कुछ कड़ा उत्तर दूँ। पर किसी संस्कारवश ही मुझे समय पर ज्ञान आ गया (किसी पूर्व अनुभव से नहीं—क्योंकि इस सम्बन्ध में मेरा कोई पूर्व अनुभव था ही नहीं) कि किसी स्त्री को ऐसे अवसरों पर कोई उत्तर ही नहीं देना चाहिए—मौन ही सबसे बड़ा उत्तर है—विशेष करके मौन अट्टहास। पर मैं तो मौन नहीं वरन् प्रकट अट्टहास कर चुका था, इसलिए चुप रहा। मैं जान गया था कि मेरा अट्टहास शिरीषा के अन्तर में बुरी तरह शूल के समान गड़ चुका होगा, इसलिए मैं निश्चिंत था।

पर मुझे शिरीषा की वह ईर्ष्यात्मक प्रतिक्रिया बड़ी ही प्यारी लग रही थी। अभी तक मैं इस सम्बन्ध में सन्दिग्ध था कि शिरीषा सच्चे हृदयगत लगाव से मेरे साथ निकल पड़ी है या अपने किसी स्वार्थ की सिद्धि के उद्देश्य से प्रेरित होकर मुझे केवल अपना एक साधन बनाकर, मेरी नाक में डोरी डालकर नाथे लिए चली जा रही है। नारी जाती कि इस तरह की स्वार्थसिद्धि सम्बन्धी चतुराइयों के बहुत-से किस्से मैं पढ़ चुका था और इतना अनुभव तो मुझे हो ही चुका था कि नगरवधू मदनसेना की यह बहन स्वार्थसिद्धि की सभी कलाएँ इसी वय में सीख चुकी है। इसलिए उसे साथ लेकर चलने में मुझे तनिक भी सन्तोष या चैन नहीं मिल रहा था। बार-बार मन यही कहता था—'यह क्या बला तुम अपने साथ ले आये। यह कभी तुम्हें दम-भर के लिए भी चैन नहीं लेने देगी।'

इसलिए जब आज सबेरे-सबेरे मैं अनजाने उसके मन में तीखी ईष्या का भाव जगा सकने में समर्थ हुआ तब अपने भीतर के भीतर मैं एक विचित्र पुलक की भावना का अनुभव करने लगा और मेरा हृदय गुदगुदा उठा।

दासी ने बिना मेरी कुछ कहे ही एक एकान्त स्थान में मेरे नहाने का प्रबन्ध पहले ही कर दिया था। उठकर मैं प्रायः सभी प्रातः क्रियाओं से निबटने चला गया। शिरीषा

से मैं एक शब्द भी नहीं बोला। जब नहा-धोकर ऊपर लौटा तब भी एक आवश्यक क्रिया शेष रह गयी थी। सन्ध्या पूजा मैंने अभी तक नहीं की थी। दासी कहीं काम से गयी हुई थी। कक्ष में शिरीषा अकेली बैठी हुई एक छोटा-सा शीशा बाएँ हाथ में लेकर दाएँ हाथ से बाल संवार रही थी। मैं बोल ही उठा, "क्या तुम नहा चुकी हो? चलो तनिक टहल आयें और उत्कर्षिणी माता के दर्शन कर लो।"

मैं दर्शन कर आयी हूँ और तुम अकेले जाकर दर्शन कर लो।

"दासी को साथ न ले जाऊँ?" मैंने दुष्टतापूर्वक मुस्कराते हुए पूछा।

"दासी पहले ही चली गयी है, वह तुम्हारी ही प्रतीक्षा में खड़ी है।"

"कहाँ?"

"मन्दिर के द्वार पर।"

"तब तो ठीक ही है। मैं सन्ध्या-पूजा वहीं कर लूँगा।"

"एक दिन सन्ध्या-पूजा नहीं भी करोगे तो कौन बड़ी हानि हो जायेगी।"

"हानि तो शायद विशेष कुछ भी नहीं होगी, पर आज मेरा मन बहुत खिन्न है, तनिक शान्ति चाहता हूँ।"

"मेरे साथ तुम क्या अभी से इस सीमा तक अशान्ति का अनुभव करने लगे हो? अभी तो हम उज्जयिनी पहुंचे ही नहीं। जाओ, तुम बड़े छलिया लगते हो। मुझ अनाथिन को इस तरह पथ पर भटकाकर कहीं का नहीं छोड़ना चाहते हो।" कहती हुई वह जैसे बरबस सिसकती हुई रो पड़ी।

मैं घबराया कि सबेरे-सबेरे वह क्या काण्ड मचाने जा रही है। एक धर्मावसथ में जहाँ स्थान-स्थान के अपरिचित लोग इकट्ठे हैं वहाँ दासियों, दासों और धर्मावसथ के बहुत-से कर्मचारियों के आगे मेरी प्रतिष्ठा को यह जाति-कुल-हीन नारी क्या एकदम मिट्टी में मिलाकर ही रहेगी?

अनागत भविष्य की विकरालता की कल्पना से आतंकित होकर मैं एकदम सचेत हो गया। बड़ी ही फुर्ती से मैंने उसके आगे अपने दोनों हाथ जोड़ दिये और उसके पलंग पर ही एक किनारे बैठ गया। जुड़े हुए हाथों को उसके पाँवों तक ले जाकर मैंने अपना सिर झुका लिया और बड़ी ही करुणामयी वाणी में अपने सहज झंकार-भरे स्वर में बोला, "देवि, तुम यह क्या करती हो। मेरा जाना या अनजाना अपराध क्षमा करो। मुझमें तुमने ऐसी नीचता क्या देखी कि यह सन्देह करने लगी हो कि तुम्हें अपने साथ लेकर बीच पथ में ही तुम्हें भटकने को छोड़ दूँगा? तुम्हें छोड़ने से मुझे क्या मिलेगा? तुम क्या यह सोचती हो कि मैं तुम्हें किसी के हाथ बेचकर भाग निकलूँगा?"

"तुम्हारे मन में यही बात तो है। तुम मुझे बड़े ही अर्थलोभी और घोर स्वार्थी लग रहे हो। तुम्हें कितना अर्थ चाहिए? जितना चाहिए उससे अधिक दूँगी मैं तुम्हें। कृपा करके मुझे अपनी दीदी के यहाँ वापस पहुँचा दो।"

मैं स्तब्ध था और सोच नहीं पा रहा था कि उस पगली नारी को क्या कहकर सान्त्वना दूँ। मैं अपने भीतर से उफनते हुए सारे क्रोध को बरबस अपनी जीभ की जड़ में ही दबाकर साक्षात् दीनात्मा बन गया और आन्तरिक पीड़ा से भरे हुए आर्त स्वर में बोला, ''मेरी भोली शिरीषा, तुम जैसा कह रही हो, मैं सचमुच वैसा ही, वरन् उसके भी अधिक नीच हूँ। अभी तक तो मैं तुम्हारी दृष्टि में एक साधारण परदेसी पथिक हूँ। तुमसे परिचय हुए अभी केवल दो-ही दिन हुए हैं। इतने ही अर्से में तुम मेरा नाड़ी-नक्षत्र कुछ भली भांति जान चुकी हो, तुम्हारी बातों से मुझे यही लगता है, जबकि मैं तुम्हारे मन का और तुम्हारे व्यक्तित्व का कणमात्र भी नहीं समझ पाया हूँ। अभी तक मैं तुम्हारे मन के अन्धकार में टटोल-टटोलकर तुम्हें जानने की असम्भव चेष्टा कर रहा हूँ। जो भी हो, मैं पहले ही तुमसे अपने अनजाने अपराध के लिए क्षमा माँग चुका रहा हूँ। अब फिर दुगनी सच्चायी और सहृदयता से तुमसे क्षमा-याचना करता हूँ। तुम मेरी सच्ची उत्कर्षिणी महादेवी हो। देवि, इस अर्थलोभी नीच प्रकृति परदेशी को अपनी सहज उदारता से क्षमा कर दो। यह नीच, भिखारी सचमुच तुम्हें बेचकर अर्थवान् बनना चाहता था। इसकी इस दुर्मति के लिए, इसके महापराध के लिये इसे क्षमा कर दो। अपनी करुणा से इसके सभी पापों को धो दो। तुम महान् हो और भगवती की ही तरह उदार हो। क्षमा! क्षमा! देवि, क्षमा! इससे अधिक मैं क्या कहूँ।''

शिरीषा हिरनी की तरह विस्मित दृष्टि से मुझे देख रही थी। मेरी सरल स्वीकारोक्ति का अच्छा प्रभाव उसपर पड़ रहा था, यह मैं स्पष्ट देख रहा था। वह क्षमादान के लिए उत्सुक थी और सम्भवतः अपनी उसी भावना को व्यक्त करने के लिए उद्यत ही थी कि मैं सहसा बोल उठा, ''तुम क्या कहना चाहती हो, यह मैं जानता हूँ, पर पहले मेरा एक विनम्र निवेदन और सुन लो। वैसे तुमने अपने सहज संस्कारगत प्रेरणा से ठीक ही समझ लिया है। मुझ तपस्वी पर दया करके तुम इस अंकिचन की आर्थिक सहायता बड़ी उदारता से कर सकोगी, इसमें अब मुझे कोई सन्देह नहीं रहा, इसलिए मैं अब निश्चिन्त हो चुका हूँ। फिर भी मेरी एक बात सुन लो। मैं वैसा ही दीन-दरिद्र-बटमार और अर्थ-लोलुप क्यों न होऊँ, इतना जाने रहो कि मेरे पितृ-पितामह कोट्टयाधीश हैं। वे चाहें तो सम्पूर्ण उज्जयिनी के विशाल वैभव को चुटकियों में मोल ले सकते हैं। मैं अपने पिता की सारी सम्पत्ति का एकमात्र उत्तराधिकारी हूँ। फिर भी अकिंचन और दरिद्री बना रहता हूँ और सुन्दरी, सुशिष्ट और सुसंस्कृत लड़कियों को भगाकर उन्हें बेचकर अर्थ कमाने का पेशा मैंने बना लिया है। एक बात और तुम्हारी जानकारी के लिए बता दूँ—विश्वास करो या न करो। किसी नारी—विशेष करके नवयुवती नारी के प्रेम-सम्पर्क में आने का यह मेरा पहला ही अनुभव है, और उस पहली युवती के सम्पर्क में आते न आते मुझे जो बातें सुननी पड़ रहीं हैं, उनसे अपमानित होकर मेरे मर्म का कण-कण जल-भुनकर राख हो गया है। यह सब होने पर भी मैं बड़े धैर्य वाला हूँ और राख का ढेर बने हुए अपने मर्म को फिर से लौ के ढेर में बदलकर उस राख को शिव की मंगलमय विभूति में परिणत करने की समर्थता रखता हूँ। एक रात और शेष रह

गयी है। हम लोग कल ही दोपहर उज्जयिनी पहुँच जायेंगे, मैं ऐसा सोचता हूँ। तब तक शान्त रहो, कोई अवांछनीय काण्ड न करो। दासियों, परदेसी यात्रियों और धर्मावसथ के कर्मचारियों की प्रतिष्ठा पर कोई आँच न आने दो। सारी उज्जयिनी और उसके आस-पास का अंचल मेरे प्रतिष्ठित कुल से परिचित है। यदि किसी रूप से मेरे पिता, चाचा और पितामहों तक इस व्यवहार को—अर्थात् तुम्हें अपने साथ ले चलने की बात का आभास भी कानों-कान पहुँच जाय तो मेरा घर को लौट चलना ही दूभर हो जायेगा।''

शिरीषा स्तब्ध आँखों से इस तरह मेरी ओर देख रही थी कि लगता था जैसे उसकी आँखें पूरी तरह से पथरा चुकी हैं। वह स्पष्ट ही मेरी इतनी बातें सुनने पर भी अभी तक असमंजस में थी। यह सम्भव ही नहीं हो सकता कि उसने उस युग के एक से एक बढ़कर धूर्त, लम्पट और वँचक यात्रियों के किस्से सुने ही न हों, जो अपने वाक्-चातुर्य से भले घर की और उच्च से उच्च कुल की जवान लड़कियों को अवसर पाकर अपने कब्जे में करके उन्हें पतन के घोर रसातल में डाल देने में कोई भी बात उठा नहीं रखते। सम्भवतः मैं उसे एक घोर धूर्तराज की तरह लग रहा होऊँगा, जिससे मुक्ति पाने का कोई रास्ता ही अब उसे दिखता नहीं था। उसने अपनी पथराई आँखें नीची कर लीं और अपना सिर घुटनों पर रख दिया।

''कहो, शिरीषा रानी,''—मैंने अपने स्वर में परिहास का पुट देते हुए कहा, 'क्या सोच रही हो अब? ठीक-ठीक बताओ, अब भी तुम क्या मदनसेना के पास लौट जाना चाहती हो या इस धूर्तराज के साथ उज्जयिनी जाने के लिए सच्चे मन से तैयार हो? अभी बहुत विलम्ब नहीं हुआ है। अभी तुम्हारे लिए दोनों रास्ते खुले हैं।''

अब की वह फफकने लगी थी। फफकने का स्वर धीरे-धीरे चढ़ता ही जा रहा था। मैं देख रहा था कि वह अपने आर्तहृदय के भाव-प्रवाह को संयत करने के उद्देश्य से जी-तोड़ परिश्रम कर रही थी। मैं भ्रान्त अवस्था में चुपचाप बैठा हुआ यह सब नाटक देख रहा था। जब काफी देर बाद वह कुछ स्थिर हुई तब सहसा उसने न जाने क्या सोचकर, अपने मुँह पर से वस्त्र हटाकर मुझसे प्रश्न किया, ''तुम्हारा नाम क्या है?''

सुनकर मुझे बरबस हँसी आ गयी। मैंने कहा, ''पिछले दो दिनों तक मेरे निरन्तर सम्पर्क के बाद अब तुम्हें होश आया और मेरा नाम इतनी देर बाद पूछ रही हो। कवि-गोष्ठी के सम्बन्ध में जब मदनसेना ने मेरा नाम घोषित किया था तब भी तुमने ध्यान नहीं दिया?''

''मदनसेना ने अर्द्धस्फुट स्वर में कुछ अवश्य कहा था, पर मेरी बगल में एक बच्चा दहाड़ मारकर किसी कारण से रो रहा था, इसलिए चाहने पर भी मैं ठीक से कुछ सुन न पायी। बोलो, क्या है तुम्हारा नाम?''

''तो सुना। मेरा नाम है सौमिल्ल।''

''सोमिल्ल? यह नाम तो [illegible]ुन रखा है।'' फिर कुछ क्षण याद करने के बाद उत्साह से बोली, ''क्या तुम आचार्य जीवदत्त के शिष्य हो?''

"तुम्हें कैसे मालूम?"

"आचार्य जीवदत्त मेरे मामा के मित्र हैं। मेरे मामा सम्पुटभट्ट पुरन्दर क्षेत्र के प्रसिद्ध ज्योतिषी और गणितज्ञ हैं। एक दिन आचार्य जीवदत्त मेरे मामा से किसी कारणवश मिलने आये हुए थे। मामा ने बात ही बात में आचार्य से उनके गुरुकुल का हाल पूछा और गुरुकुल के छात्रों के रहन-सहन और पठन-पाठन के बारे में कुछ प्रश्न किये। तभी आचार्य ने अपने कुछ 'योग्य' शिष्यों के सम्बन्ध में कुछ विशेष बातें बतायी। अपने जिन शिष्यों के नाम उन्होंने लिए उनमें सौमिल्ल का नाम विशेष आग्रह के साथ लिया।"

अब स्तम्भित होने की बारी मेरी आयी। "तब क्या बताया आचार्य ने?" मैंने अत्यन्त उत्सुकता से पूछा।

"उन्होंने सौमिल्ल की प्रखर बुद्धि और प्रतिभा की विशेष प्रशंसा की और यह भी कहा कि वह निकट भविष्य में एक महा-नाटककार और महाकवि के रूप में प्रसिद्धि पा जायेगा।"

"पर तब से 'निकट भविष्य' का समय तो पूरा भी हो चुका होगा और मैं हूँ कि मैंने अभी तक न तो कोई नाटक ही लिखा, न कोई महाकाव्य।"

"क्यों, मदनसेना की निजी गोष्ठी में सबेरे ही तो तुमने कुछ छिटपुट छन्द सुनाये थे, जिसपर बड़ा साधुवाद तुम्हें मिला था। यह बात बाद में स्वयं मदनसेना ने मुझसे कही थी। तुम कोई नाटक या महाकाव्य लिखते क्यों नहीं? आचार्य जीवदत्त की वाणी कभी अन्यथा नहीं जाती। तुम यदि इस ओर प्रयत्नशील नहीं होगे तो आवारागर्दी में ही तुम्हारा सारा यौवन बीत जायेगा, यह मैं भी तुमसे कहे देती हूँ। मैं एक महान् ज्योतिषी की भाँजी हूँ इतना याद रखो।"

उसकी बात सुनकर मेरे मन के बहुत भीतर के सूक्ष्म तार में कहीं विकट पीड़ा-दायक खरोंच-सी लगी। उसे मैं झंकार नहीं कहना चाहता। मैं जानता था कि मुझमें प्रतिभा है और यदि मैं साहस बटोरकर पूरी लगन से कोई साहित्यिक कृति लिखने बैठूँ तो एक अच्छी कृति रच सकता हूँ। पर इस ओर मैं एकाग्रचित्त हो ही नहीं पाता था।

"तुम बहुत ही सटीक बात कह रही हो, शिरीषा। तुम निश्चय ही मेरी परम हितैषिणी हो, पूर्व जन्म से ही तुमने मेरे हित में बहुत किया है और बहुत कुछ करना चाहा है। पर मैं अभागा कभी तुम्हारा उपदेश मानकर कभी नहीं चला। शायद उसी बात का यह फल है कि मैं जन्म से जन्मान्तर भटकते हुए जीवन के सम्बन्ध में कभी अपना कोई निश्चित लक्ष्य निर्धारित नहीं कर पाया हूँ—केवल इसी जन्म में नहीं, किसी भी जन्म में नहीं। मैं निश्चिय ही इस जन्म में अपने आवारापन को संयत करने का पूरा प्रयत्न करूँगा।—यह प्रेरणा मुझे अभी तुम्हीं से मिली है। मुझपर सदा इसी प्रकार कृपा रखा करो शिरीषा, अन्यथा मेरा सुधार कभी नहीं होगा और मैं अपनी जन्म-जन्मान्तरीण यायावरी से कभी मुक्ति नहीं पा सकूँगा। इस जन्म में तो मेरी यायावरी अभी आरम्भ

ही हुई है, पर मैं जानता हूँ कि यह प्रवृत्ति इस जन्म में भी अन्त तक मेरा साथ नहीं छोड़ेगी, यदि मैं अभी से सावधान न हो जाऊँ तो। शिरीषा, तुमने समय पर मुझे सचेत कर दिया, इस बात के लिए मैं तुम्हारा चिर-ऋणी रहूँगा। अच्छा, अभी एक तात्कालिक काम की बात हो जाय। मैं उज्जयिनी पहुँचते ही पहले तुम्हें नाट्य सन्घ में भरती करूँगा, तब कोई दूसरा काम। इस सारी यात्रा में सब समय तुम्हारी ही बात सोचता रहा हूँ, मेरी इस बात पर विश्वास करो, शिरीषा। हम दोनों यदि कभी एक क्षण के लिए परस्पर विश्वास खो देंगे तो हमें कितनी बड़ी क्षति उठानी पड़ेगी, इसकी कल्पना भी तुम नहीं कर सकती हो। तुमने इन्द-उर में यही न मुझसे कहा था कि तुम्हारे भीतर अभिनय-कला के जो बीज छिपे हैं उनके पनपाने का कोई सुयोग तुम्हें नहीं मिल पाया है, जबकि तुम्हारे जीवन की एक-मात्र महत्त्वाकांक्षा यही है कि किसी प्रतिष्ठित मंच में निजी प्रतिभा के अनुसार अभिनय करके तुम विद्वज्जनों और नाट्य कला के योग्य पारखियों के बीच यश प्राप्त कर सको। यही तो आशय था तुम्हारे कथन का कि नहीं?''

''हाँ, मैं कुछ इसी तरह की बात तुमसे कहना चाहती थी।'' तनिक खुले हुए स्वर में शिरीषा ने कहा।

मुझे इस बात की प्रसन्नता हो रही थी कि विषयान्तर की चर्चा चलने से शिरीषा अब धीरे-धीरे ठिकाने पर आने लगी थी।

मैंने कहा, ''मैं सोच रहा हूँ कि तुम्हें अब यथाशीघ्र अपनी दबी हुई प्रतिभा के प्रदर्शन की सुविधा मिलनी चाहिए। अब अधिक विलम्ब करने से तुम्हारी जन्मजात प्रतिभा कुण्ठित भी हो सकती है। इसलिए मैं इस हड़बड़ी में हूँ कि उज्जयिनी पहुँचते ही तुम्हें अपने परिचित नाट्य सन्घ में भरती करा दूँ। उक्त नाट्य सन्ध के प्रमुख श्रेष्ठी प्रहर्ष वर्मा हैं। उनका लड़का प्रचेत वर्मा मेरा बचपन का साथी है। उस संस्था में नये आये हुए अभिनेताओं और अभिनेत्रियों को अभिनय की शिक्षा दी जाती है, अभिनय कला के सिद्ध आचार्यों द्वारा। और जब वे अभिनय कला में सिद्ध हो जाते हैं तब उनसे प्रधान या किसी विशेष मंच पर प्रतिष्ठित श्रोताओं के आगे विशिष्ट ही नाटकों का अभिनय कराया जाता है। जो अभिनेत्री या नर्तकी उस विशिष्ट रंगमंच के प्रतिष्ठित श्रोताओं और दर्शकों की आँखों में अपनी विशिष्ट अभिनय-कला या नर्तन-कला के कारण चढ़ जाती है उसकी ख्याति का प्रचार बड़ी द्रुतगति से देश के चारों ओर फैल जाता है। क्योंकि वे प्रतिष्ठित श्रोता विभिन्न देशों से उज्जयिनी के विश्व-प्रसिद्ध रंगमंचों पर सर्व-सामान्य और दूर-दूर तक विख्यात महाकवियों द्वारा रचित नाटकों का अभिनय देखने के लोभ से दूर-दूर से आते हैं और अभिनय अच्छा होने पर उसके अभिनेताओं और अभिनेत्रियों के कला-कौशल की चर्चा की चर्चा सर्वत्र करते रहते हैं। किसी अभिनेत्री की ख्याति, बिना उसका अभिनय देखे हुए भी, इसी तरह प्रचारित और प्रसारित होती है। क्योंकि उज्जयिनी के पारखियों द्वारा जिन अभिनेताओं और

अभिनेत्रियों की नाट्य-प्रतिभा सकार ली जाती है वह देश में सर्वत्र बिना किसी तर्क के अकाट्य रूप से केवल मान्य ही नहीं, अत्यन्त सम्मान्य मान ली जाती है। उज्जयिनी के कला-पारखी आज विश्व-विख्यात हैं। इसलिए उज्जयिनी ही तुम्हारे देशव्यापी सुयश-ख्याति के प्रसार के लिए सर्वाधिक उपयुक्त केन्द्र हो सकता है। सब कुछ सोचने और समझने के बाद ही मैंने तुम्हें उज्जयिनी ले जाने का निश्चय किया है। मैं जानता हूँ कि तुम्हारे मन से अभी तक यह संदेह दूर नहीं हुआ है कि मैं एक भण्ड, निपट पाखण्डी धूर्तराज हूँ, जो बड़ा लम्पट, विश्वास के अयोग्य,सर्वथा निष्कर्मा, दासियों से प्रेम करने वाला लम्पट और नारी-विक्रेता, अधर्मी और अनाचारी है। समय ही तुम्हें बता सकेगा कि मैं क्या हूँ, प्रेम के सम्बन्ध में मेरी धारणाएँ क्या हैं और मेरे विचार अन्तर की किस गहरायी या ऊँचाई को छू सकने में समर्थ हैं। वैसे तुम्हारी इस धारणा से मैं सहमत हूँ कि मैं एक आवारा, अव्यावहारिक और जीवन की वास्तविकता से एकदम भटका हुआ, अनुभवहीन साधारण युवक हूँ।''

''मैंने यह तो कभी नहीं कहा कि तुम एक भटके हुए, अनुभवहीन, या नासमझ युवक हो। बल्कि इसके विपरीत धारणा ही मेरे मन में तुम्हारे सम्बन्ध में बनी है।'' बीच ही में मेरी बात काटती हुई शिरीषा सहसा बोल उठी।

''यह ठीक है कि तुमने ऐसा कहा नहीं है। पर जो कुछ मेरे बारे में तुमने कहा है, उसका तात्त्विक आशय यही होता है–मेरी इतनी बात मान लो और इस सम्बन्ध में मुझसे आगे किसी तरह की बहस न करो। और यदि तुम्हारा आशय यह नहीं भी रहा हो तो एक सच्ची बात मैं तुमसे कहता हूँ, उसे ध्यान से सुन लो। मैं स्वयं अपने भीतर यह अनुभव करता रहता हूँ कि वास्तव में मेरे भीतर वे सब प्रवृत्तियाँ वर्तमान हैं, जो तुमने कही हैं–या नहीं कही हैं, जो कुछ तुमने मेरे सम्बन्ध में सोचा है–या नहीं सोचा है, पर जिनका उल्लेख स्वयं मैंने अभी किया है–उन्हीं प्रवृत्तियों से मेरा आशय है। परन्तु साथ ही तुम्हें यह भी सोच लेना चाहिए कि मैं वही सब-कुछ नहीं हूँ। मुझे ठीक से समझने में तुम्हें अभी बरसों लगेंगे, शिरीषे! अभी तत्काल केवल इतना-भर सोच और समझ लेना तुम्हारे लिए हितकर होगा कि मुझसे बढ़कर तुम्हारा सच्चा हितैषी आज, इस क्षण, दूसरा इस विश्व में कोई नहीं है–सम्भवतः उद्‌घस्सिनी माता को छोड़कर।''

उद्‌घस्सिनी माता का उल्लेख मेरे मुख से सुनते ही बहुत देर से म्लान और धूमिल पड़ी शिरीषा की आँखें जैसे सहसा चमक उठीं और दूसरे ही क्षण एक शुद्ध, सहज और निष्कपट मुस्कान से उसका सारा मुखमण्डल चमक उठा। मैंने स्पष्ट ही व्यंग्य में ही उद्‌घस्सिनी माता का उल्लेख किया था पर जब शिरीषा मेरे व्यंग्य से तिलमिलाने की बजाय अकपट भाव से मुस्करा उठी तब मेरा कुण्ठित मनोभाव भी जैसे सहज ही मुस्करा उठा। देखकर मैं उसके प्रति भक्ति और श्रद्धा की भावना से इस सीमा तक विह्वल हो उठा कि सचमुच तत्क्षण उसके दोनों चिकने और कोमल चरणों को छूने के उद्देश्य से उद्यत होकर, वास्तव में आगे बढ़कर, तनिक झुका, पर फिर हास्यास्पद बनने की

आशंका से तत्काल रुक गया। उस क्षण में उद्भासित मुस्कान ने एक ऐसी अलौकिक आभा उसके मुख पर बिखेर दी थी, जो केवल उत्कर्षिणी देवी को ही सुहा सकती थी। वह उत्कर्षिणी देवी, जिसकी प्रेरणा का उद्देश्य जन्म-जन्म के संस्कारों से निरन्तर पाप-पंक की गहराइयों में डूबे हुए और महामोहजाल में फँसे हुए नीच स्त्री-पुरुषों को निरन्तर ऊँची चोटियों पर स्थित रत्न-जड़ित स्वर्णिम लोक की आनन्दमयी चिदाभा की ओर कर्षित करते रहना है। और जो अभ्यस्त पापी बार-बार उत्कर्षित किये जाने पर भी फिर-फिर अपने उसी पाप-कुण्ड में डूबने के लिए आकर्षित होते रहते हैं, जिससे उन्हें महादेवी का प्रसाद निरन्तर ऊपर उठाता रहता है, क्योंकि उन्हें उपर बहुत ऊँचाई पर स्थित उस कल्पनातीत स्वर्णभास का कोई भान ही नहीं है। शिरीषा के सुन्दर मुख की तत्कालीन चिन्मयी दीप्ति मुझे एक बार फिर उन्हीं कनक-शिखरों तक खींच ले गयी, जिनकी झाँकी जीवन के अपूर्व रहस्यात्मक क्षणों में मुझे किसी महिमामयी महामाया के प्रसाद से अनेक बार पहले भी मिल चुकी थी। मैंने पुलक-प्रकम्पित होकर बरबस अपनी आँखें मूँद लीं और कुछ क्षणों के लिए मैं मोहाच्छन्नता में निमग्न हो गया। केवल किसी सुन्दर नारी की ही माया की प्रेरणा से वह अलौकिक अनुभूति मुझे होती थीं। मैंने अपने अन्तर्लोक में देखा कि शिरीषा भी मेरा उसी आराध्या नारी-मूर्ति का ही एक रूप है, कोई दूसरी नहीं। न वह उस नगरवधू मदनसेना की बहन है जो अपने को असत्य की कई लपेटों से ढककर सुन्दर, सौम्य, सम्मोहक और सम्पन्न नागरिकों को अपनी झूठी कलाओं से अपकर्षित करना ही अपने जीवन का ध्रुव लक्ष्य बनाये हुए है, न वह कोई भोली सरला और मुग्धा नारी है, जो मेरे यौवन-मद के दुर्धर्ष प्रताप से सहज ही मेरे वश में हो सकती है, न वह उस पापपूर्ण युग की प्रपंच-भरी विडम्बनाओं से ग्रस्त और उस सन्त्रस्त युग की जटिलताओं से अनभिज्ञ एक साधारण नारी है, न उसे किसी ऐसे सहृदय, सहायक और समर्थ पुरुष की कोई आवश्यकता है जिसके बल पर आश्रित होकर वह अपना उद्धार कराना चाहती है। मैंने सोचा, मेरे समान अपनी ही अहंता के सुदृढ़ आवरणों में अबिच्छिन्न रूप से बंधा युवक उसका उद्धार करने की समर्थता नहीं रखता, वह स्वयं अपनी महामहिम माया से सारे जग को तूफानी वातावरण में फंसे हुए सूखे तिनकों की तरह जहाँ भी और जिस तरह भी चाहे, नचा सकती है। अभी मुझ मूर्ख ने उसे जाना ही क्या है। मैंने नितान्त सरल और सच्चे भाव से उस महामाया को मन ही मन प्रणाम करते हुए भावमग्नता की स्थिति में अपने ही अन्तर में कहा, "हो महामाये, मेरे दम्भ को क्षमा करो और मुझ अहम्मन्य के अन्तर्प्राणों को झकझोर कर इसका उद्धार करो। इसका दर्प चूर्ण करके इसे अपने पैरों तले कुचल डालो। अन्यथा इसकी अहंता महिषासुर का रूप धारण कर लेगी, हे दर्प-दलनी, महिषासुर-विर्मदिनी माता, इसे सरलता और सहजता का उचित मार्ग दिखाओ, अन्यथा यह भटककर कहाँ से कहाँ कूद मार सकता है और किसी अगम, अन्ध तमिस्र रसातल में गिर भी सकता है।"

अपनी अपूर्व स्नेहमयी इज्जा से बिछुड़े मुझे कुछ ही दिन हुए थे, पर इतने अत्यल्प समय के भीतर ही मेरे बिछोह ने कुछ ऐसा विकट रूप ले लिया था कि मैं उसकी बिछोह-वेदना सहन कर सकने में अपने को निपट अक्षम पा रहा था और किसी भी सहृदय युवती में तनिक भी आत्मीयता का आभास पाते ही मुझे तत्काल अपनी विदेशी माता की याद आ जाती और प्रत्येक सुन्दरी और स्नेहमयी नारी का रूप मेरे अन्तर में माँ के पूर्ण व्यक्तित्व के रूप में सहज ही उद्भासित हो उठता था और केवल उसी रूप में मेरा आवारा मन रम पाता था। मेरे चिर-अनाथ मन को जैसे सारी विश्व-प्रकृति में एकमात्र माँ की ही खोज थी। मेरा पूर्ण विकसित यौवन अपने विभ्रान्त क्षणों में किसी प्रेयसी की खोज में भटक रहा था। शायद अनजाने काल और कल्पना-लोक के अनजाने ही देश में बीच-बीच में उसकी खोज चल रही थी, पर मेरा अन्तर्व्यक्तित्व बिना माँ के स्नेहाश्रय के क्षणभर भी चैन की सांस नहीं ले पा रहा था। शिरीषा के प्रति मेरे पूर्वोक्त मानसिक उद्गारों से भरी भावुकता का केवल यही कारण मैं समझता हूँ।

मेरे अन्तर में शिरीषा के प्रति उक्त रूप के उद्गार उमड़ ही रहे थे कि सहसा दासी मुझे मेरे स्नान-ध्यान का प्रबन्ध करने का आश्वासन देकर कहीं किसी अज्ञात स्थान में चली गयी थी, वह सहसा लौट आयी और शंक्ति भाव से बोली, ''अज्ज ने अभी तक स्नान किया या नहीं?''

इस बीच शिरीषा जो शायद अपने अन्तर के कुछ बिखरे-से स्वप्नों में खो गयी थी, अकस्मात् दासी का कण्ठ-स्वर सुनकर सजग हो गयी और तनिक डांट भरे तथापि कोमल स्वर में बोल उठी, ''इतनी देर तक तुम कहाँ रहीं? तुमने एक बार भी मुझसे नहीं पूछा कि मुझे किस बात की आवश्यकता है? तुम देख रही हो कि अज्ज अकेले नहीं हैं मैं भी उनके साथ हूँ। दासत्व करना है तो भली भाँति मन लगाकर करना चाहिए तभी तुम्हें भी लाभ हो सकता है।'' शायद 'लाभ' शब्द की जादू-भरी भनक कानों में पड़ते ही शिरीषा की भी डाँट का दासी पर पर्याप्त प्रभाव पड़ा। तब वह बड़ी म्लान मुस्कान के साथ पश्चात्ताप-भरे और अनुनयपूर्ण स्वर में बोली, ''अज्जा, मुझसे भारी भूल हो गयी, मैं स्वीकार करती हूँ। कल सँझा से ही मेरा मन इस संशय से भ्रमित हो रहा था कि आप अज्ज के साथ आयी हैं या आप कोई अकेली भटकी हुई नारी हैं।''

अब की शिरीषा बहुत बिगड़ गयीं। अपने स्वर को एकदम तीखा बनाती और उसमें पर्याप्त कटुता घोलती हुई-सी बोली, ''भटकी नारी के लिए इस धर्मावसथ में क्या कोई दूसरा अलग कक्ष नहीं मिल सकता?''

''इस धर्मावसथ में अक्सर ऐसे भटके हुए यात्री देर-सबेर आते ही रहते हैं जिन्हें मुख्य द्वारी या दूसरा कोई कर्मचारी किसी परदेसी और अनजान पथिक के साथ एक ही कमरे में ठूँस देते हैं। अज्जा के सम्बन्ध में भी मुझे, न जाने क्यों, कुछ ऐसा ही भ्रम हो गया था। मैं बहुत ही दुःखित और लज्जित हूँ, मुझे इस बार क्षमा कर दें।''

उसका उत्तर सुनकर शिरीषा काफी नम्र पड़ गयी। शायद दासी की मुखमुद्रा और बोलने के ढंग से उसे विश्वास हो गया था कि वह कुछ बनावटी बात नहीं कह रही है, सत्य ही बोल रही है।

मुझे जैसे सहसा कुछ स्मरण हो आया। मैंने कुछ खीझ के साथ कहा, "तुम्हारे साथ की दूसरी दासी कहाँ है? सबेरे से ही उसका कोई पता नहीं मिल रहा है।"

"वह अपने किसी आत्मीय से बतिया रही है। मैं अभी उसे बुला लाती हूँ।" कहकर वह चली गयी।

उसके चले जाने पर शिरीषा ने धीरे से कहा, "ये दोनों दासियाँ मुझे तो बड़ी रहस्यमयी लग रही हैं। इन्हें अपने साथ ले जाना खतरे से खाली नहीं लगता।"

मैंने तनिक गम्भीर और शान्त भाव से उत्तर दिया, "तुम ठीक कहती हो, बात मुझे भी कुछ ऐसी लग रही है। पर मेरा तुमसे एकान्त अनुरोध है कि हमें इस बात पर ध्यान देते हुए चलना है कि हम अनजान पयिक हैं और आज युग बहुत बदल गया है। अपनी पुरानी आदतें न तुम छोड़ सकोगी और न मैं। बिना किसी दासी का आश्रय पकड़े न तुम्हारा कोई काम चल सकेगा, न मेरा। इसलिए उचित तो यही होगा कि हम सभी कठिनाइयाँ सहकर भी, किसी भी मूल्य पर दासी या दासियों को अपना बनाये रहें। शायद ये दोनों इस पेशे में अभी नयी हैं और जन्म से ही दासियाँ नहीं हैं। सम्भवतः युग के चक्रजाल में फंसकर इन्हें विपत्तियों की मार को सहने की विवश होना पड़ा है, वे स्वयं नहीं समझ पा रही हैं कि इस नयी परिस्थिति में किस प्रकार का व्यवहार करना चाहिए और किस व्यक्ति का आश्रय पकड़ना चाहिए और किसका नहीं। अपनी विवशता से वे परेशान हैं और बड़ी उलझन में पड़ी हुई हैं। हमारे राज्य का व्यापार बहुत बढ़ गया है, और लोग विदेशों से बहुत धन उपार्जित कर रहे हैं। दासियों की माँग बहुत बढ़ गयी है, पर दासियाँ अधिक धन कमाने के लिए या तो विदेशी व्यापारियों के साथ भाग रही हैं या यहीं कोई दूसरा पेशा अपना रही हैं। इसलिए यह समझ लो कि उन्हें किसी सम्पन्न व्यक्ति के आगे गिड़गिड़ाने की कोई आवश्यकता नहीं रह गयी है। युग की माँग है कि अब अपने प्रतिदिन बल्कि प्रतिपल के स्वार्थ की रक्षा के लिए उन्हें हर हालत में, हर उपाय से अपनाना होगा। अब यही देखो न, हम लोग उज्जयिनी जा रहे हैं। मेरी इस समय कुछ ऐसी विचित्र स्थिति है कि मैं वहाँ अभी कुछ समय तक तुम्हें अपने साथ नहीं रख पाऊँगा। तुम्हें कुछ काल के लिये किसी अलग स्थान में रहना होगा। वहाँ, परदेश में, बिना किसी दासी की सहायता के, एक पल काट पाना भी दूभर हो उठेगा। इसलिए, यह अत्यन्त आवश्यक है कि कोई पूर्ण विश्वासपात्री दासी सब समय तुम्हारे साथ रहे और प्रतिपल तुम्हारी देखभाल करती रहे। इसलिए मैं तुम्हारी ही हित के लिए तुमसे कह रहा हूँ कि इन दोनों दासियों के साथ सब समय बड़ी विनम्रता से पेश आओ और इन्हें समय-समय पर कुछ द्रव्य अकारण ही देती-दिलाती

रहो। यदि ऐसा न करोगी तो बड़ी विपत्ति में पड़ जाओगी। मैं यही सोचकर सबेरे से उस दासी के साथ बड़े ही विनयपूर्ण स्वर में, विनम्रता से बातें कर रहा था, जिसका अर्थ तुमने कुछ का कुछ लगा लिया था। तुम्हारी मनःस्थिति इस यात्रा में प्रारम्भ से ही बहुत कुछ भ्रान्त और अव्यवस्थित-सी हो रही है। इसलिये समय की माँग को शान्त भाव से समझने का प्रयास करो और चित की स्थिति को तनिक भी डाँवाडोल न होने दो।"

# 19

# दासी-प्रसंग

"तुम तो अपनी बातों से मुझ पहले ही से डरी हुई भीरु नारी को और अधिक डरा रहे हो!" काँपते हुए स्वर में शिरीषा बोली। "बार-बार 'समय की माँग' की बात बता रहे हो। मुझे तो अभी तक यही नहीं मालूम कि समय में क्या बदलाव आया है और क्यों। मैं तो अपने ही ऊटपटांग और बेमेल सपनों में सब समय खोयी रहती हूँ। बाहर की किसी भी बात का कोई पता मुझे नहीं है।"

"तुम भूल रही हो, शिरीषे," अपने स्वर में करुण कोमलता घोलते हुए मैंने कहा, "तुम्हीने तो उस दिन उज्जयिनी से इन्द्र-उर आते हुए रात उस धर्मावसथ के सभा-गृह में मुझे बताया था—नहीं, तुमने नहीं, शायद तुम्हारे साथवाली साध्वी ने बताया था कि तुम लोग तक्षशिला में मची हुई भगदड़ से आतंकित होकर भाग आयी हो—अन्यथा तुम्हें वहाँ बड़ा आराम था। जानती हो, यह भगदड़ वहाँ क्यों मची हुई है?"

"नहीं, मैं नहीं जानती। तुम्हें यदि कोई समाचार मिला हो तो तुम्हीं बताओ न! क्यों मची है वहाँ भगदड़?"

"अपनी सूचना और अनुमान के बल पर मैं अभी केवल इतना ही तुम्हें बता सकता हूँ कि उत्तर-पूर्वी सीमान्त प्रदेश में इस समय शक, पल्लव और हूण आक्रामकों का प्रयोग बढ़ रहा है। यह महादेवी की ही कृपा है कि अभी ये तीनों आक्रामक जातियाँ आपस में ही लड़-मर रही हैं। पर आगे उनसे बड़ा खतरा है। राजकीय गुप्त विदेशी विभाग से सम्बन्धित एक प्रभावशाली युवा कर्मचारी मेरा मित्र है। उसका कहना है कि वहाँ भीतर ही भीतर विभिन्न विभागाध्यक्षों के बीच आपस में प्रतिदिन बड़े ही गुप्त और गूढ़ परामर्श हो रहे हैं और स्थिति बड़ी गम्भीर बतायी जा रही है। स्वयं महाराजाधिराज बहुत चौकन्ने हो उठे हैं और अपने सीमान्त-स्थित सैन्याध्यक्षों से नित्य गुप्त परामर्श करते रहते हैं। भविष्य क्या होगा, यह कोई नहीं जानता। लोगों में तरह-तरह की अफवाहें फैल रही हैं और सम्पूर्ण जन-मन आतंकित है। पर मेरा तो निश्चित मत है कि विशेष भय का कोई कारण नहीं है। महाराजाधिराज स्वयं बड़े वीर, प्रतापी और यशस्वी योद्धा और सेनाध्यक्ष हैं। वह स्वयं अपनी देख-रेख में विदेशी आततायियों पर आक्रमण करने की योजना बना रहे हैं। और प्रत्याक्रमण की यह कार्यवाही अब जल्दी ही आरम्भ होने जा रही है। कुछ ही दिनों की कार्यवाही से सीमान्त आततायियों से

मुक्त हो जायेगा और सर्वत्र फिर पहले की-सी शान्ति छा जायेगी। तुम्हें किसी तरह की कोई असाधारण चिन्ता करने की कोई आवश्यकता नहीं है।..."

"मुझे इस समय केवल एक ही बात की चिन्ता सता रही है।" शिरीषा जैसे डरते-डरते, दबे हुए स्वर में बोली।

"किस बात की चिन्ता?" मैंने पूछा।

'वह यह कि हम लोग संसार की सारी बातों से चिन्तामुक्त होकर केवल रंगमंच-सम्बन्धी बातों को ही महत्त्व देते हुए उज्जयिनी की ओर भागे जा रहे हैं। क्या राज्य-भर की ऐसी आतंकित स्थिति में भी तुम्हें क्या रंगमंच का कोई भविष्य दिख रहा है?"

मैं उसका संयत प्रश्न सुनकर कुछ सम्भला, पर साथ ही हास्य की एक लहर मेरे अन्तर को गुदगुदाने लगी। मैंने कहा, "तुम इस प्रश्न के सम्बन्ध में निराश क्यों हो रही हो? मुझे तो सब कुछ सोचने और समझने पर कुछ ऐसा लग रहा है कि रंगमंच का भविष्य विशेष ही रूप से उज्जवल होने की ओर बढ़ रहा है। ज्यों-ज्यों वर्तमान के काल्पनिक या वास्तविक आतंक का प्रसार होता जायेगा, त्यों-त्यों विनोद की मांग भी बढ़ती जायेगी। ऐसे ही युगों में रंगमंच और सार्वजनिक विनोदों के दूसरे साधनों की ओर जनता अधिकाधिक आकर्षित होती है। विनोद के साधनों में यदि वृद्धि न हो तो जनता जीयेगी किस अवलम्ब को लेकर? तुम ऐसे उपयुक्त समय पर रंगमंच की ओर आकर्षित हो रही हो, शिरीषा, कि मुझे तो तुम्हारा भविष्य बहुत ही उज्जवल दिख रहा है। मेरी जो 'रंगमंच शिक्षा-प्रकरण' नाम की पुस्तक को पढ़ने में इधर तुम तल्लीन दिखती हो, उसको तुमने कैसा पाया? क्या उससे कुछ शिक्षा ग्रहण कर रही हो? वह तुम्हारे बड़े काम की पुस्तक है। भास के कितने नाटक तुमने पढ़ डाले? उनमें कौन नाटक तुम्हें विशेष पसन्द आया?"

"भास का 'स्वप्नवासवदत्ततम्' तो मैं कई बार पढ़ चुकी हूँ। पर अन्य नाटक मुझे कुछ रुचे नहीं। तुम्हारी रंगमंचीय शिक्षा-सम्बन्धी पुस्तक सचमुच बड़े काम की निकली। अभी देखते जाओ, इस विषय में किसी काम की सिद्धि हुई या नहीं, मैं अभी से कुछ नहीं कह सकती। अच्छा, तुम्हारे पास देवी-माहात्म्य विषयक कोई पुस्तक होगी?"

"मैं आज अपनी पिटारी टटोलकर देखूँगा। सम्भवतः इस विषय की एक अच्छी पुस्तक मेरे पास होगी, मुझे स्मरण आ रहा है।"

"तब अवश्य टटोलकर देखना। रंगमंच की अपेक्षा मुझे अब देवी-महात्म्य अधिक महत्त्व का लगने लगा है। बिना देवी की कृपा के कोई एक पग भी किसी भी क्षेत्र में आगे नहीं बढ़ सकता है, यह विश्वास मेरे भीतर बहुत जोर मारने लगा है।"

मेरे भीतर के भी भीतर फिर एक बार हास्य की लहर का प्रवेश बढ़ने लगा। रंगमंच की अपेक्षा देवी-महात्म्य का महत्त्व शिरीषा को क्यों अधिक प्रभावशाली लगने लगा है,

इसका कारण भी मेरे आगे स्पष्ट से स्पष्टतर होता जा रहा था। मैंने उसकी बात का कोई खण्डन नहीं किया।

इतने में कमरे के बाहर, द्वार के पास दोनों दासियाँ आपस में बतियाती हुई, मंद-मंद मुसकान मुख पर झलकाती हुई बड़े आत्म-विश्वास के साथ आ खड़ी हुई। देखकर मैं बहुत आश्वस्त हुआ। दोनों के मुखों पर इस बार पूर्ण आत्मविश्वास की प्रतिच्छाया सुस्पष्ट झलक रही थी—न जाने क्यों।

"आइये, आइये, स्वागत है।" मैंने उठकर दोनों हाथों की विशेष मुद्रा से उन्हें भीतर बुलाते हुए कहा। मेरी मुद्रा से दोनों तनिक संकुचित होती-सी दिखीं। शिरीषा एकाग्र ध्यान से एक बार मेरी ओर और एक बार दासियों की ओर सशंकित और साथ ही कुछ विस्मित दृष्टि से देख रही थी। जब वे दोनों जूते उतारकर, पांवपोश पर पांवों को रगड़कर पोंछती हुई भीतर प्रविष्ट हुई तब मैंने पास ही एक तख्त की ओर दोनों हाथों से संकेत करते हुए उन्हें बैठने को कहा। मेरे इस नाटक से दोनों का संकोच और अधिक बढ़ता दिखा। तख्त पर मैंने पहले ही से एक पतला-सा कालीन बिछा दिया था। दोनों बड़े तख्त पर बैठ ही गयीं—इस बार उनके मुखों पर संकोच का लेश नहीं दिखा। पर मैं कनखियों से देख रहा था कि शिरीषा कटु व्यंग-भरी दृष्टि से मेरा वह नाटक देख रही थी।

शिरीषा की उस दृष्टि की तनिक भी परवाह न करते हुए मैंने दासियों से पूछा, "सबसे पहले अपने अन्तर से हास्य-स्फोट का कारण बताइये। किस घटना को देखकर आप दोनों हास्य से इस सीमा तक गुदगुदा उठी कि लगा जैसे विस्फोट होना ही चाहता है। कृपया मन के इस विस्फोट को दबाने का कष्ट न करें। मुक्त होकर हँसें जिससे हम भी उस आनन्द में भाग ले सकें, जिसने आप दोनों को इस कदर तरंगाकुल कर रखा है।"

जो दासी बातूनी थी, वह बोल उठी, "अज्ज अपने अतिरंजित सत्कार द्वारा हमें इस सीमा तक लज्जित कर रहे हैं कि लज्जा की मनःस्थिति में भी हम हास्य को दबा पाने में असमर्थ हो रही हैं। पहले अज्ज अपने इस अतिरंजित सत्कार का कारण बतावें।"

"आप दोनों को इसका कारण बताने की आवश्यकता ही क्या है? आप लोग इससे भी अधिक सत्कार के योग्य हैं।"

"यह अज्ज ने पहले से भी अधिक चुटीला व्यंग्य किया। हम समाज से और संसार से बुरी तरह दुरदुराई हुई सामान्य दासियाँ क्या किसी भी कारण से इस सीमा तक अपने प्रभु के सत्कार के योग्य हो सकती हैं?"

"अच्छा, पहले यह बताओं कि दासीगीरी करते तुम्हें कै बरस हो गये? क्या तुम जन्म से ही दासी हो?"

"नहीं, नहीं, अज्ज, विश्वास मानें हम दोनों उद्धस्सिनी मैया—"

दूसरी दासी झट बोल उठी, "उद्धस्सिनी नहीं, उत्कस्सिनी कहो।"

''ठीक है। उत्कस्सिनी मैया के कृपापूर्ण आदेश से हम प्रायः पिछले पन्द्रह दिनों से दासीधर्म को अपनाने के लिए बाध्य हुई हैं। अभी तक हमें इसी बात का पता नहीं चल पाया कि दासी धर्म्म का निर्वाह कैसे किया जाता है। अपनी इसी मूर्खता पर बातें करती हुई हम परस्पर हंसती हुई यहाँ चली आ रही हैं।''

''पर तुम दोनों में से अभी तक एक का भी नाम हमें मालूम नहीं हुआ। अब दोनों एक-एक करके अपना नाम हमें बताओ तभी पुकारने में सुविधा होती है।''

पहली वाली दासी जिससे सबेरे मेरी बातें हुई थीं, बड़े नाटकीय ढंग से घूँघट तनिक नीचे की ओर खींचती हुई मुँह तिरछा करके जीभ को चबचबाती हुई, बड़े ही मीठे और स्पष्ट स्वरों में बोली, ''मेरा नाम पाटला है।''

''वाह, क्या सुन्दर और मधुर नाम है।'' मैंने उसे उत्साहित करते हुए कहा।

दूसरी तनिक संकोच के साथ घूँघट बिना खींचे ही, तनिक मुस्कुराती और दाँतों को जान-बूझकर दिखाती हुई-सी पीछे की ओर मुँह करके बोली, ''और मेरा नाम है विद्याधरी।''

'विद्याधरी' शब्द उसने इतने धीरे से कहा कि मैं ठीक से समझ नहीं पाया कि वह विद्याधरी कह रही है या विद्यावती।

''क्या कहा, क्या कहा, तनिक स्पष्ट बोलो।''

शिरीषा ने मुझे डाँटते हुए कहा, ''तुम भी उच्चैःश्रवा बनते जा रहे हो। उसने स्पष्ट तो बता दिया है कि उसका नाम विद्याधरी है।''

''विद्याधरी! वाह, यह तो 'पाटला' से भी अच्छा नाम है। तुम यक्ष-लोक से आयी हुई दिखती भी हो। बहुत ही उपयुक्त नाम है, तुम्हारी आकृति से मेल भी खाता है।''

उसका रंग कुछ साँवला था—जिसे कहते हैं, उज्जवल श्यामवर्ण। नाक उसकी चिपटी थी, आँखें दो कौड़ियों की तरह लग रही थीं, अद्भुत कुरूप थी वह। अपनी मुखाकृति के सम्बन्ध में मेरे व्यंग की तनिक भी नहीं समझ पायी, ऐसा लगा। क्योंकि जब मैंने कहा कि तुम्हारा नाम तुम्हारी मुखाकृति से मेल खाता है, तब उस अत्यन्त भोली नारी के मुख पर एक तीव्र उल्लास छा गया था। मुझे उसपर दया-सी आने लगी। क्योंकि कुरूप होने पर भी वह सचमुच बहुत भोली थी और साथ ही स्वस्थ भी थी। दासी के रूप में वह मुझे पाटला से अधिक उपयुक्त लगी। मोटा काम कर सकने की क्षमता उसमें पर्याप्त थी। मैंने उसी की परीक्षा लेने के लिए कहा, ''देखो विद्याधारी, नीचे एक बड़ा-सा कलश रखा है, जिसका एक कान उखड़ा हुआ है। तुम आर्या के नहाने के लिए उसमें पानी भर कर ऊपर उठा लाओ। मेरे पार्श्व में जो एक छोटा-सा कक्ष है, वह सम्भवतः नहाने का ही कक्ष है। कलश और एक छोटी-सी लुटिया लाकर वहीं रख दो। बड़ी देर से आर्या स्नान के लिए बेचैन बैठी है।''

विद्याधरी परम प्रसन्न भाव से एक बार मेरी ओर देखकर सीधे नीचे चली गयी और आधी घड़ी के भीतर ही उस भारी कलश को अपने सिर पर रखकर ऊपर ले आयी।

कलश को लाते हुए उसका सारा शरीर एक विशेष ताल, गति और विशेष ही भंगिमा में लचक रहा था। उस बड़े-से पानी से भरे कलश को वह इस सहजता से ले आ रही थी जैसे वह एक छोटी-सी डलिया या खाली डोलची हो। फिर शिरीषा के पास जाकर बड़े ही प्रेम से बोली, "अज्जा, चलिये, नहाने के बाद बदलने के वस्त्र निकालो।" शिरीषा ने आवश्यक कपड़े निकालकर दे दिये और फिर प्रसाधन-मंजूषा को टटोलने लगी। "क्या खोज रही हैं? मैंने उबटन, तेल और दन्तमंजन आदि सभी आवश्यक सामग्री स्नान-गृह में रख दी हैं। अब चलिये।"

"कहाँ से लाकर रखी हैं तुमने ये सब चीजें?"

"अपनी एक आत्मीया से माँगकर लाई हूँ, जो मन्दिर के एक पुजारी की गृहिणी है।"

"द्रुत!" शिरीषा ने अवज्ञा के साथ कहा, "हटा लो उन सब चीज़ों को तुरंत। पुजारी की गृहिणी की चीजें मुझे नहीं चाहिए। मैं अपने ही उबटन से नहा लूंगी। लो यह केसरिया उबटन, लोध्ररेणु और दन्त-मंजन!" कहकर शिरीषा ने तीन-चार डिबियाँ विद्याधरी के हाथ में थमा दीं। विद्याधरी खेल ही खेल में डिबिया को खोलकर देखने और सूँघने लगी। उनसे ऐसी तीव्र सुगन्ध महक रही थी कि मैं तनिक दूर बैठा हुआ था, फिर भी मेरी नाक चंचल हो उठी।

विद्याधरी ने जब लोध्ररेणु की डिबिया खोली तो उसमें भरा हुआ चूर्ण उड-उड़कर उसकी नाक में, और आँखों में आने लगा। उसकी सुगन्ध और भी अधिक तीव्र थी। विद्याधरी बड़े ही भोले भाव से पूछने लगी, "अज्जा, यह चूर्ण किस वस्तु का है? देखने में भी इसका रंग सुन्दर है और सुगन्धि का तो कहना ही क्या है।"

"चल! चल! तुझे इस बात से क्या मतलब? बड़ी आयी परखने वाली! पुजारिन से जाकर पूछ लेना।"

शिरीषा ने यद्यपि खीझ-भरे कटु स्वर में वह बात कही थी, तथापि विद्याधरी तनिक भी विचलित नहीं हुई और 'हँ...हँ...हँ' करके हँसती हुई पूर्ववत् प्रेम-भरे स्वर में बोली, "अज्जा कहती हैं, पुजारिन से पूछ लेना। हँ...हँ...हँ! वह फूहड़ गँवार नारी भला प्रसाधन की ऐसी मूल्यवान सामग्री की बात क्या जाने। यह तो राज-रानियों के सिंगार की चीज है।"

इतने में पाटला, जो कि पास ही दीवार से पीठ सटाकर आराम से बैठी हुई थी, उचकती हुई-सी उठ बैठी और विद्याधरी के हाथ से डिबिया प्रायः छीनती हुई, उसे खोलकर कुछ क्षणों तक परीक्षा-सी की दृष्टि से देखती रही। फिर तनिक अवज्ञा का-सा भाव जताती हुई बोली, "अरे, यह तो लोघ्र रेणु है। लोघ्र के फूलों के भीतर का पराग निकालकर उसे सुखा देते हैं। और फिर उसमें सुगन्धि बसाकर उसका चूर्ण डिबिया में बन्द करके रख देते हैं। फिर उबटन के बाद स्नान करके इस चूर्ण को मुख पर मलते हैं, मुख का रंग इससे एकदम चमक उठता है। सचमुच पुजारिन जैसी फूहड़ स्त्रियाँ

इसे क्या जानें। वे तो माध्वीक के फूलों को पकाकर खाती हैं और आवश्यकता पड़ने पर उन्हीं फूलों को अच्छी तरह सुखाकर उन्हीं के चूरे को मुख पर मलती हैं।"

शिरीषा उस चतुर दासी की चतुराई से भरी बातें सुनकर प्रेमपूर्ण प्रसन्नता से मुस्कराने लगी। मैं सोचने लगा कि शिरीषा अभी जीवन की वास्तविकता से तनिक भी परिचित नहीं है। अभी उसमें इस बात की परखने की बुद्धि नहीं आयी है कि कौन दासी उसकी हितकारिणी सिद्ध होगी और कौन उसकी सच्ची सेवा कर सकने के योग्य है। केवल ऊपरी चतुराई से भरी बातें कर सकने वाली पाटला की तरह की दासी ही उसे रिझा सकती है और अपने अनुकूल लग सकती है।

मैंने विद्याधरी से कहा, "अब आर्या को जल्दी ही नहला दो। तुम बहुत ही अच्छी, सरल और कार्य-कुशल दासी हो। अच्छा आर्या को नहलाने के बाद तुम दोनों इस बात का पता लगा आओ कि कोई सार्थ यहाँ से उज्जयिनी की ओर जाने वाला है या नहीं। और यदि जाने वाला हो तो किस समय यहाँ से रवाना होगा।"

विद्याधरी शिरीषा का हाथ पकड़कर तनिक उलाहने के स्वर में बोली, "अज्जा, अब शीघ्रता करो और उठकर नहा लो। सार्थ के जाने का समय हो रहा है। देर करने से फिर कोई सार्थ नहीं मिल पायेगा।"

शिरीषा उसके रूढ़ झटके से खीझ उठी और झिड़कती हुई बोली, "चल हट! ग्राम्य नारी कहीं की। मैं स्नान नहीं करूँगी और कहीं नहीं जाऊँगी। सार्थवाह को शीघ्रता है तो जाने दो उसे। बड़ी आयी स्नान कराने वाली।"

मुझसे रहा न गया, मुझे बड़ा क्रोध आ रहा था शिरीषा के कटु व्यवहार से। दासियों के आगे कोई कड़ी बात कहना उचित न समझकर मैंने बड़े ही कोमल और प्रायः पुचकार-भरे स्वर में कहा, "शिरीषे! इतना क्रोध न करो। देखो, हम उज्जयिनी के इतने निकट आ पहुँचे हैं और मुझे वहाँ पहुँचने की उतावली हो रही है। आज ही सन्ध्या को हम वहाँ पहुँच जायेंगे। अब व्यर्थ विलम्ब करने से क्या लाभ? उठो, नहा लो, और त्वरित ही सामान बान्ध लो और पूरी तैयारी कर लो। उठो, भली नारी, मेरा इतना-सा अनुरोध मान लो तो हर तरह कल्याण है, अन्यथा..."

"अन्यथा क्या?" मेरे अनुनय से तनिक भी न पिघलकर वह उसी खीझ-भरे स्वर में बोली, "अन्यथा क्या मुझे फाँसी दे दी जायेगी?"

"भली नारी, उठो, यह क्रोध करने का समय किसी भी दशा में नहीं है। हम सभी का अपराध क्षमा करो, देवि!"

अन्त में मेरे बहुत गिड़गिड़ाने के बाद शिरीषा धीरे से उठी। मैंने मन ही मन आन्तरिक भाव से उत्कर्षिणी माता को धन्यवाद दिया।

शिरीषा शीघ्रता से नहाकर, मुख पर लोध्रचूर्ण मलकर, केशों में सुगन्धित तेल डालकर कन्घी-चोटी करके जब खुले हुए केशों की बहार दिखाती हुई लौटी और मुख पर जब उसने खूब घिस-घिसकर लोध्ररेणु मल लिया, तब विद्याधरी कृष्णसार हिरनी

की सुन्दर और प्यारी बच्ची की तरह मुग्ध भाव से पर्याप्त क्षणों तक उसकी ओर एकटक निहारती रही। वास्तव में उस समय उसकी स्वच्छता अद्भुत सुन्दर लग रही थी। मैंने पहली बार जाना कि शिरीषा वास्तव में किस सीमा तक सुन्दरी है। उसके मुख में भी एक अपूर्व सौम्य भाव आ गया था, उस कारण उसका सौन्दर्य जैसे सहस्रगुना बढ़ गया था। कभी तो वह पेशेवर अभिसारिका मात्र लग रही थी, पर दूसरे ही क्षण में उसके रूप में उस समय जो आश्चर्यजनक निखार आ गया था, वह प्रस्फुटित हो उठता था। इसका कारण प्रसाधन उतना नहीं, वरन् उसके भीतर के तत्कालीन सौम्य-भाव की प्रतिच्छाया ही थी। मैं उसी भाव पर मुग्ध होकर उसके मुख पर से अपनी आँखें हटा नहीं पा रहा था। और पुलकित होकर एकदम उसी ओर देख रहा था।

''वाह, इस समय तो तुम्हारा प्रसाधन वह चमत्कार दिखा रहा है, जैसा किसी सुन्दरी अभिसारिका में भी कभी नहीं देखा गया!'' मेरे मुख से यह मूर्खतापूर्ण बाणी फूट ही पड़ी।

''हटो!'' कहकर वह वहाँ से भीतर के उस पार वाले छोटे-से कक्ष में चली गयी।

''अरे, अब अधिक विलम्ब न करो!'' मैं बाहर से ही बोला, ''अमूल्य समय क्षण-क्षण करके बीतता जा रहा है।''

''क्या समय हुआ है?'' सुमधुर वाणी में शिरीषा भीतर से ही बोली।

मैं जल्दी-जल्दी कपड़े बदलकर बाहर जाकर समय जानने के लिए धर्मावसथ के उस स्थान पर गया, जहाँ घटिका यन्त्र रखा हुआ था। एक कर्मचारी ने देखकर बताया, सूर्योदय के बाद बीस घटिकायें बीत चुकी हैं। अपनी आँखों से देखने के लिए मैं भीतर पहुँचा जहाँ ताँबे के बर्तन में ताँबे की ही एक घटिका रखी हुई थी, जो पानी में डूबती जा रही थी—बीच में एक छोटे-से छिद्र की सहायता से। एक दास गेरु का एक टुकड़ा लेकर एक पत्थर पर यह लिखता जा रहा था कि सूर्योदय के बाद में कै बार घटिका डूब चुकी है। अन्तिम संख्या जो वह लिख रहा था पच्चीस थी। बाहर खड़े आदमी ने बीस बताया था। अस्तु।

मैं प्रायः दौड़ता हुआ अपने कक्ष की ओर गया और वहाँ शिरीषा एवम् दासियों को यह बताया कि कितना समय हुआ है और मेरे हिसाब से कितनी देर हो चुकी है।

''झटपट सारा समान बाँधो और सम्भालो। देर हुई जा रही है।'' मैंने कहा।

शिरीषा अभी तक भीतर वाले कमरे में ही थी और सम्भवतः सब कुछ सुन रही थी। वह वहाँ से दौड़ती हुई बाहर आयी और हड़बड़ी में किसी चीज से उसका पांव टकराया और वह गिरते-गिरते बची। विद्याधरी बाहर से तीन-चार दासों को बुला लायी। दासों ने सारा सामान सिर पर लाद लिया और हम सब चलने लगे। दोनों दासियाँ अपनी-अपनी पोटली पकड़कर तेज चाल से हमारे साथ चली जा रही थीं।

# 20

# सार्थवाह से पुनः भेंट

जब हम लोग उत्कर्षिणी माता के मन्दिर के पिछवाड़े सार्थ-आराम में पहुँचे तब सहसा एक सफेद पगड़ीधारी सज्जन से भेंट हो गयी। उसने मुझे पहचान लिया और मेरा अभिवादन करता हुआ बोला, ''ओह, मित्र सौमिल्ल, तुम भले मिल गये यहाँ। यहाँ तो निपट परदेश लगता है। तुम कैसे पहुँच गये?''

मैं उसे पहचान नहीं रहा था। मुझे उसकी बातों से बड़ा आश्चर्य हुआ। मैंने तनिक म्लान भाव से कहा, ''आर्य मुझे कैसे पहचान रहे हैं। मैंने तो आर्य को नहीं पहचाना। आर्य का नाम?''

वह व्यक्ति मेरी ओर एकटक, बड़े आश्चर्य की भावना से देखने लगा। उसने कहा, ''क्षमा कीजिये, मैं यह जानना चाहता हूँ कि आर्य का नाम सौमिल्ल है या कुछ और?''

''हाँ, इस नगण्य आवारा प्राणी को सौमिल्ल ही कहते हैं, पर आर्य ने यह कैसे जान लिया कि मेरा नाम सौमिल्ल है। आर्य से इसके पहले कभी मिलना हुआ, यह तो याद नहीं आ रहा है।

''अरे भाई, हम गरीबों की याद अब आपको क्यों आयेगी। अब तो आप प्रतिष्ठा प्राप्त कर चुके हैं, नगरवधू की सभा में बड़े-बड़े नामी नागरकों के बीच।''

सुनकर मैं स्तब्ध रह गया। मैंने तनिक भीत-भाव से कहा, ''आप तो कोई गूढ़ रहस्यवेत्ता ऐन्द्रजालिक जान पड़ते हैं। आपको इन बातों का ज्ञान कैसे और कहाँ से हुआ, जबकि स्वयं मुझ ही को अपने सम्बन्ध की इन बातों का कुछ भी पता नहीं है।''

मेरा पेंच-भरा और प्रतिरहस्यपूर्ण उत्तर सुनकर वह व्यक्ति बोला, ''अरे, भाई, यदि तुम सचमुच सौमिल्ल ही हो तो क्यों मुझे चक्कर में डालते हो? ठीक-ठीक उत्तर देना कि क्या आप इन्द-उर में नगरवधू मदनसेना के यहाँ खेले गये नाटक में श्रोताओं की प्रथम पंक्ति में नहीं बैठे थे? क्या आपने बाद में किसी स्वरचित नये काव्य से कुछ पंक्तियाँ नहीं सुनायी थीं?''

''हाँ भाई, आप ठीक कहते हैं,'' मैंने कहा। ''मैंने नाटक भी देखे थे, एक नहीं दो, पर कविता-पाठ नहीं किया था। पर यह आपको कैसे मालूम? आप भी क्या श्रोता-मण्डली के बीच बैठे थे? या किसी से आपको यह गुप्त समाचार कैसे प्राप्त हुआ?''

''आश्चर्य है कि इतनी देर तक भी आपने मुझे नहीं पहचाना। मैं वही सार्थवाह हूँ जिससे आचार्य जीवदत्त ने आपको मिलाया था। मेरा नाम स्यमंतक है। मेरे चर सभी

स्थानों में विचरते रहते हैं। एक चर जब इन्द-उर की यात्रा से लौटा तब उसने बताया कि आपको इन्द-उर से शीघ्र ही वापस आना था, पर किसी कारण आप हमारे सार्थ के साथ लौटे नहीं, वहीं रुक गये। सार्थ के दूसरे यात्रियों से पता लगाने पर ज्ञात हुआ कि आप नगरवधू मदनसेना के यहाँ विश्राम कर रहे हैं। सुनकर मैं भी दूसरे ही दिन मदनसेना के यहाँ चला आया। मदनसेना से मेरा परिचय बहुत पहले से है, जब मैं आप ही की वय का था। इसलिए मैं वहाँ बिना आडम्बर के सहज ही प्रेरणा पा गया। वहाँ छिपे-छिपे, दूर ही से, आपके सभी रंगढंगों पर नजर रखे रहा। उसके बाद मैं इन्द-उर से उज्जयिनी और उज्जयिनी से इन्द-उर के कई चक्कर लगा चुका हूँ। शिरीषा के साथ आपके पलायन का समाचार भी मुझे तुरन्त ही मिल गया था। तब से आपसे मिलने को मैं बहुत बेचैन था। सौभाग्य से आपके दर्शन माता की कृपा से यहाँ हो पाये, जहाँ आपके मिलने की कोई सम्भावना ही नहीं थी।''

उनकी बातें सुनकर मुझे भय-मिश्रित हर्ष हुआ। भय इस कारण कि वह उस सम्वाद को ले उड़ेगा और उज्जयिनी में सर्वत्र—विशेष करके आचार्य जीवदत्त के पास तक पहुँचा देगा, जिनसे मैं शिरीषा के साथ अपने पलायन की बात को विशेष रूप से छिपाना चाहता था। और हर्ष इस बात का कि उज्जयिनी तक की यात्रा उस अपरिचित तथापि अतिपरिचित सार्थवाह की सहायता और सहृदयता से अत्यन्त सुगम और सुविधाजनक हो जायेगी। मैंने समस्त संकोच त्यागकर सहज भाव से कहा, ''मुझे सचमुच बड़ी प्रसन्नता है कि आपसे दैवयोग से यहाँ मिलना हो गया। अब आप कृपया इतना प्रबन्ध कर दीजिये कि हम लोग आराम से उज्जयिनी पहुँच जायँ।''

''हम लोग, कौन-कौन?'' उसने पूछा।

''शिरीषा तो मेरे साथ है ही, साथ ही मैं दो दासियों को भी अपने साथ लाया हूँ।''

''बड़ी अच्छी बात है। भाग्य से एक ऐसा यान इस समय मेरे तत्त्वावधान में है जिसमें शिरीषा और आप दोनों पास-पास बड़े आराम से बैठ सकते हैं और यान-चालक मेरा अपना ही आदमी है। वह बहुत शीघ्र और बड़े ही आराम से आप दोनों को सन्ध्या के पहले ही उज्जयिनी पहुँचा देगा। रहीं दासियाँ। उन्हें भी मैं दूसरे यान में बिठा दूँगा। आप तनिक भी चिन्ता न करें। आइये मेरे साथ।'' कहकर वह हमें निर्दिष्ट यान की ओर ले गया। मैंने देखा, एक सुन्दर अश्वचालित यान, जिसपर बाहर से हरे रंग की पुताई की गयी थी। पुताई किये बहुत दिन नहीं हुए होंगे। वह धूप में इस तरह चमक रही थी कि लगता था यान अभी-अभी नया क्रय किया गया है। हरी जमीन पर पीले रंग के दो सिंह अगल-बगल पहरेदारों के रूप में बड़े रोब से खड़े थे और दोनों अपने दाँतों से एक झण्डा पकड़े थे। झण्डे पर महावीर हनुमान की वीर-भाव द्योतक लाल मूर्ति अंकित थी। देखकर मेरा हृदय हर्ष की हिलोर से उछल उठा।

''आइये, बिराजिये।''

शिरीषा और मैं धीरे से यान के पायदान पर पाँव रखकर भीतर चढ़ गये। यान के भीतर बढ़िया गद्देदार दो आसन परस्पर जुड़े हुए थे, जिनपर दो नये तकिये सजाकर

रख दिया गये थे। मैंने पहले शिरीषा को बिठाया, फिर स्वयं भी बैठ गया। बाहर की ताजा और ठण्डी हवा पसीने से तर हमारे मुखों पर जैसे पानी के छींटे मार रही थी। सचमुच बहुत ही आराम मिल रहा था यान के भीतर। दो दिनों की छोटी-मोटी परेशानियों के बाद पहली बार उस यान में अपूर्व शान्ति और सान्त्वना का अनुभव हो रहा था। सार्थवाह चला गया था। कुछ ही समय बाद वह लौटकर आया और उसने बताया कि दोनों दासियाँ भी एक दूसरे यान में आराम से बैठ गयी हैं। मैंने पहले ही से प्रहर्ष वर्मा के नाट्य सन्घ का पता एक कागज के टुकड़े पर साफ-साफ अक्षरों में लिख रखा था और उसमें अपना और शिरीषा के नाम भी नीचे लिख दिये थे। सार्थवाह से मैंने अनुरोधपूर्वक कहा कि वह पता दासियों को दे दें ताकि वे हमारा पता पूछकर निर्दिष्ट स्थान में चली आवें।

सार्थवाह पता पढ़कर मन्द-मन्द मुस्कराता हुआ चला गया और फिर आकर उसने बताया कि दासियों को कागज का टुकड़ा देकर उसने अच्छी तरह समझा दिया है कि उन्हें कहाँ जाना होगा। "आर्य अब निश्चित रहें।" इसके बाद उसने चालक से संकेत द्वारा रवाना होने के लिए कह दिया।

यान आगे बढ़ा। घोड़े प्रारम्भ में तनिक अड़ने लगे थे, पर चालक अपने सधे हुए हाथों से उन्हें तुरन्त ही रास्ते पर ले आया और यान चल पड़ा। मैंने आराम की साँस ली।

यात्रा में कोई विघ्न और कष्ट नहीं हुआ। कुछ मेवे मैंने एक छोटी-सी थैली में भरकर शिरीषा को सौंप दिये थे। रास्ते में बीच-बीच में उन्हें ही चबाते रहे। मार्ग के दोनों ओर के बदलते हुए दृश्यों का आनन्द लेते हुए हम लोग तीसरा प्रहर आरम्भ होने के पहले ही उज्जयिनी पहुँच गये। जहाँ पर सार्थ का यान रुका वहीं से उज्जयिनी की चहल-पहल आरम्भ हो गयी थी। मुझे ऐसा लग रहा था जैसे अनेक जंगलों और मरुस्थलों में बरसों भटकने के बाद अपनी प्यारी जन्मभूमि में माता की गोद में निर्विघ्न लौट आया हूँ। नगर की एक-एक झोंपड़ी, प्रत्येक अट्टालिका, प्रत्येक वीथी और प्रत्येक साधारण से साधारण विपणि जैसे अपने खोये हुए पुत्र का आलिंगन करने के लिए विकल हो रही थी। सार्थवाह भी कुछ ही देर बाद अपने यान में आ पहुँचा था। मैंने यान से उतरते हुए ही उसे देख लिया और हर्षोल्लासपूर्ण ध्वनि से उसका स्वागत करता हुआ उसके निकट पहुँच गया। उसे अपनी निर्विघ्न यात्रा का सुख-सम्वाद सुना चुकने के बाद मैंने कहा, "मित्र, क्या नाट्य सन्घ वाले चत्वर के पास तक हमें सामान के साथ पहुँचाने का कोई प्रबन्ध करने का कष्ट नहीं करेंगे?"

"क्यों नहीं, क्यों नहीं," कहता हुआ वह हड़बड़ी में नीचे उतर पड़ा। "आइये आर्य, मेरे इस यान में ही विराजने का कष्ट करें।"

मैं शिष्टाचार के झगड़े में तनिक न पड़कर शिरीषा का हाथ खींचता हुआ भीतर बैठ गया।

# 21

# नाट्य चत्वर में

जब हमारा यान चत्वर पहुँच गया तब मैं शिरीषा के साथ उतर पड़ा। यान-चालक के हाथ में कुछ पण थमाकर मैंने सीधे प्रहर्ष वर्मा की अट्टालिका के भीतर प्रवेश किया। ऊपर जाते हुए बीच वाले एक सोपान के पास एक दास मिला। मैंने प्रहर्ष वर्मा के सुपुत्र और मेरे घनिष्ठ मित्र प्रचेत वर्मा के सम्बन्ध में पूछा कि वह कहाँ है?

"भीतर ही बैठे हैं। आर्य का शुभ नाम?"

मैंने दास को अपना नाम बता दिया। वह भीतर गया और थोड़ी देर में लौट आया।

"आर्य पधारें!" कहकर वह हमें भीतर ले गया। प्रचेत वर्मा हमें बाहर अलिन्द पर टहलता हुआ मिला। उसके बदन में उत्तरीय वस्त्र नहीं था। मेरे साथ एक नारी को देखकर वह कुछ हड़बड़ा उठा। "बड़ी उमस है," कहकर वह सीधे अपने कमरे की ओर दौड़ा। "एक क्षण के लिए क्षमा करना मित्र," कहकर वह एक उत्तरीय वस्त्र सिर पर डालकर हमारे पास लौट आया और अनुनय-भरे स्वर में बोला, "चलो मित्र, पधारो! तुम्हारे साथ की आर्या को मैंने नहीं पहचाना!"

"यह शिरीषा है, इससे मेरा भी परिचय अभी हाल ही में हुआ है। बड़ी लाजवन्ती है। इसका परिचय बाद में दूँगा, चलो अपने कमरे में।"

हम दोनों प्रचेत के कमरे में गये। शिरीषा की ओर देखकर मैंने देहली पर से कहा, "शिरीषे, इधर ही चली आना!"

प्रचेत ने मेरी कठिनाई कुछ समझ ली, ऐसा लगा। वह मुझे बगल वाले कमरे में ले गया। वहाँ जब मैं एक भद्रासन पर आराम से बैठ गया, तब एक दास मेरे पास ही खड़े होकर पंखा झलने लगा। बड़ा ही सुख मिला, पंखा झलने से। आश्विन का महीना आरम्भ हो चुका था। उनसे नहीं होनी चाहिए थी। ऋतु में भी विपर्यय आते देखकर मैं चिन्तित हुआ। प्रचेत ने धीरे से कहा, "मित्र, अब बताओ अपनी शिरीषा का आख्यान—तनिक विस्तार से। इस कबूतरी को तुमने कहाँ पकड़ा और कैसे अपने अधिकार में किया? शील-स्वभाव से यह एकदम मानसरोवर की हँसी लगती है, कबूतरी कहकर मैंने बड़ी धृष्टता की है, क्षमा करना।"

"मैंने कहा, "मित्र, यह तुम्हारी जवानी की मस्ती है, जो तुमसे इस ढिठाई से बुलवा रही है। इसके पहले तो तुम नारियों के सम्बन्ध में बड़ी ही शिष्टता से बात किया करते

थे। अस्तु। शिरीषा एक अत्यन्त सौम्य प्रकृति की भद्र महिला है। वह दैवयोग से ही मुझे प्राप्त हो गयी है...'' कहकर मैंने अपने कण्ठ-स्वर को और भी नीचे उतार कर प्रायः फुसफुसाते हुए उसे सारा आख्यान सुना दिया। उसके बाद उसके कान में कहा, ''मैं इस गुप्त धन को अभी कुछ समय के लिए तुम्हीं को सौंपने जा रहा हूँ। इसकी प्रबल आकाँक्षा अभिनय-कला में पूर्ण सिद्धि प्राप्त करने की है। मैं जब तक लौटकर तुम्हारे पास आऊँ, तब तक तुम स्वयं ही इसे अभिनय की शिक्षा देना। यह ठीक है कि तुम्हारे हाथ में इसे सौंपना खतरे से खाली नहीं है। फिर भी तुम बचपन से ही मेरे सहपाठी और विश्वस्त एवम् घनिष्ठ मित्र रहे हो, इसी कारण इस बहुत बड़े दासित्व का भार मैं तुम्हें ही सौंपना चाहता हूँ। दूसरे किसी भी व्यक्ति के आगे इस विषय का उल्लेख तक नहीं किया जा सकता। अपनी कठिनाई मैं तुम्हें बता चुका हूँ, इसलिए अपने कर्तव्य-बोध से तुम तनिक भी नहीं डिगोगे, इस बात का पूरा विश्वास मुझे है।''

''तुम कब तक लौटोगे'' प्रचेत ने उत्सुकता से पूछा।

''कम से कम डेढ़ महीने का समय तो लग ही जायेगा। पर अभी से इस सम्बन्ध में निश्चित रूप से कुछ भी नहीं कह सकता। पर कुछ भी हो, मेरे लौटने या न लौटने के सम्बन्ध की जानकारी तनिक भी महत्त्वपूर्ण नहीं है। महत्त्वपूर्ण बात यह है कि मैं जब भी लौटूँ, शिरीषा को नाट्य-अभिनय में पूर्ण कुशल और परीक्षा में पूर्णतया सफल पाऊँ। इसका सारा दायित्व अकेले तुम ही पर है।''

''नहीं, अकेले मेरे ऊपर इसका दायित्व मत छोड़ो। इसका दायित्व एक और व्यक्ति पर मैं छोड़ना चाहता हूँ।''

मैं उसकी बात सुनकर और अधिक भयभीत हुआ। कातर स्वर में मैंने पूछा, ''किस पर?''

''मेरी बहन रत्नप्रिया से तो तुम परिचित ही हो। वह अभिनय कला में जैसी निपुण है, व्यावहारिकता में भी वैसी ही सिद्ध और कुशल है। मैं पथ के इस पंछी को पहले उसे ही सौपूंगा। इसमें इसकी भी सुरक्षा है, मेरी भी और तुम्हारी भी।''

मैंने आश्वस्त होकर बड़े ही स्नेह-भाव से कहा, ''मित्र, तुम मेरी अपेक्षा बहुत अधिक व्यवहार-कुशल, विश्वसनीय और चतुर हो। तुम्हें मैं क्या बताऊँ। मेरी कठिनाई समझकर मेरी लाज रखना।''

वह बोला, ''तुम निश्चिंत रहो। जब तुम दो महीने बाद लौटोगे तब तुम अपनी इस संगिनी की काया और माया ही पलटती हुई पाओगे। निर्भय रहो, चिन्ता की कोई बात नहीं है। केवल एक काम तुम्हें करना होगा, मैं सोच रहा हूँ कि इनका नाम अब तुम्हें बदल देना होगा। शिरीषा बड़ा ही फूहड़ नाम लगता है। किसी अभिनेत्री को यह नाम नहीं सुहाता। मेरी राय में आज से इसका नाम बदल दो। शेष सब ठीक है। मैं अभी रत्नप्रिया को बुलाता हूँ।'' कहकर वह द्वार खोलकर बाहर के कक्ष में चला गया। वहाँ पहुंचते ही भीतर की ओर देखकर उसने पुकारा, ''सोमिल! सोमिल! यहाँ आकर देखो, कौन आया है।''

मैं हड़बड़ाता हुआ द्वारा के पास आया। देखा, शिरीषा एक कोने में तनिक सिर झुकाये बैठी है। प्रचेत ने अपने एक दास से कहकर एक विशेष दासी को बुलवाया। दासी आयी तो उसने उससे कहा, "देखो कामेश्वरी, रत्नप्रिया को बुला लाओ : उससे कहना तुम्हारी एक सखी तुमसे मिलने आयी है।"

दासी अन्तःपुर की ओर गयी। कुछ ही देर बाद एक अत्यन्त सुन्दरी लड़की को बुला लायी जिसके गले के नीचे विशुद्ध रत्नों का एक हार जगर-मगर करता हुआ लटक रहा था और रंग-बिरंगे पट्टाम्बर के ऊपर वह हार ऐसा खिल रहा था जैसे वर्षाकाल में हरी-भरी गीली घास के ऊपर वीर-बहूटियाँ कुलबुला रही हों या सन्ध्या को करील के वन में जुगनू टिमटिमा रहे हों।

प्रचेत तुरन्त बोल उठा, "रत्ना, अपनी नयी सखी से परिचय कर लो।"

स्थिति को देख मैंने बड़े स्नेह-सने स्वर में शिरीषा से कहा, "शिरीषे, तनिक सिर ऊपर को करो और अपनी नयी सखी का अभिवादन करो।"

शिरीषा ने तनिक ऊपर की ओर देखा और बड़ी ही शिष्टता और विनम्रता के साथ उसने रत्नप्रिया की ओर हाथ जोड़ दिये और सहज भाव से बोली, "बहन, आओ, बैठो। आपका नाम क्या है?"

"आप अभी सुन ही चुकी हैं, मेरा नाम रत्नप्रिया है।" रत्नाप्रिया ने निःसंकोच भाव से मंद-मंद मुस्कराते हुए कहा।

●

# 22

# शिरीषा का नया तेवर

"वाह, बड़ा ही सुन्दर नाम है," शिरीषा ने अत्यन्त सहृदय भाव से सच्चे मन से कहा। "मेरा तो बड़ा ही फूहड़ नाम रखा है, मेरे माता-पिता ने।"

"क्यों? क्या मैं पूछ सकती हूँ, क्या नाम है आर्या का?" रत्नप्रिया ने पूछा।

"बताने में भी मुझे संकोच हो रहा है।" शिरीषा बोली।

"फिर भी?"

"तो सुन लीजिये, मेरा नाम है शिरीषा।"

"वाह! यह नाम बहुत सुन्दर तो है। आपको यह पसन्द क्यों नहीं आया?"

"शिरीषा कोई नाम है। न यह किसी देवी का नाम है न आज की प्रचलित प्रथा के अनुसार कोई काव्यात्मक नाम ही है। मेरे पिता को शिरीष के फूल बहुत पसन्द थे। इसलिए उन्होंने बड़े प्यार से मेरा नाम भी वही रख दिया।"

"मुझे भी शिरीष के फूल बहुत पसन्द हैं। यह फूल बड़ा ही चमत्कारी भी है। मैंने अभी-अभी शिरीष के फूल चुनने के लिए हाथ बढ़ाया ही था कि दासी ने आकर बताया कि मेरा कोई सखी मुझसे मिलने आयी हैं। यहाँ आने पर पता चला कि मेरी उस होनेवाली सखी का नाम भी शिरीषा ही है।" कहकर रत्नप्रिया इस तरह खुलकर खिलखिलायी जैसे उसके गले के हार के रत्न आपस में टकराकर मन्द-मधुर स्वर ध्वनि से टिन-टिन शब्द कर रहे हों। मुझे रत्नप्रिया बड़ी ही चंचल, चुहलबाज और सब समय चहकते रहने में ही सुख का अनुभव करने वाली लड़की लग रही थी। मैंने उसे पहले तब देखा था जब वह पांच-सात वर्ष की बच्ची रही होगी। आज वह ऐसी लग रही थी जैसे रत्नों की खान के भीतर से किसी जादूगर ने अभी-अभी किसी प्यारी छिपी हुई पुतली को निकाल बाहर किया हो। उस अनछुई किशोरी का नबोन्मत्त कैशोर्य स्वयं में एक अमूल्य रत्न था। मुझे वह बहुत ही मोहक लग रही थी। उसकी लाज जैसे उसकी रत्नमाला के भीतर दुबककर छिपने के प्रयास में बरबस और अधिक मुखर हो रही थी।

वह शिरीषा को लक्ष्य करके फिर चहक उठी, "अब बताइये, अब भी 'शिरीषा' नाम के सम्बन्ध में आपका मत नहीं बदला?"

शिरीषा अपने नाम की इस लम्बी और अशोभन चर्चा से जैसे संकोच से गड़ी जा रही थी। उसकी वह दशा देखकर मैं बीच ही में बोल उठा, "शिरीषा, तुम्हारे देवर ने

(प्रचेत की ओर उंगली से संकेत करते हुए) पहले ही तुम्हारा नाम बदल दिया है। तुम अब व्यर्थ संकोच में न पड़ो।''

सुनकर रत्नप्रिया भी गम्भीर और सावधान होकर स्थित और उत्सुक दृष्टि से मेरी ओर देखने लगी।

शिरीषा का संकोच-भाव भी जैसे टूट गया था। किंचित् दबे हुए और मोहक स्वर में उसने पूछा, ''किस रूप में बदला है, यह जानने की उत्सुकता है।'' वह देख तो मेरी ओर रही थी और मुझ ही से बोल रही थी, पर कनखियों से प्रचेत की ओर भी बीच-बीच में अर्थ-भरी दृष्टि से देख लेती थी।

''उसका कहना है कि तुम्हें ज्योत्स्निका या चन्द्रिका नाम अच्छा फबेगा। क्यों प्रचेत, यही तो तुमने कहा था?''

''हाँ भाई, मुझे तो इनके लिए इससे अच्छा काव्यकलात्मक और उपयुक्त नाम नहीं सूझता।'' प्रचेत बोला।

मैंने फिर शिरीषा को लक्ष्य करते हुए कहा, ''तो बताओ शिरीषे, तुम्हें इन दोनों में से कौन नाम पसन्द है?''

रत्नप्रिया तत्क्षण चहक उठी, ''ज्योत्स्निका' ही इन दोनों में सुन्दरतर और उपयुक्त नाम है।'' फिर एक क्षण रुककर उसने कहा, ''कारण यह है कि 'चन्द्रिका' भी यद्यपि सुन्दर नाम है, तथापि मुझे भय है कि 'चन्द्रिका' सहज ही बोलचाल में चन्दिका में बदल जायेगा, जो बाद में कहीं सर्वसाधारण की भाषा में चन्दिया में परिणत न हो जाये।'' सुनकर सभी हंस पड़े।

मैंने कहा, ''वाह, यह तुमने शब्दों के रूप-विवर्तन के सम्बन्ध में अकाट्य शास्त्रीय तर्क उपस्थित कर दिया।'' मैंने प्रशंसा-भरी ध्वनि और मुद्रा के साथ कहा।

जब शिरीषा ने अपना कोई निर्णय नहीं बताया और उपस्थित समाज के सभी व्यक्तियों के साथ वह भी मौन बनी रही, तब मैंने मौनभंग करते हुए कहा, ''तो शिरीषे, अब सारी बात तुम पर निर्भर करती है। तो हम लोग आज ही से तुम्हें 'ज्योत्स्निका' कहना आरम्भ कर दें?''

''हम लोग कौन?'' शिरीषा तत्काल प्रश्न कर उठी।

प्रचेत बोला, ''हत लोग का अर्थ वर्तमान सन्दर्भ में हैं केवल सोमिल। क्योंकि मैं तो भाभी जी का नाम लेकर नहीं पुकारूँगा। बड़ी कठिनाइयों के बाद आज मुझे एक भ्रातृजाया मिली है, मैं भाभी जी न कहकर और कोई भी नाम इनके लिए अपने मुख से नहीं निकाल पाऊँगा।''

अब की शिरीषा समस्त संकोच त्यागकर नागिन की तरह फुफकार ही तो उठी, ''पर कोई भी व्यक्ति मुझे ''भाभी' किस आधार पर कह सकता है?—मैं तो अभी कुमारी हूँ।'' कहते हुए उसने जलती हुई-सी लाल-लाल आँखों से मेरी ओर देखा, जैसे मैं किसी अक्षम्य अपराध का अपराधी होऊँ।

"मैं हृदय से क्षमा चाहता हूँ, देवी से।" प्रचेत बोला, "यद्यपि मेरी कोई भूल नहीं है। दोषी यदि कोई है तो स्पष्ट ही सोमिल है। तुम अपनी बात स्पष्ट करो, सोमिल, तुमने किस अधिकार से मुझे देवी का देवर बताया?"

"मुझसे केवल इतनी ही भूल हुई कि मैं क्षणिक भ्रान्तिवश भविष्य को वर्तमान समझ बैठा। अपनी इस भ्रान्ति के लिए मैं सारी उपस्थित मण्डली के आगे नतमस्तक होकर क्षमा-प्रार्थी हूँ। अत्यन्त लज्जित भाव से यह प्रार्थना करता हूँ कि इस अनचाही भूल के लिए इस समय मुझपर दया की जाये और वचन देता हूँ कि आगे इस तरह की भूल कभी न होने पायेगी।" कहकर मैंने भावुकतावश शिरीषा की ओर विशेष रूप से हाथ जोड़े और फिर रत्नप्रिया और प्रचेत की ओर। मेरी आँखें आत्म-ग्लानि या और किसी कारण से उमड़ते हुए वाष्प से गीली हो आयी और मैंने अपनी कमर में पीछे की ओर खुँसे हुए मुँह पोंछने वाला पट्टाम्बर खण्ड निकाला और उससे अपनी आँखें पोंछीं। पता नहीं, मेरी आँखों से आँसू स्पष्ट झलक रहे थे या नहीं, पर मेरी उस नाटकीय क्रिया का प्रभाव सम्भवतः सभी के मन पर पड़ा।

कुछ क्षणों तक अशोभनीय सन्नाटा छाया रहा जिससे मेरी भीतर की ग्लानि और अधिक बढ़ गयी। विशेष करके रत्नप्रिया के आगे अपनी गम्भीरता को निर्लज्ज भाव से खोकर मैं मन के भीतर ही भीतर अपने को धिक्कारने लगा। मेरा मान शिरोषा के प्रति था, जो पल-पल बढ़ता ही चला जा रहा था। उस क्षण से मैंने शिरीषा की ओर देखा ही नहीं। खेल ही खेल में एक विकट संकट की स्थिति बैठे-बिठाये मैंने अनचाहे ही उत्पन्न कर दी, जबकि मैं जानता था कि मुझे भविष्य में शिरीषा को लेकर बड़े-बड़े अनिवार्य और दुर्जय संकटों से निबटना है। शिरीषा के प्रति क्रोध, अभिमान और खीझ में मेरा रोआँ-रोआँ विद्रोही हो उठा। मैं सहसा, जान-बूझकर अशिष्टता का प्रदर्शन करता हुआ उठ खड़ा हुआ। रत्नप्रिया और प्रचेत की ओर शरीर को पूरा झुकाते हुए मैंने अत्यन्त विनीत भाव से हाथ जोड़े। रत्नप्रिया इस तरह स्तब्ध भाव से मेरी ओर देख रही थी जैसे कोई हिरनी जंगल में निर्द्वन्द्व विचरती हुई सहसा अपने को चारों ओर से दावानल से घिरी हुई पाकर भीत और चकित हो उठी हो। पता नहीं, मैं उस समय शिरीषा की अशोभनीय स्थिति की चिन्ता करने के बजाय रत्नप्रिया के ही सम्बन्ध में चिन्ता क्यों करने लगा था और उसके आगे अपने को विकट और अक्षम्य अपराधी महसूस कर रहा था। इसलिए मैंने जब उसकी सुन्दर और अकारण खिंची हुई-सी आँखों की भ्रान्त और चकित दृष्टि देखी तब मैं मन ही मन अत्यन्त आतंकित और लज्जित होते हुए भी किसी निराले ही हर्ष का अनुभव कर रहा था।

दूसरे ही क्षण सारी लज्जा और ग्लानि की भावना को बलपूर्वक झाड़कर मैंने प्रचेत की ओर देखकर कहा, "अच्छा प्रचेत, मैं चलता हूँ। मैं अभी तक घर के गुरुजनों के दर्शन ही नहीं कर पाया। उनसे कई दिनों के बिछोह के बाद मिले और प्रणाम किये बिना मुझे तनिक भी चैन नहीं मिला रहा है। शिरीषा को एक सुरक्षित आश्रय में सौंपकर मुझे हार्दिक प्रसन्नता और सन्तोष हो रहा है।"

शिरीषा अभी तक सिर नीचा किये—बल्कि सिर को घुटनों में छिपाये बैठी थी। यह सोचकर कि कहीं वह दुःखनी नारी अपनी तत्कालीन स्थिति और यात्रा की परेशानियों के कारण थककर ऊँघने न लगी हो, मैंने तनिक ऊँचे स्वर में उसे सम्बोधित करते हुए कहा, "शिरीषे, तुम अब निश्चिंत होकर इस मनचाहे आश्रम में रहना। यहाँ तुम्हारे लिये किसी भी बात की किंचित मात्र भी कोई असुविधा नहीं हो सकती। प्रचेत को मेरा सगा भाई समझो और रत्नप्रिया को सगी बहन। इन दोनों के हाथ तुम्हें सौंपे जा रहा हूँ। मुझे पूरी आशा है कि तुम यहाँ हर तरह से प्रसन्न रहोगी और तुम्हारी महत्त्वाकाँक्षा भी संसार में यदि कहीं सफल और चरितार्थ हो सकती है तो केवल यहीं। इसलिए तुम्हारे हित के लिए ही मैं तुम्हें यहाँ छोड़े जा रहा हूँ। मेरा यदि कोई अपराध हो तो क्षमा करना। अभी तुम मेरी बात मेरी यथार्थ भावना और मेरा ठीक-ठाक उद्देश्य नहीं समझ पाओगी, पर समय बीतने दो, तुम्हारे आगे मेरी सभी बातों का आशय स्पष्ट हो जायेगा, इस बात की मुझे पूरी आशा है। इसलिए केवल धीरज रखने की आवश्यकता है। मैं फिर जल्दी ही प्रचेत से और (यदि तुम चाहो तो) तुमसे भी मिलूँगा। तब तक के लिए मेरी हार्दिक शुभकामनाएं स्वीकार करो। अच्छा, अभी चलता हूँ। मेरे घर के लोग मेरे सम्बन्ध में स्वभावतः बहुत दिनों से चिन्तित हो रहे होंगे।"

"मैं भी लौट जाना चाहती हूँ इन्द-उर। मुझे किसी सार्थ के साथ वापस जाने की अनुमति देते जाओ।" कहती हुई सिरिषा सहसा उठ खड़ी हुई।

"तो चलो।" कहकर मैं उसके चलने की प्रतीक्षा में ठहरा रहा।

प्रचेत और रत्नप्रिया उस सारे नाटक को देखकर स्वभावतः स्तब्ध थे और निश्चय ही अपने को बड़े ही संकोच की संकटपूर्ण स्थिति में पा रहे होंगे—यह सोचकर मैं अवसन्न हो रहा था। फिर मैंने सोचा कि वे दोनों इस तरह की अनेक नाटकीय परिस्थितियों को प्रायः प्रतिदिन ही देखते रहने के अभ्यासी हैं। शिरीषा का अभिनय-कला की सम्भावनाओं का एक अच्छा परिचय उन्हें मिल गया, यह सोचकर मुझे सान्त्वना मिल रही थी। मैंने कक्ष के बाहर एक दास को खड़ा देखकर अपने पास बुलाया और उसे आदेश दिया कि हम दोनों का सामान उठाकर हमारे साथ चले—सार्थों के अड्डे तक। दास तुरन्त सामान लाने गया और तुरन्त ही हमारे पास वापस आ गया।

शिरीषा भी भीतर से बाहर निकल आयी थी। "चलो!" मैंने दास से कहा। वह सारा सामान इकट्ठा बाँधकर सिर पर रखकर हमारे साथ-साथ चला। अड्डे पर पहुँचने पर मैंने शिरीषा का सामान अलग निकलवा लिया।

मैं रास्ते-भर शिरीषा को यह समझाता रहा कि अपने निर्णय पर फिर से विचार कर ले। यदि वह अपने परम दुर्भाग्य को नहीं बुलाना चाहती तो उसे प्रचेत के यहाँ फिर से वापस चले जाना चाहिए—बिना किसी बहस के। मैंने उसे हर तरह समझाया कि अपने चरण-तले पड़े हुए भाग्य को इस तरह ठुकराने से कभी किसी का भला होते नहीं देखा गया। इसलिए इस तरह अपनी आत्महत्या पर कमर कसकर तुल जाना कभी उसके लिए कल्याणप्रद नहीं होगा।

मेरे बहुत अनुनय-विनय करने पर उसने कहा, "मेरा चाहे पूर्ण विनाश अभी-अभी हो जाय, पर मैं अब तुम्हें एक पल के लिए भी अपनी आँखों के आगे से ओझल नहीं होने दूँगी। तुम्हारा साथ छोड़कर मैं यमराज तो क्या इन्द्र महाराज के भी पास नहीं जाना चाहूँगी।"

मैं ऐसी असमंजस की स्थिति में अपने को कसा हुआ अनुभव कर रहा था कि अपने भाग्य का चक्कर देखकर वहीं सार्थों के अड्डे पर सबके सामने अपना सिर पीटने को जी चाह रहा था। ऐसी बेतुकी, विषम स्वभाव की हठीली नारी को मैंने अपने ही भाग्य या स्वभाव के दोष से चक्की की तरह गले बाँध लाया था जो मेरी आत्मोन्नति के सारे सपनों की प्रगति को रोकने के लिए विश्व की सारी बाधाओं को मेरे आगे इकट्ठा करके चट्टान की तरह खड़ा करने के लिए जैसे प्रतिज्ञाबद्ध खड़ी थी।

मैंने प्रायः रोने के-से स्वर में कहा, "शिरीषा, तुमने अभी अपनी आत्महत्या की बात कही है। पर इतना निश्चय जान लो कि तुमने जिस स्थिति में लाकर मुझे खड़ा कर दिया है उस स्थिति में मैं तुम्हारे आगे आत्महत्या करके तुमसे छुटकारा पाऊँगा। यह मैं कोई खेल की बात नहीं कह रहा हूँ, यह मैं एक सत्य तुम्हें बता रहा हूँ। अपनी नियति मुझे स्पष्ट दिख रही है। पर मैं तुम्हें उत्कर्षिणी देवी या साक्षात् भगवती मैया की माया के रूप में देख रहा हूँ। इसलिए तुम्हीं से हाथ जोड़कर यह प्रार्थना करता हूँ कि देवि, मेरा उद्धार करो, किसी शाकिनी या डाकिनी की तरह मेरा गला पकड़े न रहो। मुझे मुक्ति दो और मेरा कहना मानकर स्वयं अपना भी और मेरा भी कल्याण करो।"

"तो मैं तुम्हारा गला पकड़े रहने वाली शाकिनी या गलग्रह हूँ?" वह ऊँचे स्वर में चीखकर बोली। सौभाग्य से उस समय आस-पास कोई व्यक्ति नहीं था। कुछ दूर, सामने जहाँ एक शकट खड़ा था, वहाँ शायद कोई दुर्घटना हो गयी थी। सब लोग वहाँ तमाशा देखने के लिए इकट्ठा हो गये थे और वहाँ सारा कोलाहल जैसे सिमट गया था। शिरीषा के चिल्लाने का शब्द स्वभावतः दब गया था।

दूसरे ही क्षण मैंने मध्यम स्वर में कहा, "शिरीषा, शान्तं पाबम्! शान्त पाबम्! अब इस सारी चर्चा को यहीं पर समाप्त करो। वह देखो सामने एक नया काण्ड उत्पन्न हो गया है। लगता है, कोई व्यक्ति एक अश्व-यान के नीचे दबकर सम्भवतः मर ही गया है। चलो, चलकर देखें।"

मैंने अपनी ओर से बड़ी चालाकी से शिरीषा का ध्यान बटाना चाहा, पर शिरीषा उस समय अपने भीतर मच रहे प्रलय-काण्ड की बात सोच रही थी, और किसी भी घटना की ओर उसका ध्यान आकर्षित नहीं हो पा रहा था। कुछ क्षण चुप रहने के बाद वह सहसा बोल उठी, "चाँद पलट गया है, मैं अब उसकी दूसरी ओर का रूप भली भाँति देख चुकी हूँ। मैं अब अपने आगे सारे पथ में बन्द पा रही हूँ। तुम्हारे दोनों रूप देख चुकने के बाद मैं सोचने लगी हूँ कि तुम्हारी ही बात ठीक है। तुमने मेरे भावी कल्याण के लिए पथ खोजा है, मेरे उद्धार के लिए वही एकमात्र पथ है। अब मैं इन्द-उर नहीं लौटूँगी। रत्नप्रिया के ही आश्रम में डूब मरूँगी। चलो, लौट चलें, और तुम्हें जहाँ भी

जाना हो चले जाओ। जय माँ कालरात्रि! तुम्हारी ही जय हो!" और वह सिर नीचा करके सिसक-सिसककर रोने लगी। लगा कि अब वह दहाड़ मार-मारकर रोना चाहती है।

मैंने मन ही मन पूर्ण मुक्ति का अनुभव करते हुए कहा, "तब चलो, यहाँ रोना किसी भी तरह शोभन नहीं है। जब भगवती ने तुम्हारी बुद्धि पलटी है तब तुरन्त उस संशोधित मति का अनुसरण करना ही श्रेयस्कर है।"

मैंने तुरन्त एक यान का प्रबन्ध किया और शिरीषा के साथ उसपर बैठकर सीधे नाट्य चत्वर की ओर लौट चला।

जब उक्त चत्वर के चौराहे के निकट पहुँचा तब सहसा उन दोनों दासियों को द्रुत पगों से अपनी ही ओर आते हुए पाया, जिन्हें उत्कर्षिणी माता के मन्दिर में एक दूसरे यान पर आने के लिए छोड़ गया था।

मैंने तुरन्त अपना यान रोका और दोनों को अत्यन्त प्रसन्नता से भीतर बिठा लिया। पता नहीं क्यों, मुझे लगा जैसी माता ने मेरे उद्धार के लिए अपनी अनुगत उन दो दासियों को भेज दिया है।

प्रचेत के घर के दरवाजे के पास उतरकर दो दासों के सिरों पर सामान लदवाकर जब हम भीतर पहुँचे, तब प्रचेत हमें देखकर इस तरह चौंका जैसे वह किन्हीं मनुष्यों को नहीं, वरन् दो भूतों को देख रहा हो। पल-भर के आश्चर्य के बाद जब वह सम्भला तब उसका मुख सहज आनन्द के भाव से चमक उठा।

"यह क्या देख रहा हूँ, सोमिल, तुम फिर सपत्नीक, (जीभ काटते हुए) नहीं-नहीं, क्षमा करना, सानुचरी लौट लाए?"

"हाँ लौट आया हूँ—यह सत्य है, पर अनुचरी के साथ, शिरशकरिणी के साथ। बड़े ही अनुनय-विनय के बाद सफलता मिली है, पर सफलता मिल गयी—उत्कर्षिणी माता की असीम कृपा से, यह क्या कम है।"

"नहीं, मैं जानता हूँ कि यह कितनी बड़ी बात है।"

"तब आओ, मित्र, तनिक भीतर बैठकर आराम करो।"

"मैं अकेला नहीं हूँ। मेरे साथ तीन प्राणी और हैं।"

"कौन प्राणी? और कहाँ हैं वे?"

"अरे यहीं मेरे साथ खड़ी हैं। एक तो वही है—चिर शिरीषावली, और शेष दो मेरी दासियाँ हैं—वह सामने शोकमग्ना-सी जो नारी खड़ी है उसका नाम है पाटला और दूसरी जो पीछे खड़ी है उसका नाम है विद्याधरी। इन दोनों देवियों को मैंने उत्कर्षिणी माता की कृपा से अभी दो दिन पहले प्राप्त किया है। इन दासियों का भी दायित्व अब तुम्हें ही निभाना होगा—शिरीषा की निजी सेवा के लिए। रत्नप्रिया को बुलाओ, वही इन तीनों की देख-भाल कर सकेगी, तुमसे यह काम नहीं होगा।"

दास द्वारा सन्देश पाकर रत्नप्रिया प्रायः दौड़ी-दौड़ी आयी। वह मुझे और शिरीषा को लौटा हुआ देखकर हर्ष और आश्चर्य से कुछ क्षणों तक मेरी ओर देखती रह गयी—शायद वह मुझसे स्थिति का स्पष्टीकरण चाहती थी। मैंने प्रचेत की ओर संकेत किया और उसने बताया, "रत्ना, जैसा कि तुम देख रही हो ये दोनों माता की कृपा से लौट आये हैं। सामने वह दो दासियाँ खड़ी हैं—वे विशेष रूप से देवी शिरीषा की सेवा के लिए उनकी निजी दासियाँ हैं। पर अब से तीनों की देखभाल का दायित्व तुम्हीं को अपने सिर लेना होगा। तीनों को भीतर ले जाओ और इनके, साथ ही सोमिल के भी, खान-पान का आयोजन करो। जाओ, देर न करो और जो कुछ बातें करनी हैं वहीं जाकर करो।"

रत्नप्रिया बड़े ही आदर से शिरीषा को भीतर ले गयी और दासियों को भी संकेत से अपने साथ चलने को कहा।

●

# 23

# चीरहरणम्

मुझे प्रचेत अपने साथ एक गुप्त कमरे में ले गया, जहाँ बिना बुलाये कोई प्रवेश नहीं कर सकता था। प्रचेत का भवन क्या था, पूरा विमान था। उसके पिता की गिनती उज्जयिनी के प्रतिष्ठित श्रेष्ठियों में थी। उन्हें यौवन के प्रारम्भ से ही नाटकों से (और विशेष रंगमंच से) बड़ा लगाव था। अपनी इच्छा को वह अधेड़ वय में साकार रूप दे पाये थे। मैं पहले ही बता चुका हूँ कि यद्यपि उस समय नगर में बहुत-से रंगमंच थे और सभी नाटक-प्रेमी साधारण नगरवासियों और नागरकों द्वारा प्रतिष्ठा प्राप्त और लोकप्रिय थे, तथापि प्रहर्ष वर्मा का रंगमंच सबसे बाद में निर्मित और स्थापित होने पर भी प्रतिष्ठा में सबसे बाजी मार ले गया था। इसका कारण शायद यह था कि प्रहर्ष वर्मा अपने वणिक्-व्यवसाय की सारी व्यस्तता के बीच भी अपने रंगमंच को अधिक महत्त्व देते थे। वह अच्छे-अच्छे, विद्वज्जनों द्वारा प्रशंसा-प्राप्त और नाट्य-परिषद द्वारा स्वीकृत, परीक्षित और पुरस्कृत नाटकों को ही अपने रंगमंच के लिए चुनते थे। जो नाटक उनके रंगमंच में खेले जाते थे वे केवल इसी कारण विशेष प्रतिष्ठा पा जाते थे।

जब मैं जाने लगा तब प्रचेत ने बताया कि वह बहुत जल्दी मेरा लिखा नाटक 'चीरहरणम्' खेलने जा रहा है। मैंने विशुद्ध आश्चर्य से पूछा, "चीरहरणम्? किसका लिखा बताया तुमने?"

"तुम्हारा लिखा।"

"क्या कहते हो? मैंने कब लिखा यह नाटक?"

"प्रायः दस वर्ष पहले तुम मुझे अपने लिखे नाटक की एक छोटी-सी पाण्डुलिपि दे गये थे। तुम्हें क्या सचमुच उसकी याद नहीं है?"

मैं अपने कपाल की दोनों ओर दोनों कनपटियों को उँगलियों से दबाकर याद करने लगा।

काफी देर तक उसी मुद्रा में खड़े रहकर मैं सहसा बोल उठा, "हाँ, याद आ गया। नाटक का कोई नाम तो मैंने नहीं रखा था, पर विषय वही था। तो तुम 'चीरहरणम्' नाम से उसे खेलना चाहते हो? क्या वह नाटक सचमुच खेले जाने योग्य है?"

"अरे, बहुत सुन्दर नाटक है। रंगमंच में खेले जाने योग्य ऐसा हर दृष्टि से नया, उपयुक्त और सुन्दर नाटक मुझे वर्षों से कोई नहीं मिला। कुछ मास पूर्व मुझे एक रात

चौथे पहर नींद टूटने पर अचानक याद आया कि तुम मुझे बड़ी उपेक्षा से एक पाण्डुलिपि दे गये थे—यह कहकर कि पढ़कर देखना और मुझे बताना। याद आने पर मुझे बड़ी ग्लानि हुई कि मैंने शिष्टाचार के नाते भी उसे एकबार खोला तक नहीं। वह बन्द पाण्डुलिपि मैंने न जाने अवज्ञा के साथ कहाँ डाल दी थी उसकी मुझे कुछ याद नहीं था। बिस्तर से नीचे पाँव रखते ही मैंने निश्चय किया कि कहीं न कहीं तो अवश्य ही पड़ी होगी। इसलिए पूरे प्रयत्न से उसे ढूँढ़ना चाहिए मैंने उस दिन रत्ना को भी तड़के ही जगा दिया और उसको सारी स्थिति समझाकर उससे कहा कि सभी स्थानों में राई-रत्ती टटोलकर देखो, मैं भी ढूंढता हूँ। वह तत्काल, बिना बहस के, खोजने लगी। प्रायः बारह घड़ी दिन-चढ़े वह उछलती हुई मेरे पास यह कहती दौड़ी आयी, 'मिल गया! मिल गया!'

" 'क्या मिला?' मैं फिर कुछ दूसरे ही विचारों में मग्न होकर न जाने किस स्वप्नलोक में खो गया था। आश्चर्य से रत्ना से मैंने पूछा, 'क्या मिल गया?' तुम इस तरह हर्ष-गद्गद होकर दौड़ी-दौड़ी क्यों आ रही हो। अभी पाँवपोश से टकराकर गिर ही गयी थीं।'

" 'तुम भी अजीब झक्की आदमी हो। आज तड़के ही मुझे सोने भी नहीं दिया और केवल नींद से जगाकर ही नहीं, बिस्तर से नीचे उतारकर ही छोड़ा, अब तुम्हें याद नहीं आ रहा है कि कौन-सी पुस्तक की पाण्डुलिपि खोजने को तुमने मुझसे कहा था। तुमने यह भी तो कहा था कि तुम स्वयं भी उसे खोजने जा रहे हो। पर देखती हूँ कि तुमने फिर सोकर अपनी नींद पूरी कर ली। धन्य हो। दायित्वपूर्ण नाट्य-निर्देशक हो तो तुम्हारे जैसा, जो अपना सिरदर्द दूसरे के सिर डालने में दक्ष हो और स्वयं इस सीमा तक भुलक्कड़ हो कि सबेरे की आवश्यक बात केवल बारह घड़ियों के भीतर ऐसा भूल जाय जैसे ग्रामीण अँचल में यात्रा करने वाला व्यक्ति अपने लक्ष्य को प्राप्त होने पर यह भूल जाता है कि जिन पत्थरों को जोड़कर उसने चूल्हा बनाया था उनमें से एक विशेष पत्थर उसने किस झाड़ी में फेंका था।'

"वाह, रत्ना वाह! उपमा तो तुम्हारी एकदम मौलिक है। ओहो, तुम उस पाण्डुलिपि को खोज लायी हो, जो सोमिल ने कुछ वर्ष पूर्व मुझे दी थी और मैंने जिसे अवज्ञा के साथ बिना पढ़ ही फेंक दिया था। लाओ, लाओ फौरन खोलकर मुझे दो या अच्छा तो यह होगा कि तुम स्वयं खोलकर इसे एकाग्र मन से पढ़ो। और देखो कि हमारे मंच के योग्य किसी सीमा तक है भी या नहीं। मेरी मनःस्थिति इस समय इस पाण्डुलिपि को पढ़ने की एकदम नहीं है। मैं सोमिल को खूब जानता हूँ। वह एक मस्त और फक्कड़ किस्म का नौजवान लड़का है। उसने नाटक और कविता रचने की शिक्षा ही कहीं नहीं पायी है। वह अभी इस कला में नौसिखुआ भी नहीं है। मुझसे उसकी बातें होती रहती हैं। केवल शुद्ध बचकाने ढंग के असम्बद्ध साहित्यिक विचार कभी-कभी वह व्यक्त कर बैठता और बचकानी ही भाव-तरंगों में बहता रहता है। वह नाटक क्या

लिखेगा। बच्चों के खेल के सिवा उसकी नाटकीय योजना और क्या हो सकती है। इसलिए मैं तो इसे अभी नहीं ही पढूँगा। जीवन का कोई गम्भीर और गहन अनुभव उसे कभी हुआ ही नहीं। आया नाटक लिखने। इसलिए मैंने उसकी पाण्डुलिपि नितान्त अवज्ञा के साथ बिना खोले कहीं फेंक दी होगी। पर मेरी धारणा उसके सम्बन्ध में, मेरा समवयसी होने के कारण, भ्रामक भी हो सकता है। तुमसे मेरा एकान्त अनुरोध है कि तुम आज ही, बल्कि अभी ही, पूरे मनोयोग से एक बार पढ़ डालो। यदि कुछ भी काम की निकली तो मैं भी एक बार पढ़कर देखूँगा। अन्यथा इसे या तो फाड़कर फेक दूँगा या जला डालूँगा।' तो भाई सोमिल, मैंने इतने विस्तार से जो बात तुम्हें बताई इसका कारण केवल यही है कि—अच्छा सुनो। रत्ना ने पूरे मनोयोग से पढ़ा, जैसा कि उसका स्वभाव है। केवल तीन ही धड़ियों के बाद वह गद्‌गद भाव से, मेरे पास आकर बोली, 'भैया यह तो अद्‌भुत सुन्दर कृति निकली।' उसकी आँखों में अपूर्व प्रसन्नता बल्कि हर्ष और पुलक का भाव छलक रहा था। वह गद्‌गद कण्ठ से बोली, 'इस नाटक के भीतर मैंने जैसी सम्भावना देखी वैसी तो बड़े-बड़े आचार्यों की रचना में मुझे नहीं मिली। एक बार तुम स्वयं इसे पढ़कर देखो। यह तो बिलकुल ही नये ढंग की वस्तु है, जिसका आस्वादन अपने श्रोताओं को अवश्य कराना हमारा कर्त्तव्य है। लो, पढ़ों।' कहकर इसने उस पाण्डुलिपि को मेरे आगे बड़े आदर के साथ रखा, जैसे वह कोई विनोदात्मक साहित्यिक रचना न होकर कोई पूजा की पुस्तक हो।'' कहकर प्रचेत कुछ रुका और तब बोला, ''सोमिल, सच मानो, मैंने जब वह पाण्डुलिपि पढ़ी, तब मैं तुमको एकदम दूसरी ही आँखों से देखने, सोचने और समझने लगा। तुम्हारी मूर्ति मेरे मानस में पूर्णतः नये ही रूप में उभरने लगी। जिसमें बचपन से लेकर इतने बरसों तक के घनिष्ठ परिचय का कोई आभास ही शेष न रहा। तुम मेरी कल्पना में उन प्राचीन कवियों की चित्रश्रेणी में उन सबके समान स्तर पर अचानक आ बिराजे जिनका ध्यान प्रत्येक सुसंस्कृत व्यक्ति समय-समय पर करता रहता है। जैसे वाल्मीकि, व्यास, भास, कविपुत्र आदि-आदि। सोमिल, तुम्हारे अन्तर में नारायणी माता ने वह परिभाषातीत प्रतिभा भरी है, जो कभी किसी साधारण व्यक्ति—बल्कि कवि—में कभी नहीं पायी जा सकती। सच मानो तुम्हारी वह रचना पढ़कर मैं अपने को धन्य और परम गौरवान्वित इस अर्थ में समझने लगा कि जिस महाकवि ने ऐसी सुन्दर, नाना साहित्यिक गुणों से समन्वित और मौलिक प्रतिभापूर्ण रचना लिखि है, मैं—एक अदना-सा व्यक्ति होने पर भी, उस महाकवि का सहपाठी और अन्तरंग मित्र रह चुका हूँ। रत्नप्रिया तो तुम्हारे उस नाटक पर इस हद तक मुग्ध हो चुकी है कि उसके पास 'चीरहरणम्' की चर्चा के सिवा कोई दूसरा विषय ही मेरे साथ बातचीत जैसे के लिए नहीं रह गया है।''

प्रचेत उक्त विषय पर बातें करते इस सीमा तक भाव-गद्‌गद हो गया था कि ऐसा लगने लगा जैसे उस विषय से सम्बन्धित चर्चा पर वह अनन्त काल तक उसी भावुकता की स्थिति में बोलता चला जायेगा और वह कभी नहीं थकेगा। पर मैं कई कारणों से

शीघ्रता में था और वहाँ से चल देना चाहता था। मुझे अपनी इज्जा से दौड़कर मिलने और उसके चरणों की धूलि सिर पर लेने की आकाँक्षा तीव्र से तीव्रतर होती चली जा रही थी। उससे बिछुड़े अभी कुछ ही दिन हुए थे—एक महीना भी पूरा नहीं हुआ था—फिर भी मुझे लग रहा था जैसे पूरा एक युग बीत गया था। इन थोड़े ही दिनों के भीतर मुझे जो अनुभव हुए थे वे ऐसे विकट और संकटपूर्ण सिद्ध हुए थे कि मेरे जीवन की दृष्टि और जीवन-दर्शन ही एकदम बदल गया था। मैं मन ही मन शिरीषा को लाख-लाख धन्यवाद देने लगा कि उसकी कृपा के कारण ही मैं अपने को जीयन की प्रतिदिन की तुच्छता से ऊपर उठा हुआ पाने लगा था। मजे की बात यह है कि जीवन की प्रतिदिन की, बल्कि प्रति क्षण की जटिलता और उलझनों का यथार्थ बोध भी मुझे उसी के निकट सम्पर्क में आने के कारण हुआ था। अब मैं अपने को जीवन के सभी छोटे-मोटे और बड़े दायित्त्वों से एकदम मुक्त पा रहा था और जीवन की विशालता और विराटता से ऊपर उठकर अपने एक अलग अस्तित्व का स्पष्ट बोध करने लगा था। अब केवल एक ही तात्कालिक लक्ष्य मेरे मन पर छाया हुआ था। वह यह कि शिरीषा को अपनी महत्त्वाकाँक्षा की चरितार्थता के पथ पर किसी भी ऐसी विघ्न-बाधा का सामना न करना पड़े जो उसे दुर्लंध्य प्रतीत हो। मैं उसे उसके अपने लक्ष्य के सर्वोच्च बिन्दु पर पहुँचा हुआ देखने के लिए परम उत्सुक हो उठा था। जैसे उसके जीवन की वह सफलता मेरी अपनी ही चरम सफलता थी।

उसके चरित्र के अनेक रूप में मैं इस बीच देख चुका था, पर आज सबेरे एक बहुत छोटी और उपेक्षणीय कारण से (उसके अपने नाम) के सम्बन्ध में असन्तोष की अभिव्यक्ति के हास्यस्पद कारण के फलस्वरूप जो अप्रत्याशित 'काण्ड' उत्पन्न हो गया था उसने मुझे बहुत ही विचलित कर दिया था। मैं समझ गया था कि उसके मन के सभी प्रकार के असन्तोष तभी दूर हो सकते हैं जब वह पूरी लगन के साथ अभिनय कला में अपनी सभी ज्ञात या अज्ञात प्रतियोगिनियों से अपने अधिकार से आगे निकल जाय और सहज ही योग्यताओं के साथ समस्त नाट्य-जगत् में न्यायोचित रूप से यश प्राप्त करके सब श्रोताओं और नाट्य-कला-विशेषज्ञों पर छा जाय। मेरी यह विशुद्ध रूप से निःस्वार्थ आकाँक्षा थी। क्योंकि उसे सम्पूर्ण नाट्य-परिवेश में यदि उच्चतम ख्याति प्राप्ति हो भी जाय तो भी उससे मेरे अन्तर्मन की किसी भी आकाँक्षा की सिद्धि नहीं हो सकती थी। इतना मैं निश्चित रूप से जानता था। फिर भी उसका यश फैले और उसके जटिल और नाना उलझनों से भरा मन सन्तुलित होकर रात-दिन की तुच्छताओं से ऊपर उठे। यह मैं सच्चे हृदय से चाहता था। और यह तभी सम्भव था जब वह अपनी महत्त्वाकांक्षा के लक्ष्य तक (या उसके ऊपर) उठ सके। इसलिए जब प्रचेत ने मुझे मेरी विस्मृत प्रथम कृति 'चीरहरणम्' नाटक की प्रशंसा में मुझे किसी पर्वत की सर्वोच्च चोटी तक पहुँचाने में कोई बात उठा न रखी तब मेरे मन को सन्तोष तो बहुत हुआ, फिर भी मैं उस क्षण भी यही सोच रहा था कि यदि नाटक सचमुच में इतना सुन्दर

बन पड़ा है जितना कि प्रचेत उसे बता रहा है तो भगवती माता की कृपा से शिरीषा मेरी उसी अप्रकाशित कृति द्वारा ही अपने लक्ष्य की प्राप्ति का श्रीगणेश करे। जब कुछ देर तक प्रचेत और मैं मौन भाव से स्तब्ध खड़े थे, तब उसी ने जैसे मेरे अन्तर-चिन्तन के सूत्र को पकड़कर स्वयं इसी विषय की चर्चा चलायी और सहसा वह बोल उठा, ''मैं तुम्हारे इस नाटक की नायिका के रूप में देवी शिरीषा को इस सीमा तक प्रशिक्षित करने की बात सोच रहा हूँ कि वह अपने प्रथम अभिनय में ही किसी भी सुप्रसिद्ध अभिनेत्री से सर्वसम्मति से आगे बढ़ जाय। और उसकी आश्चर्यजनक उन्नति का श्रेय मुझे ही मिले।''

''तुम्हारी यह शुभवाणी पूर्णतया सफल हो, प्रचेत, यह मेरी हार्दिक शुभाकाँक्षा है। माता भगवती करे कि तुम्हारी यह मंगलवाणी सफल होकर रहे। अच्छा, एक कष्ट नहीं करोगे?''

''क्या?'' प्रचेन ने तनिक उत्कण्ठित स्वर में पूछा।

''मैं 'चीरहरणम्' की पाण्डुलिपि एकबार स्वयं देख जाने को अत्यन्त उत्सुक हो उठा हूँ। मैं पूर्व जन्म की-सी उसकी स्मृति को एकदम भूला हुआ हूँ। मुझे तनिक भी याद नहीं आता कि मैंने तब किस रूप में और किस शैली में उसे लिखा था, इसलिए फिर से एकबार पढ़ जाना चाहता हूँ कि वह क्या वस्तु थी। क्या इतनी कृपा तुम करोगे? अत्यन्त आभारी होऊँगा।''

''अच्छी बात है, तुम अभी बैठे रहो। मैं रत्नप्रिया से कहता हूँ। उसने परम निधि की तरह उसे अपने पास इस तरह छिपाकर रखा है, जैसे वह नाटक उसके जीवन का एकमात्र (गुप्त) धन हो। वह उसका नित्य पाठ करती है और नित्य उसमें एक नयी बात खोजकर मेरे अवकाश के समय इस विषय की चर्चा छेड़ देती है कि रंगमंच में उसे किस रूप में प्रदर्शित किया जाय। इधर प्रतिदिन हम भाई-बहन के बीच आजकल इसी विषय से सम्बन्धित सूक्ष्म से सूक्ष्म बातों की चर्चा होती रहती है, और रत्नप्रिया नित्य एक-एक नये और मौलिक सूझ का परिचय देती रहती है। मेरी इस बहन को तुम तनिक भी साधारण नारी मत समझो, सोमिल। वह विधाता की एक आश्चर्यमयी सृष्टि है। हमारे नाट्य संघ की अभूतपूर्व सफलता की कुंजी उसी के हाथ में है।''

कुछ समय तक प्रचेतर रत्नप्रिया की उक्त विशेष योग्यता के सम्बन्ध में मुझे प्रभावित करने का विशेष प्रयास करता रहा। मुझे आश्चर्य हो रहा था कि मुझे प्रभावित करने में उसका उद्देश्य क्या हो सकता है। मैं रत्नप्रिया का कौन होता हूँ? उसकी विशेष प्रतिभा की बात सुनकर मैं यदि प्रभावित भी होऊँ और उसका विशेष प्रशंसक बन बैठूँ तो भी इससे प्रचेत की क्या बात बनती और यदि न होऊँ तो उसका क्या बिगड़ जाता है? जो भी हो, मैं हर हालत में रत्नप्रिया से सम्बन्धित बातों में उदासीन रहने का भाव जताता रहा। पर मैं जितना ही उदासीन बनने का नाट्य-प्रदर्शन करता था, प्रचेत उतनी ही उत्तेजना से रत्नप्रिया की असाधारण योग्यता के नये-नये रूपों पर बल देता जाता।

अन्त में उस एक रसपूर्ण चर्चा से उकताकर उसे तत्काल किसी अन्य चर्चा में बदलने के उद्देश्य से मैंने बनावटी विनम्रता के साथ कहा, "ठीक है मित्र, मैं बहुत प्रभावित हुआ हूँ रत्नप्रिया की इन विशेषताओं का परिचय पाकर। पर, मैं तभी तुम्हारी बातों की यथार्थता की परख कर सकूँगा जब मैं स्वयँ अपनी लिखी वह पाण्डुलिपि एक बार पढ़ जाऊँ जिसे पढ़कर रत्ना इस सीमा तक प्रभावित हुई है। लाओ, मेरी उत्सुकता अधिक से अधिकतर बढ़ती जा रही है। शीघ्रता करो।"

"मैं लाता हूँ अभी।" कहकर प्रचेत भीतर चला गया। मैं प्रायः चार घड़ियों तक उसी स्थिति में प्रतीक्षा में बैठा-बैठा उकताता रहा, पर प्रचेत वापस नहीं आया। पाण्डुलिपि के बारे में अपने कल्पनाचित्रों से मैं इस हद तक ऊब चुका था कि बिना प्रचेत को सूचित किये ही मैं चुपचाप उठकर बाहर निकल जाना चाहता था। पर इसी बीच एक हवाई आशंका ने मेरे चित्त को धर दबाया। मैं कुछ इस तरह सोचने लगा, 'प्रचेत के वापस आने में देर क्यों हो रही है? कहीं मेरी वह अमूल्य पाण्डुलिपि सचमुच खो तो नहीं गयी है? जिस पाण्डुलिपि की इतनी अतिरंजित प्रशंसा अभी प्रचेत मेरे आगे कर गया और रत्नप्रिया भी, प्रचेत के ही कथनानुसार जिसपर इतनी अधिक मुग्ध है, क्या उसे दोनों मिलकर अपने किसी गुप्त उद्देश्य की पूर्ति के लिए गुम कर देने का षड़यन्त्र तो नहीं रच रहे हैं? यदि यह मेरी आशंका सच निकली तो मैं फिर कहीं का भी नहीं रहूँगा, मेरे हृदय की गति ही सहसा रुक सकती है। मेरे जीवन के सारे स्वप्न...उस दशा में मेरे लिए और कोई आधार ही जीने का नहीं ही जायेगा और न कोई उपाय सिवाय इसके कि मैं हर प्रकार के छल-छद्मों का उपयोग करके किसी न किसी उपाय  से रत्नप्रिया को अपना बना लूँ।

'दुत!' सहसा मैंने अपने कल्पना-जाल को पूरे का पूरा उधेड़कर, अपने-आप को डांटते हुए, मन ही मन कहा, 'धिक्कार है सोमिल, तुमको। तुम्हारी नीचता का कहीं अन्त भी है। तुम इस सीमा तक नीचता पर उतर सकते हो, इस बात की कभी रंचमात्र कल्पना भी अभी, कुछ ही समय पहले तक नहीं कि जा सकती थी। तान्त्रिक आचार्य लोग ठीक ही कहते हैं कि भगवती असीम कौतुकमयी हैं। वह अपने भक्तों की परीक्षा लेने के लिए इसी तरह के—वरन् इससे विकट मायाजाल में अपने बने हुए भक्त को भरमाती हैं। जिस तथ्य का कोई आधार भी नहीं होता उसी को परम सत्य, प्रत्यक्ष घटना का-सा विचित्र रूप देकर उसकी मति को इस बुरी तरह भरमा देती हैं कि वह (बना हुआ) भक्त कहाँ से कहाँ भटकने लगता है और जीवन भर छिन्न मेध की तरह अनन्त शून्य में भटकता ही रह जाता है और तनिक भी स्थिर रहने के लिए कहीं रंचमात्र भी आधार नहीं पाता, जिसपर स्थिर रहकर उसका मन तनिक विश्राम करे और तटस्थ भाव से अपनी सारी मायाजाली स्थिति पर तटस्थ और शान्त भाव से विचार करके तनिक विश्राम पा सके। तो भटको, भटको, सोमिल। तुम चिर अनन्त तक अपनी ही कल्पना के चित्र-विचित्र मायाजालों में इसी तरह भटकते चले जाओ। जन्म-जन्म से तुम इसी

तरह भटकते चले जाओ। यही अभिशाप तुम्हें नव-नव लीला-रूप धारिणी जनमाता से मिला है। और यही तुम्हारे लिए चक्रिणी देवी का श्रेष्ठतम वरदान भी है। तब चिन्ता काहे की। इसी भ्रामरी माया की यथार्थता के विविध रूपों के नाट्य प्रपंच का उपभोग करते चले जाने में भी एक अपूर्व सुख ही है। बस केवल इतना ही सुख तुम्हारे कपाल में लिखा है। तब उस एकमात्र सुख से भी अपने को क्यों वंचित करते हो। जब इस संसार में सर्वत्र और चिरकाल यही वंचना और प्रपंच-जाल ही एकमात्र सत्य तुम मानते हो (मैं जानता हूँ कि तुम ऐसा मानते हो) तब अब किसी भी भ्रामरी चक्र से तुम क्यों कराते और दुखी होते हो? बैठ जाओ, और धैर्य से अपने जीवन के इस नये नाटक का परिणाम अन्त तक देखते चले जाओ। इसका आदि तो तुम देख ही चुके हो, मध्य देख रहे हो और अब अन्त देखने के लिए भी प्रसन्नता से कमर कसकर तैयार हो जाओ।'

और, मैं सचमुच उठकर, अपनी कमर में कसे हुए पटके को, जो एक बड़े-से गाव तकिये पर करवटें बदलते रहने से कुछ ढीला होने के लक्षण दिखा रहा था, अच्छी तरह कसने के लिए उठ खड़ा हो गया। उठकर मैंने अधो-वस्त्र को कसकर ठीक किया और साथ ही कमर ही में बन्धे हुए रंगीन पटके को भी कसकर बाँधा। बाँधते हुए मुझे अपने-आपपर हँसी भी आ रही थी और मैं उस हँसी को दबाने के प्रयास मे असफल होकर बरबस हलका-सा अट्टहास कर उठा। तभी सहसा, प्रचेत ने मुख्य द्वार से भीतर प्रवेश किया। उसके हाथ में लाल डोरे से आर-पार बंधी एक पाण्डुलिपि-सी दिखायी दी।

''बड़ी हंसी फूट रही है तुम्हारे मुख से,'' उसने स्थिर दृष्टि से मेरी ओर देखते हुए बिना किसी प्रकार के व्यंग के लेश के कहा। ''इस बीच किस नये नाटक का आख्यान सोच रहे थे?''

मैंने तनिक कृत्रिम गम्भीरता से कहा, ''एवमस्तु। मित्र, तुम्हारे मुख पर फूल और चन्दन के छींटे पड़ते रहें। तुम्हारी वाणी और तुम्हारा अनुमान सत्य निकले! चक्रिणी माता से मेरी यह आन्तरिक प्रार्थना है।''

प्रचेत तनिक विनोद की मनःस्थिति में सहज भाव से कवच-पाठ करने लगा—

आयू रक्षतु वाराही धर्मम् रक्षतु वैष्णवी।
यशः कीर्ति च लक्ष्मीं च धनं विद्यां च चक्रिणी।।

मैंने अधीरता के साथ उसके हाथ से लाल डोरे से बन्धी पाण्डुलिपि धीरे से खिसका ली। वह पाण्डुलिपि एक भोज-पत्र में लिखी थी और जन्मकुण्डली की तरह गोलाकार में लपेटी हुई थी। उसके एक स्थान पर, जो स्पष्ट हो बीचवाला भाग था, बड़े-बड़े और सुस्पष्ट अक्षरों में लिखा था—'चीरहरणम्' ऊपर अपेक्षाकृत छोटे अक्षरों में लिखा था—भट्ट सौमिल्लक-कृत।

उसे पकड़े हुए मेरे दायें हाथ में पुलक-भरी प्रसन्नता के कारण गुदगुदी लग रही थी। मैं रह न सका और नीचे एक काष्ठ पर्यंक के ऊपर बिछे हुए कोमल गद्दे पर बैठ गया। एक बड़े से गाव-तकिये का सहारा लेकर, गाव-तकिये पर पीठ अड़ाकर, पांव

पसार कर आराम से आधा लेट गया और पाण्डुलिपि खोलकर पढ़ने की चेष्टा करने लगा। आरम्भ में तत्कालीन प्रथा के अनुसार सूत्रधार और मारिष का संवाद दिया हुआ था। दोनों के बीच घिसी-पिटी शैली में लिखी गयी प्रश्नोत्तरी चलती है—"कौन-सा नया नाटक खेला जायेगा?"

उत्तर—नया तो नहीं है, है तो यह पुराना ही नाटक। पर अभी तक यह प्रकाश में नहीं आया है, इस कारण इसे नया ही समझो।

प्रश्न—रचयिता कौन हैं?

उत्तर—इसे भट्ट सौमिल्लक नाम के एक प्रतिभावान नये कवि ने लिखा है।

प्रश्न—नाटक का नाम क्या है?

उत्तर—चीरहरणम्।

"वाह, नाम तो बहुत ही सुन्दर है और नाम से ही स्पष्ट है कि विषय भी बड़ा रोचक होगा।"

"अवश्य ही बहुत रोचक होगा।"

"प्रश्न यह है कि इस नाटक में चीर हरण होगा किसका? द्रौपदी का या सुभद्रा का?"

"दोनों में से किसी का भी नहीं। चीरहरण होगा मणिभ्रदा नाम की एक राजकुमारी का, जो शायद बाद में एक नर्तकी बन जाती है।"

मारिष—(दोनों उंगलियों से अपने बन्द करता हुआ) शान्त पाबम्! शान्तं पाबम्!

सूत्रधार—क्यों-क्यों? मैंने कौन-सी गन्दी बात कह दी। "शान्त पाबम्' क्यों कह रहे हो।

मारिष—इस कारण कि यह भद्रजनों, भद्रनारियों और प्रतिष्ठित नागरकों के देखने-सुनने योग्य कृति नहीं हो सकती। एक राजकुमारी का चीरहरण? यह अभद्र ग्राम्य दृश्य कोई भला व्यक्ति कैसे देखना पसन्द कर सकता है?

सूत्रधार—अरे मूर्ख, यह कोई नाटक नहीं, एक 'भाण' मात्र है। इसमें सभी विषय और सभी तरह के दृश्य चलते हैं।

मारिष—तब आप जानें। पर इतना बताये देता हूँ कि मैं किसी नारी के चीरहरण का अभिनय नहीं करूँगा। मैं एक कुलीन वंशोद्भव प्रतिष्ठित ब्राह्मण हूँ।

सूत्रधार—तुम अभिनय नहीं करोगे तो संसार से क्या नाट्य कला ही लुप्त हो जायेगी। बड़ा आया...कहीं का! जाओ यहाँ से! (मारिष जाता है।)

मुझे यह प्रारम्भिक अंश अच्छा विनोदमूलक लगा। मैंने छुटपन में जो नाटक प्रकरण अथवा भाण अपने घर पर गुरु से पढ़े थे और बाद में गुरुकुल में पढ़े थे, उनमें प्रायः इसी तरह के हास-परिहास-भरे सम्वाद रहते थे। कुछ समय बाद जब मैंने चीरहरणम् लिखा उसमें प्रस्तावना में वही शैली अपनायी। पर नाटक में मेरी मौलिक कल्पना भी उभर आयी थी। मैं पाण्डुलिपि को बड़े ध्यान से पढ़ना चाहता था इसलिए बिना किसी

औपचारिकता और प्रचलित शिष्टाचार का ध्यान रखे प्रचेत से बोला, "देखो प्रचेत, मैं इस पाण्डुलिपि को बड़े ध्यान से एकान्त में पढ़ना चाहता हूँ। मेरी इस उतावली के लिए क्षमा करना। अच्छा यह होगा कि तुम इस समय इस कक्ष से कहीं अन्यत्र चले जाओ और मुझे यहाँ एकाकी छोड़ दो और अपना काम करो।"

प्रचेत तनिक खिसिया गया, पर बोला कुछ नहीं। फिर दूसरे ही क्षण वह कक्ष से बाहर चला गया। मैं पढ़ने लगा। पढ़ते-पढ़ते मुझे इस बात का पूरा विश्वास हो गया कि यह भाण मेरा ही लिखा हुआ है। मैंने कैसे उसके अस्तित्व को ही भुला दिया था, इस बात से मुझे बड़ा आश्चर्य होने लगा। फिर इसे भी भगवती की भ्रमरी माया समझ कर स्थिर हो गया और उस अपनी भूली हुई रचना का समीक्षक स्वयं बनकर सुख प्राप्त करने लगा। मैं बड़ी द्रुत गति से पढ़ने लगा, पर छोटे से छोटे वाक्य पर ध्यान देता जाता था। पढ़ते-पढ़ते मुझे इस बात से हर्षजनित पुलक का अनुभव हो रहा था कि मुझे उस पाण्डुलिपि में बचकानापन कहीं तनिक भी नहीं दिख रहा था। बचपन में लिखी गयी उस नाटक की शैली में मुझे पर्याप्त गम्भीरता और परिपक्वता लग रही थी। नाटकीय कला के भी लक्षण स्पष्ट दिख रहे थे। आख्यान-भाग भी पर्याप्त रोचक लग रहा था। फिर भी मैं मन ही मन इस अनुमान से शंकित हो रहा था कि मेरा यह नाटक यदि पहली बार के प्रदर्शन में ही असफल हो गया तो मैं फिर कहीं का नहीं रहूँगा।

जब मैं पाण्डुलिपि को पूरा पढ़ चुका तो मेरे सन्तोष का ठिकाना नहीं था। मैं सोचने लगा कि मैंने उस छोटी वय में जो नाटक लिखा था वह मैंने नहीं, वरन् किसी दैवी प्रेरणा ने मुझसे लिखवाया है। मुझे प्रचेत की प्रशंसात्मक आलोचना में पर्याप्त सच्चायी लगी।—इसीलिए नहीं कि वह मेरे द्वारा लिखा गया है, वरन् एक पूर्वग्रह-विरोधी. आलोचक की दृष्टि में मैं उसे पढ़ रहा था। देवी की कृपा जब होती है, तब निकृष्ट कृति भी सर्वमान्य बन जाती है, इस बहुश्रुत लोकमत की यथार्थता पर मुझे पूरा विश्वास होने लगा। मैंने पाण्डुलिपि के अन्तिम अंश को पढ़कर समाप्त किया ही था कि मुख्य द्वार को किसी ने खटखटाया। मैंने आवाज़ को पूरी शक्ति से ऊँचा चढ़ाकर अपने आसन पर बैठे-बैठे ही कहा—"द्वार खुला है, किवाड़ को धक्का देकर भीतर चले आओ।" मेरी आवाज में पूरा दम था, और पूरी प्रसन्नता की मिठास भी। दूसरे ही क्षण द्वार खुला और प्रचेत एवं रत्नप्रिया ने साथ ही, तनिक संकोच के साथ भीतर प्रवेश किया। रत्नप्रिया के हाथ में एक सोने की-सी चमकती हुई थाली थी, जिसपर भांति-भांति के, सुन्दर-सुन्दर पकवान सजाकर रखे गये थे और कुछ विशेष ही प्रकार के मिष्टान्न भी। सम्भवतः रत्नप्रिया ने स्वयं अपने ही हाथों से उन्हें तैयार किया था। उनके पीछे एक दासी एक चांदी के पानपात्र में जल लिये आ पहुँची।

मुझे आराम से पूर्ण अवकाश की मुद्रा में बैठें देखकर दोनों का संकोच-भाव पूर्णतः लुप्त हो गया और एक सहज प्रसन्नता का भाव दोनों के मुख पर छा गया। कहो भाई, पाण्डुलिपि पढ़ चुके? कैसी लगी?" प्रचेत ने पूछा।

''पाण्डुलिपि तो बहुत ही अच्छी लगी। पर क्या बताऊँ भाई, पढ़ने पर मुझे यह विश्वास ही नहीं हो पाता कि उसे मैंने ही लिखा है।''

''क्यों?'' रत्नप्रिया ने म्लान भाव से पूछा।

''ऐसी परिपक्व शैली उस वय में मेरी हो ही नहीं सकती।'' सहज भाव से मैंने उत्तर दिया, यद्यपि मैं स्पष्ट ही बन रहा था।

''प्रतिभा की कोई वय नहीं होती। वह जन्मजात होती है। पूर्व जन्म की देन छुटपन में ही अधिक विकसित होती है, अनुभवी विद्वान परीक्षकों ने बड़ी सूक्ष्म खोज के बाद इस स्वयंसिद्धि का पता लगाया है।'' रत्नप्रिया ने कहा।

''आपको यह समाचार किसने आकर बताया है?'' मैंने व्यंग्य कसा।

''मैं स्वयं समाचार-संग्राहकों के बीच रहकर इस बात का पता लगा चुकी हूँ।''

रत्नप्रिया की प्रत्युत्पन्न मति का परिचय मुझे प्रारंभ में ही मिल चुका था, इसलिए मैं चुप रहा।

''लीजिये यह जगदम्बा का प्रसाद भोग लगाइये। आप पाण्डुलिपि पढ़कर थक चुके होंगे, यही सोचकर मैं स्वयं इसे लाई हूँ।''

'आपकी इस कृपा के लिए अनेक धन्यवाद।''

पर सच्चाई यह है कि यह किसी का प्रसाद नहीं, वरन आपका प्राप्य सर्वथा उचित पुरस्कार है।''

''पुरस्कार किस बात का?'' मैंने तनिक बनते हुए पूछा।

'पुरस्कार इस बात का कि आपने इतनी छोटी वय में इतने सुन्दर नाटक की रचना कर डाली, जिसने केवल आपके जीवन के भूत या वर्तमान को ही नहीं, वरन् भविष्य को भी उज्जवल कर डाला है।''

''आप साक्षात् देवी हैं और आपकी दृष्टि कालातीत है, इसीलिए आपने मेरे भविष्य को भी भूत में बदल दिया है।''

''किस प्रकार?'' रत्ना ने सरल भाव से पूछा।

''इस प्रकार कि अभी आपने कहा न कि मेरी भूतकालीन रचना ने मेरे भविष्य को भी उज्जवल कर डाला है। भविष्य को उज्जवल कर डाला है या करेगा?''

''मैंने ठीक ही कहा कि भविष्य उज्जवल कर डाला है। इसलिये कि हम लोग आपके उज्जवल भविष्य को निकट लाने की तैयारी कर चुके हैं।''

'' 'हम लोग' कौन-कौन?''

''मैं और भैया।''

''क्या तैयारी कर चुके हैं आप लोग?''

''आपके लुप्त और विस्मृत नाटक का आविष्कार करके उसे रंगमंच में प्रदर्शित करने की सारी योजना बना चुके हैं। देवी शिरीषा ने उस नाटक को पढ़कर मंच पर उसके अभिनय से सम्बन्धित अभ्यास करना भी आरम्भ कर दिया है। आज ही उन्होंने

नाटक पूरा पढ़ डाला है और मेरे कहने पर मेरे ही आगे नायिका के कुछ कथानकों का अभ्यास वह बड़ी प्रसन्नता से करने लगी हैं। हमने अन्यान्य अभिनेत्रियों और अभिनेताओं को बता दिया है कि अगला नाटक जिसे हम मंच पद प्रदर्शित करना चाहेंगे वह है चीरहरण। अब वे सभी पात्र-पात्रियाँ अपने-अपने अनिभय से निर्धारित अंशों को मूल पाण्डुलिपि से उतार-उतारकर ले जा रहे हैं। पाण्डुलिपि को आपको दिखाने में जो विलम्ब हुआ उसका कारण यह था कि एक अभिनेता उसमें से अपना निर्धारित अंश उतार रहा था। जो भी हो, मैं आपको हार्दिक बधाई और धन्यवाद दोनों देती हूँ कि आपने इतने सुन्दर नाटक को हमें मंच पर प्रदर्शित करने का सुअवसर प्रदान किया। इधर हमें कोई ऐसा नया नाटक मिल ही नहीं रहा था जो कला कि दृष्टि से भी सुन्दर हो, श्रोताओं और दर्शकों की दृष्टि से भी अद्‌भुत रोचक हो और साथ ही और पारम्परित नाटकों से भिन्न और पूर्णतः मौलिक हो।

मैंने हर्ष को दबाने के व्यर्थ प्रयास में बरबस (रत्नप्रिया को झुककर प्रणाम करने के उद्देश्य से) अपने दोनों परस्पर जुड़े हुए हाथ उसके चरणों पर रख दिये और फिर सम्भलकर भाव-गद्‌गद और वाष्पाकुल कण्ठ से पूछा, ''कब तक वह नाटक मंच पर प्रदर्शित हो पायेगा? क्या मैं जान सकता हूँ?''

मेरा प्रश्न सुनकर रत्नप्रिया ने प्रचेत की ओर देखा। प्रचेत इंगित समझकर बोला, ''हमारी तैयारी में प्रायः डेढ़-दो मास का समय लग जायेगा। आज सिंह संक्राति के बाद चार दिन बीत चुके हैं। मैं सोच रहा हूँ हम ठीक शरत्-पूर्णिमा की रात नाटक को मंच पर बड़ी सुविधा के साथ प्रदर्शित कर सकेंगे।''

''अति उत्तम अवसर है यह। सुनकर मुझे हार्दिक प्रसन्नता हुई। मेरी एक प्रार्थना और है। तुम लोगों में अन्यान्य अभिनेता और अभिनेत्रियाँ तो निश्चय ही अभिनय-कला में पूर्णतया दक्ष और अभ्यस्त होंगे। पर शिरीषा इस कला में एकदम नयी है। इसलिए कहने की आवश्यकता नहीं कि उसे अधिक से अधिक प्रशिक्षण की आवश्यकता है। इस बात का विशेष ध्यान रखना। अच्छा प्रचेत, तुम दोनों के इतने सुन्दर आतिथ्य के लिए बार-बार धन्यवाद देकर भी मुझे तृप्ति नहीं होती। कृपा रखना। अब मैं चलता हूँ।''

''किधर को?'' रत्नप्रिया ने अत्यन्त स्निग्ध-दृष्टि से मेरी ओर देखते हुए पूछा।

''मैं अब सीधे अपने घर को जाऊँगा।'' मैंने कहा।

''क्या दीदी से जाने से पहले एक बार मिलियेगा नहीं?''

''उसने जितना मिल चुका हूँ, उतना पर्याप्त है। नाटक-प्रदर्शन से दो-एक दिन पूर्व फिर आऊँगा, तब आप लोगों से और उससे भी मिलूँगा। उसका दायित्वभार आपने अपने ऊपर से लिया है, इस बात से मैं किसी सीमा तक निश्चिंत हो गया हूँ, इसे समझा नहीं पाऊँगा। आज के नाटकीय प्रदर्शन से तो आप उसके मिज़ाज से भली भांति समझ व परिचित हो चुकी होंगी। इसी सिलसिले में एक बात मैं आपको और बता

देना चाहता हूँ—अपने सम्बन्ध में। मैं किसी नारी के स्वभाव से सम्बन्धित और सभी बातें हंस-हंसकर टाल या सहन कर सकता हूँ। पर एक बात मुझसे किसी प्रकार भी सहन नहीं होती। वह है किसी नार का चिड़चिड़ापन या क्रोधी स्वभाव या बेकार का बड़बड़ाना। जिस नारी के प्रति मेरे मन में श्रद्धा, आदर, स्नेह या प्रेम का भाव भरा होता है, वह यदि किसी अनुचित कारण से या अकारण या फिर उचित कारण से ही क्यों न हो, बात-बात पर क्रोध प्रदर्शित करने लगे, या अपनी अति-सम्वेदनशीलता के कारण, छोटी-छोटी बातों से अपना अपमान या स्वार्थहानि समझकर उत्यक्त होने या खीझने और बाहर के लोगों के आगे भी अपने किसी आत्मीय या प्रिय जन की प्रतिष्ठा और मानापमान की तनिक भी विचार किये बिना उसे अधिकाधिक अपमानित और लज्जित करने में सुख और सन्तोष का अनुभव करती है, ऐसी नारी से मैं कोसों दूर रहना चाहता हूँ—चाहे अपनी हो या पराई। शिरीषा के स्वभाव के कुछ विशिष्ट पहलू तो आपके आगे भी सुस्पष्ट हो ही चुके हैं। इसलिए इस समय बातों के बहाव में आकर अपने मन की यह गुप्त बात आप दोनों के आगे स्पष्ट कर देना चाहता हूँ कि अब मेरी दिलचस्पी केवल इसी बात पर है कि शिरीषा अभिनय कला में प्रवीण होकर खूब यश और ख्याति प्राप्त करे और इस कला में अन्य सभी ख्यातनामा अभिनेत्रियों से बहुत आगे बढ़ जाय और केवल अवन्ती में ही नहीं सारे भारतखण्ड में उसका नाम हो। भाग्य से आप लोगों के नाट्य संघ का आश्रय उसे मिल गया है और अब मुझे पूरी आशा बन्ध गयी है कि वह निश्चय ही इस कला में पूर्ण शिक्षित हो जायेगी और प्रसिद्धि प्राप्त करेगी। मेरी इस आन्तरिक इच्छा का ध्यान प्रचेत और आप दोनों बराबर रखें, बस शिरीषा के सम्बन्ध में मेरी केवल इतनी ही शुभ-कामना है। शेष बात इतनी है कि अब से जगदम्बा उसका बराबर भला करे और उसे शुभमति और अशेष कीर्ति प्रदान करे।"

शिरीषा के सम्बन्ध में मेरा यह लम्बा भाषण सुनते हुए रत्नप्रिया एक स्तब्ध और गम्भीर ध्यान में मग्न-सी हो गयी थी। जब मेरा भाषण समाप्त हुआ तब मुझे इस संकोच से तनिक ग्लानि तो अवश्य हुई कि मैंने अपने और शिरीषा के सम्बन्ध में अपने अन्तर्मन की प्रायः सभी गुप्त बातें खोलकर प्रचेत और रत्नप्रिया को बता दी हैं। पर इस कारण से सन्तोष भी कुछ कम नहीं हुआ कि अपने भरे हुए मन का बोझ मैंने उतार दिया—अपने प्रति अत्यन्त सौहार्दपूर्ण दो व्यक्तियों के आगे।

●

# 24
# माई से पुनर्मिलन

उसी दिन तीसरे पहर मैंने उन दोनों आत्मीयों से विदाई ली। अपने परम प्रिय मित्र और भाई प्रचेत के निजी यान में बैठकर जब मैं अपने घर की ओर चला तब रास्ते-भर मन में एक धड़का-सा बराबर लगा रहा। धड़का इस बात का था कि लग रहा था जैसे मैं कोई अविहित और अक्षम्य अपराध करके घर लौट रहा हूँ।

घर पहुँचकर जब इज्जा से मिला तब मन का सारा भारीपन जैसे कपूर की तरह विलीन हो गया। इज्जा प्रायः डेढ़-दो महीने बाद मुझसे मिलने पर इस सीमा तक हर्ष-विभोर हुई और उसने मेरा इतना अधिक दुलार किया कि मैं वह स्नेहभार सम्भाल न सका। आँखों से जल-बिन्दु बरबस बाहर निकल पड़े। आँखें पोंछते हुए जब मैं एक भ्रदासन पर सुस्ताने के लिए बैठ गया तब उसने मेरे लिए एक पात्र में गरमागरम दूध मंगाया और अपने हाथ में लेकर अत्यन्त स्नेह से मेरे आगे बढ़ाया। उसके गालों से होकर मेरी ही तरह स्नेहाश्रु टपक रहे थे। भाव-विभोर होने के कारण उसके गले के भीतर से होकर बड़ी मुश्किल से स्वर फूटा, ''सोमिल मेरे बच्छ! मेरे सौम्य! मेरे लाल! मुझे विस्तार से बताओ, तुम्हारी यात्रा कैसी रही, कहाँ-कहाँ गये, क्या-क्या देखा, मेरे लिए क्या लाये?''

मैंने तत्कल उत्तर के रूप में कहा, ''इज्जुये, पहले तुम बताओ कि इस बीच घर का क्या हाल रहा। तुम्हारे प्रति घरवालों का मनोभाव कैसा रहा, तुम सुखी और स्वस्थ रहीं या नहीं।''

''सौम्य, इस बात की कोई चिन्ता न करो। इस बीच मैं पूर्णतः सुखी और प्रसन्न रही। शिव की कृपा से मेरा भाग्य, जो संकट में पड़ा हुआ-सा लग रहा था, वह जैसे सहसा एकदम पलटा हुआ-सा लगा। घर के जो लोग मेरे प्रति बहुत ही अप्रसन्न थे वे लोग मेरे प्रति अत्यन्त स्नेहशील हो उठे हैं। घर की नारियाँ भी मेरे प्रति बहुत ही अप्रसन्न थे वे लोग मेरे प्रति अत्यन्त स्नेहशील हो उठे हैं। घर की नारियाँ भी मेरे प्रति उदार और कृपालु हो गयी हैं, मुझे ऐसा लगा।''

''कारण?'' मैंने कुतूहलवश पूछा।

''कारण तो मैं कुछ भी नहीं जानती। पर लगता है जैसे कृपानिधान, सर्वरक्षक परमेश्वर (शिब) ही किसी अज्ञात कारण से मुझ चिर-अनाथा पर दयालु और प्रसन्न हो उठे हैं। भगवती की भी सोई कृपा जैसे मेरे प्रति जग उठी है। अब मैं वास्तविक

अर्थ में स्वस्थ हूँ अर्थात् अपने 'स्व' में पूर्णतः स्थित हूँ और मेरा चित्त पूर्णतः व्यवस्थित है। आशा करती हूँ कि कि तुम मेरा सही आशय इतने से ही समझ गये होगे। अब तुम अपनी रामकहानी सुनाओ।''

मैंने कहा, ''इज्जुये, मैं भी अपनी यात्रा से प्रसन्न हूँ। मुझ जैसे निरीह और नितान्त अनुभवहीन बच्चे को कोई विशेष शिक्षाप्रद अनुभव तो नहीं हुआ, न किसी प्रकार का सांसारिक लाभ ही मैंने प्राप्त किया, पर कुछ बहुत साधारण और नगण्य-से अनुभव मुझे अवश्य हुए, जिनसे मैंने कुछ ऐसी शिक्षा अवश्य प्राप्त की जो प्रकट में इतने अकिंचित् हैं कि बताने में भी संकोच और ग्लानि का अनुभव होता है। फिर भी मुझे विश्वास है कि वह नितान्त साधारण, नगण्य और हास्यास्पद अनुभव मेरे जीवन को एक नयी और स्वस्थ दिशा देने में मेरा सहायक सिद्ध होगा।''

मैंने यद्यपि सारी बात को टालने के उद्देश्य से यह संक्षिप्त उत्तर इज्जा के प्रश्न का दिया था, पर इससे मैं इज्जा के कुतूहल की चिनगारी को पंखा झलकर भट्टी की आग के रूप में इस सीमा तक अनजाने ही भड़का दिया कि वह इस बात पर अड़ गयी कि मैं उसके आगे तनिक-सी बात भी न छिपाऊँ और अपने अनुभव के सारे भेद को खोलकर उसके आगे रखूँ फिर चाहे वह बात किसी नगण्य और उपेक्षणीय क्यों न हो।

लाचार होकर मैंने अपना सारा किस्सा बताना आरम्भ किया—इस प्रकार के सूक्ष्म विश्लेषण के साथ, जिसे मैं कभी अपने परम आत्मीय बन्धु के आगे भी न बता पाता। शिरीषा से यात्रा में प्रथम मिलन, उसकी उत्सुकता को उभारने में मेरी सफलता और फिर उसके भीतर छिपी हुई स्वाभाविक खिजलाहट और उदासीनता का भेद खुलना और उसकी बहुत बड़ी आशा के बाद अन्त में उसके अस्थिर नारी-स्वभाव की खिजलाहट की अपने ऊपर हुई प्रतिक्रिया आदि सभी बातों का रहस्य-भेदन मैंने सहज-सरल भाव से इज्जा के आगे कर दिया। कोई बात तनिक भी नहीं छिपायी। शिरीषा की सगी बहन मदनसेना से उसकी और मदनसेना की पारस्परिक ईर्ष्या और प्रतिद्वन्द्विता की बात और उस सम्बन्ध में अपने मन की प्रतिक्रिया को भी मैंने पूर्ण विस्तार से इज्जा को बताया। और अन्त में अपने ताजा मनोभाव को भी राई-रत्ती उसके आगे खोलकर रख दिया।

इज्जा ऐसी एकाग्रता से पूर्ण मनोयोगपूर्वक मेरी एक-एक बात, वरन् मेरे मुँह से निकले हुए एक-एक शब्द को सुन रही थी जैसे एक भी शब्द बल्कि एक अंकुर के प्रति अन्यमनस्क हो जाने से उसके जन्म-जन्म की साधना ही खण्डित हो जायेगी।

सब बातें पूरी हो चुकने के बाद अन्त में मैंने उसे नवीनतम स्थिति भी पूरे तौर पर समझा दी और फिर नितान्त सरल भाव से, गम्भीर मुद्रा में पूछा, ''अब बताओ इज्जा, ऐसी स्थिति में मेरा क्या कर्तव्य है?''

''बच्छ, तुमने अपना कर्तव्य प्रारम्भ से लेकर अब तक तनिक भी कहीं खण्डित नहीं किया है, वरन् बार-बार तुम उसे उन्नत और सुसंस्कृत रूप देने की ओर ही प्रयासशील और सचेष्ट रहे। शिरीषा के स्वभाव की जो कमियाँ तुमने बताईं वे मेरे आगे अत्यन्त

स्पष्ट हैं, पर मैं उन्हें उसके व्यक्तित्व और चरित्र के निर्माण के लिए अत्यन्त स्वाभाविक और आवश्यक भी मानती हूँ। मुझे मानव-चरित्र की जटिलता का थोड़ा-बहुत ज्ञान है, उसके आधार पर मैं कह सकती हूँ कि शिरीषा को परमेश्वर और भगवती ने अपनी निजी भेद-भरी योजना और उद्देश्य से जन्मजात अभिनेत्री के रूप में उत्पन्न किया है। और तुम देख लेना, वह अपने पहले ही नाटयाभिनय में सारे नाट्य-जगत् में धूम मचा देगी। यह भविष्यवाणी उसके सम्बन्ध में तुम्हारी ही बातों के आधार पर मैं कर रही हूँ। जिस दिन पहले-पहल तुम्हारे नाटक का प्रदर्शन होगा उस दिन मुझे भी अपने साथ अवश्य ले चलना।''

''निश्चित रूप से तुम्हें ले चलूँगा, इज्जा। शिरीषा के अभिनय के सम्बन्ध में मुझे तुम्हारी ही आलोचना और टिप्पणी की आवश्यकता है। तुमसे अधिक योग्य और सहृदय आलोचक मुझे इस संकट के समय दूसरा कौन मिल सकता है? तुम्हें सम्भवतः मेरी बात सुनकर यही लगेगा कि मैं आवश्यकता से बहुत अधिक औपचारिकता और शिष्टाचार की बात कह रहा हूँ। पर इज्जा, विश्वास मानो, मैंने यह अपने अन्तरतम की बात कही है और आवश्यकता से एकदम कम कहा है—स्वाभाविक संकोच के कारण।''

नहीं बच्छ, मैंने कभी किसी भी बात को औपचारिक नहीं माना, न कभी मान ही सकती हूँ। मेरी एक बात गाँठ बाँधे रहो बच्छ। तुम स्पष्ट ही बहुत अधिक बुद्धिमान हो और अपनी इस जन्मजात बुद्धिमत्ता का अपव्यय तुम कभी अपने किसी नीच स्वार्थ के साधन के हित में नहीं कर सकते। क्योंकि तुम प्रकृति से ही बहुत अधिक उदार और सदाशय हो। यह बात नहीं कि तुम निःस्वार्थ हो। और अपनी स्वार्थ-रक्षा की प्रवृत्ति तुममें है ही नहीं। पर तुम सब-कुछ के बावजूद इस सीमा तक सरल-स्वभाव हो कि तुम संसार में सर्वत्र वर्तमान और सहज-सुलभ कुटिल-बुद्धि खलों की तनिक-से स्वार्थ की रक्षा के लिए अपना सर्वस्व दाँव पर लगाने में तनिक भी हिचक नहीं सकते, तुम्हारा उदार हृदय कभी किसी नीचाशय खल की कुटिलता देखकर भी उसके नीच स्वार्थ की रक्षा बराबर करता रहेगा। तुम्हारे उदार और सहज और दानी मन की यही सहज प्रवृत्ति है और इसी में तुम्हारे लिए खतरा बराबर बना रहेगा। केवल इसी बात से मैं चिन्तित रहती हूँ, सौम्य!''

इस कथन द्वारा इज्जा ने एक ऐसी विष-भरी सुई औषध के रूप में मेरे अन्तर के मर्मस्थान में गोद की कि मैं उसके असर से आज तक प्रभावित हूँ।

मैंने उत्तर में कहा, ''इज्जा, तुमने मेरे स्वभाव के सम्बन्ध में एक मर्म की बात कह दी। तुम्हारी सारी बातें सुनकर मेरी माया-प्रपंच से भरी सारी अहन्ता सिकुड़कर, सिमटकर मेरे अन्तर के तल-प्रदेश में अपना सिर छिपाने के लिए डूब गयी है। माता, मुझे आशीर्वाद दो कि तुम्हारे दिये हुए इस दिव्य ज्ञान के प्रति कृतज्ञता का जो भाव इस समय मेरे भीतर बरसाती नदी की तरह उमड़ रहा है वह सदा, सब समय वैसा ही बना रहे और तुम्हारा दिया हुआ मंगलमय ज्ञान मेरे जीवन के घोर संकटपूर्ण क्षणों में

मुझे विस्मृत न होकर मेरी रक्षा करता रहे।" मेरी इज्जा और मेरी चिर स्नेहशीला मैया ने मेरे माथे पर और गीले गालों पर अपना स्नेहपूर्ण वरदहस्त फेरते हुए फिर एक बार आशीर्वादों की झड़ी लगा दी। मैया से विदा लेने के पहले मैंने एक अन्तिम प्रश्न उससे किया। मैंने कहा, "मैया, तुमने अभी कुछ समय पहले जो यह कहा कि शिरीषा के स्वभाव की जो कमियाँ है वे उसके व्यक्तित्व और चरित्र के निर्माण के लिए अत्यन्त स्वभाविक और शायद आवश्यक है,' यह किस आधार पर तुमने कहा, इसका भेद मेरे आगे अभी तक खुल नहीं पाया है। क्या इसे विस्तार से समझाने की कृपा करोगी?"

वह बड़े ही शान्त और धीर भाव से बोली, "सौम्य, यह बात मैंने स्वयं अपने ही जीवन के अनुभव के आधार पर कही।"

"किस प्रकार का अनुभव था तुम्हारा?" मैंने पूछा।

उसने बताया, "मेरा पालन-पोषण-बावूरिया (बेकीरिया) में हुआ, यह मैं तुम्हें शायद बता चुकी हूँ। बावरिया की राजधानी का सारा वातावरण मेरी प्रकृति के अनुकूल था। वहाँ रहकर मैं अपना देश छोड़ने का सारा दुःख भूल गयी थी और वहाँ की चहल-पहल में मैं अपने को खो देने के लिए अपनी तत्कालीन किशोर वय में ही सचेष्ट हो गयी। मुझे नृत्य, गान और नाट्याभिनय में बचपन से (प्रायः पाँच-सात बरस की वय से) ही प्रबल रुचि थी। जिसे तुम्हारे देश के लोग कहा करते हैं, पिछले जन्म के संस्कार, मुझपर भी नृत्याभिनय के प्रति शायद पूर्व जन्म का संस्कार हावी था। मैं तनिक भी किसी कारण से प्रसन्न और हर्ष-विभोर हो उठती तो अपने ही घर के समवयी बच्चों, या आत्मीय या अनात्मीय प्राचीनों के आगे बरबस नाचने और गाने लगती। मुझे किसी ने भी नाचना या गाना नहीं सिखाया था केवल अपनी समवयसी या सयानी लड़कियों को किसी धार्मिक पर्व के अवसर पर किसी मन्दिर या सार्वजनिक उत्सव के स्थान पर मैंने कभी-कभी नाचते देखा था। देखकर मेरे हाथ, पैर उन्हीं मुद्राओं और वैसी ही भाव-भंगी के साथ थिरकने के लिए चुलबुला उठते। लौटकर जब मैं घर आती तब उन्हीं मुद्राओं और उन्हीं ताल और लय में सहज भाव से नाचने लगती। इसी तरह किसी नाट्यभिनय को देखकर उसकी शब्दावली को याद करके उसे उसी देखी हुई भंगिमा में दुहराने की प्रवृत्ति मेरी बाल मन पर पूरी शक्ति से हावी हो उठती और मैं बिना किसी के आगे उसे दुहराये शान्त और संयत हो ही नहीं हो पाती थी। इस शौक का बीज पड़ जाने के बाद जो पौधा अंकुरित हुआ वह शायद मेरे अनजाने ही द्रुतगति से निरन्तर बढ़ता ही चला गया। बावरिया की राजधानी में, जहाँ मेरे आत्मीय जन आकर बस गये थे, प्रति रात्रि विविध प्रकार के नाट्याभिनय प्रशिक्षित अभिनेता और अभिनेत्रियों द्वारा होते ही रहते थे। मैं भी अपने आत्मीयों के साथ बराबर हठपूर्वक देखने जाती थी। वहाँ मंच पर नृत्याभिनय करती हुई अत्यन्त सुन्दरी किशोरी और नवयुवती लड़कियों को उल्लास और उमंग-भरी प्रशस्तियाँ पाते देखकर ईर्ष्या-लिप्त उमंग की भावना पूरे जोरों से मेरे मन की बहुत गहराई में उछल-कूद मचाने लगती। पर उन नाट्य गृहों में कहीं के लिए भी मेरे चुने जाने की तनिक भी आशा मेरे मन को सान्त्वना देने के लिए कभी

न जग पायी। इसका प्रधान कारण यह था कि दैव के अमिट विधान से मेरा एक भी आत्मीय ऐसा नहीं था जो मुझे नृत्याभिनय के व्यवसाय की ओर प्रेरित या उत्साहित करता। तब मैं यह नहीं जानती थी कि उन लोगों के मन में मेरे सम्बन्ध में किस तरह की गुप्त योजनायें बन रही थीं। मैं, बचपन से ही एक सुसंस्कृत, सुनियन्त्रित और अनुशासित वातावरण में पली थी इसलिए विद्रोह करने और उस बद्ध और चारों ओर से रुद्ध कारागार के सभी बन्धन तोड़कर बाहर के मुक्त वायुमण्डल के विस्तार में उड़ान भरने का तनिक भी साहस मुझे नहीं हो पाता था। मैं सब समय मुक्ति के लिए छटपटाती थी। मेरा स्वभाव चिड़चिड़ा हो गया था और मैं छोटे-छोटे कारणों से, या अकारण ही प्रत्येक व्यक्ति को झिड़कती और उसे नोच खाने के लिए उद्यत हो उठती। तब से मैं बराबर किसी न किसी बीमारी का शिकार होती ही रही। और अपने-आपसे इस कदर कुढ़ने लगी कि सब समय आत्महत्या के उपाय की ही बात सोचती थी। संक्षेप में अपनी एकान्त अन्तरीण और प्रिय इच्छा की पूर्ति में पग-पग पर सफलता की दिशाओं में बाधा पाते रहने से मेरा जो हाल हो गया, उसका वर्णन नहीं हो सकता। तुम्हारी शिरीषा का भी मैं वही हाल देख रही हूँ। बस, इससे अधिक इस सम्बन्ध में और कुछ नहीं कह सकती—तुम स्वयं बुद्धिमान और चतुर हो।''

मैंने श्रद्धा से सिर नवाते हुए कहा, ''मैया, तुमने मेरी मूर्खतापूर्ण शंका का बड़ा ही सटीक समाधान कर दिया है, शिरीषा के स्वभाव की विचित्रता के सम्बन्ध में मेरी आँखें खुल गयी हैं। तुम्हें कोटिशः धन्यवाद।'' कहकर मैंने बरबस उसके दोनों पाँवों के अंगूठे छू लिए।

जब मैं अपने काम से बाहर जाने लगा तब एक बात मुझे और याद आयी जो मेरी अन्तश्चेतना को पिछले कई दिनों से निरन्तर कचोटती चली जा रही थी।

मैं एक बार मैया की ओर मुँह करके लौटने लगा। माई ने सहज स्नेह-सने और भावार्द्र स्वर में पूछा, ''क्यों सौम्य, क्या कोई विशेष बात तुम्हें और पूछनी है, या कोई और काम है?''

मैंने कहा, ''इज्जा, तुम्हारा अनुमान क्या कभी मिथ्या हो सकता है? मेरी अन्तरात्मा पिछले डेढ़-दो महीने से एक प्रश्न को लेकर बुरी तरह आक्रान्त है। उसे तुमसे पूछे और उसका सन्तोषजनक समाधान हुए बिना मुझे एक पल के लिए भी चैन नहीं मिल पा रहा है।''

लगा कि इज्जा मेरी बात सुनकर चौंक-सी उठी और सुस्पष्ट उत्सुकता-भरी दृष्टि से एक बार एकटक मेरी ओर देखती हुई बोली, ''सौम्य, अवश्य पूछो वह प्रश्न। अपने अन्तर की बात बिना तनिक भी दुराव के मेरे आगे स्पष्ट रखो। तनिक भी दुराव के साथ यदि कोई बात पूछोगे तो उसके सम्बन्ध में मेरा उत्तर चाहे कैसा ही सटीक क्यों न हो, उससे कोई लाभ तुम्हें न होगा, और मेरा उत्तर अर्थहीन होकर रह जायेगा। तुम्हें भी उसे सुनकर कोई लाभ नहीं होगा, वरन् बहुत हानि भी हो सकती है। इसलिए कुछ छिपाओ मत और साफ-साफ बात बताओ।''

उसकी बात से मुझे उत्साह मिला और मैंने कहा, "भाई, बात केवल अदनीसी है, पर है बहुत जटिल तथ्य से भरी हुई और गम्भीर अर्थ रखने वाली।"

"अब बिना तनिक भी भूमिका के अपनी गम्भीर अर्थवाली बात सीधे ढंग से कह ही डालो।"

"तो सुनो, जब से शिरीषा से मेरा परिचय हुआ है और दोनों के बीच घनिष्ठता बढ़ती गयी है तभी से हम दोनों की इस बाहरी मैत्रीपूर्ण घनिष्ठता के परिणाम क्या होंगे, इस चिन्ता ने मुझे बहुत ही बेचैन कर दिया, और शिरीषा से बड़े ही असमंजस की मनःस्थिति में बात करने लगा। इससे एक बड़ा 'लाभ' मुझे स्पष्ट ही यह हुआ कि मैंने उस बाहरी वार्तालाप-जनित घनिष्ठता को कभी अपने मन के अन्तर्द्वार के भीतर रंचमात्र स्थान देने से इनकार कर दिया।

"अधिक से अधिक उस बाहरी घनिष्ठता को बहिर्द्वार के चौखटे तक ही सीमित रहने दिया। मेरे इस असमंजस्य का एकमात्र कारण यह था कि किसी बाहरी और अपरिचिता नारी को बिना गुरुजनों की अनुमति के अपने परिवार के बीच में घसीट लाने का रंचमात्र भी साहस मुझे नहीं होता। मेरी निर्लज्जता इस सीमा तक नहीं बढ़ी थी, पर—"

मेरी बात को बीच ही में काटते हुए इज्जा बोली, "ठहरो, पहले मेरे एक प्रश्न का उत्तर दो—तुम कब से शिरीषा को सचमुच में चाहने लगे थे?"

"सच पूछो तो माई, मैंने कभी एक क्षण के लिए भी शिरीषा को सचमुच में नहीं चाहा। केवल जवानी का अविचारपूर्ण जोश मुझे उससे पारस्परिक कथोपकथन की घनिष्ठता बनाये रखने के लिए प्रेरित कर रहा था। साथ ही एक बात और है। मैं जानता था कि मेरी उभरती हुई जवानी अधिक समय तक इस बातूनी घनिष्ठता को केवल बातचीत तक ही सीमित नहीं रहने देगी। इसलिए प्रारम्भ से ही मेरी आवश्यकता से अधिक सावधानी अपने को बराबर संयत रखने की ओर सचेष्ट थी। उसी ने अपने हठी स्वभाव के कारण अपने वास्तविक मनोभाव को कभी एक पल के लिए भी परोक्ष रूप से भी प्रकट न होने दिया। फिर भी इतना तो मैं उसकी नाना परस्पर-विरोधी बातों के बावजूद, समझ ही गया था कि वह मेरे साथ स्थायी सम्बन्ध स्थापित करने के लिए निश्चय ही उत्सुक है और उज्जयिनी तक वह मेरे साथ बिना विलम्ब से चले आने को उत्सुक ही इसीलिए हुई थी कि वह यहाँ आकर मेरे ही घर में किसी न किसी रूप में मेरे साथ रह जायेगी।"

"तब?" माई ने सहज स्वर में यह स्वाभाविक प्रश्न किया।

"तब इज्जा, हुआ यह कि मेरे मन ने सारी स्थिति पर अपने ही ढंग से सोचा और परखा। उसके बाद मैं अन्ततः इस निर्णय पर पहुँचा कि शिरीषा को अपने एक घनिष्ठतम मित्र के यहाँ रख दिया जाय और उचित समय की प्रतीक्षा की जाय तब उसे अपने ही पास बिना किसी पारिवारिक विरोध के वापस बुलाया जा सकेगा।"

इज्जा के मुख पर एक हल्के-से व्यंग की विनोदपूर्ण रेखा उभर उठी। उसने जैसे स्थिति की स्वाभाविक जटिलता को समझकर तनिक व्यंगात्मक चिन्ता के स्वर में कहा, "पर तुम्हें क्या इस बात का पूरा विश्वास है कि तुम्हारी शिरीषा तुम्हारे मित्र के यहाँ पूर्णतः सुरक्षित रह सकेगी? तुम स्वयं सोच सकते हो कि यह स्थिति है बड़ी नाजुक, जिसमें परम से परम आत्मीय का भी विश्वास नहीं किया जा सकता।"

मैंने कुछ हतप्रभ होकर क्षमा-याचना के-से स्वर में कहा, "मैं तुम्हारा दृष्टिकोण खूब अच्छी तरह समझ रहा हूँ, माँ। पर इतना और समझ लो कि मेरा दृष्टिकोण सर्वसाधारण की लोक-परम्परागत दृष्टि से बहुत भिन्न है। जिस नारी को मुझे अपनी जीवन-संगिनी और सही अर्थ में अपनी धर्म-पत्नी बनाना है, उसकी परख पहले ही सभी दृष्टियों से कर लेना अच्छा है, मेरी अन्तश्चेतना ने मुझे चुपके से यही संकेत दिया है। शिरीषा की यह अन्तिम परीक्षा है। इस परीक्षा में यदि वह खरी उतरी तभी मैं उसके और अपने सम्बन्ध में कोई बात निश्चित रूप से तय कर सकूँगा। इसलिए मेरी भली मैया, अपने बच्छ को तुम निरा बुद्धू, जीवन की गहराइयों के अनुभवों से पूर्णतः हीन, सरल-स्वभाव और भोला मत समझो। सारी जटिल स्थिति की प्रगति से मैं तुम्हें बराबर परिचित कराता रहूँगा। तुम्हारी हितकारिणी शिक्षा और सम्मति के बिना मैं इस (वरन् किसी भी) विषय में एक पग भी पैर नहीं बढ़ा सकता, यह मैं निश्चित रूप से समझ चुका हूँ। इसलिए अब से अपने जीवन की किसी भी संकटपूर्ण घड़ी में तुम निश्चिंत रहना।"

तब से मैं प्रायः प्रतिदिन समय और असमय इज्जा से शिरीषा के सम्बन्ध में प्रत्यक्ष या परोक्ष रूप से कोई न कोई चर्चा छेड़ता ही रहता। इज्जा से इस विषय में वार्तालाप करते हुए मैं जीवन के सम्बन्ध में अपना ज्ञान-भण्डार निरन्तर बढ़ाता जाता। मैं निश्चित रूप से यह समझने लग गया कि संसार के श्रेष्ठ से श्रेष्ठ विद्वानों और कवियों के ग्रन्थ मुझे जीवन की यथार्थता एवं जटिलता के सम्बन्ध में उस ज्ञान का एक कण भी प्रदान नहीं कर सकते जो मुझे मेरी मैया से प्राप्त होता जा रहा था। ऐसी सर्वज्ञानमयी सत्ता जो मेरी माता थी, उसे पाकर मैं संसार में अपने को सभी युवकों की अपेक्षा अधिक धन्य और भाग्यशाली पाने लगा। इस एकदम नयी अनुभूति से लैस होकर मैं अपने को सर्वशक्तिसम्पन्न और चमत्कारी पुरुष मानने लगा और तब से नित्य अरुणोदय के समय में बिस्तर से उठकर सभी प्रातः क्रियाओं से निवृत्त होकर भगवान् और भगवती की उपासना बड़ी देर तक आन्तरिक श्रद्धा और विश्वास के साथ करता हुआ शिरीषा के जीवन की पूर्ण सफलता के लिए प्रार्थना करने लगा। साथ ही अपने भीतर सुप्त पड़े हुए साहित्य-देवता को तान्त्रिक मंत्र-बल से जगाते चले जाने के प्रयास में भी कोई बात मैंने उठा न रक्खी। मेरे मन के उस सारे उत्साह के मूल में मेरी मंगलमयी माता का आशीर्वाद और चमत्कारी प्रेरणा का ही हाथ था। इस सम्बन्ध में मुझे तनिक भी अविश्वास नहीं रह गया था। भगवती मैया की उपासना करते समय मेरी आँखों के आगे अपनी इज्जा की ही मूर्ति साकार रूप में खड़ी हो जाती। उस स्थिति में मेरा मनोबल

और बुद्धिबल हिमालय के सर्वोच्च शिखर की ओर द्रुतगति से बढ़ता हुआ दृष्टिगोचर होता। मेरे मन का सारा मैल जैसे पूरी बुद्धि और विचार के आश्चर्यजनक परिष्करण से घुलकर इस तरह साफ हो गया था जैसे इसके पहले उसका रंचमात्र अस्तित्व भी पहले कभी कहीं न रहा हो।

अपने लिखे 'चीरहरणम्' नाटक की जो खोई हुई पाण्डुलिपि मैंने प्रचेत के यहाँ पढ़ी थी, उससे मैं स्वयं अपनी रचना-कला और कोशल पर इस सीमा तक लट्टू हो गया था कि शीघ्र से शीघ्र कोई नयी रचना लिखकर पूरा करने की तीव्र प्रेरणा मेरे भीतर जग उठी थी। इसलिए मैं प्रतिदिन तड़के उठकर ठीक अरुणोदय के समय पूर्व दिशा की ओर खुलने वाले गवाक्ष की ओर मुँह करके बैठ जाता और एक नयी रचना की ओर प्रवृत्त होकर लिखने बैठ जाता। उस समय पूर्वाकाश की उस आलौकिक रंगीनी में खोया जाता हुआ जब मैं दो-चार भी पंक्तियाँ अपनी नयी रचना से सम्बन्धित लिख लेता तो मुझे ऐसा हर्ष होता जैसे मैंने किसी नयी दुनिया को जीत लिया हो।

मुझ आलसी व्यक्ति को कुछ ही दिनों के लेखन से ऐसी उबास होने लगी थी कि कभी-कभी किसी विशेष क्षण में बुरी तरह खीझ उठता और कागज और कलम नीचे जमीन पर पटक देता। दूसरे ही क्षण ऐसा पछतावा महसूस करने लगता जैसे मैंने कोई घोर, अविहित और अक्षम्य अपराध कर लिया हो। मैं अपने स्वाभाविक आलस्य पर बलपूर्वक प्रहार करने की बात सोचने लगा। मैं चाहता था कि प्रतिदिन कम से कम दस-पन्द्रह पृष्ठ लिखकर शीघ्र ही अपनी नयी रचना को समाप्त कर डालूँ। पर एक तो मैं बहुत दिनों से सोचते रहने पर भी यही निश्चित नहीं कर पाया था कि किस पौराणिक, सामाजिक या वैयक्तिक विषय को आधार बनाकर अपनी नयी रचना का आरम्भ करूँ। मैं किसी हल्के ढंग के विनोदपूर्ण प्रसंग को उठाकर अपनी रचना का महत्व खर्व नहीं करना चाहता था, यद्यपि प्रचेत ने विदा होते समय इस सम्बन्ध में मुझे बार-बार सचेत किया था कि "यदि तुम चाहते हो कि तुम्हारा नाटक मंच पर खेला जाने पर प्रेक्षकों द्वारा प्रशसित होकर विशेष साधुवाद का भाजन बने और अभूतपूर्व प्रसिद्धि प्राप्त करे तो तुम्हें इस बात का ध्यान सर्वप्रथम रखना होगा कि तुम्हारे नाटक में विनोद और हास्य का तत्त्व आवश्यकता से भी अधिक रहे। आज का प्रेक्षक इसी तत्त्व को अनिवार्य समझता है और इसके बिना सब कुछ शून्य मानता है।"

मेरा एक मन प्रचेत की चेतावनी को पूर्णतया स्वीकार करके उसी के अनुसार चलने को तत्पर हो रहा था, पर दूसरा मन बार-बार मुझे दूसरी—अपनी स्वतन्त्र इच्छा की—दिशा में चलने को मुझे जैसे निरन्तर चाबुक मार रहा था। मेरा यह कोई दूसरा ही मन बार-बार मेरे कानों में कह रहा था, 'अपनी निजी इच्छा के अनुसार चलो। प्रत्येक श्रेष्ठ और मौलिक कवि बराबर यही करता रहा है। यदि साधारण जनरुचि को अपनाकर तात्कालिक ख्याति और साधुवाद के लोभ से प्रेरित होकर कोई रचना तैयार की जाय और तत्कालीन प्रेक्षकों की सहज रुचि को ही अपनाया जाय तो न तो कवि के

आत्माभिमान की रक्षा हो सकेगी और न स्थायी ख्याति ही प्राप्त की जा सकेगी। तब होगा यह कि आजीवन निन्दक आलोचकों की शत्रुता मोल लेकर साधारण और विशेष जनों की अवज्ञा-भरी शनि-दृष्टि को सहन करते रहना होगा और मन को मार-मार कर जीने को बाध्य होना पड़ेगा।''

पर मेरे इस दूसरे विद्रोही मन की ही अन्ततः जीत हुई और मैंने न जाने किस प्रेरणा से इन्द्रलोक की अप्सराओं को मंच पर उतार लाने का निश्चय किया और इस विचित्र नाटक के केन्द्रीय कथानक में इन्द्र-सभा की अप्सरियों, नटों, भाँड़ों और गन्धर्वों के जीवन और जीवन-संघर्ष के भीतर प्रेम-लीला, विशुद्ध विलासिता, पारस्परिक ईर्ष्या, विद्रूप और हास्य का मिश्रण भरकर एक नया ही नाटकीय तमाशा खड़ा कर दिया।

जब मैंने वह सम्पूर्ण विचित्र काव्य-नाटक पूरा लिख लेने के बाद दुबारा पढ़ा तब मुझे वह ऐसे व्यंजन की तरह लगा जिसमें मीठा, कड़ुवा, तीता, खट्टा, नमकीन और कसैला इन षड्रसों का एक निराला ही सम्मिश्रण हो। ऐसा एक व्यंजन मेरी इज्जा स्वयं अपने हाथों से, अपनी एक विशिष्ट पाक-योजना के अनुसार कभी-कभी विशेष अवसरों पर बनाया करती थी। वह मुझे विशेष रूप से भाता था और मैं समय-समय पर इज्जा से उसे बनाने का अनुरोध करता था। मेरे बचकाने मन की यह कल्पना अक्सर मुझे गुदगुदाती रहती थी कि महारानी इन्द्राणी अपने और अपने अतिथियों के लिए वह स्वादिष्ट व्यंजन ही तैयार करती होंगी। सो आज अपनी परिपक्व मानसिक अवस्था में भी मैंने अपने नये नाटक के लिए वही षट्रस का निराला सम्मिश्रित व्यंजन साहित्य-रस-रसिकों के लिए तैयार किया।

मैंने यद्यपि लिखने के पहले अपने मन में यह प्रतिज्ञा की थी कि जो कुछ भी और जैसा कुछ भी लिखूँगा उसे पढ़कर इज्जा को अवश्य सुनाऊंगा, ताकि उसके सुझाव के अनुसार कुछ महत्त्वपूर्ण संशोधन कर सकूँ। पर जब लिख लिया तब उसे इज्जा को सुनाने का तनिक भी साहस नहीं हुआ।

●

# 25
# मंच पर अभिनयाभ्यास की झाँकी

भाद्र मास आधा से अधिक बीत चुका था। उस वर्ष वर्षा काल समय से पहले ही समाप्त होने के लक्षण दिखा रहा था। दो-तीन दिन से आकाश के कुछ कोनों से मटमैले बादलों के उमड़ने-घुमड़ने की छिटपुट क्रीड़ा के दृश्य दिख रहे थे। धूप बहुत कड़ी लगती थी और बिना किसी चिकित्सक की विशेष योजना के सामूहिक स्वेदन क्रिया बड़े जोरों में चलने लगी थी। घर बैठे-बैठे मेरा जी बुरी तरह उकताने लगा था। इसलिए मैं एक दिन अपनी पाण्डुलिपि एक सुन्दर और पीले रंग के पाटम्बर में लपेटकर बाहर टहलने और प्रचेत से मिलने के उद्देश्य से बाहर निकल पड़ा।

पहले मैं सीधे नाट्य चत्वर की ओर चल पड़ा। मेरा प्रवहण बहुत धीमी गति से चल रहा था। या तो बैलों की जोड़ी में से कोई एक बैल बीमार था या यानचालक ही किसी कारण से सुस्त और थकित था। मेरे मन की उस समय यह अवस्था चल रही थी कि कोई विमान मिल पाता तो उसीपर बैठकर सीधे नाट्य चत्वर में प्रचेत के बाह्योद्यान में उतर पड़ूँ। पर मन की कल्पना को यथार्थ रूप देने की कोई व्यवस्था सृष्टिकर्त्ता ने अपनी योजना में संलग्न नहीं की थी। इसलिए मन मारकर, बाहर की हरियाली का मन-मोहक दृश्य देखते रहने तक ही अपनी उतावली को निरन्तर नियन्त्रित किये रहने के प्रयास में उदासीन बैठा रहा।

अन्त में किसी प्रकार नाट्य चत्वर की चहल-पहल का दृश्य सामने आ ही गया। जब मेरा प्रवहण किसी प्रकार घिसटते हुए प्रचेत के वैमानिक भवन तक पहुँचा, तब मैं बिना तनिक भी विलम्ब के उतर पड़ा। अधोवस्त्र को तनिक ठीक से कमर में कसकर और उसकी गिरावट को सममात्रिक करके जब मैं एक सुलझे हुए नागरक की मुद्रा में नये-नये वर के-से शील के साथ पगड़ी की कलगी को बहुत थोड़ा झुकाए, प्रचेत के द्वार के पास उतरा, तब सौभाग्य से रत्नप्रिया शुभकरी लक्ष्मी की तरह सोपान-श्रेणी से नीचे उतरती दिखी। मैं आन्तरिक प्रसन्नता के साथ दोनों हाथ, झुके हुए मस्तक को बिना एक क्षण को भी ऊपर उठाये, बड़ी ही श्रद्धा, स्नेह और आदर के साथ जोड़े तब तक उस एक ही मुद्रा में खड़ा रहा जब तक वह नीचे उतरकर एकदम मेरे निकट आकर खड़ी न हो गयी।

"कहिये, सब कुशल तो है? कब तक इस नाटकीय मुद्रा में खड़े रहेंगे?" रत्नप्रिया ने अत्यन्त सहज स्नेह-सने और व्यंग के हलके-से पुट-भरे बड़े ही प्यारे लहजे और प्यारे स्वर में कहा।

जब मैं अपने सहज रूप में स्थिर खड़ा हुआ और पूरी तरह से खुली आँखों से जी भरकर उस अप्रतिम सुन्दर मुखड़े को जी भरकर देखता रह गया तब वह भी उसी दृष्टि से और प्रभावपूर्ण एवं प्रभावित आँखों में मधुरस बरसाती हुई मुझे कुछ क्षणों तक निःसंकोच घूरती हुई बोली, "द्वार पर खड़े होकर इस तरह की नाटकीय मुद्रा दिखाने से क्या लाभ? चलिये मंच की ओर चलें।"

'इस समय मंच की ओर जाकर क्या करेंगे?"

"आज अवकाश का दिन है। मंच में किसी नाटक का प्रदर्शन प्रेक्षकों के आगे होने नहीं जा रहा है। केवल आगे खेले जाने वाले एक विशेष नाटक का अभ्यास कराया जा रहा है। आपकी प्रिय सहचरी शिरीषा सुन्दरी ने नाट्याभिनय कला में कहाँ तक पारंगति प्राप्त कर ली है, इस बात का ठीक-ठीक लेखा-जोखा कर लीजिये। चलिए शीघ्र।" कहकर रत्नप्रिया बिना तनिक भी द्विविधा के मेरा हाथ पकड़कर प्रायः खींचती हुई मंच की ओर ले गयी।

रत्नप्रिया के हाथ का स्पर्श मुझे क्षण-भर के लिए इन्द्रदेव की उसी सभा में पहुँचा रहा था जिसका वर्णन मैं अपने नये लिखे काव्य-नाटक में कर चुका था।

रत्नप्रिया प्रारम्भिक दृष्टि के क्षण से ही मुझे भा गयी थी। उसका असाधारण, चमत्कारी रूप, उसके स्वभाव और शील की सहजता, स्वयं अभिनेत्री न होते हुए भी, अभिनय-शास्त्र और अभिनय-कला का उसका गहरा ज्ञान, उसके मुख का चिर-स्वस्थ और चिर-प्रसन्न भाव—इन सब कारणों ने मेरे कल्पना-प्रिय मन में एक ऐसी माया-मूर्ति अंकित कर दी थी, जिसका ठीक-ठीक वर्णन मेरी समर्थता के बाहर है। वह माया-प्रतिमा आज तक निश्चल, निर्मम, प्रस्तर-मूर्ति से भी अधिक हृदयहीन और सम्वेदनारहित लग रही थी, पर आज की शुभ घड़ी में जब उसने बरबस मेरा हाथ छू लिया और मुझे खींच ले गयी तब मेरे मन के भाव में एक ऐसा रासायनिक परिवर्तन आ गया जिसकी आन्तरिक वास्तविकता का यथार्थ बोध उस विधाता को भी शायद नहीं हो सकेगा जिसने उस प्रत्यक्ष में पाषाणी, पर परोक्ष में मर्म-सम्वाहिनी, अमृत-रस से लबालब भरी हुई मूर्ति को गढ़ा होगा। प्रत्यक्ष पत्थर (या रत्न ही क्यों न कहो उसे) के भीतर उस तारातम्य का अविरत प्रवाह और फेनिल नीहारिका-राशि से भी अधिक सम्वेदन-विह्वलता कैसे सम्भव हुई? उसकी कल्पना मैंने इतने दिनों तक की ही नहीं थी। कुछ ही पग चलने के बाद नाट्य-भूमि आ ही पहुंची। रत्नप्रिया ने तत्काल झटके से अपना हाथ छुड़ा लिया। मुझे ऐसा लगा जैसे हिमालय से उच्चतम शिखर पर चढ़ चुकने के बाद किसी ने रस्से से बन्धे हुए मेरे हाथ को पूरी शक्ति से नीचे की ओर झटका देकर मुझे अधस्तम गड्ढे में गिरा दिया। मैंने बरबस निकलती हुई लम्बी सांस को रोककर बड़े प्रयत्न के बाद एक सहज श्वास निकाली और रत्नप्रिया के पग से पग मिलाता हुआ सहज गति से चलने लगा। अपना स्वाभाविक कुतूहल अधिक न दबा सकने के कारण मैंने अपने कण्ठस्वर को भरसक सहज बनाकर पूछा, "शिरीषा किस नाटक का अभ्यास कर रही है?"

'' 'चीरहरणम्' का'', उदासीनता के-से लहजे में रत्नप्रिया ने कहा।

मुझे तनिक धक्का-सा लगा, यद्यपि कोई विशेष कारण उस धक्के के लिए नहीं था। पर ज्यों-ज्यों रंगमंच निकट से निकटतर आता जाता था त्यों-त्यों न जाने क्यों, मेरा हृदय अधिकाधिक वेग से धड़कता जा रहा था शिरीषा का सामना करने का मेरा साहस नहीं हो रहा था। कहीं उसकी कमियाँ देखकर निपट निराशा मुझे न दबोच ले, इस आशंका से मैं बहुत बेचैन हो रहा था। मुझे यह भय भी हो रहा रहा था कि मेरी ओर दृष्टि पड़ते ही कहीं वह अपना अभिनय ही बन्द न कर दे। उसके स्वभाव का जितना कुछ अध्ययन मैं कर पाया था उसके आधार पर उसका ऐसा करना मुझे सम्पूर्ण सम्भव लग रहा था।

ज्यों ही मैंने सुसज्जित रंगशाला के भीतर प्रवेश किया, रत्नप्रिया ने मुझे मंच के अत्यन्त निकटवाली प्रथम पंक्ति में एक सुन्दर और आराम-प्रदायक भ्रदासन पर बड़े आदर से बिठा दिया। प्रचेत पास ही खड़ा था। उसने बड़े ही प्रेम से मेरा अभिवादन किया। शिरीषा ने भी एक विचित्र प्रकार के मिश्रित भाव से पूर्ण दृष्टि से एक पथरीला कटाक्ष मेरी ओर फेंका। संयोग से उस समय नाटक का जो अंश अभिनीत हो रहा था वह उत्सुकता की चरम सीमा को उद्घाटित करने वाला अंश था। 'चीरहरणम्' वाली केन्द्रगत घटना का अभिनय होने ही वाला था। मैं एकाग्रचित होकर धड़कते हुए हृदय से उसी को अपनी भीतरी और बाहरी दृष्टि का लक्ष्य बनाये एकदम शान्त भाव से भद्रासन पर बड़े आराम से बैठा हुआ था। सहसा खलनायक या मूलनायक बड़े प्रबल और पत्थर की दीवारों को भी चीर देने वाले स्वर में बोल उठा, ''निर्लज्जे, तुम्हारी लज्जा क्या केवल मेरे ही लिए सुरक्षित है? कपटों की पिटारी, पुंश्चले, ठीक से मेरी आँखों में आँखें डालकर बात करो।''

''हट जा मेरे सामने से निपट नीच दुःशासन! यह न समझो कि महाभारत का दुःशासन द्रौपदी का चीर हरण करने में एक सीमा तक सफल हो गया था, इसलिए आज तुम भी एक असहाय और अबला नारी की सहज लज्जा के झीने वस्त्र के आवरण के तार-तार उधेड़ने में समर्थ होगे।'' शिरीषा हाँफती हुई खलनायक के स्वर को भी मात देती हुई पूरी शक्ति से बोल उठी। ''मैं द्रौपदी की तरह अबला नारी नहीं हूँ। मैं इस सीमा तक सबला हूँ कि कृष्ण को अपने चीर की रक्षा के लिए नहीं पुकारूँगी। मैं स्वयं अपने सबल हाथों से तुम्हें कुचल डालने में समर्थ हूँ।'' यह कहकर बुरी तरह हाँफते और जोर-जोर से साँस लेते हुए शिरीषा ने उस कलियुगी दुःशासन को अपनी मुट्ठी से ऐसा धक्का दिया कि वह बुरी तरह लड़खड़ाता हुआ मंच के बाहरी सिरे पर जाकर 'हाय-हाय' कहता हुआ गिरा। प्रेक्षकों ने एक स्वर से साधुवाद की झड़ी लगा दी। यह कहते ही एक-एक शब्द में जैसे सहस्रों नागों की सम्मिलित फुफकार का विष घुला हुआ था। सहस्रों वृश्चिकों के डंकों का अमूर्त दर्शन मूर्त बनकर आक्रान्ता अभिनेता को काट खाने का भाव प्रकट कर रहा था। मैंने अत्यन्त प्रसन्न होकर मन ही मन उसे सम्बोधित करते हुए कहा, 'वाह, शिरीषे! साधु! सौ बार साधु! सहस्र बार साधु!'

मैं देख रहा था कि केवल शिरीषा के एक-एक शब्द में ही सहस्रों नागों के फनों और बिच्छुओं के डंकों का विष घुला नहीं था, वरन् उसकी आँखों से वही विष लक्षगुना अधिक तीव्र रूप से कटाक्ष-शरों के फलों में चिपका हुआ था और किसी सधे हुए तीरबेधी की तरह एक-एक शर सामने वाले खलअभिनेता को निर्मम रूप से विद्ध भी करता चला जा रहा था। उसकी वह भंगिमा ऐसी सधी हुई और अतिशय प्रभावोत्पादक थी कि मैं फड़क उठा और इच्छा हुई कि सभी दर्शकों के आगे खड़े होकर गला खोलकर चिल्लाऊँ और साधुवाद दूँ। मैंने बड़ी कठिनाई से अपने को रोका और रत्नप्रिया, जो मेरे ही निकट खड़ी थी, उसका हाथ धीरे से पकड़कर मैंने हलके-हलके दबाया और उसे अपनी बगलवाने भद्रासन पर, जो खाली था, धीरे से बैठ जाने का संकेत किया। वह बैठ गयी। मैंने उसके कान तक अपना मुँह ले जाकर फुसफुसाते हुए कहा, ''अद्भुत है। अनुपम है। बड़ी ही चमत्कारी शिक्षा दी है आपने इसे।''

'मैंने शिक्षा नहीं दी है। भैया ने ही इन्हें पूर्णतः प्रशिक्षित किया है। इसलिए सारा श्रेय-सुझाव उन्हीं को मिलना चाहिए। मैं तो केवल छिटपुट सुझाव और संकेत-भर इन्हें समय-समय पर देती रही हूँ।''

'पर आपके वे सुझाव और संकेत निश्चय ही बड़े मार्मिक रहे होंगे। अन्यथा शिरीषा, जो इस कला में एकदम नौसिखिया है, कभी ऐसा मर्मभेद प्रभाव प्रेक्षकों पर न छोड़ पाती।'' मैं फुसफुसाया।

''हो सकता है, पर अभी चुपचाप देखते जाइये। यह तो एक ही दृश्य आपने अभी देखा है।'' रत्नप्रिया भी उसी तरह फुसफुसाती हुई बोली।

शिरीषा जैसे बिना किसी प्रेक्षक के मन पर पड़ते रहने वाले प्रभाव की तनिक भी परवाह किये, अपने तत्कालीन अभिनय में इस तरह निमग्न थी, जैसे नाटक की नायिका के चरित्र का परिपूर्ण अध्ययन करके अपने व्यक्तित्व में उस कल्पित और नाट्यान्तर्गत नारी के व्यक्तित्व को पूर्णतः घुला-मिला चुकी हो। मुझे लगता था जैसे किसी सिद्ध योगी ने किसी शव के भीतर किसी जीवित आत्मा को प्रविष्ट करा दिया हो और वह शव उस जीवित व्यक्ति का ही पूर्ण प्रतिरूप बनकर जी उठा हो। शिरीषा इस समय किसी भी अर्थ में, किसी भी अंश में शिरीषा नहीं रह गयी थी। जैसे मेरे नाटक के सैन्धवी नाम की नायिका मेरे नाटक की पाण्डुलिपि के कीट सदृश टेढ़े-मेढ़े अक्षरों के जाल-जंजाल में छिपे रहने के बाद किसी इन्द्रजाल की माया से एक मूर्त और साक्षात् नारी बनकर उभर उठी हो और अब मंच पर अपने व्यक्तित्व के स्वतन्त्र रूप को क्रमशः उभारती जा रही हो।

मैं नाटक की अन्तिम परिणति देखने तक अपने आसन पर जमकर बैठा रहा और टस से मस न हुआ। बीच-बीच में शरीर की एक विशेष प्राकृतिक क्रिया मुझे कुछ क्षणों के लिए उठकर बाहर जाने को विवश करने में प्रयत्नशील थी, पर मैं अपने स्थान पर चट्टान की तरह अडिग जमा रहा। मैं शिरीषा के अभिनय के एक छोटे से भी छोटे

और साधारण से भी साधारण दृश्य को अनदेखा नहीं रहने देना चाहता था। जब नाटक अन्त में समाप्त हुआ तब रत्नप्रिया ने मुझे हलके-हलके टहोकते हुए उठाकर बाहर चलने का संकेत किया। मैं उठा और रत्नप्रिया के साथ बाहर निकल पड़ा। रत्नप्रिया ने सोचा कि मैं सीधे घर को लौट चलने के लिए उत्सुक हैं। उसने अपने एक आदमी से कहकर अपना निजी यान मंगाया। मैंने बीच ही में टोकते हुए कहा, ''मैं अभी जाने की जल्दी में नहीं हूँ। शिरीषा से मिलकर, दो-एक बातें करके तब जाऊँगा।''

रत्नप्रिया, न जाने क्यों, तनिक झेंपी और फिर बोली, ''तो चलिये, हमारे यहाँ चलकर तनिक श्रीखण्डीय पीजिये और सुस्ताइये।''

''श्रीखण्डीय क्या?'' मैंने एकदम अन्यमनस्क भाव से पूछा।

''दही को मथकर, उसमें चन्दन का सुगन्धित चूर्ण मिलाकर जो घोल बनता है उसे ही श्रीखण्डीय पेय कहते हैं। असल में उसका पुराना नाम है कालशेय। मैंने ही यह नाम श्रीखण्डीय रखा है।''

''अरे हाँ हाँ, वह तो अमृत-तुल्य सुस्वादु और बलवर्धक और श्रान्तिनाशक पेय है। मैं अवश्य पीऊँगा। चलिये, तब विलम्ब न कीजिये। शिरीषा स्वतः वहीं आयेगी, तभी उससे बातें होंगी।''

हम दोनों प्रहर्ष वर्मा के वैमानिक भवन की ओर चल पड़े। वहाँ प्रचेत के कमरे में एक गाव तकिये पर कमर अड़ाकर मैं आधा पसर-सा गया। पसरने से बड़ा आराम मिला, भद्रासन पर बैठे-बैठे शरीर थक गया था। उसके बाद रत्नप्रिया ने एक हाथ से स्फटिक-पात्र में श्रीखण्डीय पेय मेरे आगे रखा और दूसरी हाथ से चाँदी की तश्तरी में उसीका प्याला रखा जिसमें कुछ सुगन्धित लेह्य पदार्थ रखा था। मैंने पहले एक चम्मच से उसे चखा। उसमें चन्दन के अतिरिक्त और भी कोई तीव्र सुगन्धवाला पदार्थ मिला दिया गया था। विविध प्रकार के मसाले उसमें डाल दिये गये थे और केसर के मिलाने से उसमें रंग की बहार आ गयी थी। मैं देर लगाकर उसे चूसता और चाटता रहा। उसके बाद ऊपर से श्रीखण्ड-मिश्रित पेय पिया। बड़ी ही तृप्ति और आराम का बोध हुआ। इतने में शिरीषा बाहर ही से चहकती और कल-कल शब्दावली का फुहारा-सा छोड़ती हुई भीतर आ पहुँची। मैं सकपकाता हुआ-सा बरबस उठ खड़ा हुआ और बिना कुछ सोचे-समझे मैंने बड़े आदर से उसकी ओर सिर नवाते हुए दोनों हाथ जोड़ दिये।

शिरीषा की आँखों में और ओंठों के सिरों पर तीव्र व्यंग्य से पूर्ण तीखी मुस्कान उभर उठी।

''यह क्या? यह क्या? आज यह नया नाटक कैसा?'' कहते हुए उसने मेरी ओर देखकर उस नये नाटक को तत्काल बन्द कर देने के लिए संकेत किया। मेरे आगे अपनी स्थिति की हास्यास्पदता सुस्पष्ट हो उठी।

बड़े ही विनयपूर्ण सहज स्वर में मैंने पूर्ववत् सिर नवाते हुए कहा, ''शिरीषे, मैंने तुम्हारा आज का अभिनयाभ्यास मध्य से अन्त तक देखा। अद्‌भुत चमत्कार-पूर्ण था

तुम्हारा अभिनय। ऐसा, जैसा मैंने किसी भी ख्यातिनामा अभिनेत्री की कला में इसके पहले कहीं नहीं देखा था। तुम धन्य हो और निश्चित रूप से जन्म-जात और महानूतम अभिनेत्री सिद्ध हुई हो। मैं सहस्रशः तुम्हारा अभिनन्दन करता हूँ। अपने अभिनय-जीवन के भविष्य के लिए भी मेरी आन्तरिक सौहार्द्रपूर्ण शुभ-कामनाएँ स्वीकारें!'' कहकर मैंने भावुकता से पूर्ण आदेश में सचमुच उसके जावक-राग-रंजित दोनों पाँव पुलक-प्रकम्प के साथ छू लिये।

''अरे, क्या बावले हो गये हो, मुझे क्यों इस प्रकार सबके आगे निपट लज्जित करते हो?'' उसकी झिड़क में तनिक खीझ का भाव अवश्य था, पर साथ ही विशुद्ध हर्ष की खिलखिलाहट भी—श्रीखण्ड में घुले हुए केसर की तरह, सहज रूप में घुली-मिली थी। मेरी आँखों में बरबस वाष्प की एक हल्की परत का जाल-सा छाता जा रहा था और कण्ठ गद्गद हो उठा था। बल्कि रून्ध-सा गया था।

गला खंखारकर मैंने अपनी इच्छाशक्ति के पूरे प्रयोग से अपना कण्ठ-स्वर सहज और स्वस्थ बनाकर उसे कुछ आकर्षक भी बनाया। सबके सामने ही मैंने उन्मुक्त कण्ठ से कहा, ''शिरीषे, मुझे क्षमा करना, मेरे मन ने कभी तुम्हारे इस बात पर अन्तरात्मा की पूरी शक्ति से विश्वास नहीं किया कि तुम्हारे भीतर अभिनयकला जन्म से ही वर्तमान है और वह उपयुक्त परिस्थिति न मिलने के कारण विकास नहीं कर पायी है और सोई पड़ी है। इस प्रचण्ड सत्य के प्रति मैं इतने दिनों तक संदिग्ध रहा, और केवल तुम्हारी छोटी-छोटी त्रुटियों के प्रति ही ध्यान देता रहा, मेरे स्वभाव की नीचता ही इसका कारण रही है। उसके लिए मैं तुमसे हार्दिक क्षमा चाहता हूँ और यह भी आशा करता हूँ कि तुम अपने स्वभाव के बहुत भीतर निहित उदारता को उभारकर मुझे मुक्त हृदय से क्षमा-दान दोगी।''

इतना कहकर मेरी संगीत-प्रियता उजागर हुई और मैंने अन्तर के पूरे आनन्द से सस्वर इस श्लोक की आवृत्ति करना आरम्भ कर दिया—

त्वं वैष्णवी शक्तिरनन्तवीर्या  
विश्वस्य बीजं परमासि माया।  
सम्मोहिते देवि समस्तमेतत्  
त्वं वै प्रसन्ना भुवि मुक्तिहेतोः।।

यह श्लोक (या गीत) सुनते ही शिरीषा जैसे किसी रहस्यमयी माया की मूर्च्छना से विह्वल हो गयी और उसी क्षण पूर्ण भावावेश में वह मेरे एकदम निकट आकर रत्नप्रिया, प्रचेत, विभिन्न कर्मचारियों, दासों और दासियों की उपस्थिति की तनिक भी परवाह न करके मुझसे लिपट गयी। मेरी सशक्त दाई भुजा और दायें ही वक्षस्थल के बीच वाले कोने को अपने मस्तक का आश्रयस्थल बनाकर, उसी एकान्त रिक्त स्थान में अपना मुख छिपाकर, उसने सिसक-सिसक कर, हुकर-हुकर कर रोना आरम्भ कर दिया। उसका वह क्रन्दन ऐसा करुण और आर्त था कि लगता था वह अपने बहाव में विश्व

के सारे प्रपंचमय चक्र को एकदम सिन्धु और गंगा की धाराओं में बरबस बहाती हुई किसी अज्ञात और अनन्त समुद्र में पूर्णतः सदा के लिए निमग्न कर देगा।

जब उसका आवेग तनिक शान्त हुआ तब वह अपने बिखरे हुए बालों को, जो मंच पर अभिनय करने के समय से ही अभी तक वैसे ही बिखरे पड़े थे, और अभी तक संवारे नहीं गये थे, उन घने और बड़े-बड़े बालों की लटों को नागों की तरह हिलाते-डुलाते हुए मेरे दाहिने कक्ष के भीतर फिर एक बार मुख छिपाकर जैसे किसी पहाड़ की छोटी-सी गुफा के भीतर से गूँजती हुई-सी स्वर-लहरी को बड़ी पाषाणी बाधाओं के साथ निकालती हुई बोली, "मैं तुम्हें क्षमा करूँ—मैं युग-युग की विकृतियों की पूँजीभूत पोटली, एक तुच्छतम नारी तुम्हारे समान महान् उदाराशय पुरुष को क्षमा कर सकने का दम्भ भरूँ? इस बात की कल्पना से भी मुझे नरक में भी ठौर नहीं मिलेगा। तुम साक्षात् देवता हो और तुमने मेरी स्त्रीजनोचित कुटिलताओं से पग-पग पर परेशान होने के बावजूद, बराबर मेरे प्रति शुभ कामना ही अपने मन में सुरक्षित रखी और अंत में प्रचेत भाई और बहन रत्नप्रिया के सशक्त सुदृढ़ और कुशल हाथों में मुझे सुरक्षित छोड़कर मेरा जो कल्पनातीत कल्याण किया इस ऋण में कभी जन्म-जन्म तक उऋण नहीं हो सकूँगी। मुझे अभिनेत्री बनने का साहस तुम्हीं ने प्रदान किया है और केवल तुम्हीं ऐसा करने की क्षमता रखते थे। क्षमा तुम मुझे करो। मैंने तुम्हारे हृदय को अकारण पग-पग पर दुखी किया है। मेरे ये अगणित पाप कैसे, किस महानदी में धुलेंगे?" कहते ही वह फिर मुझसे इस तरह लिपट गयी जैसे जाल में फँसी हुई लवा अपने उस त्राणकर्ता से चिपट जाती है जो एक व्याध के विकट जाल से उसे छुड़ा देता है। और फिर एक बार सिसकने, फफकने और हुकरने लगी। मैंने सोचा, अब फिर मैं बुरी बला में फँसा। और उस बला से अपने को छुड़ाने का कोई उपाय ही मुझे नहीं सूझ रहा था।

इतने में रत्नप्रिया सहसा आकर शिरीषा की बगल में खड़ी हो गयी। उसके साथ एक दासी थी जो एक छोटे-से स्फटिक पात्र में श्रीखण्डीय की तरह का कोई तरल पदार्थ लिये हुए थी। मैंने बच्चों को खिलाने के-से स्वर में, बड़े मीठे लहजे से कहा, 'शिरीषे, वह देखो रत्नप्रिया तुम्हारे लिए क्या उपहार लायी है।" शायद रत्नप्रिया के नाम के जादू के स्पर्श से वह स्वप्नलोक से तुरन्त लौटकर फिर जाग्रत लोक में आ गयी और हड़बड़ाती हुई पलटकर देखने लगी।

"लीजिये, नगर के एक प्रसिद्ध वैद्यराज के बताये हुए नुस्खे के आधार पर मैंने यह एक ऐसा पेय तैयार किया है जो अब श्रीखण्डीय के नाम से नगर के प्रतिष्ठित समाज में चल पड़ा है। आपकी इस समय की मनःस्थिति में और आज की उमस में यह निश्चय ही आपको तत्काल बहुत लाभ करेगा। इसका असली नाम कालशेय है, जो दुर्धर्ष और चिर चंचल काल को भी सुला सकने की सामर्थता रखता है।" इन सभ्य, सुशिष्ट और सुमिष्ट शब्दों के साथ रत्नप्रिया ने बड़ी ही शालीनता के साथ सर्पिल और लचीली भुजा से जुड़ा हुआ अपना दाहिना हाथ शिरीषा की ओर बढ़ाया।

शिरीषा ने इस बार तनिक-सी भी अशिष्टता न दिखाकर बड़े प्रेम से उस पात्र को लिया और उसी क्षण, बिना विलम्ब के उसे घूँट-घूँट करके पी गयी। पीते ही बोली, ''वाह! ऐसा तृप्तिकर पेय मैंने अपने जीवन में पहले कभी नहीं पिया। पीते ही एकदम नयी स्फूर्ति मेरे अंग-अंग मे संचारित हो गयी है।''

मैं देख रहा था, शिरीषा अब पूर्शतः बाहर से, और भीतर से भी जाग्रत नहीं थी, वरन् अपने स्वभाव के उच्चतम रूप का आवरण उसने अपने व्यक्तित्व के ऊपर ओढ़ लिया था। जिस अपरिहार्य भावुकता के आवेगवश उसने अभी-अभी जो नाटकीय कृत्य किया था और सारी उपस्थित जनता के आगे मुझसे सहज ही लिपटकर कसकर फफक उठी थी, उसकी प्रतिक्रिया के रूप में ग्लानि का तनिक भी प्रदर्शन उसने नहीं किया। बड़े ही सहज स्वर में बोल रही थी वह। प्रचेत ने साहस करके तनिक आगे बढ़कर पूछा, ''कहो बहन, तुम अब पूर्ण स्वस्थ तो हो?''

''हाँ, भैया, आप लोगों की कृपा से मैं इस क्षण अभिनय-ज्वर से पूर्ण मुक्त हो चुकी हूँ।''

''सचमुच आज आपका अभिनय पूर्णता के इस शिखर तक पहुँचा हुआ था। कि मुझे आश्चर्य से स्तंभित रह जाना पड़ा।''

''आप तो प्रतिक्षण मेरे नाटकीय काण्ड देखते ही रहते हैं, ऐसी स्थिति में जब आपको भी आज मंच में मेरा 'काण्ड' देखकर स्तम्भित रह जाना पड़ा तब तो मैं निश्चय ही धन्य हो गयी हूँ। और इस धन्य होने के लिए आप ही को सहस्रशः धन्यवाद है।'' कहकर उसने बड़ी ही गम्भीर मुद्रा में प्रचेत की ओर हाथ जोड़े। फिर तत्काल ही वह चहक उठी, ''मैं आज सच्चे अर्थ में कृतार्थ हो गयी हूँ। मेरी वह परीक्षा, जिसके लिए मैं पिछले दो महीनों से बहुत ही चिन्तित और बेचैन थी, वह आज समाप्त हो गयी है। अब आगे के लिए मुझे किसी भी प्रकार का तनिक भी भय नहीं रह गया। शरद् पूर्णिमा के दिन...''

''नहीं, 'दिन' नहीं, ''रात्रि' कहिये।'' रत्नप्रिया ने ठीक अवसर पर बड़े ही प्रेम से टोका। सभी खिलखिलाकर, पूरे आनन्द से हँस पड़े।

''हाँ बहन, तुमने बिलकुल ठीक कहा। शरद् पूर्णिमा की आनेवाली रात की याद आते ही, मुझे पिछले कुछ दिनों से जो ज्वर-सा आ जाया करता था—अपनी अक्षमता के भय से—वह अब एकदम लुप्त हो गया है। मेरे इस भय को भगाने में तुम दोनों भाई-बहन का ही पूरा हाथ रहा है। कृतार्थोऽस्मि!''

मैंने तत्काल ईर्ष्यालु बच्चों का-सा भाव जताते हुए कहा, ''मैंने अभी, कुछ ही समय पहले जो तुम्हारी अकृत्रिम प्रशंसा की और उसके पहले जो तुम्हें बराबर प्रोत्साहित करता रहा, उसकी तुम एकदम उपेक्षा ही करती आ रही हो, मुझे तुम्हारे धन्यवाद का एक कण भी प्राप्त नहीं हो रहा है, इसका ध्यान रखो।''

''तुम्हें किन शब्दों में धन्यवाद दूँ? मेरे इस नये जीवन के अस्तित्व का मूल कारण ही तुम हो, मैं किन शब्दों में तुम्हारे इस महादान के प्रति अपनी कृतज्ञता प्रदर्शित करूँ।''

''तुम आज खेल-ही-खेल में व्यक्त की गयी किसी साधारण बात की प्रति भी इस सीमा तक उत्तेजित हो उठती हो कि जी करता है तुम लोगों के कथोपकथन के बीच मैं मौन होकर किसी रूठे हुए बच्चे का-सा स्वांग रचता रहूँ। अच्छा, मेरा एक उपदेश सुनो। प्रेम से सुनना और उसका अन्यथा कोई अर्थ न लगाना। इसके बाद तो मैं मौन-व्रत ले ही लूँगा।''

''पहले अपना उपदेश तो कह डालो।'' अधीर भाव से शिरीषा बोली।

''तो सुनो!'' मैंने कहना प्रारम्भ किया, ''तुम आज इस सीमा तक उत्तेजित हो उठी हो (जैसे कि वर्तमान स्थिति में स्वाभाविक है) कि अब तुम्हें तुरंत लेट जाने और आराम करने की आवश्यकता है। बुरा न मानना।''

''मैं भी ही कहने जा रही थी।'' रत्नप्रिया बोल उठी।

''तुम यह कहना चाहती थीं, पर कह न सकीं। जबकि अन्ततः मुझे ही बुरा बनना पड़ा।''

''नहीं, बुरा मानने की कोई बात नहीं।'' शिरीषा अत्यन्त प्रेमपूर्वक मुस्कराती हुई और मुझे सान्त्वना देती हुई बोली। ''मुझे अब तुम इस सीमा तक नन्ही-मुन्नी न समझो कि मैं सब समय इस तरह की छोटी-मोटी बातों से रुष्ट होती रहूँगी। अब मैं सयानी हो गयी हूँ, मुझसे किसी के डरने का कोई कारण नहीं रह जाना चाहिए।''

रत्नप्रिया के मुख पर एक अव्यक्त-सी प्यारी मुस्कान खिल उठी।

''नहीं बहन, मैं अच्छी तरह समझ गयी हूँ कि आपसे डरने का अब कोई कारण किसीके लिए नहीं रह जाना चाहिए। और आपके लिए भी अब कोई कारण दूसरों से डरने का नहीं रह गया है। इसलिए चलिए अभी मेरे साथ अपने कक्ष में और चुपचाप बच्चों की तरह लेट—बल्कि सो—जाइये।''

''ठीक है!'' मैंने कहा—''अभी तुम्हारी उत्तेजना शान्त होगी और कालशेय पीने का गुण भी सार्थ हो जायेगा। रत्नप्रिया, दो पात्रों में कालशेय और मंगाओ। मैं भी थक गया हूँ।''

''मैं तो श्रीखण्डीय ही मंगाऊँगी, कालशेय नहीं, अगली परीक्षा के लिए पर्याप्त स्फूर्ति, शान्ति और उत्साह तुम्हें मिल सकेगा। वैद्यशास्त्री भी यही कहता है।''

और शिरीषा बिना बहस के रत्नप्रिया के साथ, उसके हाथ का तनिक-सा सहारा लेकर चली गयी।

मुझे बड़ा आराम मिला और मैं आश्वस्त हुआ। थोड़ी देर बाद जब कालशेष आया और रत्नप्रिया के साथ शिरीषा भी लौट आयी तब फिर कुछ देर स्फुट बातों के आनन्द का सिलसिला चला।

●

# 26

# शरत् पूर्णिमा की वह अविस्मरणीय रात

शरत् पूर्णिमा के आने में अब केवल पन्द्रह दिन शेष थे। मैं एक-एक दिन गिनता हुआ नयी-नयी आशाओं के सपनों में खोया रहा। समय बीतने में कभी उतनी देर नहीं लगती जितना लोग उत्सुक और आशंकित रहते हैं। अन्त में एक दिन शरत् पूर्णिमा की सुबह आ ही पहुँची। सबेरे से ही मैंने माई को रात नाटक-दर्शन के लिए तैयार रहने के उद्देश्य से आग्रह करना आरम्भ कर दिया। माई सम्भवतः मुझसे भी अधिक उत्सुक थीं।

"क्या मुझसे अभी से तैयार हो जाने को कह रहे हो या क्या आशय है तुम्हारा स्पष्ट कहो।"

"इज्जा, मेरा यह आग्रहातिरेक केवल इस कारण है कि मैं स्पष्ट देख रहा हूँ कि नाट्य-जगत् के आकाश में आज एक ऐसा धूमकेतु उदित होने जा रहा है जैसा पिछले पाँच सौ वर्षों से किसी ने कभी नहीं देखा।" मैंने अपनी आशा के स्वप्न को सातवें आसमान की पृष्ठभूमि में देखते हुए कहा।

"धूमकेतु तो उदित होने जा ही रहा है, पर एक धूमकेतवी भी इस पृथ्वी के निम्नाकाश में ऊपर से उतरने जा रही है, ऐसा कहो। सटीक और तात्त्विक शब्दों में बात करो!" माई ने तनिक डाँट पिलाने के लहजे में अपनी टेढ़ी भौंहों को तनिक सीधा करने के व्यर्थ प्रयास की मुद्रा में कहा, "जब से तुमने शिरीषा को मंच पर अभ्यास करते देखा है तब से तुम्हारी आशा छह आकाशों को पार करके सातवां पर पहुँच चुकी है, बेटे। यह बहुत अच्छा है। निराश कभी किसी स्थिति में नहीं होना चाहिए और आशा को निरन्तर शाण पर चढ़ाते रहना चाहिए, जिससे मनोबल निरन्तर बढ़ता रहे और मन नयी-नयी दूरियों को बिना किसी बाधा के आसानी से लाँघता रहे।"

"वाह माई, वाह! यह तुमने ऐसी अनमोल बात कही, जिसकी इस समय मुझे बहुत बड़ी आवश्यकता थी।" मैने कहा।

संध्या को आकाश का महादीपक जब क्षितिज के नीचे की अंधेरी गहराई में डूबकर बुझ गया तब माई बाहर निकलने के लिये तैयार हो गयी और अपने सुनहले चमकीले रेशमी वस्त्रों की लपेटों में इस प्रकार सजकर मेरे आगे खड़ी हो गयी जैसे स्वयं भी एक दीपक हो -अगाध तिमिर के आवरणों के ऊपर भ्रमित पथिकों को पथ दिखाने वाला अन्तहीन, तीव्र-प्रज्जवलित धूमकेतु।

"अब देर क्यों कर हरे हो, समय हो गया है, चलो सोमिल।"

मैं उसकी वाणी सुनकर चौंक उठा। सोचने लगा, "क्या कोई धूमकेतु भी अपने मुख से किसी प्रकार की वाणी निकाल सकता है?"

दूसरे ही क्षण सचेत और पूर्ण जाग्रत होकर जब अपने आपे में आया और समझने लगा कि वह कोई धूमकेतू नहीं, मुझ अनाथ की चिर रक्षिका जननी है, तब बोला, "चलो माई, मैं तो पहले से ही तैयार बैठा हूँ। वैसे तभी तनिक भी देर नहीं हुई है। प्रचेत ने कहा था, 'आज कुछ विलंब से ही नाट्य-प्रदर्शन आरम्भ करेंगे। कुछ समय तक दर्शकों को शरत् की अमल-धवल चन्द्रिका का विश्वव्यापी, शुभ्र अलोक-प्रसार का सुख लूटने दिया जाय।'"

"हुम्, यह बात है। ठीक किस समय आरम्भ करने को कहा उसने?"

"सूर्यास्त के दस घड़ी बाद।"

"तब हो गया समय।" कहकर उसने प्रतिहारी को बुलाया। प्रतिहारी के आने पर कहा, "जाओ, पता लगाओ, ठीक क्या समय हुआ है।"

"जो आज्ञा!" कहकर प्रतिहारी प्रायः दौड़ती हुई चली गयी।

कुछ ही देर बाद लौटकर बोली, "सूर्यास्त के बाद आठ घटिकायें बीत चुकी हैं।"

"तब चलो सोमिल, तब तनिक भी विलंब न करो। यदि हम लोग नाटक का प्रारंभिक दृश्य ही देखने से वंचित रह गये तो शेष भाग अर्थहीन लगने लगेगा। यहाँ से नाट्य चत्वर में पहुँचते-पहुँचते दो घटिका का समय लगेगा। चलो त्वरित।"

यान बाहर खड़ा था, हम दोनों उस पर बैठ गये। चारों ओर पूर्ण चन्द्र का निर्मल प्रकाश इस मस्ती से बिखरा हुआ था जैसे समग्र हिमालय की अंतहीन हिम राशि संहत होकर ऊपर चंद्र की गोद में सिमटी हुई शुभ्रतम मेघराशि की प्रतिच्छाया के रूप में समग्र पृथ्वी के फैले हुए अँचल में अपने पूर्ण-प्रतिबिम्ब की मोहनमाया की जाल ताने हुए हो। मैं चारों ओर दृष्टि दौड़ाता हुआ मुग्ध हो रहा था। उस विश्वव्यापी मोह-माया के सम्बन्ध में मैं कोई काव्यात्मक कल्पना तनिक भी नहीं कर पा रहा था। अपने भ्रमित मन की उस अपूर्व हर्ष और आशंका-मिश्रित क्षण में किसी भी उपमा या रूपक का निरूपण करने की बचकानी इच्छा मेरे मन को बीच-बीच में अशान्त अवश्य कर रही थी, पर उस क्षण कुछ भी सोचने-विचारने या निर्धारित कर सकने की रंचमात्र समर्थता ही मुझमें नहीं हर गयी थी। मैं केवल देख रहा था, देख रहा था और उस पूर्णतः मुग्ध कर देने वाले दृश्य की अवधारणा भी ठीक से नहीं कर पा रहा था। वरन् सब पूछा जाय तो उस आकाश-पाताल व्यापी आनन्द के साम्राज्य के बीच एक निराले ही भय और आशंका की घुटन से मेरा कबूतर का-सा छोटा हृदय सब समय धुक-धुक करता जाता था। वह भय कहाँ से मेरे भीतर प्रवेश कर गया? वह आशंका किस रहस्य-लोक से आकर मेरे नन्हें-से सरल हृदय पर प्रपंचाघात कर रही थी? मैं नहीं

जानता। पर मैं सोचने लगा—मुझ जैसा अभागा प्राणी इस संसार में कौन होगा जो मुक्त और निरवच्छिन्न आनंद के इस उमड़ते हुए महासागर के बीच के किसी अज्ञात और अलक्षित कण के कारण अशांत और बुरी तरह विचलित हो रहा हो?

और मानसिक दृष्टि के इसी एक छोटे-से बिन्दु ने जैसे आनन्द के महासागर को अपने अदृश्य आवरणों से लुप्त कर दिया। सृष्टि-चक्र के इस एक विरोधाभास ने जीवन के सम्बन्ध में मेरी धारणा ही एकदम बदल दी।

तब से मैं स्वयं अपने अस्तित्व के मूल्य-निर्धारण के काँटे को सही परिप्रेक्षण में रखकर अपने अस्तित्व की वास्तविकता का ठीक-ठीक मूल्यांकन करने की ओर पूरी लगन से जुट गया। उस रात और उस घड़ी मुझे इस सत्य की उपलब्धि हुई कि अपने यौवन के मद से मत्त कोई भी व्यक्ति अपनी मत्तता में चाहे अपने को कैसा ही सर्वशक्तिमान क्यों न समझे, बिना तटस्थ आत्म-विश्लेषण के वह कभी सत्य की ठीक-ठीक उपलब्धि करने में एकदम अक्षम रहता है और वास्तव में वह एक अत्यन्त तुच्छ धूलिकरण से भी अधिक सत्ताहीन होता है और एक साधारण-सी हवा के झोंके से कहाँ से कहाँ प्रक्षिप्त होकर एकदम उपेक्षणीय कृमि-कीट से भी अधिक उपेक्षणीय, निर्बल, निपट, असहाय और तुच्छ हो जाता है। व्यक्ति का सारा तूफानी घमंड पद्म-पत्र स्थित जल-बिंदु से भी अधिक निःसत्त्व और क्षण-स्थायी होता है, जो अभी या और अभी अस्तित्वहीन हो गया है। इसलिए अपने को ईश्वर से भी अधिक शक्तिमान, सर्वेश और सर्व-नियंता समझने वाले दर्पस्फीत युवक! तुम इस क्षण चाहे कैसे ही प्रचंड दोदण्ड प्रतापशाली समझ रहे हो अपने को, वास्तव में इस महा विश्व-प्रपंच के बीच पानी के एक छोटे-से बुलबुले से अधिक शक्तिशाली नहीं हो, सम्यक् आत्म-विश्लेषण द्वारा यदि अभी अपने अस्तित्व के और कल्पित महत्त्व के यथार्थ को समझने का प्रयत्न नहीं करोगे तो शून्य आकाश में तैरने वाले लक्ष-कोटि धूलिकणों की तरह सत्तारहित सिद्ध हो जाओगे। समग्रसृष्टि के सारे माया-प्रपंच के भीतर अपनी शून्यतुल्य सत्ता को तुम सृष्टिकर्त्ता के तुल्य महत्वशाली तभी बना सकोगे तब अध्यवसाय द्वारा निरन्तर सम्यक् आत्म-विश्लेषण के सत्य का छोर छू सको।"

उस एक क्षण के भीतर, मेरी अकारण निराशा ने मेरे अपनेपन को सर्व-शोषी महा-अंधकार की लपटों में पूर्णतः विलीन कर दिया। जैसे सृष्टि में आनन्द का लेश तो क्या, उस महा-निराशा के अतिरिक्त और किसी तत्त्व का अस्तित्व ही न हो। उस क्षण में मैं यद्यपि मन ही मन विश्व के सभी महा-जीवन के अनुभवों से शून्य युवकों को संबोधित कर रहा था, पर दूसरे ही क्षण मेरे आगे यह बात स्पष्ट हो गयी कि मैं उस क्षण में स्वयं अपने को ही संबोधित कर रहा था और स्वयं अपने ही अकारण गर्व को चूर-चूर करने के प्रयत्न में लगा था। पर कहीं निस्तार नहीं पा रहा था और किसी निश्चित परिणाम पर मैं नहीं पहुँच पा रहा था।

इज्जा को भी जैसे संयोग से किसी ने मेरे ही अन्तर की काली निराशा के सर्वव्यापी आवरण के भीतर लपेट लिया था। शरत्‌काल की उस अपार और अनन्त चन्द्रिका-राशि

के बीच कालरात्रि की कौन-सी शक्ति हम दोनों की चेतना में किस रहस्यमय अंधलोक से आकर छा गयी थी? मुझे वह शकुन नहीं लग रहा था।

नाट्य चत्वर में पहुँचने पर मैंने देखा, अनेक रंग-बिरंगे, चमकदार, मूल्यवान और ठाठदार यानों से—जिनमें बैलों द्वारा खींचे जाने वाले प्रवहण भी थे और अश्व यान भी, सारा चत्वर ठसाठस भरा था। नव प्रचलित मूल्यवान पाटंबर के नये-नये रंग-बिरंगी और चित्र-विचित्र वस्त्रों से सुसज्जित ललनाएं और नागरक आँखों में चकाचौंध लगाने वाले यानों पर सवार होकर नाट्य चत्वर को सुशोभित करते चले जा रहे थे। सारा चत्वर तोरणों से लटकते हुए लाल, पीले, हरे, नीले और एकदम झीने आवरणों से सुसज्जित दीपों से जगमगा रहा था। लगता था जैसे किसी राज-पुरुष का नव विवाह होने जा रहा हो। यह सब निश्चय ही प्रचेत और रत्नप्रिया की ही रंगीन योजना थी, जो इस विशेष समारोह को अधिक से अधिक लोकप्रिय बनाने के लिये जैसे प्रतिज्ञाबद्ध थे।

यह सब आडंबर देखकर क्षण-भर के लिये मेरा कलेजा जैसे धक से रहा गया। मेरा कायर मन सोचने लगा—इतने बाह्याडम्बर के बाद यदि कहीं मेरा लिखा सारा नाटक ही नागरिकों की त्रुटियों से भरा हुआ लगा और अभिनेता एवं अभिनेत्रियों (विशेष करके नायक और नायिका) का अभिनय मेरे दुर्भाग्य से निराशाजनक सिद्ध हो जाय, तब मैं अपना मुँह कहाँ छिपाऊँगा? यदि मेरे आगे की धरती फट जाय तब तो मैं समझ जाऊँगा कि सर्व क्षमाशीला धरती माता ने मेरी लाज रख ली। पर जब वह न फटी, और संसार का प्रतिदिन का जीवन-चक्र नित्य के समान ही साधारण रूप से चलता रहा तब मैं कहाँ जाकर मुँह छिपाऊँगा?

और मैं निरन्तर मन ही मन रटने लगा :

सर्वमंगलमांगल्ये शिवे सर्वार्थसाधिके।
शरण्ये त्र्यम्बके गौरि नारायणि नमोस्तु ते।।

"हे सबकी लाज रखने वाली सर्वमंगले, हे सब दुखियों को सब समय शरण देने वाली शरण्या माता, अब केवल तुम्हारी ही शरण का भरोसा है, माँ लाज रखो। मेरा यह पहला नाटक पूर्ण सफल हो, यह वरदान दो।"

प्रेक्षा-गृह में प्रवेश करने के बाद भी मैं भावी आशंका से इस सीमा तक कातर हो उठा था कि हृदय के अविरत कम्पन के अतिरिक्त मेरा सारा शरीर इस सीमा तक थरथरा रहा था कि लगता था कि प्रेक्षा-गृह की गर्मी के बावजूद मैं नग्न अवस्था में हिमालय की गोद में असीम शीत में जर्जरित होकर प्रकंपित हो रहा हूँ—जैसे जूड़ी ने पकड़ लिया हो। नाट्य-गृह के प्रबन्धक, कर्मचारी, प्रचेत और रत्ना से लेकर साधारण से साधारण दास तक बार-बार मेरी भाव-भगत के लिये मेरे और इज्जा के आसन के आगे, बड़े ही आदर और सत्कार से खड़े हो जाते थे और बार-बार प्रणाम करते हुए यह जताते थे कि मुझसे मिलकर वे अपने को कितना अधिक धन्य समझ रहे हैं। उन लोगों के इस श्रद्धा-प्रदर्शन से मेरा सारा शारीरिक, मानसिक और आध्यात्मिक अस्तित्त्व ही आर्त भाव से काँप-काँप उठता था।

नाट्य-गृह के बाहर चित्र-विचित्र आलोक-स्तंभों और दीपकों द्वारा जो जगर-मगर शोभा ही रही थी, मंच के भीतर के चारों ओर भी वैसी ही जगमगाहट दिखती थी।

संभवतः मंच के बाहर की मूल जवनिका, जो गाढ़े नीले रंग के पाटंबर द्वारा निर्मित थी, अब उद्घाटित होने की प्रतीक्षा में स्थिर थी। एक कर्मचारी मंच के चारों ओर के दीपों को एक-एक करके बुझा रहा था। मैं अलस भाव से सोचने लगा—उन दीपों को बुझाने की आवश्यकता ही क्या थी, जबकि उनके मुख भीतर की ओर नहीं बाहर की ओर थे। पर थोड़े ही समय के भीतर अधिकांश दीप बुझा दिये गये। उसके बाद एक प्रभावशाली वस्त्र पहने हुए व्यक्ति ने, जो नाट्य-गृह का कोई प्रमुख कर्मचारी—बल्कि अधिकारी लगता था दीप बुझाने वाले दास को मना किया और कहा कि "सभी दीप मत बुझाओ।" वह दस बाँस की एक छोटी-सी सीढ़ी से चुप-चाप नीचे उतर आया।

एक व्यक्ति ने (शायद वह एक अभिनेता था) जवनिका की बाईं बगल से बड़ी सफाई से बाहर निकलकर श्रोताओं के आगे यह घोषित किया—

"अब आप लोग सावधान हो जायें और आपसी बोलचाल बंद करके शांति से हमारा आज का आयोजन देखें और सुनें। और तब वह फिर मंच के भीतर (शायद नेपथ्य में) चला गया। उसके भीतर चले जाने के कुछ ही क्षण बाद घंटी बजी और सहसा नीली जवनिका (जो शायद पाटंबर की नहीं, किसी नरम, चिकने और तनिक मोटे-से कपड़े की बनी थी) धीरे-धीरे ऊपर को उठने लगी। एक स्थान पर वह पर्दा खींचने वालों की भूल से, या अपने ही भरीपन के कारण बीच ही में रुककर तिरछी हो गयी। देखकर दर्शक कुछ निराश हुए और अपनी निराशा की अभिव्यक्ति किशोर-वयस्क दर्शकों ने अट्टहास से और सयानों ने मुरझाये हुए स्वर से की।"

तुरन्त ही जवनिका सीधी, अर्थात् आड़ी खड़ी होकर क्षण-भर के लिए स्थिर रही और फिर द्रुतगति से स-र-र-र-र करके सर्र से ऊपर तक चली गयी। करतल-ध्वनि से सारा नाट्य-गृह गूँज उठा।

जवनिका के उठते ही एक शांत, किन्तु रोचक-सा दृश्य दिखायी दिया। मंच के दाएं कोने पर एक बहुत ही सुन्दर और सुसज्जित कमरा दिखा। उसके बीच में एक पर्यंक पर राज-शय्या-सी पड़ी थी, जिस पर एक रूपवती युवती (शिरीषा) बड़ी शालीनता से पाँव पसारे लेटी थी। उसकी चिकनी, घनी, काली और धुँधराली अलकें उपवर्हण (तकिये) के ऊपर दोनों ओर इस सममात्रिक रूप से फैली थीं जैसे किसी ने उन केशों को पहले ही प्रशिक्षित कर रखा हो कि तुम इस शालीनता और ठाठ से तकिये के दोनों ओर बिखरे रहना। युवती के दोनों हाथों के बीच फैली हुई, काले मृग के-से चर्म से मढ़ी हुई एक पुस्तक थी, जिसे पढ़ने में वह पूर्णतः तल्लीन दिखती थी। पास ही, उसकी दाईं बगल में एक ऊँचे और बहुमूल्य-से लगने वाले सुन्दर दीवट पर एक स्फटिक दीप, जो रोमक दीपों की तरह लग रहा था, शान्त भाव से जल रहा था। उसके चारों ओर दो-चार पतंगे भी उड़ते हुए दिख रहे थे। पता नहीं कि उन पतंगों को किसी कुशल

मंच-सज्जाकार ने अपनी इन्द्रजाली माया से नाटक की विशेष शोभा बढ़ाने के लिए अपने हाथों से रचा था या संयोग से वे वहाँ पहुँचे थे। फिर मुझे याद था कि पतंगों की वह पूरी श्रेणी है। इसलिए वह सारी योजना कृत्रिम न होकर स्वाभाविक ही होनी चाहिए।

उक्त दृश्य की नवीनता और मौलिकता के कारण श्रोताओं (अथवा दर्शकों) की उत्सुकता स्पष्ट ही बहुत बढ़ी हुई-सी लगने लगी। मैं उपस्थित श्रोताओं को ही देख रहा था। वह सारा नाटकीय दृश्य चूँकि परम्परा से एकदम हटा हुआ-सा लग रहा था, इसलिए सभी उपस्थित मण्डली का कुतूहल स्वाभाविक ही था। मैंने मन ही मन अपनी पीठ कल्पना ही में ठोंकते हुए कहा—"साधु, सोमिल, साधु। तुमने प्रारम्भ में ही यह अच्छा तीर साधा है। बाद की बात जगदम्बा ही जाने।" राज्य-पर्यंक पर लेटी हुई युवती ने लेटे ही लेटे दो-तीन बार चुटकियाँ बजायी।

"दासी उपस्थित है।" कहती हुई एक भारी-भरकम और झल्लर-बल्लर की-सी पोशाक पहने और हाथ में एक चमकती हुई-सी भुजाली लिए, उसके कुछ क्षण बाद एक दण्ड लिए एक व्यक्ति मंच के पीछे से प्रतिहारी के रूप में राज-कक्ष में आ उपस्थित हुआ। "क्या आज्ञा है, राजकुमारी? दास उपस्थित है।"

"इस दीपक को तनिक उकसाओ। प्रकाश मन्द होता जा रहा है, पुस्तक पढ़ने में कष्ट हो रहा है।" प्रतिहारी ने दीवार पर रखे हुए एक सुई की तरह लगनेवाले वर्तिका-प्रसारक से बत्ती को उकसाया, फिर उसीसे बत्ती का गुल झाड़ा और दीवट पर ही रखे हुए एक छोटे-से सफेद कटोरे से तनिक तेल दीपक में डाला।

"इसके अतिरिक्त और क्या आज्ञा है?" बड़े ही विनम्र और विनीत भाव से प्रतिहारी ने कहा।

"इधर-उधर के सभी द्वार बन्द और सुरक्षित तो हैं?" युवती ने पूछा।

"सभी सुरक्षित हैं, राजकुमारी, मैं स्वय देख आयी हूँ, अब आप निश्चिंत सो जायें।"

"क्या जाने, किस कारण से नींद आ ही नहीं रही है। अच्छा, अब तुम जाओ, मुझे पुस्तक पूरी करनी है।" कहकर सुन्दरी फिर पुस्तक पढ़ने में निमग्न हो गयी। बहुत समय बीत जाने के बाद भी वह उसी मनोयोग से पुस्तक पढ़ती रही। पुस्तक तनिक मोटी लग रही थी। पर भारी नहीं रही होगी, क्योंकि राजकुमारी बीच-बीच में करवट बदलते रहने पर भी, पुस्तक को बार-बार बिना किसी कष्ट के बड़ी सुगमता से कभी उपबर्हण के इस पार और कभी उस पार रख देती थी और फिर बड़ी सुगमता से उठाकर पढ़ने लगती थी। शायद राजकुमारी के लिए पुस्तक की वह विशेष प्रति किसी विशेष ही प्रकार के सुघड़ और हल्के-पुलके कागज पर लिखकर तैयार की गयी थी। काफी देर बाद नेपथ्य में कुछ खटपट का-सा शब्द सुनायी दिया। राजकुमारी ने सुना (दर्शक भी सुन रहे थे) कि दो व्यक्ति नेपथ्य में कुछ अस्पष्ट भाषा में आपस में बात कर रहे थे। एक व्यक्ति तो स्पष्ट ही प्रतिहारी थी, जो तनिक भीत-सी लगती थी, तथापि

झिड़कने के-से स्वर में बोल रही थी, "तुम कोई भले मानस नहीं हो सकते। तुम स्पष्ट ही चोर हो। किस रास्ते से होकर यहाँ चले आये तुम? मैं तो सभी द्वार बन्द करके और दुबारा देखकर अभी-अभी कुछ ही पल पहले लौटी हूँ।"

चोर कुछ बड़बड़ाया, पर एक शब्द भी समझ में नहीं आया। सभी दर्शकों के कान चौकन्ने हो गये थे। बीच में कुछ समय के लिए लोग तनिक उकताहट का-सा अनुभव करने लगे थे और, शायद कुछ श्रोता ऊँधने भी लगे थे। पर सम्भवतः 'चोर' शब्द कान में पड़ते ही सबकी ऊँचाई उचट गयी थी और प्रसंग भी रोचक आ पड़ा था।

प्रतिहारी ने जब नेपथ्य के अनजान और अजनबी व्यक्ति को चोर कहा, तब उस 'चोर' ने या 'मोर' ने (वह चाहे जो भी रहा हो) कुछ तीखे और कर्कश शब्दों में अपना विरोध प्रकट किया।

इस पर प्रतिहारी का क्रुद्ध स्वर स्पष्ट सुनायी दिया, "अरे, जा हट, इस राजमहल में जब से आयी हूँ तब से तुम जैसे सैकड़ों खलों और कायरों को देख चुकी हूँ। तुम यह जानकर कि इस कक्ष में केवल अबलाओं का निवास है, अपनी 'वीरता' दिखाकर डरा-धमकाकर अपना चौर-कार्य सिद्ध करने आये हो? तुम पूर्णतः भ्रम में हो। मैं अभी कुछ ही पलों में सारी सेना को यहाँ बुला सकती हूँ। तुम अपने को क्या समझे बैठे हो? चुपचाप इसी क्षण तुम वापस चले जाओ, अन्यथा अभी तुम्हारी बोटी-बोटी काटकर, तुम्हारी आँखें निकालकर, तुम्हारे कान काटकर, तुम्हें नंगा-बूचा करके अभी यहीं भूमि पर फेंक दिया जायेगा। शायद तथाकथित चोर एक पग आगे बढ़ते ही जा रहा था प्रतिहारी पूरी शक्ति से चिल्लायी, "सावधान! यह चोर अभद्र व्यवहार करने जा रहा है।"

दर्शक इस सीमा तक कुतूहली हो उठे थे कि यद्यपि नेपथ्य के भीतर से प्रतिहारी का एक-एक शब्द सुस्पष्ट सुनायी दे रहा था, तथापि प्रायः सभी बैठे-बैठे आगे की ओर झुककर और अपने-अपने दाएँ कान को हथेली से तनिक ढककर एकाग्र मन से सुन रहे थे। श्रोताओं में अधिसंख्य लोग श्रेष्ठी वर्ग के ही लगते थे, जो प्रायः सभी पगड़ीधारी थे। और कुछ तो इस सीमा तक अधीर हो उठे थे कि अपने आसन पर से उठ खड़े हुए, जैसे राजकुमारी के भवन में घुसने की स्पर्धा करने वाले साहसिक को पकड़कर बाहर खींचकर, पटककर पीटना चाहते हों।

इधर राजकुमारी, जिसकी आँखें शायद कुछ समय के लिए लग गयी थीं, सहसा जग उठी और भयभीत-सी कानों को खड़ा करके देखने और सुनने लगी। फिर तनिक ऊंचे स्वर में भीतभाव से बोली, "भीमा, क्या बात है?"

"कोई बात नहीं है, राजकुमारी, आप चुपचाप सो जावें। मैं अभी इस भुजंग को रास्ते पर लाती हूँ। क्या समझ रहा है यह अपने को? खबरदार! आधा पग भी आगे बढ़े नहीं कि..." और यह कहते ही उसने शायद पास ही रखे हुए एक दण्ड से बड़े जोरों से घड़ियाल बजा दिया।

'चोर' जो एक उच्च अधिकारी की-सी पोशाक पहने था और देखने में असुन्दर तनिक भी नहीं था, बाएँ गलियारे से दौड़ता हुआ भीतर, राजकुमारी के कक्ष में, चला आया। आते ही राजकुमारी के पलंग के पाये के नीचे नत-मस्तक हो गया और उसने अपनी पगड़ी उतारकर पाये के पास ही रख दी। फिर अत्यन्त दीन भाव से गिड़गिड़ाते हुए बोला, "राजकुमार, पाहि माम्! पाहि माम्! शरणागत-दीनार्त-परित्राण-परायणे! सर्वस्यार्तिहरे देवि, नारायणि, नमोस्तु ते!"

"तुम कौन हो और यहाँ क्यों आये हो?" राजकुमारी जी ने पूरी शक्ति से झिड़कते हुए कहा।

"मैं एक दीन भिखारी हूँ, इससे अधिक मैं क्या हूँ और क्या नहीं, यह आप एक दिन जान ही जायेंगी। अभी स्थिति यह है कि मुझे पकड़ने के लिए आपके रक्षक सैनिक आ पहुँचे हैं। इस दीन और परम आर्त का सहायक इस विश्व में कोई नहीं है—आपको छोड़कर! देवि, अपनी करुणा के अक्षय स्त्रोत के एक बिन्दु से एक निरपराध भिखारी की रक्षा करने में आप सर्वथा समर्थ हैं।"

"तुम दीन भिखारी हो तो आधी रात में इस एकान्त भवन में क्यों आये हो? क्या दिन में तुम्हें भिक्षा नहीं मिल सकती थी।"

"कैसे मिलती राजकुमारी? दिन में तो मैं यहाँ प्रवेश ही नहीं कर सकता था। मेरी धज्जियाँ तब भवन के बाहर ही उड़ गयी होतीं।"

"बड़े ही चालाक लगते हो। किसी आख्यायिका के खलनायक की तरह। चण्डिके! मामला क्या है, तुरन्त यहाँ आओ!" नेपथ्य की ओर देखते हुए राजकुमारी ने कहा।

इस बीच असावधानी के क्षण में 'चोर' ने उठकर धीरे से राजकुमारी के पैरों के नीचे तक फैली हुई लम्बी साड़ी का एक छोर पकड़ लिया था। और उसे अपने कपाल में लगाना आरम्भ कर दिया था। वह बार-बार देखता, बार-बार कपाल से लगता और नाक से सूँघता था।

राजकुमारी ने ज्योंही पलटकर देखा, उसकी भवें विकट रूप से टेढ़ी हो गयीं और उसकी दृष्टि महाकाली की दृष्टि से भी कराल हो उठी। वह पर्याप्त से अधिक समय तक उसी दृष्टि से चोर की ओर देखती रही एकटक—लगता था जैसे अपना तीसरा नेत्र अभी खोलने ही वाली है। वह तत्काल पलंग पर ही उठ खड़ी हुई और उसी विकराल दृष्टि से चोर को घूरती रही। उसकी उस दृष्टि में एक पल के लिए भी अन्तर नहीं आया, न एक या आधी पलक ही उसने मारी। अब दर्शकों का यह हाल था कि उनकी सम्मिलित सामूहिक दृष्टि, जो कुछ ही क्षण पहले तक चोर पर केन्द्रित थी, वह अब राजकुमारी की धधकती हुई आँख की उस विचित्र आकर्षण-भरी, स्थिर और कराल दृष्टि पर केन्द्रित हो गयी। वह दृष्टि ऐसी सम्मोहक और उत्कर्षिणी थी कि दर्शक चाहने पर भी उसपर से अपनी दृष्टि हटाने में अपने को समर्थ महसूस कर रहे थे। दर्शकगण काफी देर तक राजकुमारी के उस मारक, मोहक, उच्चाटक और विभ्रमोत्पादक दृष्टि से

जैसे अपनी आँखें अपलक रूप से लड़ाते रहने का ही अभ्यास करते रहे। राजकुमारी की वह दृष्टि ऐसी थी कि उससे उत्कट घृणा, महाक्रोध, महाचिन्ता और सूक्ष्म करुणा के भाव सम्मिलित रूप से एक-साथ प्रसारित और अभिव्यक्त हो रहे थे। भस्म कर देने वाले क्रोध की चिनगारियाँ और विकट से विकट अपराधों को क्षमा कर देने वाली करुणा के आँसू एक-साथ अत्यन्त सहज और स्वाभाविक रूप से बरस रहे थे। सामने और पीछे की पंक्तियों में बैठे हुए दर्शक दाईं ओर के कोने में बैठे हुए एक विशेष नागरक के मुख से बरबस निकले हुए विस्फोट का अनुसरण करते हुए सामूहिक करतल-ध्वनि के साथ बोल उठे, "साधु! साधु! सौ बार साधु! सहस्र बार साधु!"

और फिर उसके बाद करतल-ध्वनियों के दौरे का जो तांता आरम्भ हुआ वह बड़ी देर तक टूटा ही नहीं। शिरीषा की वह दृष्टि मुझे भी अत्यन्त अप्रत्याशित और काल्पनातीत लग रही थी। इससे इतना तो स्पष्ट हो गया कि शिरीषा ने नाटक की पूरी पाण्डुलिपि का अध्ययन बड़ी ही बारीकी के साथ किया है। पर वह मारक, सम्मोहक और उच्चाटक दृष्टि की शिक्षा जिसने भी उसे दी हो, चाहे वह रत्नप्रिया हो या प्रचेतक या स्वयं शिरीषा का अन्तर्मन, वह थी अद्भुत, अपूर्व और वर्णनातीत।

इज्जा इतनी देर तक एकदम मौन थी और नाटक एवं उसके अभिनय के चिन्तन में एकान्त निमग्न, अब करतल-ध्वनियों के बीच में अवसर पाकर बोल उठी, "पर तुम्हारा यह नाटक, नाटक नहीं, प्रकरण है।"

"प्रकरण भी नहीं, यह भाण है, पर मेरी शिरीषा का अभिनय कैसा लगा तुम्हें?" मैंने पूछा।

"वह अद्भुत है, और मेरी कल्पना के परे है। मैं यह कहना चाहती हूँ कि जिन-जिन ख्याति प्राप्त अभिनेत्रियों से जिनका अभिनय मैंने भिन्न-भिन्न स्थानों में अलग-अलग समयों पर देखा है, उन सबसे तुम्हारी शिरीषा किसी दैवी माया से बहुत आगे बढ़ी हुई लगती है। उसकी एक दृष्टि के अभिनय में ही उसके सारे व्यक्तित्व का भीतरी और बाहरी स्वरूप मेरे आगे स्पष्ट हो गया है।"

"बस केवल इतने से ही?"

"हाँ, केवल इतने से ही!" अपने एक-एक शब्द पर जोर देते हुए इज्जा ने कहा।

मैं जानता था कि सब-कुछ समझने वाली अपनी माई से इस सम्बन्ध में अब आगे कुछ बहस करना व्यर्थ है। मैं चुप हो गया, और निपट मौन भाव से सम्पूर्ण स्थिति का जायजा लेने लगा।

मंच की राजकुमारी (शिरीषा) ने झिड़ककर डाँट बताने के स्वर में सहसा मंच का और दर्शक-दीर्घाओं का सन्नाटा तोड़ती हुई बोल उठी, "दूर हटो, मेरी साड़ी का छोर तुरन्त छोड़ दो।"

'चोर' जितना दुस्साहसी था, उतना ही चिपक्कू भी लग रहा था। साड़ी का छोर हलके से पकड़े ही वह पहले से भी अधिक आर्त स्वर में गिड़गिड़ाता हुआ बोला, "अम्बे,

इस दुष्ट और महानीच पर आप दया नहीं करेंगी तो सारे विश्व में कौन ऐसा है जो इस अनाथ, देव-रोश के कारण विकृत-बुद्धि और कुमति के कुटिल पंजों से जकड़े हुए निपट अनाथ और असहाय पर तनिक भी अनुकम्पित हो सकता है? तुम सहस्र-सहस्र–बल्कि कोटि-कोटि अपराधों को क्षमा और सहस्र कोटि पापों को भी पल में निराकृत कर सकने की क्षमता रखती हो। असीम क्षमाशालिनी नारायणी, इस परम आर्त को जीवन-भर के लिए मुक्ति दे दो। यदि इस नीच को मृत्यु दण्ड देना ही है तो स्वयं अपने हाथों से दे दो! लो यह कटार है, इसे अपने हाथों से इस घोर पापी की छाती में भोंक दो!'' कहकर विशुद्ध साधु भाषा में बोलने वाले उस रहस्यमय और विचित्र चोर ने अपनी कमर से एक चमचमाती कटार निकालकर राजकुमारी की ओर बढ़ायी। उसे देखकर राजकुमारी अत्यन्त भयभीत आतंकित-सी हो गयी। उसकी एक-एक मुद्रा से यह स्पष्ट हो गया था। सहसा उसके हाथ में वह पुस्तक नीचे गिर पड़ी जिसे वह कुछ समय पहले-लेटे-लेटे पढ़ रह थी और अभी तक–सारे काण्ड के बाद भी–अपने हाथ में लिए और बगल में दबाये थी।

पुस्तक के गिरते ही चोर उसकी ओर घुटनों के बल लपका और उसे उठाकर, खोलकर बड़े इत्मीनान से उसके पन्ने उलटने लगा। राजकुमारी जो पृष्ठ पढ़ रही थी उसके बीच उसने अपनी एक अँगूठी उँगली से निकालकर रख दी थी, ताकि उस पृष्ठ को बाद में खोलने में आसानी रहे और दुबारा पढ़ने में सिलसिला ढूँढ़ने में समय न लगे। पुस्तक के गिर जाने पर अँगूठी उसी पृष्ठ पर चिपकी रह गयी थी। चोर ने जब पुस्तक के पन्ने खोले तब अँगूठी वाला पृष्ठ भी उसकी पकड़ में आ गया।

''ओह! तब आप अभी तक राजकुमारी कल्हारमाला का उपाख्यान पढ़ रही थीं। आपको अवश्य यह कहानी पसन्द आयी होगी। मेरा ऐसा विश्वास है।''

''क्यों? तुम्हारी यह धारणा कैसे बन गयी?'' राजकुमारी ने इस समय बड़े ही सहज, कोमल स्वर में किसी चाँदी के सिक्के के नीचे पत्थरवाले फर्श पर गिरने से होने वाले हल्के टनाके की-सी मीठी वाणी में पूछा। उस स्वर में लगता था जैसे उसका एक-एक शब्द मुँह से निकलने वाली लार की लसदार धारा से गीला था। और यह भी स्पष्ट हो गया कि उस चोर के प्रति वह सहसा सचमुच कोमल, सहृदय और करुणाशील हो उठी है।

''बोलो, मेरे प्रश्न का ठीक-ठीक उत्तर दो!–यदि तुम अपना कल्याण चाहते हो तो।''

''मैं इस लोक के और परलोक के सभी देवताओं की शपथ खाकर आपको सच बात ही बताऊँगा, आप इस सम्बन्ध में निश्चित रहें।'' ऐसा कहते हुए चोर की दृष्टि में ऐसी सजगता, स्थिरता और आत्म-विश्वास आ गया था कि उसका आर्त–भाव एकदम ऐसे तिरोहित हो गया था जैसे चूना लगाकर धोने से शीशे का मैल कटकर साफ हो जाता है। वह इस समय बहुत सुन्दर और सभ्य भी लग रहा था। पर अभी तक उसने राजकुमारी के चरणों को पकड़े रखा था। एक पल के लिए भी वह जैसे उन्हें छोड़ने

को तैयार नहीं था और शायद राजकुमारी की साड़ी का नीचेवाला छोर भी वह पहले ही की ही तरह पकड़े था।

''मेरी साड़ी का छोर तुम अब भी छोड़ना नहीं चाहते। बड़े ही विकट पापी और प्रपंची लगते हो।'' राजकुमारी तनिक आँखें तरेरती हुई ऐसे स्वर में बोली, जो न कोमल था न कठिन ही।

चोर ने तत्काल दृढ स्वर में उत्तर दिया, ''यदि प्रपंची ही न होता तो, राजकुमारी, कल्हारमाला की कहानी मैं लिख ही कैसे सकता था?''

राजकुमारी एकदम चौंक उठती है और तनिक धक्का-सा खाने पर दो पग पीछे को हट जाती है।

''तो क्या—तो क्या कल्हारमाला की कहानी तुमने लिखी है?'' राजकुमारी की जीभ तनिक लड़खड़ा-सी उठती है।

''राजकुमारी, तुम दीनभगिनी हो इसलिए इस परम दीन की बात पर विश्वास करो। हाँ, वह कहानी मैंने ही लिखी है। और यह मेरा दावा है कि कल्हारमाला के बहाने मैंने इसमें आप ही की कहानी लिखी है। मुझे अभय-दान दो तो मैं और भी कुछ भेद-भरी बातें आपको बताऊँगा।''

''अच्छा, तुम यदि सभी बातें सच-सच बता दो तो मैं वचन देती हूँ कि तुम्हें पूर्णतः क्षमा कर दूँगी। पर यदि बनाकर आधी बात भी मिथ्या कहोगे तो तुम्हारी खैर नहीं। समझ लो अच्छी तरह और तब उत्तर दो। उठो, सामने वाले भद्रासन पर चुपचाप शान्ति से बैठ जाओ, और अपनी रामकहानी सुनाओ!'' राजकुमारी कहती है।

चोर धीरे से उठने का प्रयत्न करता है, पर किसी कारण से तत्काल उठ नहीं पाता।

''यह क्या कर रहे हो?'' राजकुमारी लाल-पीली होकर झिड़कती है ''तुरन्त हटाओ अपना हाथ मेरे पैरों से, और साड़ी का छोर भी इसी क्षण छोड़ दो। बड़ा आया लेखक कहीं का! चोर! तुम जन्म-जन्म के चोर, कामुक और पापी हो। तुम्हें यदि इन्द्रासन पर भी बिठाया जाय, तुम तब भी चोर ही रहोगे—इसी उज्जयिनी के उष्ट्र चत्वर में रहने वाले द्यूतकरों, कामियों और हत्यारों की तरह! तुम्हारे सुधार की इस जन्म में तो कोई आशा नहीं है—अगले असंख्य जन्मों से भी मुझे तुम्हारे उद्धार की कोई आशा नहीं दिखती। तुम तुरन्त उठते ही या नहीं। उठो और तुरन्त भागो यहाँ से, अन्यथा मैं अपने सैनिकों को बुलाती हूँ, जो बाहर खड़े हैं।''

''मैं छोड़ता हूँ, अम्बे।'' चोर कहता है।

''तुम यह कर क्या रहे हो? मेरे पाँवों पर इस तरह हाथ क्यों फेर रहे हो? ठीक बताओ, तुम चोर हो या सम्वाहक? लेखक तो तुम हो ही नहीं सकते।''

''अम्बे, मेरे जन्म-जन्म का सपना आज पूरा हो रहा है। मुझे थोड़ी देर और अपने ये कोमल-कोमल चरण छूने दो। तभी मेरा उद्धार निश्चित है। और अभी मैं तुम्हें बताता हूँ कि अच्छा लेखक बनने के लिए क्यों चोर बनना आवश्यक है और संवाहन भी।

लेखक के लिए कोई भी कार्य वर्जित नहीं होना चाहिए, यह हमारे पूर्वज स्पष्ट रूप से बता गये हैं। इसी उज्जयिनी में बहुत-से एसे नये लेखक वर्तमान हैं, जो केवल कवि या लेखक बनने के लिए रात-रात-भर वेश्या चत्वर के आस-पास मण्डराते रहते हैं।''

''दुत! नीच-शिरोमणि! मैं अभी तुम्हें बताती हूँ कि कवि बनने के लिए किस अनुभव की आवश्यकता है।'' और वह नेपथ्य की ओर देखती हुई पुकारती है, ''चण्डिके! शीघ्र आओ! इस दृष्ट चोर को मैंने बन्दी बना लिया है। सैनिकों को बुलाओ—तुरन्त।''

नेपथ्य में खटर-पटर का शब्द होता है और कुछ ही क्षणों के भीतर तीन वर्दीधारी सैनिकों के साथ प्रतिहारी भी उपस्थित होती है। एक सैनिक की ओर उंगली से संकेत करती हुई राजकुमारी कहती है,''इसे मेरे पैरों के पास से हटाओ। यह न मेरे पैर छोड़ता है न साड़ी का पल्ला।''

सैनिक एक ज़ोर के झटके से चोर को पीछे फेंकता है। वह धड़ाम से चित होकर पास वाले भद्रासन से टकराकर गिरता है।

''ऐसे ही पकड़े रहो, मैं अभी इसे चोरी करके कवि बनने की शिक्षा देती हूँ।''

राजकुमारी धीरे पगों से भद्रासन के पास जाती है और अपने बाएँ पाँव की पादुका उतारती है। चोर की पगड़ी उतारकर फेंक देती है और उसके तनिक गंजे-से सिर पर पटापट शब्द से पादुका से प्रहार करती है।

चोर तनिक रोने का-सा नाटक करते हुए कहता है, ''राजकुमारी जी, मैं बिना पादुका-प्रहार के ही गंजा हो रहा हूँ। प्रायः छह महीने से यह रोग मुझे लग गया है। इसलिए, अब कृपा कीजिये, मेरे लिये तो यह आपका स्नेहाशील है, आपके रंजित पद-कमलों के स्पर्श की ही लालसा से मैंने चोर बनने का साहस किया है, यह परम सत्य आप बिना विवाद के ही मान लें।''

राजकुमारी तनिक लज्जित-सी होकर पादुका अपने पैर में पहन लेती है और वहाँ से चुपचाप अपने पलंग पर जाकर बैठ जाती है। आराम की साँस लेकर तब कहती है, ''अब वहाँ से उठो और अपने भद्रासन को मेरे सामने इस ओर से ले आओ।'' सैनिक को भी वह वही आदेश देती है कि चोर को उसके सामने भद्रासन पर बैठने की सुविधा प्रदान करे।

जब चोर निर्देशित स्थान पर बैठ जाता है, तब राजकुमारी बोलती है, ''हाँ, तो अत्रभवान् चोर महाशय, अब आप अपना सारा किस्सा शब्द प्रति शब्द बल्कि अक्षर प्रति अक्षर ठीक-ठीक बतावें और देवी कालरात्रि की शपथ लेते हुए यह वचन दें कि आप अपने सारे बयान में आधा शब्द भी मिथ्या या कृत्रिम नहीं जोड़ेंगे। यदि आप एक अक्षर भी मिथ्या बोलें तो आपकी मृत्यु निश्चित है। देवी यहीं, इसी कक्ष में आपकी बलि बिना विलम्ब के माँगेंगी। सत्य बोलने पर मैं अभी आपको मुक्त कर दूँगी, शेष आपकी इच्छा।''

इस बार राजकुमारी की बात सुनकर चोर सचमुच में सहम गया और उसने तनिक भी नाटकीयता के बिना ही अत्यन्त सहज और सरल भाव से बोला, ''राजकुमारी, तो सुनिये। मैं देवी को साक्षी मानकर सत्य कहता हूँ कि मेरा विचार आपके यहाँ किसी तरह की चोरी करने का तनिक भी नहीं था, न है। विश्वास कीजिये, यह दास केवल आपके सुकोमल चरणों की पवित्र रज छूकर, उसे अपने मस्तक पर विभूति की तरह लगाकर धन्य होना चाहता था।'' (श्रोता सुनकर खुलकर हँसते हैं।)

''तब? अब तक तो तुम धन्य हो चुके होगे, मेरे चरणों की रज ही नहीं, मेरी पादुका की रज भी तुम्हारे माथे पर चढ़ चुकी है। केवल तुम्हारा मस्तक ही नहीं, तुम्हारा सिर, सिर के बाल और पवित्र शिखा तक धन्य हो चुकी है—है कि नहीं? यदि केवल इतना ही तुम्हारा उद्देश्य था, तब तुम मेरी शाटिका का छोर क्यों इतनी देर तक पकड़े रहे? तुम क्या दुःशासन की तरह मेरा चीरहरण करना चाहते थे?''

''वह इस नीच का विशुद्ध मोह था राजकुमारी, विश्वास कीजिये।''

''इसी मोह को छुड़ाने के लिए ही तो तुम पतित व्यक्तियों को मृत्युदण्ड दिया जाता है।''

''आप अपने हाथ से मेरे सिर पर पादुका प्रहार करके मृत्यु से भी बड़ा दण्ड मुझे दे चुकी हैं, यद्यपि वह मृत्युदण्ड भी मेरे लिए अमर जीवन से भी बड़ा पुरस्कार सिद्ध हुआ है।''

तुम बड़े ही कुटिल कोटि के चालाक बदमाश हो। मेरे प्रश्नों को इस सफाई से, मुझे इधर-उधर की बातों में भुलाकर, टालते चले जा रहे हो कि मेरी उत्सुकता तुम्हारे विषय में सभी बातें जानने के सम्बन्ध में, घटने की बजाय निरन्तर बढ़ती ही चली जा रही है। मेरी नींद यो तुमने रात-भर के लिए चौपट कर ही दी है, अब मेरे मन की जीवन-भर की शान्ति के एकान्त नीड़ पर भी श्येन की तरह झपट्टा मारने चले हो!'' (सहसा प्रचण्ड क्रोध में भरकर) ''अब मुझे अपना सारा भेद-भरा किस्सा साफ-साफ बिना तनिक भी दुराव के, बताओ। पहले यहाँ से आरम्भ करो कि तुम कौन हो और तुमने शिक्षा कहाँ और किस गुरु से पायी? तुमने क्या जीवन के प्रारम्भ से ही चोर-विद्या की शिक्षा पायी या काव्य-शास्त्र या नाट्य-शास्त्र का प्रशिक्षण प्राप्त किया? आदि-आदि सभी बातें अपने बारे में बताओ।''

चोर के मुख पर एक अकृत्रिम, शान्त, स्थिर और उज्जवल मुसकान झलक उठती है। वह बताता है—

''राजकुमारी, तो सुनो। मैं देवी कालरात्रि को साक्षी मानकर जो भी कहूँगा उसका एक-एक अक्षर सत्य की मर्यादा मानकर आप चलें, आप इस सारे भेद-भरे प्रसंग का (जैसा की आप इसे बताती हैं) रसमय आनन्द प्राप्त कर सकेंगी। मैं विश्वास दिलाता हूँ कि मेरी यह रामकहानी कल्हारमाला की कथा से भी अधिक रोचक होगी।''

"अच्छा सुनाओ, सुनाओ, अब अधिक टेढ़ी-मेढ़ी चक्रवाली बातों में न भरमाओ। मैं दृढ़ स्वर में यह आज्ञा देती हूँ।"

यहाँ पर मुझे इस बात से विशेष सुख मिल रहा था कि शिरीषा के बैठने, उँगलियों को अर्थ सहित नचाने और दृढ़ स्वर में आदेश देने की मुद्रा नाटक की राजकुमारी की मुद्रा के साथ इस प्रकार सटीक रूप से मेल खा रही थी कि उससे अत्यन्त निकट रूप से परिचित व्यक्ति भी उस क्षण यह विश्वास नहीं कर सकता था कि वह सचमुच की राजकुमारी नहीं है। उस समय उसके प्रत्येक और छोटे से भी छोटे हाव-भाव में, उसके मुख की साधारण से साधारण अभिव्यक्ति में और उसके प्रत्येक अंग-संचालन में एक ऐसी अपूर्व शालीनता, ऐसी राजकीय गौरव-गरिमा अभिव्यक्त हो रही थी, जो एकदम निर्दोष, अकृत्रिम और पूर्णतः जन्मजात लग रही थी। मैंने मन ही मन उस नाटकीय (और सम्भवतः असली) राजकुमारी को मन ही मन श्रद्धासहित प्रणाम किया और तन, मन और अपने अन्तर के भी अन्तर से पूर्णतः अपने को उसके चरणों में समर्पित कर दिया।

मेरा वह भावावेश कितने समय तक बना रहा, मैं कह नहीं सकता। पर जितना भी समय रहा हो, वह मुझे उस क्षण अनन्त आनन्दमय अवकाश की तरह लगा, जैसा कि अपने नव यौवन के दिनों में कभी-कभी काव्यात्मक प्रेरणा के क्षणों में लगता था।

क्या सचमुच जीवन अपने अन्तर के असंख्य प्रपंचपूर्ण नाटकीय काण्डों की कल्पनातीत नीचता के बावजूद इस सीमा तक आनन्दमय है?—मेरे अन्तर के भी अन्तर से यह मूलगत प्रश्न उठा। पर जो भी हो। इस विशुद्ध आनन्द की अनुभूति के क्षण में इस उलझाने वाले प्रश्न पर मैं तनिक भी विचार नहीं करूँगा ऐसा मैंने मन ही मन निश्चय किया। और आनन्द की जो अबाध तरंग-धारा शिरीषा की सुकोमल अँगुलियों से और महामंगलमय और पवित्र चरणों से निकलकर स्नायविक स्पन्दन की जो अनुभूति मंच पर से सीधे मेरे अन्तर की अन्ध गुहाओं की ओर अविराम गति से और निर्मुक्त रूप से धावित होती चली आ रही है उसीकी महिमा में पूर्णतः निमग्न हो जाने का प्रयास उस क्षण में और आगे आते रहने वाले अनन्त काल-चक्र में भी करता रहूँगा—इस प्रकार निश्चय करके मैं फिर मंचीय लीला देखने में मग्न हो गया।

'यह भी तो एक प्रकार की मोह-मग्नता है,' मेरे भीतर से किसी व्यंगकार ने मेरे भीतरी कानों में कहा।

मैंने तत्काल मन के भीतर के उस व्यंग्यकार को उत्तर दिया, 'है तो है! मोहमग्नता हर स्थिति में मन की किसी विकृति का ही परिचायक नहीं होती। जो मोह-भावना सृष्टि-चक्र के मूल केन्द्र में पैठकर सभी प्रकार की अलग-अलग आनन्दानुभूतियों का बोध कराती है वह कभी विकृत नहीं हो सकती। वह यदि भ्रान्त है तो ऊपर नीली छतरी की महा-यवनिका के प्रांगण में निरन्तर अविराम अकारण नृत्य करते रहने वाले सभी सत्य लोक भी मिथ्या स्वप्नजाल हैं। वराहमिहिर के 'सूर्य-सिद्धान्त' की समस्त गणितशास्त्रीय स्वयंसिद्धियाँ भी एकदम भ्रामक और अर्थहीन हैं।'

'नहीं। मुझे जन्म-जन्मान्तर तक इन्हीं मोहजनित भ्रान्तियों में भटकने दो। मुझे तुम्हारी अभ्रान्त स्वयंसिद्धियों से प्राप्त होने वाले सटीक सत्यों से कोई वास्ता नहीं। आओ, मेरी रहस्यमयी शिरीषे! मुझे भी इसी चोर की तरह अपने हाड़मांस के चरणों का स्पर्श पा लेने दो। युग-युग के अर्द्ध सत्यों में भटका हुआ मेरा मन वहीं विश्राम पा सकता है। क्योंकि सच पूछो तो मैं भी एक चोर ही तो हूँ, मंच के इसी चोर की तरह।'

इज्जा बगल में बैठी हुई मग्न भाव से नाटक देख रही थी, पर मैं अब देखता हुआ भी नहीं देख रहा था। सचमुच भावुकता किसी तीव्र सम्वेदनशील प्राणी को कहाँ से कहाँ भटकाकर नचाती रहती है। मुझे यदि जीवन के आनन्द का पूरा रसोपभोग शान्ति और स्थिरता के साथ करना है तो अपनी इस भावुक प्रकृति को पूर्णतः नियन्त्रित करना होगा। इसके नियन्त्रण का उपाय केवल मेरे महागुरु आचार्य जीवदत्त ही बता सकते हैं—उन्हीं से पूछूँगा। मन ही मन ऐसा निश्चय करके मैंने अपने शरीर को एक बार पूरी शक्ति से झटकारा और फटकारा। तब मैं पहले की तरह जाग्रत होकर पूर्णतः सचेत बैठ गया और मंच पर चल रही नाटकीय प्रक्रिया को तटस्थ भाव से देख सकने में समर्थ हो गया।

"हाँ, तो, सुनाते चलो। अब फिर रुक क्यों गये?" राजकुमारी कह रही थी।

चोर बोला, "मैं आपको बता तो रहा हूँ, राजकुमारी, कि मैं आपके ही पितामहों और पितामहियों की सेवा से अपने इस शाप-भ्रष्ट जीवन का प्रारम्भ किया—"

"जब तुमने यह सेवा आरम्भ की तब तुम्हारी वय क्या रही होगी?"

"प्रायः दस वर्ष की वय से मैंने यह सेवा-कार्य आरम्भ किया होगा।" चोर बोला।

"आपके अपने—सगे पितामह मुझे न जाने क्यों बहुत चाहते थे। उन्होंने पढ़ने-लिखने में मेरी रुचि देखकर मेरे लिए एक पण्डित विशेष रूप से नियुक्त कर दिया और मैंने बड़े चाव से गुरु के अनुशासन का लाभ उठाना आरम्भ कर दिया। कथा सुनाने, सुनने और पढ़ने में मेरी बड़ी रुचि थी, बचपन से ही। फलस्वरूप मैंने काव्य-साहित्य के अध्ययन की ओर उतना ध्यान नहीं दिया जितना कथा-साहित्य की ओर। कुछ ही वर्षों के अध्ययन के अभ्यास से मुझमें किसी दैवी कथा-साहित्य की ओर। कुछ ही वर्षों के अध्ययन के अभ्यास से मुझमें किसी दैवी कृपा से इतनी योग्यता आ गयी कि मैं केवल पठन-पाठन में ही व्यस्त न रहकर स्वयं अपनी कल्पना की लगाम एकदम ढीली करके नये-नये ढंग की कहानियाँ लिखना आरम्भ कर दिया। अपनी लिखी उन कहानियों को स्वयं बार-बार दुहराकर बड़े प्रेम से पढ़ता था और स्वयं अपनी लेखनी के चमत्कार का परिचय पाकर मुग्ध और आनन्दित होता था। गुरुजी तो मेरी उन कौशोरवय की अपरिपक्व रचनाओं को पढ़कर इस सीमा तक प्रसन्न और आह्लादित हो उठते थे कि मुझे निरन्तर प्रोत्साहित करते जाते थे और प्रौढ़ता की ओर बढ़ते रहने की शिक्षा देते हुए मुझे विभिन्न कथाकारों की रचनाओं का विशेष अध्ययन करने के लिए भी प्रेरित करते रहते। अवसर पाते ही वह आपके पितामह को मेरी कोई न कोई रचना सुनाते

रहते। आपके पितामह मुझे स्वयं अपने बच्चों से अधिक चाहने लगे और समय-समय पर वह मुझे विशेष रूप से पुरस्कृत करते रहते। कभी चुपचाप दो-एक सुवर्ण मेरे हाथ में रख देते कभी कोई मूल्यवान वस्तु मुझे उपहार में देते। जब मैं कुछ बड़ा हुआ और सांसारिक स्वार्थ को अच्छी तरह समझने योग्य हो गया तब उन्होंने मेरी विधवा माता और मेरे नाम उपजाऊ भूमि का एक बहुत बड़ा खण्ड दानपत्र में लिख दिया, जिसे पाकर मेरी दुखिनी माता तो अत्यधिक प्रसन्न और सन्तुष्ट हुई ही, स्वयं मुझे भी सुख-सुविधा से जीने का बड़ा भारी आसरा प्राप्त हो गया। इस सुख और सुविधा का अनुभव मेरा रोम-रोम प्रतिक्षण किया करता था और मैं सब समय, विशेष करके पूजा-पाठ के अवसर पर आपके पितामह को सच्चे मन से भगवान की ही साक्षात् मूर्ति मानकर उनका स्मरण, आराधना और उपासना उसी प्रकार किया करता, जिस प्रकार ईश्वर और भगवती की। दुःख क्या चीज है, इसका अनुभव मुझे बचपन में ही पूर्ण रूप से हो चुका था। और सुख की चरम उपलब्धि भी मुझे किशोर जीवन में ही हो गयी।

राजकुमारी चोर की लम्बी रामकहानी के धारा-प्रवाह विवरण से बीच-बीच में उकता जाती थी। और उस चोर कथाकार को समय-समय पर सकारण या अकारण ही, टोकते हुए नये-नये प्रश्न करती जाती थी। जब चोर ने अपने बचपन की दुख-गाथा का संकेत दिया तब उसने सहसा उसे टोकते हुए पूछा, "तुम्हारे पिता जी क्या काम करते थे?"

चोर—पिता जी, उज्जयिनी के प्रतिष्ठित विद्वानों में विशिष्ट माने जाते थे। और उन्होंने अपने उस गौरव की गरिमा को मृत्युपर्यन्त अक्षुण्ण रखा। अर्थ-प्राप्ति उन्हें कभी नहीं हुई और जो थोड़ा-बहुत अकिंचित् अर्थ वह दैवयो से कभी पा जाते, वह परिवार की दैनन्दिन आवश्यकता की पूर्ति के लिए कभी पर्याप्त नहीं होता था। यही कारण था कि माँ के विशेष आग्रह पर उन्होंने (पिता जी ने) मुझे घरेलू परिचायक के रूप में काम करने के लिए आपके पितामह के हाथों सौंप दिया था। तभी से मेरे और मेरे घरवालों के आश्चर्यजनक सौभाग्य का उदय हुआ। पिता जी भी स्वभावतः मुझसे बहुत सन्तुष्ट थे और मेरी माता को तो जैसे अप्रत्याशित रूप से एक नया ही जन्म मिल गया। जीवन-भर असीम दुखों का भार ढोते-ढोते वह इस सीमा तक उद्विग्न हो उठी थी कि मैं डरने लगा कहीं वह पागल न हो जाय। पर वह अविश्वसनीय सहिष्णुता लेकर पैदा हुई थी।

राजकुमारी—तुम लोग कितने भाई थे या हो?

चोर—हम लोग सात भाई-बहन थे। चार भाई और तीन बहनें। दो भाई मुझसे बड़े थे और एक छोटा। बहनें सभी मुझसे बड़ी थीं जिनका विवाह पिता जी ने किसी प्रकार दो सम्पन्न और मान्य कुलों में कर दिया था। पर दैवदुर्विपाक से वे भी एक-एक करके जल्दी ही विधवा हो गयीं और मायके वापस आ गयीं। माँ की व्याकुलता और दुर्भाग्य की सीमा न रही। मैं आपके राजकुल से जो भी पाता था वह सब महीने के अन्त में चुपचाप माँ के चरणों में रख आता था।

''चुपचाप क्यों?'' राजकुमारी ने पूछा।

''चुपचाप इसलिए कि मेरे दो बड़े निकम्मे, उद्दण्ड, जुआरी और मद्यप थे। वे चिर दुःखिनी माँ का अपार दुःख न तो समझते थे और न उसे दूर करने का कोई उपाय ही सोच सकने की मानसिक स्थिति थी उनकी। वे उसके पास जब कभी आधा पण तो क्या एक काकणी भी आया हुआ देखते तो उसे प्राप्त करने के लिए माँ के पीछे पड़ जाते—यहाँ तक कि उसे पीटने लगते। अस्तु! माँ किसी तरह घर का खर्चा चलाती रही और हम लोगों को खिला-खिलाकर हमारा पालन करती रही। मुझे नित्य सन्ध्या को घर जाने की छुट्टी मिल जाती थी। मैं नित्य राज-सेवा से मुक्ति पाकर अपनी चिर-दुःखिनी, रुग्णा और उद्विग्ना माता को अपने भविष्य के सुखद स्वप्नों की कल्पना की बातें सुनाकर सान्त्वना देता रहता था।

''तुम्हारे वे स्वप्न और किस प्रकार के थे?'' राजकुमारी ने पूछा।

चोर—अपने स्वप्नों का कोई निश्चित मूर्त्त रूप मेरे आगे नहीं था, राजकुमारी। फिर मैं सोचता था कि एक दिन मैं अवश्य ही एक नामी कथाकार बनूँगा और तब अपने असीम दुःख-जालों से जकड़ी गयी माँ को वृद्धा राजमाता की तरह सम्मानित करूँगा और उसकी पालकी, डोली या शिविका को खूब अच्छी तरह सजाकर, उसे अपने निकम्मे भाइयों की सहायता से अपने कन्धे पर रखकर उज्जयिनी के राजमार्ग में ले जाऊँगा और उज्जयिनी के विशाल वैभवपूर्ण जीवन की सैर कराऊँगा।

राजकुमारी धीरे-धीरे मुस्कराती हुई पहले तो खिलखिलाती है और फिर अट्टहास कर उठती है। इसपर चोर क्षुब्ध होता है और राजकुमारी को टोकते हुए तनिक भवें चढ़ाकर विद्रोह के-से स्वर में बोल उठता है, ''एक निपट दीन और दुःखी व्यक्ति के जीवन की मर्मगाथा सुनकर आपने जो यह अट्टहास किया है वह कदाचित् आप जैसी महामहिमामयी नारी के लिए शोभनीय नहीं है, राजकुमारी।''

राजकुमारी सुनकर लज्जित होती है और उसके मुख की कोमल, पारदर्शी त्वचा पर खेद-जनित अन्धकार इस प्रकार लिपट जाता है, जैसे किसी बरसाती अमावस्या की रात का शोकान्धकार सारे आकाश और पाताल को अपनी अन्धेरी लपेटों में एक घोर काले चादर की तरह लपेट लेता है।

वह कहती है, ''मुझे क्षमा करना भद्र! मैंने वह अट्टहास तुम्हारी दयनीय परिस्थिति पर नहीं किया। वह तो तुम्हारे वर्णन की शैली सुनकर और वर्णन के मध्य तुम्हारी विचित्र मुख-मुद्रायें देखकर मुझे बरबस हँसी आ गयी थी। मैं तुम्हारे आगे घोर अपराधिनी हूँ भद्र! मुझे क्षमा कर सको तो अवश्य कर दो। तुमसे मेरी यह एकान्त प्रार्थना है। तुमको बहुत धन्यवाद है कि तुमने मुझे एकान्त विश्वासपात्री समझकर अपनी मर्म-विदारिणी दुःख-गाथा सुनायी। मैं अपनी हार्दिक सहानुभूति की बात तुम्हें अब क्या सुनाऊँ! मैं तुम्हारा विश्वास खो चुकी हूँ—अपने उस अनचाहे और निपट मूर्खतापूर्ण अट्टहास के कारण। फिर भी इतना अनुरोध तो मैं करूँगी ही कि मेरी पूर्ण

सहृदयता, समवेदना और सहानुभूति तुम्हारे साथ है। मैं अब अपने वचन के अनुसार तुम्हें पूर्णतः दोषमुक्त कर देती हूँ और अब से तुम एक स्वतन्त्र नागरक हो। तुम खुशी-खुशी इसी क्षण अपने घर जा सकते हो।''

'तुम स्वतन्त्र नागरिक हो', कहते हुए राजकुमारी सहसा अपने दोनों हाथों को जोड़ती हुई क्षमा-याचना के स्वर में कहती है, ''सहृदय कथाकार और कवि! तुम चोर कदापि नहीं हो, तुम सचमुच एक महान भद्र कवि हो। मैं अपने अपराध के दण्डस्वरूप तुम्हें कुछ पारितोषिक देना चाहती हूँ।'' यह कहकर राजकुमारी ताली पीटती हुई एक दासी को पुकारती है। दासी तुरन्त नेपथ्य से बाहर निकलकर उपस्थित होती है।

''चण्डिके! मेरी रत्न-जटित मँजूषा यहाँ ले आओ।''

दासी यह आदेश सुनकर नेपथ्य की ओर लौट जाती है और रत्नों से चमचमाती हुई एक तनिक बड़ी-सी मंजूषा लेकर राजकुमारी के हाथ में देती है। राजकुमारी एक छोटी-सी ताली से मंजूषा खोलती है और उसमें से कुछ स्वर्ण-मुद्राएँ निकालती है और सुवर्णों और रत्नों से भरी अपने दाहिने हाथ की मुट्ठी को चोर की ओर बढ़ाती हुई कहती है, ''वीरभद्र! यह लो एक तुच्छ-सी भेंट।'' चोर हाथ बढ़ाता है और स्वर्ण-मुद्राओं को देखकर कुछ क्षणों के लिए हतप्रभ-सा हो जाता है और ऐसी मुद्रा बनाता है कि लगता है जैसे किसी घोर चिन्ता में, विकट असमंजस की स्थिति में डूब गया हो। कुछ क्षणों तक वह मुद्राओं को एकटक देखता ही रह जाता है। उसके बाद सहसा मुद्राओं और रत्नों को दोनों हाथों में लेकर पुष्पांजलि की तरह राजकुमारी के चरणों में प्रत्यर्पित कर देता है और प्रायः गिड़गिड़ाते हुए कहता है, ''राजकुमारी, मैं इस पारितोषिक के सर्वथा अयोग्य हूँ। मेरी अयोग्यता का पूरा परिचय आपने पाया ही कहाँ?'' कहकर वह दोनों घुटनों को टेककर सिर नीचा किये एकान्त सन्नाटा खींचे स्तब्ध बैठ जाता है। राजकुमारी भी दो क्षण मौन रहती है और एकटक चोर की ओर देखती रहती है। फिर सहसा उसकी अवरुद्ध अन्तर्वेदना उमड़ पड़ती है और वह भीगे गले से कहती है, ''कविवर, जब तक आप यह पारितोषिक स्वीकार नहीं करेंगे तब तक मैं यही समझूँगी कि आपने इस अपराधिनी को क्षमा नहीं किया है।'' यह कहती हुई वह अपने दोनों हाथ इस तरह जोड़े रहती है जैसे वह किसी अपराधी अथवा न्यायाधीश की भांति नहीं, वरन् अपने किसी आराध्य देव के आगे आराधना या उपासना की मुद्रा में खड़ी हो। उसकी भाव-विभोर और गद्‌गद आँखों से टप-टप करके आँसुओं की झड़ी अविराम गति से बहती हुई दिखती है। वे आंसू दीपकों के प्रकाश में ऐसे लगते हैं जैसे सचमुच के मोतियों और हीरों की झड़ी लग रही हो। चोर आगे को खिसककर अपने दोनों हाथों की अंजलि को एक सम्पुट के रूप में बनाकर उन अश्रुकणों को फर्श पर गिरने से बचाता है और अपने सम्पुटित करों में उन्हें मोतियों की ही तरह ग्रहण करता है। जो श्रोता अभी तक अपनी-अपनी दीर्घिकाओं में स्तम्भित और मौन बैठे थे वे नाटक की यह अप्रत्याशित परिणति देखकर परम कुतूहल से अपने-अपने आसनों से उठ खड़े हुए

और आगे खड़े श्रोताओं को हलके-हलके धकियाते हुए, उनके कन्धों के सहारे कुछ ऊपर की ओर उचकते हुए, अपने पाँवों की उगलियों से फर्श पर टेक लगाते हुए मंच पर का दृश्य देखने लगे। उन सबमें एक चरम नाटकीय दृश्य को भरभूर खुली हुई आँखों से जी भरकर देखने की जैसे होड़-सी लग गयी।

राजकुमारी तनिक सिसकती और फफकती हुई-सी बोली, "यह क्या करते हो? अपने हाथ खोलकर ठीक से बैठ जाओ। मेरी आँखों से गिरते हुए आँसुओं को अपनी अंजुलि में क्यों लेते हो?"

चोर तनिक ऊँचे, गम्भीर और स्पष्ट स्वर में उत्तर देता है, "राजकुमारी, ये आँसुओं के रूप में गिरते हुए मोती ही तो मेरा न्यायोचित रूप से प्राप्य पारितोषिक हैं। स्वर्ण-मुद्रायें मेरा पारितोषिक नहीं हो सकतीं। सटीक और उपयुक्त पारितोषिक से ही आँसू के मोती हैं जिन्हें मैं अपनी अंजुरी में बटोर रहा हूँ। यह पारितोषिक पाकर मैं धन्य हो गया। अपने जीवन के कठोर संग्रामके विकट संकटों में जूझता, उठता और फिर-फिर गिरता हुआ मैं आज पहली बार अपनी जीवनव्यापी हार में भी जीत गया हूँ। आज का यह स्वर्ण-अवसर मेरे शेष जीवन की रक्षा निरन्तर करता रहे और आपकी शुभ-कामना मेरे जीवन के अगणित शूलों से भरे शेष पथ पर इन्हीं दुर्लभ आँसुओं की तरह फूल बरसाता रहे। यही मेरी एकान्त और अन्तिम कामना है।"

राजकुमारी भगवती माता की तरह अपने हाथ को चोर के माथे के ऊपर छत्र की तरह फैलाती हुई अत्यन्त कोमल और स्नेह-सने स्वर में कहती है, "शुभास्ते पन्थानः सन्तु।"

चोर उठ खड़ा होता है। वह राजकुमारी के आगे इस तरह ऐसे स्थान पर खड़ा हो जाता है जहाँ से दर्शकों की पूर्ण दृष्टि उसपर और राजकुमारी पर पड़ सके। तिरस्कारिणी की बाईं छोर पर राजकुमारी खड़ी है और दाएँ सिरे पर चोर।

चोर सहसा अपना मस्तक नवाकर परम श्रद्धा के साथ राजकुमारी के चरण छूकर प्रणाम करता है और बोलता है, "राजकुमारी, तो मुझे आज्ञा है? मैं जा सकता हूँ?"

राजकुमारी—आप जाइये! किन्तु जाने के पहले सच-सच बताते जाइये कि आपके यहाँ आने का उद्देश्य क्या था? यह तो स्पष्ट है कि आप कोई वस्तु चुराने के लिए तो आये नहीं, क्योंकि आपने मेरी दी हुई स्वर्ण-मुद्रायें भी लौटा दीं। अब भी आप मुझे बड़े रहस्यमय लग रहे हैं। मुझे भंवर-जाल में डालकर न जाइये। ठीक-ठीक बताइये अपना उद्देश्य?

"मेरे उद्देश्य का पता तो आपको मेरी लिखी 'कल्हारमाला' शीर्षक कथा में ही अच्छी तरह मिल चुका होगा। उस कथा का नायक भी मेरे ही समान चोर है और चोरी से ही रात में कल्हारमाला के पास पहुँचता है। उस कथा के अन्त में आपने पढ़ा होगा, जब कल्हारमाला आप ही की तरह बार-बार यह प्रश्न करती है कि 'तुम्हारा उद्देश्य क्या है?' तब चोर उत्तर देता है—'मैं अवश्य चोर ही हूँ, राजकुमारी, पर सोना या चाँदी चुराने

नहीं आया हूँ। सोना-चाँदी ही यदि चुराना होता तो मैं राजकोश में जाकर सेन्ध काटता, यहाँ न आता। मैं कोई दूसरी ही वस्तु चुराने आया था।' कल्हारमाला पूछती है,—'क्या वस्तु?' तब चोर उत्तर देता है, 'क्षमा करें। पहले मुझे अभयदान दें, राजकुमारी!' 'दिया', राजकुमारी कहती है। चोर कहता है, 'मैं यह सोचकर आया था कि आपका हृदय चुराने में सफल होऊँगा। पर दुर्भाग्य से आपके तन और मन की सुरक्षित हवा का स्पर्श भी न पा सका।' मेरा भी यही उत्तर है—राजकुमारी, आपके प्रश्न का।'' यह कहकर चोर सिर झुकाये स्थिर खड़ा हो जाता है। फिर कहता है, ''यदि यह सब जानकर भी इस घोर पापात्मा को क्षमा कर सकें तो अवश्य करें।''

राजकुमारी सुनकर तनिक भी रुष्ट नहीं होती, वरन् खिसियानी-सी नीचे, अपने पाँवों की ओर देखती हुई लज्जाजड़ित स्वर में बोलती है, ''मुझे भी यही सन्देह था और मैं आपको बता देना चाहती हूँ कि आप अपने उद्यम में 'कल्हारमाला' के कथा-नायक के विपरीत, पूर्ण सफल हो चुके हैं। अब किसी दिन रात में चोरों की तरह नहीं, किसी ढीठ राजकुमार की तरह दर्शन देने आइयेगा। यह मेरा एकान्त अनुरोध है।''

राजकुमारी आधी दृष्टि से केवल एक क्षण के लिए उसकी ओर देखती है और फिर ग्लानि से सिकुड़ती-सिमटती हुई तनिक सिर झुकाये हुए स्थिर खड़ी रहती है।

''तो फिर अब आपकी अन्तिम आज्ञा क्या है?'' चोर तपाक से पूछ बैठता है।

''मेरी कोई आज्ञा नहीं है। मैं एक महान् चतुर कथाकार, कवि या नाटककार को आदेश दे सकने का कोई अधिकार नहीं रखती हूँ। फिर भी मेरा एकान्त-अनुनय, मेरा निवेदन है आपसे कि अपनी इस एकान्त अनुगता को उसके अज्ञान-जनित व्यवहार के लिए पूर्ण क्षमा कर दें और बीच-बीच में बिना किसी हिचक के दिन-दहाड़े दर्शन देते रहें। चोरों की तरह रात के एकान्त में नहीं, किसी अधिकारी और ढीठ राजकुमार की तरह दिन-दहाड़े।''

''जैसी आज्ञा! मैं अपनी परम करुणामयी वरदायिनी देवी की आज्ञा को सिर-माथे लेता हूँ। आज से मुझे नया जीवन मिल गया।'' कहकर चोर दर्शकों के प्रति हाथ जोड़ता हुआ सिर झुका लेता है। उसी क्षण सहता जवनिका गिरती है। प्रेक्षकों की हर्षध्वनि से सारा सभा-गृह देर तक गूँजता रहता है।

पूरा नाटक देखने पर इस सम्बन्ध में मेरे मन में तनिक भी शंका की गुंजाइश नहीं रही कि शिरीषा कोई छद्मवेषी राजकुमारी है। और मैं महामूर्ख इतने दिनों तक उसे न जाने क्या समझता रहा और उसके सम्बन्ध में न जाने क्या-क्या कल्पनाएँ करता रहा।

इस तरह की बात मन में उठते ही मेरा मन चँचल, उदभ्रान्त और उद्वेलित हो उठा। मैं इस सम्बन्ध में जितना ही सोचता था, उतना ही मेरे मन का यह विश्वास अधिकाधिक पुष्ट होता जाता था कि वह मदनसेना की कोई दूर की रिश्तेदार भले ही हो, पर मूलतः वह है कोई राजकुमारी ही। सच्चाई क्या है, यह जानने के लिए मैं इस सीमा

तक उतावला हो उठा कि इच्छा होती थी कि अपनी शंका को उसी क्षण अपनी बगल में बैठी हुई इज्जा को सुना दूँ और इस सम्बन्ध में उनसे तर्क-वितर्क करूँ या उसी क्षण सीधे मंच की ओर दौड़कर शिरीषा का हाथ पकड़कर, उसे खींचकर अपने आसन के पास ले आऊँ और उसी से पूछूँ कि 'क्या तुम सचमुच में राजकुल में पैदा हुई हो या नहीं? मुझे इसी क्षण ठीक-ठीक बताओ, अन्यथा मैं अभी कोई काण्ड कर बैठूँगा।' मैं इस तरह सोच ही रहा था कि सहसा मेरे भीतर का कोई तटस्थ चिन्तक स्थिर भाव से मुझसे बोला, "तुम जल्दी ही पूर्ण पागल होने के रास्ते में आ पहुँचे हो। अपने मन को इतना भी नियन्त्रित रख सकने की शक्ति तुममें शेष नहीं रह गयी है कि अभी स्थिर बैठकर नाटक के अन्तिम दौर के समाप्त होने तक चुपचाप देखते रहो और फिर शान्त भाव से इस सम्बन्ध में शिरीषा से ही बातें करके उसके जीवन के भीतरी रहस्य का पूरा पता लगाओ। धिक्कार है तुमको। किस कारण से तुम्हारा अच्छा-खासा, स्वस्थ और अनुशासित मन इस सीमा तक उद्वेजित हो उठा है, तनिक शान्ति के साथ सोचो। क्या तुम्हारे भीतर के इस सारे परिवर्तन का कारण वह एक-मात्र नारी नहीं है जो तुम्हें अपने जीवन की पहली ही निर्मुक्त यात्रा में संयोग से ही प्राप्त हुई है? क्या आचार्य जीवदत्त ने तुम्हें इसीलिए स्वतन्त्र और निर्द्वन्द्व यात्रा करने की सलाह दी थी कि तुम एक अदनी-सी नारी पर लट्टू होकर अपना सारा जीवन ही जोखिम में डालो? सँभलो! अभी बहुत समय है। इस उतावली की कोई आवश्यकता अभी नहीं है।"

अपनी उस अन्तर्वाणी को सुनकर मैं इस सीमा तक प्रसन्न हुआ कि नाटक की राजकुमारी के अट्टहास की नकल उतारने पर तैयार हो गया। पर मैंने अपने को नियन्त्रित किया और गम्भीर भाव से सोचने लगा।

नाटक (अर्थात् रूपक) अब समाप्त-प्राय था। राजकुमारी का आश्वासन सुनकर चोर पूर्णतया आश्वस्त हो चुका था।

जब राजकुमारी ने चोर से कहा कि तुम इसी क्षण खुशी-खुशी अपने घर जा सकते हो तब चोर हर्षातिरेक से सचमुच अपने कपड़े ठीक से बाँधकर चलने की तैयारी करने लगा। जब उसने एक कदम नेपथ्य की ओर बढ़ाया ही था कि सहसा राजकुमारी बोल उठी, "ठहरो! तुमसे अभी कुछ और पूछना शेष है। तो तुम्हारा अब भी यही कहना है न कि यह पुस्तक (हाथ में पुस्तक लेकर चोर को दिखाते हुए) तुम्हीं ने लिखी है?"

चोर पहले तो कुछ उचका, फिर निश्चित और दृढ़ स्वर में पूरे आत्मविश्वास के साथ बोल उठा, "जी महामहिम राजकुमारी जी, यह पुस्तक मैंने ही लिखी है—इसमें सन्देह की कणमात्र भी गुंजाइश नहीं है।"

"तभी तुम इतने बड़े धूर्त और भयानक चोर है।" और फिर एक बार राजकुमारी के मुख पर मुस्कान की एक क्षीण रेखा पूर्णतः प्रस्फुटित होते-होते रह गयी। वह बीच ही में इस तरह ठिठककर खड़ी हो गयी जैसे बोलते-बोलते उसके शरीर के किसी अत्यन्त सम्वेदनशील मर्म-स्थान में सहसा किसी चींटी या मधुमक्खी ने काट लिया हो।

एक हलकी-सी कराह उसके मुख से बरबस निकल ही गयी। उसके बाद वह बोली, ''मेरा मुख ही मेरा शत्रु है। वह न चाहने पर भी बिना अवसर के ही मुस्करा उठता है और अनवसर ही कोई टेढ़ी और भेद-भरी बात बोल जाता है। तुम तो बड़े विद्वान भी हो, कम से कम तुम्हारी लेखन-कला यही बताती है। तब बताओ कि मेरे इस प्रलाप-रोग के नियन्त्रण का उपाय क्या है?''

चोर कुछ क्षणों तक सोच में पड़ा रहा और शून्य दृष्टि से शून्य में ही स्थित किसी अज्ञात लक्ष्य की ओर देखता रहा। फिर बोला, ''इसका एक उपाय तो मैं अभी आपको बताता हूँ, शेष उपाय बाद में—यदि कभी आप से फिर मिलना हो सका तब बताऊँगा।''

'वह एक उपाय क्या है जल्दी बताओ।'' राजकुमारी उत्सुकता-भरी हड़बड़ी के साथ बोली।

''वह उपाय यह है, राजदुलारी, कि हृदय की जो उदारता और क्षमा-शीलता की प्रवृत्ति आपने अपने पिछले जन्म के संस्कारों से (या और किसी दैवी कारण से) सहज ही पायी है, उससे कभी सन्तुष्ट न रहें और उसे निरन्तर बढ़ाते जाने के प्रयत्नों में सतत जुटी रहें। इस सीमा तक उसे बढ़ावें कि आप मुझ जैसे सहस्र अक्षम्य अपराधों से घिरे हुए किसी चोर को बिना किसी ऊहापोह के पूर्णतः क्षमा कर दें—भगवती की तरह। भगवती जब किसी शरणागत पापी को क्षमा कर देती है तब इस सम्बन्ध में तनिक भी विचार नहीं करती कि ये महापापी अन्तर के अन्तर के प्रत्येक सूक्ष्मतम छिद्र में असंख्य, अगणित पाप-पुंज भरे हुए हैं, उन्हें मैं पूर्णतः क्षमा कैसे कर दूँ!

राजकुमारी—हैं—एँ—एँ—एँ! यह तुम क्या कह रहे हो?

चोर—मैं एकदम ठीक कह रहा हूँ, वरदायिनी माँ, इस गम्भीरतम प्रश्न को इस घड़ी न छेड़ें तो बड़ी कृपा होगी। मैं फिर कभी—''

''तुम बार-बार 'फिर कभी', 'फिर कभी' कहते जा रहे हो। इसीलिए तो मैं कहती हूँ कि तुम जितने ही धूर्त और चतुर हो उतने ही वरन् अपनी चतुराई से भी अधिक परिमाण में भयानक हो। सच-सच बताओ, तुम कौन हो और तुम्हारा यहाँ आने का उद्देश्य वास्तव में क्या है?''

चोर—मेरा उद्देश्य तो आपको मेरी 'कल्हारमाला' शीर्षक कथा से ही खूब अच्छी तरह मिल गया होगा। उस कथा का नायक भी मेरे समान चोर है और चोरी से ही रात में राजकुमारी कल्हारमाला के निकट पहुँचता है। उस कथा के अन्त में आपने पढ़ा होगा, जब राजकुमारी आप ही की तरह बार-बार यह प्रश्न करती है कि 'तुम्हारा उद्देश्य क्या है, तब चोर उत्तर देता है—'मैं चोर अवश्य हूँ राजकुमारी, पर सोना या चाँदी चुराने नहीं आया हूँ। सोना-चाँदी ही यदि चुराना होता तो मैं राज-कोष में जाकर सेन्ध काटता, यहाँ न आता। मैं कोई दूसरी वस्तु चुराने आया हूँ।' कल्हारमाला पूछती है—क्या वस्तु?' और चोर उत्तर देता है—'क्षमा करें, पहले मुझे अभय दान दें राजकुमारी, मैं यह सोचकर आया

था कि मैं आपका हृदय चुराने में सफल हो जाऊँगा। पर दुर्भाग्य से इस उद्यम में तनिक भी सफलता न पा सका।' मेरा भी यही उत्तर है राजकुमारी। क्षमा कर सकें तो अवश्य करें।''

राजकुमारी सुनकर तनिक भी क्रुद्ध नहीं होती, वरन् खिसियानी-सी नीचे अपने पाँवों की ओर देखती हुई, लज्जा-जड़ित स्वर में बोलती है—''मुझे भी यही सन्देह था और मैं तुम्हें बता देना चाहती हूँ कि तुम अपने उद्यम में, कल्हारमाला के चोर प्रेमिका के विपरीत, पूर्ण सफल हो चुके हो।''

चोर विस्मित और विभ्रान्त दृष्टि से राजकुमारी की ओर देखता रह जाता है। राजकुमारी आधी दृष्टि से केवल एक क्षण के लिए उसकी ओर देखती है और फिर ग्लानि से सिकुड़ी-सिमटी हुई सिर झुकाये स्थिर खड़ी रहती है। दर्शकों की उत्सुकता जब चरम सीमा पर पहुँची हुई होती है, तभी अकस्मात् जवनिका गिरती है नाट्य सभा में साधुवाद की सम्मिलित ध्वनि और प्रतिध्वनि से और अविराम सामूहिक करतल-ध्वनि से बहुत देर तक सभा-गृह गूँजता रहता है।

●

# 27

# नाटक की प्रतिक्रिया

इज्जा तन्मय भाव से अन्त तक नाटक देखती रही। जबनिका जब गिरि तब उसने एक लम्बी साँस खींची और मैंने भी मौन आह भरी। चित्त में एक अपूर्व अतृप्ति और विशुद्ध बाढ़ का किसी प्रकार न थमने वाला कल्लोल लेकर मैं इज्जा का हाथ पकड़ता हुआ धीरे-धीरे सभा-गृह के बाहर निकला। प्रचेत और रत्नप्रिया हमें बाहर ही मिले।

"कहो बन्धु, कैसा रहा?" प्रचेत मेरा हाथ पकड़कर मेरे दाएँ कान में बोला।

"अद्‌भुत रहा, फिर कभी स्वस्थ चित्त होकर बताऊँगा। अभी तो मानसिक उत्तेजना और उद्‌वेजन के कारण बहुत परिश्रान्त हूँ।" मैंने कहा।

प्रचेत बोला, "क्या ऐसा नहीं हो सकता कि आज रात तुम दोनों मेरे ही यहाँ विश्राम करो। माता जी को (और तुम्हें भी) किसी प्रकार का कोई कष्ट नहीं होने दूँगा, विश्वास मानो। आज रात में हम लोगों की एक गोष्ठी होगी। उसके बिना मेरा जी नहीं मान रहा है। पिछले दो-तीन महीनों से जो अविराम परिश्रम मैंने इस रूपक के लिए किया है, छोटी-छोटी बातों के कारण मैं जिस सीमा तक विक्षुब्ध हुआ हूँ, इसकी कल्पना भी तुम नहीं कर सकोगे। उस सारी भ्रान्ति को मैं आज रात के एकान्त में तुम्हारे चरणों में रो-रोकर बहा देना चाहता हूँ।" अतिशय भावाकुलता से विगलित शब्दों में प्रचेत बोला। मैंने घबराकर देखा कि मुझे एक नये आश्चर्य-भरे और चमत्कारपूर्ण नाटक के चक्र-जाल में फँसाने की योजना हो रही है। मैं प्रचेत को नकारात्मक उत्तर देने ही जा रहा था कि सहसा इज्जा बीच में ही बोल उठी, "ठीक तो है, सोमिल, आज मेरा मन भी बहुत उत्तेजित और चँचल-सा हो उठा है और मैं भी यहीं विश्राम करूँगी। तुम किस सोच में पड़ गये हो? चलो, आज तुम्हारे मित्र का एकान्त आग्रह हम लोग बिना किसी ऊहापोह के मान ही क्यों न लें। मैं तुम्हारी शिरीषा से आज निकट से जी-भरकर बतियाने के लिए बहुत उत्सुक हो उठी हूँ। नाटक मैंने भी बहुत-से देखें हैं—संस्कृत में भी और अपनी यावनी भाषा के परिवेश में भी। पर आज का-सा सुख इसके पूर्व कभी प्राप्त न हुआ। इस बात पर ध्यान देना कि मैंने सुख मिलने की बात कही है, कवि की रचना द्वारा प्रमाणित नाटकीय श्रेष्ठता और कलात्मकता की बात नहीं। मेरा आन्तरिक आशीर्वाद है कि आज की शुभ रात्रि तुम सबके लिए मंगलमय सिद्ध हो। इतना तो स्पष्ट है कि इस रूपक की सफलता में तुम सबका हाथ है। सोमिल, तुमने तो रचना लिखी है, इसलिए तुम विशेष बधाई के पात्र हो ही और तुम्हारे ये मित्र—क्या

नाम बताया? आग लगे मेरी स्मृति को, जल्दी ही नव परिचितों के नाम भूल जाती हूँ, अपने इस विस्मृति-रोग के लिए मैं बहुत लज्जित हूँ। क्या बताया तुमने इनका नाम?''

''प्रचेत वर्मा'', मैंने सोत्साह नाम बताया।

''ठीक है, बड़ा ही अच्छा नाम है। स्मृति को सचेत करनेवाले व्यक्ति का ही नाम जब मैं भूल गयी हूँ, तब दूसरों के सम्बन्ध में कहना ही क्या। हाँ, तो आज की सफलता में इनका तो अवश्य ही प्रमुख हाथ होगा। आप ही तो थे इस रूपक के निर्देशक?''

''जी हाँ, इसका यदि कोई श्रेय आप देने जा रही हैं, तो मैं किसी हद तक उसका भागी अवश्य हूँ। क्षमा करें। इतना कहने के लिए मुझे संकोच की सारी अभेद्य प्राचीर को तोड़ना पड़ा है।'' प्रचेत भी स्पष्ट ही अपनी असंयत मुस्कान से अपने हर्षोल्लास को दबाने का पूरा प्रयत्न कर रहा था।

''यह निश्चित जानकर कि आप ही आज के रूपक के निर्देष्टा हैं, मुझे कितनी प्रसन्नता हुई है, मैं बता नहीं सकती। और जैसा कि मैंने सोमिल के मुख से सुना है, आपकी बहन रत्नप्रिया का भी तो इस निर्देशन में कुछ न कुछ हाथ अवश्य ही रहा होगा?''

रत्नप्रिया पीछे खड़ी थी। अपना नाम सुनते ही ढीठ पगों से आगे बढ़ आयी। ''मेरी निन्दात्मक चर्चा किस प्रसंग में हो रही है, मैं फिर से निकट से उस चर्चा को सुनना चाहता हूँ।''

मैं तत्काल बोल उठा, ''आपकी चर्चा अभी-अभी अवश्य चल पड़ी है, पर किसी निन्दात्मक प्रसंग में नहीं, अत्यन्त प्रशंसात्मक सन्दर्भ में—निश्चित रहिये। अभी-अभी माई प्रचेत से कह रही थीं कि आज मेरा जो रूपक मंच पर खेला गया उसकी सफलता का श्रेय आपको भी भरपूर मिलना चाहिए। क्योंकि उसके सफल निर्देशन में आपका-भी हाथ अवश्य ही रहा होगा।''

रत्नप्रिया कुछ शान्त हुई और तत्काल अपेक्षाकृत निम्न स्वर में चहक उठी, ''मेरा तनिक भी हाथ इस रूपक के निर्देशन में नहीं है। प्रारम्भ से अन्त तक भैया ने ही इसके निर्देशन में श्रम किया है। मैंने केवल बाहर ही बाहर दो-चार संकेत बहन शिरीषा को दिये थे। इसलिए सफलता का सारा श्रेय भैया को ही दिया जाना चाहिए। पर वास्तविकता यह है कि निर्देशक चाहे कैसा ही अनुभवी और अन्तर्द्रष्टा क्यों न हो, और चाहे कैसा ही श्रम क्यों न करे, मूल बात अभिनेत्री (या नटी) के केन्द्रीय व्यक्तित्व की अन्तरीण विशेषता पर निर्भर करती है, इस स्वयंसिद्धि की उपेक्षा करने से सच्चाई का किनारा भी छुआ नहीं जा सकता—मैंने जो यह स्वयंसिद्धि खोज निकाली है, आप लोग, जो कि बहुत सूक्ष्म पारखी हैं, उस पर तनिक गहराई से विचार करें। इस समय अपनी इस बात की व्याख्या मैं विस्तार से नहीं करना चाहती। अन्त में इस सम्बन्ध में आप लोगों से मेरा एकमात्र अनुरोध यह है कि सारी सफलता का एकमात्र श्रेय सीधे-सीधे बहन शिरीषा पर लागू होता है। उनमें अभिनय-कला की अन्तरीण निपुणता जन्म से ही है—यदि जन्म-जन्म से न होती तो आज का रूपक, जो अपनी कुछ सुस्पष्ट विशेषताओं के बावजूद, कुल मिलाकर उलझा हुआ ही था, कभी सफल हो ही नहीं

सकता था। रूपक की इतनी विशेषता तो निर्विवाद स्वीकार कर ली जानी चाहिए कि दर्शकों के कुतूहल को पग-पग पर उभारते रहने में वह बेजोड़ था, और इसका श्रेय इसके कवि को अवश्य ही मिलना चाहिए। पर मंचीय सफलता केवल आज के युग के दर्शकों की रुचि का ध्यान रखने तक ही सीमित नहीं मानी जानी चाहिए। नट और नर्तक या अभिनेता और अभिनेत्री जब तक नाटक के मूलगत भाव और प्रत्येक चरित्र की मूलगत विशेषताओं को स्वयं अपने व्यक्तित्व में अनुभव न करने लगें जब तक सभी विशेषताएं महत्वहीन समझी जानी चाहिए।''

इतना-सा भाषण देकर रत्नप्रिया किसी की प्रतिक्रिया की प्रतीक्षा, परवाह या उत्सुकत्त प्रदर्शित किये बिना ही सीधे द्रुत पगों से भीतर की ओर चली गयी। उसके चले जाने के बाद प्रचेत कमरे में एकदम सन्नाटा छा गया। सभी लोग जैसे किसी अज्ञात पूर्व योजना के अनुसार काफी देर तक मौन रहे।

अन्त में मौन भंग किया इज्जा ने। उसने स्पष्ट शब्दों में, कुछ रुक-रुककर कहा, ''नाटक या नाट्यशास्त्र की सभी विशेषताओं के सम्बन्ध में जितना गहरा और व्यापक चिन्तन इस लड़की ने किया है उतना कोई भी दूसरा व्यक्ति अभी तक नहीं कर पाया। बहुत ही सटीक, सन्तुलित और सुलझे हुए विचार हैं इसके। सुनकर और समझकर मुझे हार्दिक प्रसन्नता हुई है। हम लोगों को उसी की दृष्टि और विचारों के अनुसार निर्णय करना होगा। तो अन्त में शिरीषा की विशेषता उजागर होती है। पर वह (शिरीषा) है कहाँ? मंच पर से लौटते ही वह कहाँ छिप गयी? बहुत ही लजीली और भावुक लड़की लगती है। जाओ सोमिल, उसका पता लगाओ और सम्भव हो तो उसे यहाँ ले आओ।''

मैं इज्जा के आदेशानुसार, बिना तनिक भी विचार किये तुरन्त उठ खड़ा हुआ और सीधे शिरीषा की खोज में चला गया। दो कक्ष पार करने के बाद रास्ते में रत्नप्रिया मिल गयी। मुझे देखते ही वह रुक गयी और बड़े ही मीठे शब्दों में मुझे टोकती हुई बोली, ''आर्य क्या खोजने जा रहे हैं?''

''शिरीषा कहाँ है?'' मैंने घबराहट के स्वर में पूछा।

''वह तो नाट्य-गृह से लौटते ही बिना कुछ खाये-पिये ही लेट गयी है।''

मैं और अधिक घबरा गया। ''क्या आप मुझे उसके कक्ष तक ले जाने की कृपा करेंगी?''

''क्यों नहीं? पधारिये।''

मैं उसके पीछे-पीछे चलने लगा। कुछ ही दूर आगे चलने पर वह मुझे एक ऐसे कक्ष के भीतर ले गयी, जिसकी दीवार हलके नीले रंग से पुती हुई थी। दाहिने हाथ की तर्जनी से बाईं ओर संकेत करते हुए उसने कहा, ''वह देखिये।''

बाँई ओर की दीवार से सटे हुए एक सुन्दर पलंग पर एक नारी लेटी हुई थी। मैं डरते-डरते, काँपते हुए पैरों से उस पलंग के पास पहुँचा। धीरे से बोला, ''शिरीषा, क्या शरीर ठीक नहीं है? क्या शिकायत है?''

शिरीषा मेरी ओर करवट बदलकर बड़ी शालीनता के साथ लेट गयी। अत्यन्त थकित और निम्न स्वर में बोली, ''सिर में कुछ पीडा हो रही है।''

"मैं अभी एक दवा लाता हूँ।" कहकर मैं चला गया और जाकर प्रचेत को मैंने एक नुसखा तैयार करवाने को कहा। यह नुसखा मुझे उज्जयिनी के सर्वश्रेष्ठ वैद्यराज आचार्य श्रीवल्लभ ने बताया था। कुछ विशेष औषधियों को मिलाकर खूब अच्छी तरह पीसकर एक लेप तैयार करना था। प्रचेत ने एक अनुभवी परिचारक को बुलाकर उसे तुरन्त लेप तैयार करने का आदेश दिया।

जब लेप तैयार हो गया तब मैं उसे शिरीषा के पास ले गया और उसके कपाल में दोनों भौंहों के ऊपर अच्छी तरह दो बार लगाया और ऊपर से पट्टी बाँध दी। प्रायः एक घटिका के बाद मैं फिर शिरीषा के पास गया और उससे हाल पूछा। वह तुरन्त पलंग पर उठ बैठी और बड़ी प्रसन्नता से बोली, "अब चिन्ता की कोई बात नहीं है, अब मैं बिलकुल ठीक हूँ। बड़ी ही चमत्कारी औषध है तुम्हारी।"

मैंने कहा, "यदि तुम सचमुच स्वस्थ हो गयी हो तो चलो अभी मेरे साथ। मेरी इज्जा मेरे साथ आयी हैं, नाटक देखने। वह देखकर बहुत प्रसन्न हैं, तुम्हारे अभिनय की बहुत प्रशंसा कर रही थीं। उसने तुम्हें अपने पास बुलाया है।"

सुनकर शिरीषा हर्षातिरेक से तत्काल पलंग पर से नीचे उतर पड़ी और बोली, "कहाँ बैठी हैं तुम्हारी इज्जा? मुझे तुरन्त उनके पास ले चलो, मैं उनके चरण छूकर उनका आशीर्वाद प्राप्त करना चाहती हूँ।"

मैं उसका हाथ पकड़कर धीरे-धीरे चलता हुआ, इज्जा के पास ले चला। शिरीषा ने बड़े ही आदर-भाव से, पूर्ण श्रद्धा को चरण छूकर प्रणाम किया। इज्जा ने उसके सिर पर हाथ रखकर उसे अनेक सुन्दर और स्नेह-भरे शब्दों में आशीर्वाद दिया। उसके अभिनय की प्रशंसा में ऐसी-ऐसी लच्छेदार बातें इज्जा ने कहीं कि उसकी धाराप्रवाह और काव्यात्मक भाषा सुनकर सारी उपस्थित मण्डली अत्यन्त चकित रह गयी और सभी अत्यन्त प्रशंसा-भरी आश्चर्यपूर्ण दृष्टि से उसकी ओर सादर देखने लगे। स्वयं मैं तक चकित रह गया यह देखकर कि उस यवनी महिला ने ऐसी विशुद्ध और विमोहक संस्कृत कहाँ और कैसे सीख ली कि उस विदेशी अर्थ और संस्कृत भाषा के काव्यात्मक और सटीक शब्दों को चुन-चुनकर, बड़ी ही सहजता से धाराप्रवाह बोलती चली जा रही है। मैं अत्यन्त गर्व-भरी दृष्टि से उसकी ओर एकटक देखता रहा। शिरीषा के मुख के भाव से स्पष्ट हो रहा था कि वह भी इज्जा के शील और स्वभाव की शालीनता से अत्यन्त मुग्ध हो गयी है।

शिरीषा कुछ क्षणों तक चुप रहने के बाद बोली, "आज के शुभ दिन में मेरे लिये सबसे बड़े गौरव की बात यह है कि आपने मेरा अभिनय देखा और उसे पसन्द किया। बस, इसके बाद मुझे अब किसी भी दूसरे व्यक्ति की सम्मति की अपेक्षा नहीं है।"

इज्जा परम प्रेमपूर्ण स्वर में बोली, "सौम्य, मैं ज्योतिषी भी हूँ। मैं सबके आगे यह भविष्यवाणी करती हूँ कि तुम्हें जम्बूद्वीप के सभी राष्ट्रों और जनपदों में वह अपूर्व ख्याति मिलनेवाली है, जैसी आज तक किसी भी नटी को नहीं मिल पायी है। वैसे तुम केवल नटी नहीं, एक छद्मवेषी राजकुमारी हो। हो कि नहीं, सच-सच बताओ, अभी, इस सारे समाज की उपस्थिति में।" इज्जा ने ऐसे सहज अधिकार-भरे स्वर में यह आदेश दिया

कि शिरीषा उसका पालन किये बिना रह न सकी। कुछ क्षणों तक वह अपनी साड़ी को ठीक करने के बहाने से मौन रही; कभी वह साड़ी के पल्ले के नीचे से ऊपर करती, कभी दाईं ओर खींचती, कभी बाईं ओर। स्पष्ट ही वह उत्तर देते हुए सकुचा रही थी। पर जब इज्जा ने दुबारा उससे पूछा, "सच बताओ राजकुमारी, हम सभी इस प्रश्न का उत्तर स्वयं तुम्हारे मुँह से सुनने के लिए बहुत ही अधीर हो रहे हैं।" तो शिरीषा फर्श पर बिछे हुए सुन्दर और मूल्यवान् कालीन के ऊपर तनिक आराम से बैठने का अभिनय करती हुई बोली, "आपकी अन्तर्वेधी दृष्टि से कुछ भी छिपा नहीं रह सकता, इतना तो मैं, पहली ही दृष्टि से आपको देखते ही समझ गयी थी। इसलिए अब यह सीधी और सच्ची बात छिपाये नहीं छिप सकती कि मैं वही हूँ, जैसा कि आपने अनुमान लगाया है।"

"संक्षेप में अपने सम्बन्ध की सभी बातें ठीक-ठीक बताओ, तभी हम सबका कुतूहल शान्त होगा।" इज्जा बोली।

प्रचेत और रत्नप्रिया तो विस्मय से आँखें फाड़-फाड़कर उसकी ओर एकटक देख रहे थे। मैं भीतर से भी और बाहर से भी एकदम उदासीनवत् बैठा था। यह सोच रहा था कि शिरीषा के राजकुमारी होने से व्यक्तिगत रूप से न तो मेरा कुछ बनता ही है, न बिगड़ता है।

इतने में प्रचेत का एक परिचारक सोने की एक चमचमाती, गोल और चौड़ी थाली में कुछ स्फटिक-पात्र ले आया, जिनमें कुछ पेय पदार्थ रखा था।

"क्या है इन पात्रों में?" इज्जा ने पूछा।

प्रचेत बोला, "इनमें एक ऐसा पेय है जो सभी प्रकार के श्रम और मानसिक उत्तेजना को पल में विलीन कर देता है और एक सर्व-प्रतिष्ठित राजवैद्य द्वारा बताये गये नुस्खे के अनुसार तैयार किया गया है।"

इज्जा ने एक स्फटिक-पात्र हाथ में लेकर परीक्षक की दृष्टि से देखा। स्फटिक के उस पात्र में एक शुद्ध दूधिया श्वेत पेय स्पष्ट लक्षित हो रहा था, "क्या वह वही कालशेय तो नहीं है, जो उस दिन हमने पिया था?...

"यह कालशेय नहीं, श्रीखण्डीय है।' रत्नप्रिया बोल उठी।

"तुम्हीं ने तो इसका एक नाम कालशेय भी बताया था।" मैंने कहा। "वही पेय जो काल को सुना देता है?"

" 'कालशेय' शब्द से काल का कोई सम्बन्ध मैं नहीं देखता।" प्रचेत ने कहा, "मेरे मत से यह शब्द 'कलश' से बना है, क्योंकि इसे किसी कलश में रखकर ही मथा जाता है।"

"होगा।" मैंने निपट उदासीनता के साथ कहा। "पर है तो यह वही पेय जो उस दिन हम सबको पिलाया गया था जब शिरीषा अभ्यास कर रही थी।"

"नहीं, यह एकदम दूसरा पेय है। इसका नाम मैंने 'नव मधुपर्क' रखा है और रत्नप्रिया ने श्रीखण्डीय। यह बिलकुल दूसरी वस्तु है। इसे अवश्य एक बार पीकर देखो।" प्रचेत अनुग्रह-भरे स्वर में बोला।

इज्जा ने इस बीच बिना अधिक विवाद के एक घूँट पी लिया था और पीते ही वह चटखारी के साथ 'वाह!' बोल उठी। "अत्यन्त स्वादिष्ट और चमत्कारी पेय है यह।" उसने कहा, "एक ही घूँट में मेरी सारी मानसिक उत्तेजना शान्त हो गयी है।"

इज्जा का मन्तव्य सुनकर मैंने भी एक स्फटिक-पात्र उठा लिया और घूँट-घूँट करके पीने लगा। "वाह, यह तो वास्तव में अमृत है। इसमें पड़ा हुआ मधु भी ताज़ा द्राक्षा रस में घुलकर अमृत बन गया है। और नन्दन-वन के फूलों की सुगन्धि का जो सार इसमें पड़ा हुआ है, उसकी तो बात ही अनिर्वचनीय है। यह तो साधारण देवताओं को चढ़ाया जानेवाला मधुपर्क नहीं, स्वयं साक्षात् कामदेव भगवान् और भगवती देवी को चढ़ाने योग्य मधुपर्क है।" कहकर मैंने अपना उद्गार प्रकट किया। "इसके विशेष गुणों का बखान या तो बहन शिरीषा ही कर सकती है या इज्जा!" मेरे कथन की पूर्ति करती हुई दुष्टा रत्नप्रिया बोल उठी। उसकी इस दुष्टता में भी एक अपूर्व मिठास थी।

इज्जा बोली, "पता नहीं, यह इस  पेय का गुण है या सहज विश्रान्ति। मैं भी अब सबकी तरह लेट जाना चाहती हूँ।" यह कहते ही वह कालीन पर ही लेट गयी—रत्नप्रिया के घुटने के सहारे।

रत्नप्रिया कुछ क्षणों तक इज्जा के सिर पर हाथ फेरती रही, फिर बोली, "इज्जा, चलिये, आपके लिये मैंने अपने ही कक्ष में पलंग बिछवा दिया है। चलिये, मुझे अपना हाथ पकड़ने का सौभाग्य प्रदान करें।"

इज्जा तत्काल उठ खड़ी हुई और रत्नप्रिया के साथ चलने लगी। मैं भी पीछे-पीछे चल रहा था। कुछ दूर चलने पर मैंने सारा संकोच त्यागकर रत्नप्रिया से पूछ ही डाला, "और मेरे सोने का प्रबन्ध आपने कहाँ किया है?"

"वाह, आपको मैंने कक्ष दिखा दिया है। यदि भूल गये हों तो चलिये, अभी फिर दिखा देती हूँ।" कहकर वह मुझे उसी कक्ष में ले गयी जहाँ कुछ ही समय पहले तक शिरीषा लेटी थी।

"अरे, यह तो शिरीषा का कक्ष है।" मैं तनिक खीझ-भरे स्वर में बोल उठा।

"तो क्या हुआ? आपने अभी तक यह कक्ष पूरी तरह देखा नहीं शायद।" रत्नप्रिया बोली। "बाईं ओर वाला पर्यंक बहन शिरीषा का है और दाईं ओर वाला आपका।"

हम सबने एक साथ कक्ष के भीतर प्रवेश किया। सचमुच दाईं ओर की दीवार से सटा एक पर्यंक बिछा था, जिसपर बड़े ही ठाठदार गद्दों के ऊपर पाटम्बर की तरह का एक सुन्दर पलंगपोश बिछा था, जिसपर बहुत बढ़िया चित्रकारी की हुई थी। उसके दोनों सिरे झालरदार थे जिनपर छोटे-छोटे मोती पिरोये गये थे। कमरे की चारों दिशाओं में चार रजत-दीवटों पर सुन्दर स्वर्णदीप जल रहे थे, जिनमें अपूर्व सुगन्धित तेल पड़ा हुआ था और अनेक लम्बी-लम्बी और पतली-पतली बत्तियाँ एक साथ जल रही थीं। शय्या के सिरहाने पर उपवर्हण के दोनों ओर दो कस-कस कर सघन रूप से गुँथे हुए पारिजात और शिरीष के फूलों की मालाएँ सजाकर रखी हुई थीं। चोटी पर रक्त-पाटल के फूलों के गुच्छे सजाकर रख दिये गये थे।

मैं कुछ समझा नहीं, और रत्नप्रिया की ओर आँखें तरेरते हुए मैंने पूछा, "यह सब क्या किसी नये नाटक की तैयारी में सजावट की गयी है?"

"नहीं, यह तो आज की सहज-स्वाभाविक प्रसन्नता के उपलक्ष्य में सजाया गया है। और-और—"

"और-और क्या?" मैंने खीझ के साथ टोकते हुए पूछा।

"और भविष्य की शुभ कामना का प्रतीक समझिये इसे।" रत्नप्रिया बोली।

"शुभ कामना किस बात की?" इज्जा ने कुतूहल-भरे स्वर में पूछा।

"शुभ कामना इस बात की कि राम ने शिव-धनु तोड़ डाला है और अब केवल इतना ही शेष रह गया है कि योग्य को योग्य के करों में योजित कर दिया जाय। वह शुभ समय भी शीघ्र ही आ जाये, और इस मंगल-कामना की पूर्ति भी यथाशीघ्र हो जाये—इसी आकाँक्षा से मैंने यह छोटा-सा रूपक रचा है।"

इज्जा कुछ क्षणों तक मौन रही, लगा जैसे कोई गम्भीर पहेली को मन ही मन बूझ रही हो। उसके बाद सहसा अपूर्व उल्लास-भरे स्वर में बोल उठी, "प्रबुद्धोस्मि! प्रबुद्धोस्मि! बहुत सुन्दर! रत्नप्रिया, तुम साक्षात् रत्नमणि हो—कौस्तुभमणि। तुम्हें अन्तर से आशीर्वाद देती हुई तुम्हारे चिर-कल्याण की कामना करती हूँ। तुमने अपने हृदय की उदारता से प्रेरित होकर उस समस्या की पूर्ति का शुभारम्भ कर दिया, जिसके सम्बन्ध में पिछली कुछ रातों से मुझे नींद ही ठीक से नहीं आ पा रही थी। तुम सचमुच कोस्तुभमणि हो।"

"नहीं, अम्बे, कोस्तुभमणि नहीं, चिन्तामणि कहो। मैं भी पिछले दो महीनों से उसी समस्या के सम्बन्ध में बहुत चिन्तित थी, जिससे आप। आज की रात्रि में भी मंगलमयी माता की कृपा से चिन्ता-मुक्त हुई। आज की रात से मेरा नाम चिन्तामणि भी नहीं चिन्तामुक्ता रख दीजिये। मंगलमयी जगदम्बा ने मेरी अपनी भी समस्या इस शुभारम्भ द्वारा हल कर दी है।"

इज्जा उसके सिर पर हाथ फेरते हुए आशीर्वादों की झड़ी लगाती हुई बोली, "पुत्रिके, तुम स्वयं सारे जगत् की मंगलमयी माता हो, तुम्हें मैं क्या आशीर्वाद दे सकती हूँ? तुम्हारी सारी बातों का भेद मैं समझ गयी हूँ। तुम महान से भी महानतर और महानतम हो। हम सबको आशीष दो मैया, कि हम सब तुम्हारे द्वारा निर्देशित कल्याण-पथ को रंचमात्र भी कभी न छोड़ें और जिस उदारता से तुमने इस सत्रीय महानाटक में भाग लिया है और अपने प्राणपण से सफल बनाने में कोई बात उठा न रखी, तुम्हारा वह श्रेय, तुम्हारा अपूर्व त्याग और उच्चाशयता समग्र विश्व का निरन्तर कल्याण करता रहे। मैंने अपने गुरु से भगवती की आराधना के अवसर पर एक स्तोत्र सीखा था, जिसे मैं निरन्तर मन ही मन संकट के अवसरों पर रटती रहती हूँ। यह मन्त्र अन्ततः तुम्हारा ही प्रसाद बनकर हमारी रक्षा करता रहे—

सर्वमंगमांगल्ये शिवे सर्वार्थसाधिके।  
शरण्ये त्र्यम्बके गौर नारायणि नमोस्तु ते।।

●

# उपसंहार

दूसरे दिन प्रातःकाल प्रत्येक दृष्टि से स्वस्थ और सुचित्त होकर, इज्जा को साथ लेकर जब मैं घर की ओर रवाना हुआ, तब रास्ते में मैंने इज्जा से वही प्रश्न किया, जिसने मुझे रात-भर सोने नहीं दिया था। थोड़ी देर रात्रि के तीसरे पहर में आँखें अवश्य लगी थीं। पर तब भी ऐसे ऊटपटांग और अर्थहीन स्वप्न मेरे चित्त को भरमाते हुए न जाने कहाँ-कहाँ ले गये, जिस दुनिया को मैंने न कभी देखा था, न जिसके बारे में कभी कुछ सुना था। बहुत सोचने के बाद लगा कि प्रकट में मूल स्वप्न मुझे शिप्रा की मन्द-मन्द बहती हुई तरंगों में बड़े आराम से तैरने वाले एक राजकीय ठाठवाले बजरे में किसी अलबेली युवती के साथ बिठाकर जाने किस अज्ञात दिशा की ओर ले जा रहा था। लगता था जैसे अनन्त काल तक हम दोनों उन हलके-हलके थपथपाने वाली तरंगों के ही ऊपर उस बजरे में आराम से बैठे हुए उस जलमय जीवन में तैरते रहेंगे। मेरे पार्श्व में बैठी हुई वह अलबेली कौन थी, इसका कुछ भी सुस्पष्ट आभास मुझे अश्व-यान में इज्जा के साथ चले जाते हुए नहीं मिल रहा था। कभी लगता कि वह शिरीषा ही थी। पर उसका निरन्तर, मेरे मुँह से किसी भी बात का कोई उत्तर पाये बिना ही अविराम चहकते रहना कुछ अजीब-सा लग रहा था। जैसे उसके चहकने का एक-एक अस्पष्ट स्वर मेरे आगे अनेक महत्त्वपूर्ण अर्थों से युक्त था और उसकी सारी बातों का आशय भी मेरे आगे जैसे स्पष्ट, सुन्दर और लुभावने रूप में प्रकट हो रहा था और प्रत्येक बार मैं उस स्पष्ट स्वर से निकलते हुए अर्थ का कुछ उत्तर देने के लिए उत्सुक होता था, पर फिर यह अनुभूति मन में समा जाता कि उसकी किसी भी बात का कोई उत्तर देना आवश्यक नहीं है, वे सब बातें किसी उत्तर द्वारा अपनी पूर्ति होने की प्रत्याशा भी नहीं करती थीं। उन्हें समझे बिना ही उनकी स्वर-लहरी के आनन्द का मौन अनुभव करते रहने में ही सुख की जो पूर्णता अपने-आप होती जा रही है, यही उस मुखर वाणी की सार्थकता है। उत्तर-सापेक्ष्य न होना ही उसकी महत्त्वपूर्ण विशेषता है। फिर कुछ समय बाद, स्वप्न में ही मुझे लगा कि हम दोनों शिप्रा के दोनों तटों के सीमित बन्धन को पार करके किसी अकूल समुद्र में उसी बजरे में बरबस बहे चले जा रहे हैं। चारों दिशाएँ असीम अन्धकार के आलिंगन से पूर्णतः आबद्ध होकर द्रुतगति से शून्य की ओर बढ़ी चली जा रही है। हम कहाँ से रवाना हुए थे और हमारा लक्ष्य क्या है, सागर का हिल्लोलित रुदन अपने अविश्रान्त कल-कल्लोल से इस सम्बन्ध में कुछ सोचने भी नहीं दे रहा था। पर मेरे साथ वाली अलबेली युवती का चहकना समुद्र की उत्ताल तरंग-मालाओं के बीच भी सम्पूर्ण सृष्टि का मूल स्वर बना हुआ निरन्तर कानों से टकरा रहा था।

और आश्चर्य! यद्यपि मेरी अधजगी चेतना सब समय यही अनुभव करती चली आ रही थी कि मेरी वह अलबेली साथिन शिरीषा ही है और मैं उस घोर अन्धकार की गाढ़ी लपेटों के बीच भी जैसे उसे प्रत्यक्ष देख भी रहा था, पर बीच में सहसा एक विचित्र क्षण में लगा, मेरी वह साथिन यद्यपि शिरीषा ही है, तथापि उसके चहकने का स्वर शिरीषा का नहीं, किसी दूसरी परिचित युवती का है और कुछ ही क्षण बाद यह भी स्पष्ट हो गया कि वह दूसरी परिचित युवती और कोई नहीं, रत्नप्रिया है। शिरीषा के अस्तित्व की निकटता के बोध के बावजूद, उसके चहकने का स्वर ही मुझे अधिक मुग्ध कर रहा था। बाद में जब सहसा किसी कारण से उसका चहकना बन्द हुआ, तब मेरे एकाकी और असहाय मन को लगा जैसे अनन्त आकाशव्यापी एवम् अपार समुद्रव्यापी वह गहन तिमिर ही मेरे जीवन का एकमात्र सत्य है। उस निबिड़ अन्धकार की गहनता के भीतर से ही मैंने अपना जीवन आरम्भ किया था—बिना उसके रहस्य को तनिक भी समझे ही उसी निबिड़ता के बीच मेरी जीवन-नौका मेरे भरपूर यौवन-काल में भी बिना तनिक प्रकाश-प्रबोध के वही चली जा रही है। अपने चारों ओर की अन्ध-तमिस्रा का-सा वह अन्धकार मुझे कोई वायवीय तत्त्व नहीं लग रहा था, वरन् एक ठोस और स्पर्श्य वस्तु की तरह प्रत्यक्षानुभव-सिद्ध लग रहा था। ऐसा अनुभव हो रहा था जैसे घनघोर अन्धकार काली चादर लपेटे मुझे स्पर्श कर रहा है और मेरे गोरे शरीर को अपने काले रंग से रँग रहा है। मुझे एक श्लोक याद आया, जिसे मैंने किसी नाटकीय मंच से आवृत्त होते कभी सुना था—

लिम्पतीव तमोङ्गानि वर्षवाञ्जनं नभः।

यह गहन तिमिर का ही वर्णन था—कवि को लगता है जैसे वह प्रगाढ़ अन्धकार मेरे सारे शरीर को काले कज्जल से लीप रहा है और सारा आकाश अंजन की तरह बरस कर पृथ्वी पर गिर रहा है।

यह सुन्दर श्लोक किस कवि के किस नाटक में वर्णित हुआ है, इसकी कोई याद ही मुझे नहीं आ रही है। जब मैंने उक्त मंच से उसे सुना था तब उसका हास्यास्पद पहलू ही मेरे आगे स्पष्ट हो रहा था, पर जब उस रात मैंने स्वप्न में उसका प्रत्यक्ष अनुभव किया तब उक्त श्लोक के सूक्ष्मतम रहस्य का, सूक्ष्मतम सौन्दर्य का महत्त्व मेरी स्थूल बुद्धि में आने लगा। मुझे कुछ ऐसी अनुभूति होने लगी कि मेरा अंग-प्रत्यंग गाढे काले रंग से रंग गया है और मैं एक भूत की तरह असुन्दर और विकृत-दर्शन बन गया हूँ। यदि मेरी नौका में कुछ प्रकाश का प्रबन्ध होता और एक दर्पण भी होता तो मैं अवश्य ही उसी क्षण अपना चेहरा देखता। पर मैंने किसी प्रकार धैर्य रखकर अपने मन की संयत किया और भोर होने की प्रतीक्षा करता रहा। स्वप्न और यथार्थ का वह विचित्र सम्मिलित दृश्य स्वप्न के टूट जाने पर भी मुझे अपने आवेश से आतंकित करता रहा। सबेरे घर वापस जाने की हड़बड़ी में मैं सब-कुछ भूला-सा रहा। पर अब यान के भीतर बैठे हुए वह सब दृश्य प्रत्यक्ष सत्य की तरह मेरी आँखों के आगे नाचने लगा।

इज्जा एकदम और कुछ उदास-सी बैठी हुई बाहर के दृश्य अनमने भाव से देखती हुई ऐसी लग रही थी जैसे किसी दक्ष चित्रकार के एक चित्र में बैठी हुई कोई आश्चर्यमयी नारी-मूर्ति अंकित की गयी हो। मैंने उसका ध्यान आकर्षित करने के उद्देश्य से कहा, ''इज्जा, इस तरह उदास-भाव से क्या सोच रही हैं। मेरे मन में कल रात से रह-रहकर एक प्रश्न उठ रहा है।''

''क्या?'' मेरी ओर मुख करके इज्जा ने पूछा।

''वह प्रश्न यह है कि जब कल रात तुमने रत्नप्रिया को आशीर्वाद देते हुए उसके जिस अपूर्व त्याग और उच्चाशयता की बात कही थी वह मुझे बड़ी भेद-भरी लगी। उसने कौन-सा ऐसा बड़ा त्याग किया है और उसकी उच्चाशयता तुम्हारे आगे किस रूप में प्रकट हुई है, तनिक मुझे समझाओ तभी मेरी शंका दूर होगी। मैं इतने दिन रत्ना के निकट सम्पर्क में रहा, पर मुझे तो उसके स्वभाव में कहीं कोई गुण ऐसा नहीं दिखायी दिया और तुमने दो-एक घटिकायें भी उसके साथ नहीं बितायी और उसके स्वभाव का मूलगत मर्म तुमने पा लिया, यह तो बड़े ही आश्चर्य की बात है।''

''आश्चर्य की बात विशेष कुछ भी नहीं है, बच्छ सोमिल। तुम बहुत ही गुणवान और बुद्धिमान होने पर भी बड़ी ही अनमने स्वभाव के आदमी हो। इसलिए जो बात मैंने देखी उसका कोई आभास तुम्हें अभी तक नहीं मिल पाया।''

''वह क्या बात थी, इज्जा? यही जानने के लिए तो मैं इतना उत्सुक हूँ।'' मैंने कहा।

''वह बात यह है, जैसा कि मैंने तुम्हारी ही बातों से जान लिया था कि रत्नप्रिया तुम्हें बहुत चाहती है। बल्कि आरम्भ ही से वह तुम्हें चाहने लगी थी। तुम्हारे व्यक्तित्व से तो वह प्रभावित थी ही, पर तुम्हारे द्वारा रचित रूपक की पाण्डुलिपि पढ़कर तो वह तुमपर और भी अधिक मुग्ध हो गयी। पर वह इस सीमा तक शीलवती है कि अपने मन की बात उसने किसी भी इंगित से तुम्हारे आगे व्यक्त नहीं की। इसका एक बड़ा कारण यह भी है कि वह देख चुकी थी कि तुम्हारे साथ एक दूसरी सुन्दरी युवती पहले ही से संश्लिष्ट है और उसका यह समझना स्वाभाविक ही था कि तुम निश्चय ही उस युवती के घनिष्ठ सम्पर्क में आ चुके होगे या निकट भविष्य में ही निश्चित रूप से आ जाओगे। ऐसी स्थिति में वह न तो किसी दूसरी युवती के पथ का कण्टक बनना ही उचित समझती थी और न अपने ही जीवन-पथ को कण्टकित बनाने के एक अनुचित मार्ग पर पाँव रखना चाहती थी। यह तो रहा उसका महान त्याग। उसकी उच्चाशयता उसके इस व्यवहार से प्रकट होती है कि जिस व्यक्ति के प्रति वह हृदय के पूरे भावावेश के साथ आकर्षित होती और, असाधारण बुद्धिमती होने के कारण, इतना जानती है कि बिना अधिक प्रयास के ही वह उस इच्छित व्यक्ति को पूर्णतः अपने वश में कर सकती थी, फिर भी इस ओर तनिक भी प्रयास नहीं करती, वरन् उसकी चेष्टा बराबर यही रही है कि जो युवती उस व्यक्ति के साथ पहले ही से लगी हुई है उससे वह तनिक भी बिछुड़ने के अपने प्रयास में सफल न हो, वरन् उसी को यह (इच्छित

व्यक्ति) अन्तिम रूप से वरण करे, यह रत्ना के हृदय की कितनी बड़ी उच्चाशयता है, इस बात के महत्व को तुम, पुरुष होने के नाते, ठीक से समझ नहीं पाओगे, जबकि मैं एक नारी होने के नाते रत्नप्रिया के त्याग और हृदय की उदारता देखकर उसके प्रति श्रद्धा से गदगद और विह्वल हो उठी हूँ। सोनिल, मेरी दृष्टि से स्थिति की सारी जटिलता और रहस्यमयता को एक बार भली भांति समझने का प्रयास करो। रत्ना ईर्ष्यादग्ध होने के बजाय नारीत्व के गौरव की रक्षा के लिए, किस प्रकार जानबूझकर अपना बलिदान स्वयं कर रही है! अपने संकीर्ण स्वार्थ की सहज, स्वाभाविक और अनिवार्य रूप से प्रबल प्रवृत्ति को जड़ से समाप्त करके उस नारी के हित की ओर पूरी शक्ति से प्रवृत्त हो रही है, जो उसकी प्रतिस्पर्द्धिनी है और जिसके समूल विनाश द्वारा ही वह अपने जीवन के चरम स्वार्थ को आसानी से सिद्ध कर सकती है! मैं ऐसी महान नारी की कल्पना तो अपनी काव्यात्मक मनःस्थिति में अक्सर करती रही हूँ, पर यथार्थ जीवन में मैंने कभी ऐसी नारी इसके पहले कहीं नहीं देखी! अब तुम्हारा और मेरा कर्त्तव्य इतना ही है कि हम दोनों यह सोचें कि रत्ना अपने जिस निगूढ़ उद्देश्य की सफलता चाहती है, उसकी सिद्धि में हम दोनों मिलकर पूर्ण सहयोग दें और शीघ्र से शीघ्र इस योजना की पूर्ण सफलता की ओर पूरे मन से प्रयत्नशील हो जायें।'' कहकर इज्जा ने अपने भाषण के बाद की थकान के फलस्वरूप एक लम्बी साँस ली और आराम से बैठने का प्रयत्न किया।

मैंने अपनी मूर्खता को अधिक स्पष्ट रूप से व्यक्त करते हुए कहा, ''कौन-सी योजना है जिसकी सफलता के उद्देश्य से प्रयत्न करने की बात तुम कह रही हो?''

इज्जा हताश भाव से बोली, ''यही कि शिरीषा को अपने घर ले जाकर उसके साथ तुम्हारे प्रेम की पूर्ण परिणति के लिए हम दोनों सचेष्ट हो जायें। घर के दूसरे लोग—सभी गुरुजन—इस बात के लिए सहज ही राजी तो नहीं होंगे कि उनका एकमात्र लाड़ला और ज्येष्ठ सन्तान का विवाह एक नटी से हो। वे लोग इसे अपने कुल का महापतन मानकर पूरी शक्ति से इसका विरोध करेंगे। पर उन्हें मनाने का काम मुझपर छोड़ दो और स्वयं अपने मन को इस परिणाम के लिए तैयार कर लो। अब इस शुभ कार्य में तनिक भी ऊहापोह की आवश्यकता नहीं है। कल ही मैं शिरीषा को अपने घर लिवा ले चलूँगी।''

मैं तो यह सब सुनकर ऐसा चकित और विभ्रमित हो गया था कि मुझमें इस विषय पर आगे न विवाद करने की ही शक्ति रह गयी थी न इज्जा के प्रस्ताव का समर्थन करने की ही।

इज्जा ने दूसरे ही दिन प्रातःकाल प्रचेत के यहाँ चलने का प्रस्ताव मेरे आगे रखा। उसका वह प्रस्ताव क्या था, मेरे लिए अनिवार्य आदेश था। सूर्योदय के बाद जब आठ घटिकाएँ बीत चुकी थीं तभी हम दोनों नाट्य चत्वर की ओर रवाना हुए। जब प्रचेत के घर के मुख्य द्वारा पर पहुँचे तब द्वारी ने बताया कि कल रात देरी में सोने के कारण अभी तक कोई जगा ही नहीं है—सिवा रत्नप्रिया के।

इज्जा ने आदेश दिया, ''तब रत्नप्रिया को ही समाचार दो।''

हम लोग जीने से ऊपर चढ़ने के बाद बाहर के विश्राम-गृह में बैठ गये। थोड़ी ही देर में रत्नप्रिया आ गयी। उसके मुख की सहज प्रसन्नता आज भी प्रतिदिन की तरह ही अम्लान थी। नमस्कार-पुरस्कार के बाद इज्जा ने उसके आगे यह प्रस्ताव रखा कि वह उससे एकान्त में कुछ आवश्यक बातें करना चाहती है।

रत्नप्रिया ने कहा, ''पहले तनिक कोई पेय लेकर मुख की शुद्धि कर ली जाये, फिर आराम से एकान्त में बातें की जायेंगी।''

इज्जा तनिक मुस्कुराकर चुप हो गयी। पेय आया, जो कल रात वाला ही था। पीकर तृप्त होने के बाद दोनों किसी एकान्त कक्ष में चले गये।

मैं बाहर बैठा बहुत देर तक प्रतीक्षा करते-करते उकता गया। अन्त में बहुत लम्बी प्रतीक्षा के बाद जब इज्जा लौटी तब बैठते ही बोली, ''दोनों से बातें जमकर हो गयीं—वरन् तीनों से।''

''किस-किससे?''

''रत्ना से भी, शिरीषा से भी और प्रचेत से भी मैंने खुलकर बातें कर ली हैं।''

''तब क्या तय हुआ?'' मैंने पूछा।

रत्ना और प्रचेत अभी शिरीषा को हमारे यहाँ भेजने को तैयार नहीं हैं। उन दोनों का कहना है कि शिरीषा का विवाह इसी घर में होगा। वे कहते हैं कि वे लोग कन्या के पक्ष के हैं। शिरीषा इतने दिनों में उनकी सगी बहन बन चुकी है। बारात हमारे घर से रवाना होकर नहीं आयेगी, बल्कि हमारे ही घर आयेगी।

''दिन कौन-सा तय हुआ है?''

''मैंने तो अग्रहायण में ही किसी शुभ दिन विवाह हो जाने की बात कही थी, पर प्रचेत ने किसी कारण से फागुन में शुभ-परिणय होने की बात तय की।''

''तब ठीक है। जल्दी क्या है? उन्हीं लोगों को अपनी इच्छानुसार दिन निश्चित करने दो। शिरीषा से क्या बातें हुईं?''

शिरीषा ने जो बात कल अधूरी ही रख छोड़ी थी—अपने राजकुमारी होने की बात—उसे मेरे आग्रह पर पूरा किया। उसने बताया, वह एक शक राजकुमारी है। उसके पिता एक युद्ध में मारे गये, तब उसकी माता ने उसके पिता के सेनापति के यहाँ शरण ली। वहीं उसकी माता की मृत्यु हो गयी और सेनापति भी कुछ ही समय बाद एक युद्ध में मारा गया। उसके बाद वे लोग (शिरीषा और उसकी माता) एक जैन साधु के आश्रम में रहने लगे। शिरीषा का मन वहां नहीं लगा। वह एक जैन उपासिका के साथ भागकर तक्षशिला चली आयी। उसकी मौसी की लड़की मदनसेना पहले ही घर से भागकर चली गयी थी। तक्षशिला में दो विदेशी सेनाओं के बीच अनबन हो गयी और युद्ध छिड़ गया। भगदड़ मच गयी। शिरीषा किसी तरह अपनी संगिनी जैन उपासिका के साथ किसी तरह अपने जीवन और सतीत्व की रक्षा करती हुई उज्जयिनी चली गयी। वहाँ से जब

वे लोग इन्द-उर जा रहे थे तभी तुम्हारे साथ परिचय हो गया और फिर वह तुम्हारे साथ यहाँ आ गयी। बस इतना ही है उसके जीवन का संक्षिप्त घटना-चक्र।"

इज्जा उसी दिन से हमारे घर के सयाने लोगों को मेरी और शिरीषा के परिणय के लिए राजी करने के काम में जुट गयी। और अपनी चतुराई से सफल भी हो गयी।

फागुन का सुहावना महीना आ पहुँचा। विवाह के लिए जो दिन निश्चित था उस दिन नियत समय पर बड़ी भारी धूमधाम से हमारे घर से बारात निकली। उज्जयिनी के वृद्धों, युवकों का कहना था कि वैसी धूमधाम उन्होंने इसके पहले कभी अपने जीवन में नहीं देखी। बड़े-बूढ़ों का कहना था कि जब वे जवान थे तब एक बार उन्होंने बारात में और विवाह में उससे कई गुना अधिक धूमधाम देखी थी, जब काशी का कोई राजकुमार उज्जयिनी की एक तत्कालीन राजकुमारी से विवाह करने आया था। मुझे इसे बात में कोई दिलचस्पी नहीं थी। इसलिए मैं निपट उपेक्षा से इस तरह की बातें सुनता रहा।

जब पारिणग्रहण के समय मैंने शिरीषा को देखा तब लगा कि उसकी ऐसी कायापलट हो गयी है, जिसकी कोई उपमा भी मुझे खोजे नहीं मिल रही थी। स्पर्शमणि के स्पर्श से लोहे जैसे कुरूप और निकृष्ट धातु का रूप-रंग किस प्रकार बदल जाता है, इस बात की चर्चा बहुत सुनी थी। पर विवाह की रसायन-क्रिया से किसी नववधू की केवल रूप-रंग या आकृति ही नहीं, मूलगत प्रकृति ही किस आश्चर्य से पूर्णतः बदल जाती है, इस बात पर कम लोग ध्यान देते हैं।

जो भी हो, अन्त भले का भला। मैंने शिरीषा से विवाह होने की बात ही कभी नहीं सोची थी। उसकी प्रकृति का वैचित्र्य देखकर इस सम्बन्ध में मैं जैसे पूर्णतः उदासीन हो गया था। पर विवाह एक ऐसा तत्त्व है, जिसकी परिणति किसीकी इच्छा या अनिच्छा पर कभी निर्भर नहीं रहती, वह कब होगा और किसके साथ होगा, इसका निश्चित निर्णय जैसे कोई अदृश्य शक्ति पहले ही से किये रहती है।

●●●